枫叶飘过雩都河

刘平 著

百花洲文艺出版社
BAIHUAZHOU LITERATURE AND ART PRESS
·南昌·

图书在版编目（CIP）数据

枫叶飘过雩都河 / 刘平著. -- 南昌：百花洲文艺
出版社，2022.7
ISBN 978-7-5500-4579-8

Ⅰ.①枫… Ⅱ.①刘… Ⅲ.①长篇小说－中国－当代
Ⅳ.①I247.5

中国版本图书馆CIP数据核字(2021)第269437号

枫叶飘过雩都河

刘平 著

出 版 人	章华荣	
责任编辑	钟雪英	
设计制作	胡益民	
封面插画	绘芽艺术创作工作室	
出版发行	百花洲文艺出版社	
社　　址	南昌市红谷滩区世贸路898号博能中心一期A座20楼	
邮　　编	330038	
经　　销	全国新华书店	
印　　刷	江西千叶彩印有限公司	
开　　本	720mm×1000mm　1 / 16	
印　　张	18.75	
版　　次	2022年7月第1版	
印　　次	2022年7月第1次印刷	
字　　数	240千字	
书　　号	ISBN 978-7-5500-4579-8	
定　　价	50.00元	

赣版权登字　05-2022-92

邮购联系　0791-86895109
网　址　http://www.bhzwy.com
图书若有印装错误，影响阅读，可向承印厂联系调换。

目 录

引 言

这片丘陵与山地交织的红壤丛莽覆盖，蕴藏着无以计数的清溪欢快奔涌，千回百转不倦不息，汇聚成终年不竭的赣江正源。

家门口这条清澈河流已经奔腾千万年了吧。谁见过她远古时候穿云裂石的本来面目？祖先们匆匆而来又迢迢远去，一茬又一茬，她宽阔的胸膛承载过多少舟楫战船？

如此彻夜不眠地汹涌涤荡，吞吐日月星光之精华，储存下了无以复加的似男女交媾瞬间爆发的能量！一回回啸聚裂帛之殇后，扯帆远行，风雷尤甚……

生命长存，生生不息。人们学着她的样子，一次次咆哮着去投入新的战斗。血泪如瀑，融和纤夫高亢的号子在天空飞扬飘洒……

当又一抹斑斓残红染透远山之巅后，寂静黄昏的余晖中升起一轮圆月。秋月晶莹，犹宝阁深闺玉女，只能倾慕，不容存丝毫亵渎。唯有如镜秋水，万顷碧波，刚柔相济，恰似一位风华少年，坦荡荡一汪情深，引得嫦娥如约驻足。天地人间之事，交融相知不过如此。

1934 年十月中旬，雩都河*上那轮秋月，就这样给夜渡的红军战士留下了不尽的记忆和无限想象。

---

* 西汉高祖六年（公元前 201 年）置雩都县，以北有雩山而得名。1957 年 6 月 1 日起，更名为"于都"。凡于 1957 年 6 月 1 日前之县名，本书均称"雩都"。

雩都河，即于都河，是贡江在于都境内的河段。它是于都人对贡江在于都境内的称呼。

一

这天傍晚，鲤门湾渡口有条小船靠岸，上来一男一女。男的中等略胖身材，看上去五十多年纪，提着只沉重的大皮箱。女的十七八岁，手中拎着个帆布挎包。船夫帮男子把皮箱提上了码头。

船夫放下箱子问："天暗了，怎么这么晚回来？家里有事吗？"

男子摇摇头，回答："不是家里。近日有大事要发生了！"他神情紧张地问船夫："你，听说过'赤匪'吗？"

"赤匪？没听说过。"

男子低声道："城里传开了，一伙举着赤色旗的队伍马上要到我们这地了！有人说这是一伙'赤匪'，烧杀抢劫、掠地攻城……唉，从今以后，恐怕没多少安生日子过了……老侄呀，你每日在这河中走，千万小心哟！"

船夫闻此消息惊了一下，想想嘀咕了一句："不会又是一群农民闹暴动吧？像上回我们隔壁的里仁、步前暴动？"

男子答道："不是。那些事是当地农民斗地主分浮财，这次来的可是正规的队伍！听县上的人说，是从井冈山下来的，还跟政府军打了大仗，都是真枪真仗干……"

双方交谈了几句，那一男一女径直朝村东头去了。

船夫返回船上，在甲板上摊开一油布直挺挺躺下，嘴中嘟囔着："赤匪赤匪，我穷光蛋一个，怕啥？比不得你谢夫子，地主老爷。"他头枕双手，茫然地望着满天繁星自言自语。

微澜的河水轻拍船头，有节奏地重复低吟。年轻船夫在河水摇晃中渐渐入睡。不知过了多久，船夫揉揉惺忪的睡眼，一个鹞子翻身站了起来。他把船头挂着的铁锚解下抛向岸上，纵身下船。他决定要把刚才得到的消息告诉家里人和村民。

鲤门湾的东头有栋九井十八厅的房屋，建于清朝光绪年间，是当地大户谢庚昌的宅院，人们习惯叫它谢家大屋。义和团大闹北京城的后一年，该宅大半毁于战火，只剩下两井八间房，谢庚昌也于那年含恨西去。此后二十余年，花开花落，谢家一蹶不振，万贯家财不经意间销蚀殆尽，几十口人走的走、死的死，只剩下几个，昔日辉煌不再。谢庚昌的二儿子谢茂，在县城国立零阳初级中学任副校长，膝下有个女儿名谢小亚在女中读书，父女俩相依为命，在县城生活，除寒暑假期很少回鲤门湾。这两人就是前面所述夜渡贡江的男女。

谢茂家中除了佣人外，大小事由他的一个妹子打理。那妹是个老处女，名叫谢英，早已过了不惑之年。有一回，她在集市捡了个流浪男孩，一直带在身边，认作了干儿子。现在这孩子已有十九岁，随她的姓，叫谢金华。

这天晚上，谢茂带着女儿匆匆回到家后，把一家人集中到厅堂里，讲了外面乱哄哄世界发生的种种事情。他告诉家人，县城已一片恐慌，有钱商贾连夜拖儿带口到乡下投亲避难去了。"听说赤匪在井冈山连草根都啃光了！饿得不行了，只得下山到处抢劫。现在的政府无能，连打了几仗都被人家逃脱了，唉……鲤门湾村恐怕也待不住。这里地处贡水流域，交通相对发达，鲤门湾与县城一水之隔，说不准哪天几艘大船靠岸，赤匪就进村了。因此，我们还是要寻块偏僻的地方，躲一躲才好。"

谢茂的目光冰冷严峻，停在妹妹谢英脸上。

谢英身体不太好，不时咳嗽。她喝了口水，看了儿子谢金华一眼，又看看其他人。其实，在场只有六个人，另两人还是长期寄住在家中的长工。

"我看，我们到岩背山去吧。那里有我们家的千亩油茶林，地面也熟。那地方东边有个悬崖、西边有个溶洞，我都清清楚楚。岭坡上还有十几间平房可供居住。要不，就先到那里躲一阵再说？"谢英道。

谢茂想了想，点头道："也只有那块地方了。这样吧，大家赶紧准备，把要紧的东西和日常必需品归拢归拢，争取明天早饭后就走。""老王，你爷俩的东西就暂时别收拾了，还得留下人来看家。你看呢？"他对佣人说。

被叫作老王的佣人，年龄跟谢茂差不多，二十岁就在他家做长工了。谢茂一直叫他老王，连他的真名叫什么恐怕都忘了。这老王也是鲤门湾人，早年结过婚。那时他帮工吃住在东家家里，妻子也跟着寄居。寄人篱下的生活多有不遂，夫妻俩经常吵口。他老婆生了一个孩子后不久就跟别人跑了，这以后老王一直带着儿子在谢家生活。儿子现已十七岁，名唤王种田，自然也成了谢家的年轻长工。

老王带着儿子忙了大半夜，天麻麻亮就装好了满满一马车的东西。几麻袋大米是用砻新磨出来的，谢英用手摸摸还温热。她道："老王，你爷俩忙了一夜了，现在还早，去眯一会儿吧，等下我叫你。"

老王憨厚回答："不困。"他让儿子去睡会儿，自己转身去屋后牲口棚里牵出一匹马，趁着东方曦光初现，赶到田野放养。他知道露水草对马最营养，把它喂饱了才有劲，等两个时辰后要套上车赶几十里的山路呢。

早饭后，谢茂家门口来了不少人，村里的保长也来了。大家都是左邻右舍，看着门口满满的一车东西，知道这家人要走了，叽叽喳喳议论纷纷。

"哎哟，邱保长来了！好久不见，进屋里坐坐。"谢茂一出大门就看见了村保长，迎了过去。

保长名叫邱润年，身材高瘦像根麻秆。他大咧咧地上前去，把谢茂拉到一旁悄声问道："谢校长，好久没回家了，一回来就又要走，准备去哪里呀？

难道城里学校都不上课了？"

"上课？人都走光了。你恐怕早就知道了，赤匪马上就到这里来了。润年兄，你也该早作打算才是。当然，说起来你是一村之长，遇上天灾人祸，总不能丢下村民不顾是不是？"谢茂狡黠地眨眨眼。

邱润年摇摇手："你别给我说这个。我俩从小一块大的，还不了解彼此？不过，我与你不同，我家仅有两亩薄地。你就不同了……"

正说着，谢茂看见昨晚撑船渡他过河的年轻船夫也来了。他恍然明白了怎么一早家门口就来了这么多人！忽然他想到了一件事，于是丢下邱润年朝船夫走过去。这小伙子是他本姓的远房侄子，名叫谢八月。

"叔，准备走了？"见谢茂上前来，年轻人礼貌地问。

"老侄，你来得正好。我想托你办件事。"谢茂直接把他拉进家里去。

进屋后，谢茂让他在厅堂稍坐，自己到房间里写了一纸短信。片刻后，他把一信封交到谢八月手里。

"我这一走，不知道何日回来。你在渡口行船方便，烦劳你送客到对岸时，抽个空上岸进城，把信交到西十字街的'苍生号'药店老板手中。"谢茂道。

谢八月道："等会儿我就进城去，您放心。不瞒叔说，我们都没见过赤匪是什么样子，如果真让人没法活了，我也不撑船了，投奔您去。行不？"

谢茂道："你知道叔的为人，真要是那样，你就进山来找我。不过，听人说这赤匪跟一般的土匪不一样，他们自称是穷人的队伍，专门打土豪劣绅、分地主家财。如果这样，你就没必要害怕了。"

谢八月一听，十分惊奇。他将信将疑地说："世上还有这种拉杆子的队伍？专治有钱人？"

谢茂苦笑一声，说道："这个乱世，什么都皆有可能。"

谢八月临出门又问了一句："叔，你们是去岩背山吧？"

谢茂点点头。

一辆马车在崇山峻岭中穿行。仲春的赣南原野满眼是鹅黄浅绿的森林，一山叠着一山，一岭高过一岭。此时，坐在车上的谢小亚完全被旷野的世界迷住了，尽管脚下颠簸得厉害，却一副忘我的痴迷神态。她长年生活在县城，极少有外出游览的机会。

"下来，推车。"谢茂拍了一下小亚的肩，跳下车去。

一路山道崎岖，每次上坡时，车上坐着的几个人都要下来推车。谢英身体差，不参加推车，徒步爬一段山坡后，还要坐下来休息一下再走。就这么走走停停，约下午五点才到目的地。车子在一处用粗大圆木搭建的平房前停了下来。

谢茂第一个跳下车卸货。他对谢英道："英子，你同小亚扫扫房子，收拾收拾。我们来搬东西。"

赶车的老王和谢英的儿子不用吩咐，每人背了包大米进屋去。老王的儿子王种田留守家中没来。

翌日一早，老王赶着马车回鲤门湾去，谢茂坚持要把他送到山下。临别时，谢茂突然少有的冲动，眼眶中充盈泪水，竟双手抱拳给老王作了个揖。他动情地说："王兄，我们在一起这么多年，就是缘分。从前有不当之处，多包涵了。这往后我家的那些事，就都拜托你多费心……我也不知道在这里住多久，还能不能回鲤门湾都不知道……以后遇到什么急事，烦你和王种田捎个信……唉，乾坤轮回，北斗东移，这混乱天下，谁知道何时是个头呢？"

老王忙不迭地给谢茂回了礼，答道："东家，您是大好人。这些年您收留我父子俩，让我们有地方吃住，这份恩情我怎敢忘记……您放心，只要我在，您的房您的田，我一定给看好了！我也晓得，世事难料，万事您都要看开些才好……我们都是近花甲之年的人了，您一定要保重身体呀！"

主仆俩依依惜别。虽然多事之秋的鲤门湾近在咫尺，可此刻的谢茂，他内心之虑却远远超越了空间距离。

二

谢茂一家为避战祸，在山林深处一待就是几个月。

岩背山海拔不高，处于万仞群峰的包围之中。由于草茂林密，地处偏僻，方圆十几里无人烟，也算是一处世外桃源了。山岭坡面较平缓，长满了成片高大的油茶林，经济价值不菲，是谢家世袭的食油基地。岩背山的地名是信手拈来的，因山的北面有个仙洞叫罗田岩，它处于该岩的背面而已。罗田岩属江西省的一处名胜，远在南北朝时期就辟为佛家洞寺，里面供奉着众多菩萨，中国文学名篇《爱莲说》的作者就曾居住于此洞寺。千百年来，罗田岩的香火从未断过。早年，常有游客前往礼佛进香而迷路走入岩背山。

这日早饭后，一直灰蒙蒙的天空雾气散尽，秋阳高悬，谢茂叫上谢英，带谢小亚和谢金华到四周走走。他们沿着油茶林中的羊肠小道前行。由于久未有人走动，脚下到处是没膝深的莽草和荆棘。

"这片林子可惜了！"谢英叹道。

"有五六年没人管了。"谢茂答。

眼前密不透风的树林像一把巨伞罩在头顶，一株株高大的油茶树上，还有不少果实挂在枝头。细细看，地面掉落的果壳果仁已厚厚一层，踩在上面"嘎嘎"作响。

"这个季节正是采摘果实的时候，可是近几年没人管了，让它自生自灭烂掉地上……哥，你还记得小时候吗？那会儿我们就盼入秋枫叶红，可以跟父母来这里摘油果。我们满山追草鸡野兔，掏鸟窝捉迷藏，多开心多好玩。"谢英感慨已逝的青春岁月。

谢茂凄然一笑，就近抓住一株油茶树使劲摇，熟透的果实"噗噗"地落下来，有几个砸到头上。他摸着头大声说："暴殄天物呀！都怪我无用。想起过去的事情，宁肯回到少年时代去……唉，说也奇了，我们的父母没多少文化，爷爷辈也一样，却赚下一笔大家业。就算家业守承，父母也比我们强。那时到了秋天，父亲一声吆喝，鲤门湾上百的劳力跟着他进山采油茶，吃住在山上，一干就是半月多。采摘完后，留下部分人在山上榨油坊坪上翻晒果实，边晒边榨油，一直要干到隆冬。几万斤茶油回鲤门湾时，一溜长长的车队前后不见首尾，那场面让人终生难忘。可是，今天这油茶林到了我们的手里，怎么样了？其他死去的兄弟不说，你我都是念了大学见过世面的，有什么用？现在这到手的果实堆在脚下，只能看着它烂掉化作泥土！真是百无一用是书生呀……"说到这里，他声音哽咽了。

谢英被哥哥的一番话说得很伤感，也低声啜泣起来。

　　谢小亚上前，把手帕递到姑姑手中，道："老姑，您别伤心了。这些事情，并不是你们的错，更不是你们不如上辈人。您当年跟随孙先生闹革命，推翻帝制，爷爷奶奶能比吗？"

　　"别说了！"谢茂上前拉小亚一把，用眼睛瞪她一下。

　　他们继续往前走。到了一堵陡峭的石壁前，一条人凿的斜长石梯蜿蜒向山上延伸。一行人拾阶上去，眼前豁然开朗起来，一块巨大的晒坪出现在面前。晒坪是石灰掺和黄泥浇建的，平整光洁。坪的四周边沿上结了一层黑色的污垢和暗绿的苔藓。有不少地方破损裂缝，长着蓬草。站在坪上回头望，刚走过的那大片油茶林像一朵厚重的云彩顺着山势波浪起伏，镶挂在大山的腰间。

　　晒坪内侧挨着劈开的石壁，就是一座榨油坊了。油坊是一排低矮的平房，鹅卵石垒墙，麻石条铺地，屋顶盖着青瓦。房顶破损严重，进屋内朝上看，俨然开了天窗，无数洞孔透着白光。

　　油坊正中的空间就是榨油的作业区。一个直径约一米五的巨大油槽树横在那儿，厚厚的油垢乌亮发光。它的前方有一个高高竖起的柱子，柱上用粗麻绳吊着根圆木，木上凿有抓手的把柄，当地人叫它冲木。榨油时，几个青壮劳力挥动悬吊的冲木撞击油槽树上嵌入的木楔，把一个个大小的木楔尖不断打入进去，形成巨大的挤压力量，把油压榨出来。

　　谢茂站在油槽树前良久，不时用手摸摸那个要几个人牵手才能相抱的巨木。他的眼前仿佛又出现了光着臂膀的几名壮小伙在"嘿嗬、嘿嗬"的号子声中挥汗打油的情景……他清楚地记得，那时一到榨油季节，周围十几里之内能闻到浓浓的、沁人心脾的茶油香。

　　他们在油坊滞留了很久。谢小亚和谢金华跑到山梁上采了不少野果回来，有板栗、楮子、金橘、野柿、草莓和妙弥果子等。

　　对两位年轻人来说，森林中的生活是很惬意的。不仅因为远离尘世的喧嚣，更因为周围的一切都是那样的新鲜：树上有多少鸟儿在歌唱，草丛有多少野兔在奔跑；清澈见底的潭水来自远山的瀑布，颜色幻变的坡谷源于灼红的霜叶渲染；喝的水是竹笕引入厨房的山泉，吃的零食是伸手可采的野果……回归自然与自然馈赠之间是如此一致，真让他们大开眼界。

　　一天，谢金华带着鱼叉，同谢小亚到谷底的一条小溪去捉鱼。溪水没膝深，湍急见底，不时有石斑鱼和鲫鱼从水中游过。谢金华让小亚站在溪边一块巨石上，自己下到水中。河底是五颜六色的鹅卵石，一不小心就会滑倒。谢金华举着鱼叉一动不动站在河中，静静地等着鱼窜游过来。终于，有一条巴掌大的石斑鱼从石缝中游来，谢金华屏住气息，突然抛出鱼叉，刺中了。

　　"来，给我！"小亚高兴极了，跳下水去捉鱼，不小心滑倒了。

　　"哎哟……"她整个身子后翻倒在水里，一头秀发淹没湍流中，着实地呛了口水。谢金华急忙过去把她扶了起来。小亚急喘，咳嗽不止。她的全身浸透了，单薄的衣服紧黏在身上，两只滚圆的乳房清晰毕现。当谢金华发现她近乎赤裸时，惊呆了。这是他第一次近距离地看见少女的胸峰，顿时不知所措。此刻，小亚终于缓过一口气来，竟然"哇"的一声哭了，根本没顾及湿体的窘态，一头扎在谢金华怀里大声哭泣。

　　一会儿，哭声停了。"你伤到哪里没有？"谢金华像亲哥哥一样关心地问道。小亚这才把双臂从对方身上挪开。"哎呀——"她忽然尖叫一声，发现了自己像未穿衣服似的，害羞死了，三步并两步爬上岸去……

　　清流小溪依然有鱼儿游动，谢金华已无心捕鱼，收起鱼叉上岸，把一条石斑鱼用油草拧成小绳穿了鱼鳃提着，回家去。他担心小亚受凉，把上衣脱给小亚，让她到树林中换衣服，自己光着上身。

　　回家的路上，两人一句话没说。谢茂和谢英看见他俩如此狼狈回来，问明情况后笑得前仰后翻。

　　这次以后，谢小亚仿佛变了个人，在谢金华面前总是躲躲闪闪，同父亲和姑姑都说话少了。

　　居住在这偏僻寂静的山林中，这四口之家说说笑笑的单纯生活，似乎变了样。没有孩子们开心活泼地在面前蹦来跳去，老人的心里就会感到难耐的孤寂。这日晚饭后，皓月当空，谢茂邀谢英陪他走走。两人一前一后漫步朝油茶林走去。

　　"我想让金华回鲤门湾一趟。这么久了老王也没个消息送来，不知外面啥样子了，真让人担心呀。"谢茂道。

"恐怕，哥不只是担心这个吧？我也看出来了，金华和小亚两个孩子，都到了谈婚论嫁的年龄了，整天待在一起，又不是亲兄妹，久了怕是不妥。"谢英回答。

"我也是这么想的。你能明白哥的心思就好。毕竟，小亚是个知识女性，而金华却没进过学堂门。尽管你收养他后，教他认了不少字，但毕竟他俩……"谢茂说到这里打住了，像在斟酌措辞。

谢英道："金华是我带养的不假，感情也很好，但小亚是我的亲侄女，这一层我心里明镜似的。希望她将来找到一个般配的好夫婿才好。不过，现在年轻人的事情，他们会听从我们的安排？所以，我同意让他俩早点分开，待在一块久了就是隐患。"

"隐患倒未必。金华这孩子我知道，人老实也聪明，只是少点文化。在这兵荒马乱的年代，像小亚从小过惯小姐的生活，更要找个老实稳重的才是个依靠。可是我心里头总觉得他俩差距大，怎么说金华也只是捡来的孩子……"谢茂哀叹了一声。

谢英连着咳嗽几声，停下脚步扶着一棵树喘气。谢茂上前给她后背捶了几下，说："你这毛病也有几年了，一直没好，还是要找个好医生治治才行呀。"

谢英摆摆手，道："别管我。我的身体就这个样子，药吃了几年，看来难好了。"她停了会儿又说："两个孩子的事别太着急。金华还是蛮听话的，有啥话我找个机会给他说说。怎么着我们在这地方也算是大户人家，儿女婚姻大事，千万不能草率了。"

就是这个夜晚，谢小亚主动约了谢金华到户外赏月，俩人穿过大片林子登上了榨油坊晒坪。这里地势相对空旷，是个与月亮对话的好地方。谢金华从油坊里搬了张长木凳出来坐。

秋夜，玉盘高悬，莽莽山林与飞禽一起已进入了梦乡，朦胧如霜的夜色带给人某种神秘的遐想。静谧的月光下谢小亚呆呆地看着谢金华，几次欲言又止。她觉得眼前这个叫哥的大男孩，尽管出身卑微，人却忠实机灵，加上长得高大帅气，深得家人喜爱。特别是姑姑，能给的爱都给了他，让他与谢家少爷没有什么区别，在家族和村民中不受半点歧视。然而尽管如此，这男孩随着年龄的增长，真正进入成年后他的话就少了，以往的机灵劲少了，在姑姑面前再也不敢撒娇了。这就是成熟男子的转型吗？记得姑姑说过，几年前她从集市上带回一个奄奄一息的男孩，约十四五岁。算起来，自己与他相差两岁。她一直把他当亲哥一样呼来唤去，青梅竹马，没有一丝生分。直到前些天到山谷小溪捉鱼，蓦然之间自己感到一种全新的情愫在胸中萌动，两小无猜的岁月已不再了！忐忑了几个昼夜，她决定找他试着聊聊，希望能从中了解到他是怎么看待自己作为一个姑娘而非妹妹的。可是，真正两人单独坐到一起时，她又犹豫了，根本不知道怎么开口。

谢金华见她心事重重的，忍不住问："小亚，你说来赏月又不吭声了，怎回事？不会是想让哥给你摘下月亮来玩吧？"

他的一句俏皮话说得小亚笑了。她顺嘴答道："是呀哥，我就想弄个月亮玩玩，你给得了吗？你如果有那么大的本事，我都……"

"你都怎样……"

"我……"她欲言又止。

谢金华摇头，不解地望着这位小妹，感到她变了。从前她说话直来直去从不转弯抹角，更不会留半截"打埋伏"。他灵机一动，道："小亚，我真能把月亮摘下来，信不信？"

谢小亚茫然地看着他。片刻，她揶揄地说："你以为自己是神仙吴刚呀？"

谢金华诡异一笑："吴刚好哇，你就是小嫦娥了。等着！"他转身往榨油坊屋内走去。

一会儿，他从里面出来，双手捧着个大木盆，盆内装满了水。他把盆放到小亚跟前，道："月亮来了。"

小亚往盆里看，那水中果然有个滚圆的月亮映像。她大笑起来："亏你想得出来，水中月！不过哥，你还算会哄人。"她深情地望了他一眼，把手放进水中轻轻一搅，圆月一阵晃动。

"碎了！"她说。

"什么碎了？"谢金华往盆内一看，明白她说的是水波引起月影碎了。他伸手把小亚在盆里的手拿开，说："别动。水面平静了，月亮也就回来了。"

其实，这种情形小亚当然清楚，只是玩游戏一般故意找乐子而已。但此刻，她发现对方抓住自己的手并未松开，而且越抓越紧了。

"哥，你把我的手攥痛了。"

谢金华赶紧松开手，表情尴尬地道歉："对不起，哥不是有意的……"

小亚甜甜一笑，若无其事地指着木盆内说："哥，过来看，月亮又回来了！"

一家子躲进岩背山已快半年了，没有一点外面的信息，谢茂与谢英商量，决定让谢金华回一趟鲤门湾。这天午饭后，一家人送谢金华到山口。

谢英嘱咐道："金华，路上小心呀。遇到队伍了就躲一躲，见到陌生人别搭话。最好是傍晚后进村，免得别人看见。"

"知道了。"谢金华答道。

"如果赤匪已在村里了，你就不要贸然回家，先弄清一些情况，比如我们的房屋是否被他们占了。不管怎样，你一定要找到老王，问清情况回来。"谢茂反复交代。

谢金华一一应诺上路。谢小亚又往前送了一程，分别时泪水夺眶而出，蓦然不顾一切地上前拥抱了谢金华："哥，你要早点回来，我等你！"

谢金华没料到有如此高的"待遇"，惊恐得对突然扑在自己怀里的小妹不知所措了。他本能地抱住她，随口答道："我会很快回来的……"

山道弯弯，谢金华走几步回头望一眼，消失在一处长陡坡的拐弯处。那地方有两株躯干像水缸一般大的枫树，并肩而立。

这一幕景象已深深地印在谢小亚的脑海。这以后多少回，她独自一人立于此处茫然眺望，等待阿哥的归来。

三

谢金华回到鲤门湾村时已日落西山。殷红的余晖毫无顾忌地涂鸦苍穹，艳如鲜血，给莽莽山峦传递出百鸟归巢的信息。蜿蜒的贡江像一位披裹着红衣的新娘，在燥热了一天后总算可以喘口气了。

九月中旬是熬秋的日子。一年中，太阳神不停地向人间撒播烈火，到初秋便达到了临界点。热量的积累与干燥气候融合，让人感到这个节气比盛夏更闷热难熬。所以古人羿发出感慨——"秋杀人，我射日"。

居住在贡江鲤门湾的村民劳作了一天后，傍晚三五成群沿着水边堰堤贪凉散步。上了年纪的老人摇着蒲扇牵着孙子闲逛，煞有其事地讲述着西天那颗渐渐明亮的太白星的故事。胆大的女孩晚饭后，偷偷跟着小伙子来到堤埂向河深处延伸的末端，在那儿铺一张草席凉爽到半夜，体味水天人融一体的那份新奇与自由的放纵。

他在村外的一片竹林里待到天黑，晚八点左右进村去，路上没碰见人，躲躲闪闪到了自己家门口。大门缝里有灯光泄出，他轻轻敲了门。

"谁呀？"屋内有人问。

他听出是王种田的声音，又敲了两下。

门一开，王种田见是谢金华，非常惊讶，把他一把拽进屋内转身闩了门。

"金华哥，这晚上不太平，你怎么一个人回来了。"王种田一直以来都这么叫谢金华，两人似亲兄弟一般相处。此时，他刚吃过晚饭，饭菜还热，立即拿了碗筷让谢金华吃饭。

"种田，你爸呢？离开这么久了，你们怎么也不往岩背山传个音讯？"

王种田给谢金华盛了满满一碗饭，告诉他父亲被村保长叫去开会了。他坐在饭桌边，简单说了近段时间发生的事情：

"你们离村后的第二天下午，有一队人马就进村来了，约一百多人，背着长枪。当时可把大家吓坏了，狗大声吠叫，在田里干活的丢下锄头往家跑，就怕关门慢了当兵的跑进家里来。有的人家抱着小孩拽着老人往后山躲。那时，我在田里收白菜，一见那长溜溜的队伍，人人头戴红星帽，就知道是传说中的赤匪来了，一粪箕子白菜都丢地里了，跑回家关上门。后来，我跑上楼顶的瞭望窗窥视，这些当兵的从家家门前经过，停停看看，指指点点，但没有走进一户人家房里去。那种情形他们也能察觉到，村子里的人都在躲他们呢。没过多久，他们离开了。那日我父亲天夜才回家，他告诉我那支队伍留下五十多人扎了营，营地在村后山的山冈上。第二天一早我跑去看了，见到几顶大帐篷，不见当兵的，后来才发现他们分成若干组在河岸和村里巡察呢。我猜，河对面还是政府军的地盘，可能是怕对岸有人过河来。在这之后，当兵的一家家搞宣传，说他们不是什么'赤匪'，是红军，是穷苦大众自己的队伍，专门对付欺压老百姓的地主恶霸，为受苦人撑腰。他们还说要给穷人分田分房。你知道鲤门湾三百多户人家，大部分穷得叮当响，他们这一宣传，一些人就动心了，靠近他们了。另外，这伙当兵的表现也让人开了眼界：个个笑脸相迎很有礼貌，不拿别人一点东西，还主动上前帮忙干活，挑水劈柴样样行。"

王种田喝了口水，继续道："这种队伍跟老百姓从前见过的不一样。有老人就神秘地说，他们是玉皇大帝派来的天兵天将，下凡间劫富济贫来了。现在，村里的人心大部分都转向这些红军了，有的主动给队伍送米送菜，找人带路。原保长邱润年摇身一变，当了红军的村长。渡口撑船的谢八月还带着渡船入了红军的伙，日夜领着几个青年在河边巡逻……"

油灯突然"叭"地响了一声，灯芯上结了个红蕊。

谢金华听到这里，那颗心一阵颤动，他没想到不到半年工夫世事大变了。

"你是说，这些当兵的要给穷人分田分房？"

"鲤门湾这两天正在摸底，听说马上就要组织分了。"

"为什么是让穷人得好处呢？这和祖制不符。历朝历代也是有钱人捡便宜。"谢金华满脸狐疑。

"我也说不清。可能是穷人多，人多就能量大。得了好处的人，也许不用抓丁，就主动加入他们的队伍了。"

"这是收买人心。真有手段。可是，谁家的田和房愿意拿出来分？"

"这个不用你同意，是强制的。这就叫革命！他们有枪，你要命还是要东西？"

"哼，这是抢劫！难道就没有王法了？"

王种田想，现在是乱世，遍地都是草头王，谁有枪谁就是王法。眼下这个政府，老百姓也太苦了。没有活路就会有人揭竿而起，想改朝换代。他说："这些红军自称是为穷人打天下，如有一天真坐天下了，他们就是正儿八经的王法了嘛。"

"听你这口气，你也不反对他们这样做？"谢金华瞪大双眼看着王种田。

他俩一块玩耍大，因为王种田是长工的儿子，谢金华心里总有一种优越感，尽管平日里两人像亲兄弟一般。

王种田答道："我家没田没房，我反对他们干吗……"他没有再说下去，但谢金华听出意思来了：我是穷人，有人给田给房，凭什么不笑纳？

自此，谢金华心中对王种田有了一种隔阂，似乎忽然间明白了一个道理：他俩尽管在一个屋檐下长大，但由于家境和身份不同，看待事物的立场往往是不一样的。

王种田秉性憨厚，待人坦诚，他看谢金华一脸焦虑的样子，安慰他说："金华哥，你也别太担心，现在这房我们不是还住着吗？我听说，主要是对那些作威作福、横行乡里的地主恶霸要打倒。我们这个家从没做坑蒙拐骗的事，乡邻关系相处也不错，应该不会有大问题的。"

谢金华听他这么一说，眉宇舒缓了些，道："我家这些年衰败得很，给佃农种的田是全村收租最少的，山林土地撂荒严重，家里也没多少油水了。好在还有你爸帮忙管理，不然早就饭碗跟不上筷子了。"

这哥俩一直聊到很晚。虽然两人念书少，靠了金华的养母谢英不分彼此地教他们识字，辅导文化，他们在同龄人中也算得上是有知识的人了。当然，王种田自小受父亲言行的熏陶，在谢家总有几分自卑感，久而久之也就形成了某种不平等的关系。遇到事情，王种田懂得维护谢金华，内心一直把他当兄长尊敬。

鸡叫二遍时，王种田的父亲回家了。他是被村长叫去谢家祠堂开会的，议题就是分地。由于他雇农出身，并且至今在地主家当长工，被军代表选为土改工作队员。

会议开了十几个小时，宣布了土改草纲，确定了分田的时间和方法，列出了三户地主和五户富农作为土改应没收土地的对象。按照耕者有其田和人人平等的分配原则，经过测算，鲤门湾人均可分得一亩八分地，其中一亩水田八分荒地。会上提出了就近、就亲丈量分配的方法及肥瘦地搭配的土改政策。地主富农按照家庭人头留地，让他们自食其力。

这个会开下来，老王既激动万分又诚惶诚恐。如果按红军长官会上说的那样，就可以耕种自己的土地了，不再给别人当牛作马，甚至与富人平起平坐，这是做梦也不敢想的事。可是，他内心又很担心，白拿别家的地，那户人不恨死自己了吗？特别是他的东家，一直以来对待自己不薄，吃、住、用从来没把他当外人，他的孩子也没受半分虐待，怎么能分东家的地呢？因此，他决定要分地也找别家的。

这个夜晚，他回家后悄悄进自己房间躺在床上，一直忐忑着没合眼。他甚至怀疑，天下哪有这等好事，红军不会骗我吧？说不定哪一天政府军回来了，红军拍屁股走人，我还能守住这份意外之财？想到这一点，他默默在心里告诫自己：千万不要出风头，什么事都随大流。红军这边不得罪，地主富农也不翻脸。至于东家，他一家子现今躲在外面，自己答应了为他看家值守，绝不能食言。按照眼下这个形势，东家的地可能保不住了，必须尽快把鲤门湾发生的事告诉东家，让他自己定夺。

早晨起床后，老王看见谢金华回来了，于是一五一十地把昨天开会的情况讲给他听，希望他立即回岩背山报告。

"妈的，真要拿我们开刀！王叔，既然马上开始打地主分田地了，告诉家里又有什么用呢，只能增加他们的焦虑。不知您老对这件事是怎么看的，有什么应付的对策吗？"谢金华因为已从王种田那里得知了一些消息，才没有显得大惊失色，但心里还是十分着急，不知如何是好。

老王摇摇头道："我也没料到这回的事会有那么大！打倒富人给穷人出头，从来没有过这种事。唉，如今只能走一步看一步了。到那天分你家的地时，自己耕种的那一份就留下最好的田。我在工作组，应该能办得到。"

"自耕田有多少？"谢金华问。

"一个人一亩八分地。现在，你家四口人，算起来七亩二分。"

"您和种田的地另外分吗？"

"是的。我们是另外一户。"老王点点头。

"我家的地还可以请你们帮助耕种吗？"

老王苦笑一声，道："我是愿意继续为老东家耕种。可是，听那个红军代表说，以后地主富农的土地要自己种了，不能再剥削别人了。"

谢金华一听"剥削"，暴跳如雷："我们剥削你们了吗？我们并没有强迫谁，你们完全是自愿的呀……"

老王赶紧摆着手说："不是我讲的剥削，是那个红军代表。其实，什么叫剥削我不清楚。我是光眼瞎子，哪里晓得不瘦（剥削）不肥的关系……"

　　此时，王种田已把早饭做好了，凑上前来拉谢金华："走，吃饭去。我爸他懂得什么，不要说'剥削'这词，'剥豆子'几个字他也认不出。"

　　吃早饭时，谢金华低着头只顾扒饭，一句话也不说了。其实，他对红军代表说的"剥削"的真正含义，也弄不太明白，只是大概觉得同压迫别人的意思差不多。他怎么想也不明白，老王父子与他们亲如一家，怎么能说剥削关系呢？其实他也不打算要弄清这些，只是心里很不服气。他最不明白的是，红军要打倒地主不应好坏不分。他家不是恶霸，从来不欺侮乡亲，而且还常接济别人，能像那些坏人一样被没收土地？有错当罚，他家就不应该被这样对待。他决定要去找那个红军代表问个明白。

　　吃罢饭，他给王种田说去外面走走，一个人就去找红军代表了。

　　驻扎鲤门湾的红军有一个连，那个红军代表就是连队的党代表。谢金华愣头愣脑找了很长时间，后来才打听清楚，原来连部就在他家不远的谢家祠堂。

　　"站住，你干什么？"门口的岗哨问。

　　"我找你们的代表。"

　　"什么代表？"战士不解。

　　谢金华道："就是组织村里人开会的那个代表。"

　　战士略想了一下，问"你是找连党代表吗？"

　　"噢，应该是他。"谢金华随口说。

　　战士让他稍等，他去通报。

　　一会儿，一位看上去三十岁左右的红军走出来，指着谢金华问："年轻人，是你找我吗？"

　　谢金华"嗯"了一声，心里有点紧张。

　　"有什么事？走，到那里谈谈。"他指着禾坪边沿的一篷竹子说。那竹丛下有排石板凳。

　　两人在石凳上落座。"好吧，让我先自我介绍。我叫丁胜山，是连队的党代表。你呢？"

　　"我叫谢金华，本村村民。我来找您，就是想弄清楚一个问题。"他尽量装作不卑不亢。

谢金华把自己的想法合盘托出。丁胜山一直注视着他，听他说完后没有正面回答，而是问："你知道革命吗？"

"革命？好像就是造反吧。"

"不错，就是造反动统治阶级的反，推翻反动政权的统治。"丁胜山口吻坚定。他继续说："共产党领导的红军就是代表广大贫苦群众利益的。红军要打倒地主剥削阶级，让大多数劳动者成为土地的主人。你说，你家里是地主，但从没做过坏事，这不能成为不分你家土地的理由。原因有两条：干革命是推翻整个剥削阶级，不是针对某个人，地主富农拥有大片土地资源，自己不耕种或耕种不完要雇请别人，通过剥削他人的劳动成果过着花天酒地的生活，就必须毫不留情地没收他们的土地；同样，共产党的理想是建设一个人人平等的社会，如果还让一部分地主继续拥有比别人多的土地，就没有公平正义可言。因此，在土地分配上，不管什么人都一样对待。对于不愿舍弃自己利益的地富分子，就要采取强制措施，对负隅顽抗者就要用枪杆子对付他们！同时，对于主动接受我党的土改方针并积极配合工作的地方富绅，我们视他们为民主进步人士予以团结合作。这就是我们土地革命的政策。"

谢金华面对侃侃而谈的红军党代表，那似懂非懂的革命道理让他头都大了，本来想要跟这人论理一番，发泄心中不满的，反而被对方说得"穿着蓑衣摸不着棕"，云里雾里不知从何开口了。毕竟，他是没有见过什么世面的人，革命、土改、民众利益之间的关系是何等重大的政治问题，他现在弄得懂吗？不过，有一点他还是暗暗佩服对方的，这位红军长官没有鄙视自己一介村野小子，反而很当一回事地给他讲高深的革命道理，没点官架子。要是换了政府那些官吏，恐怕早就让手下人把自己轰走了。看来，王种田给他讲的红军和蔼待人是真的了。

丁胜山看到眼前这个年轻人满腹心事的样子，站起来说："小伙子，你还有什么要问的？要不，进屋里喝口水吧？"

谢金华看见不远处有个当兵的朝丁胜山招手，知道他有事要走了，也站起来答道："谢谢，我走了。"

离开谢家祠，谢金华不想马上回家，而是朝自家的田地里走去。村子田塅中央有一大片水田是他家的，每走过一田块他都要蹲下身来，伸手抓一把土捏捏。这些肥沃的地就是粮食呀，他怎么舍得让给别人。尽管说，刚才那个红军长官的话听起来有几分道理，然而他心里总有另一种声音在呐喊："为什么我家祖传的田产要白送给穷人？我们被剥夺财产就叫合理吗？"

此时此刻，他突然间产生了一个新奇的想法："都说红军是穷人的队伍，那么富人的队伍在哪呢？是那些讨人嫌的作威作福的政府军吗？"

这想法一出现在脑中，他陡然间兴奋起来，心想：红军被人叫赤匪，或也有赤贫之军的意思，当然要为穷苦农民说话撑腰；白军呢，取其意应该就是白拿之军了，也没好到哪里去。不过，白军既是代表政府，说不定某一天渡过这条河来到鲤门湾，把红军赶走了，我家的地不就又回到自己手中了？

他有了这个想法，决定不能吃哑巴亏，怎么也得有所作为。

这日晚上，谢金华一直与王种田聊天到半夜。鸡叫头遍后他叫上王种田，俩人用麻袋装了十几根木桩扛到自家田里。然后，挥动铁锤把写着墨字的一根根木桩，偷偷打入每一丘田的田埂内侧。桩子打得很深，外人是很难察觉的。

谢金华这样做的目的很明白：这些田块可能要分给别人了，但是红军不可能永久留在村里。哪一天红军走了，他可以以此为证据，把地要回来。

俩人忙了一个多时辰，累得满头大汗。回家路上，谢金华反复吩咐王种田要保密，任何人都不能说。

四

谢茂终于等到了鲤门湾的来信，但送信的不是谢金华，而是王种田。

"金华哥让我来送信的。他说红军要土改分田了，必须在家看着，心里才有数。"王种田对谢茂说。他是骑马进岩背山的，此时夜已降临，谢家正准备吃晚饭。

"来了就好。洗把脸去，一起吃饭。"谢茂非常高兴，亲自叫谢小亚带王种田到厨房去舀水洗脸，自己到门口把马牵至后面的牲口棚喂料。谢英也表情欣喜，张罗着要加两个菜。毕竟，已有一阵子没有人进山了，寂寞的时光以及对时事的担忧让人备受煎熬。

饭桌上，一家人传看了谢金华写的信，信很短，说是家书，其实像是给王种田的介绍函——

母亲并亲舅及小亚：

红军即日将开始分田土改，我家百亩田地难保全，村里拥护者众。大势如此，个人无擎天之力，你们千万看开些，不宜盲动。具体情况由王种田前来细述。

我与种田胜似亲兄弟，谢王两家情深已久，如此多事之秋，更应相互照应。日后生活将更加艰难，经同王叔商量，让种田在岩背小住几日，开垦出住房两侧荒坡地用于菜蔬和杂粮栽种，以备冬日及来春之需。

世事难料，生活应做长远打算，对吗？余言后叙。

多多保重！

愚儿：金华
民国十八年九月二十九日

谢英读了儿子的信，对目前鲤门湾的状况深为担忧。然而，从信的字里行间看，文句简练，颇有主见，这一点让她心中添了几分慰藉。她想：以前一直在家中待着，看不出来，现在真的已经长大了。这些年她一直教他识字读书，没有白费。

王种田边吃饭，边介绍村里发生的种种事情。谢茂问了一些熟人的情况，对于王种田的父亲也成了红军土改小组的成员很不悦。他说道："土改土改，没有法理依据平分土地无异于抢劫。老王也是，怎么这么糊涂，也去当帮凶？"王种田听后无法回答，他把父亲的原话转告谢茂："我爸说，他参与分地小组，可以把好田留给东家您……"

谢茂无奈叹一声，摇摇头道："暴风骤雨来了，一顶烂斗笠管用吗？唉，我谢家也算到头了！"又对王种田说："种田呀，我没有责怪你爸的意思。现在我这心里，乱得像锅粥。"王种田默默地吃饭，不再说话。

留在岩背山的王种田在山坡上开垦荒地，谢茂一家子也一起参与劳动，一改过去袖手旁观的习惯。谢英本来是多病的身子，这些天也忙里忙外，负责烧火做饭、提水送茶。就这么忙了一阵子，身体竟也舒坦多了，很少咳嗽了。这让全家人格外高兴。谢茂对妹子说："英子，这个意外的收获可比开荒产多少食物都值。以后呀，还是要多参加劳动。我决定，明天亲自进一趟城，去弄点杂粮和蔬菜种子回来，我们就在这片山坡上当农民，日出而作，锻炼身体，自给自足。两耳不闻山外事，过几年'采菊东篱下，悠然见南山'的清闲日子。如何？"

谢英笑了，很认真地盯着哥哥瞧了片刻，道："这是你的真实想法？您若真能这么想就好了。据我对你的了解，你这是一时兴起说的话，你真能舍弃谢家老爷的那份家财，变成一个真正的劳动者？我不太相信。"

谢茂感慨道："你别说，在你英子眼中，哥横竖就是一介乡下秀才，不如你们几个兄弟姐妹有出息。可是你想想，当初双亲还在，总要有人留在家中孝敬父母传承家业，不然你们在外疯累了，想回家歇歇脚的地方都没有了。我是没有你们有胆略有抱负，可惜生逢乱世，你们能出息到哪里？就拿你来说，曾经参加推翻清朝帝制的革命，结果还是回到鲤门湾来了……"

"别说这个！"谢英打断了哥哥的话，似乎过去对于她已经很遥远了，再不想提及。

谢英十七岁那年，清王朝正处于风雨飘摇之中。京津义和团运动风起云涌，在抗击八国联军瓜分中国的反侵略战斗中，一大批会党组织暴动，抛头颅洒热血。后来，烽火连天的救国行动遭到了腐朽清政权的疯狂镇压，一大批革命志士惨遭迫害。这一年的寒冬，谢英在燕京大学当老师的大哥谢畅突然回到家里，蛰伏在家整一年。此时的谢家因连年社会动荡，加上遭了一场大火，元气大伤，经济条件远不如从前了。父亲谢庚昌对老大谢畅的状况忧心忡忡，终日担惊受怕。他在愁闷忧郁中染了重病，突然就离开了人世……安葬完父亲，谢畅便向母亲提出要走了。那晚上，谢畅在母亲应允下把四个弟妹召集一起开了个家庭会，决定老二谢茂及最小的幺妹留在家中，服侍老母管理家业，老三谢英和老四谢晋随老大到北京念书。离开家的这一天，刚过了元宵节，谢茂送他们到赣州八境台下的涌金门，搭乘商船下吉安出九江北上。没料想，这一去就是二十多年！谢畅已成为革命党的领袖级人物，在五卅运动中壮烈献身。四弟谢晋后来留学法国，回国后在北洋政府供职，听说因什么事与冯国彰的外交次长结下梁子，不久辞职去了东洋，以后音讯全无，死活未知。谢英在北京高等师范学校毕业后参加了五四运动，后辗转到了广州，到广州后加入了孙中山的革命政府，在某机关任秘书。在陈炯明叛乱中，曾同蒋介石一起参与了保卫孙中山的战斗。孙中山先生逝世后国民党发生内变，二次东征过后，谢英对时局陷入迷惘，加上爱情遭遇挫折和身体多病，孑然一人回到了赣南腹地鲤门湾家中……

往事不堪回首。一晃这么多年过去了，她又回到了原点，当年英姿勃发的少女已早过不惑之年，理想扑灭，红尘看破。如今，她倍感身心俱惫，再也不想介入天下纷争之事了。最近几年，她唯一能做的事就是把捡来的谢金华当亲儿子一样培养，几年下来，使他从一个目不识丁的顽劣少年，成为能断文识字、有一定修为的懂事青年。这是她颇感欣慰的事情。

眼下谢金华留在了鲤门湾，她的心中总是隐隐地感到不安，尽管前些天读了儿子的信让她欣然。如果说鲤门湾目前的状况是人心叵测、危机四伏，那么一个初离家门的毛头小子能认清时务、权衡利弊而后动吗？关键在于他是地主家庭的后人，在这次土地革命中，他将处于众人审视的境地，稍有不慎将可能造成难以预料的后果，这才是谢英真正担心的地方。

县城离岩背山约四十里路，谢茂要进城去购买蔬菜种子，其实是想去看看自己执教的学校。他是学校的副校长，学校情况怎样了没一点音讯，心里很不安。正好王种田这次进山把马骑来了，他决定冒险也要进一次城去。

早晨喝了碗粥，他骑马上路。一路遇到过三三两两的行人，但没碰上穿军装的，顺利地来到了贡江河岸。他早就想好了，为避免不必要的麻烦，不从鲤门湾渡口过河，而是从另一条路岔到它上游的渡口。他把马牵到一片树林深处，长长的缰绳吊在树上，只身来到渡口水边。

眼前这条清澈的河流约六百米宽。放眼望去，没有一丝战争的气息。沿河两岸林木葱郁，山峦延绵。宽阔的河面上空正有几行野雁溯水而上，发出"嗷嗷"的叫声。河中间有几条渔船，渔民在撒网打鱼，起水的网眼在阳光下闪烁着白光。

渡口没船。他站在水边的石阶上等。可是过了很长时间，不见对岸有船过来，他心里不免犯了嘀咕。

就在他返身上岸准备另找渡口的时候，一位老者朝他走过来。

"你是要过河吗？"老者问。

"是。怎么不见渡船？"

"没渡船。你是外乡人？"

"家离这里有些路程。请问大哥，这渡口什么时候停了渡？"

老者没有回答，手一挥道："跟我来！"他领着谢茂沿河岸往上走。大约走了二十几步远，老者拨开杂草下到水里，从芦苇丛中拉出一条小船来。

"我送你过河。"老者请谢茂上船。

谢茂迟疑了一下，问："多少钱？"

老者伸出一个指头："一个大洋。"

"这么贵？"谢茂吃了一惊，说道，"我家离这里不远，行情还是知道的。"

"难道你不知道，我这是冒险送你过河？"老者告诉他，这条河一边红一边白，两岸都把渡口叫停了，只留了鲤门湾一个大渡口半封闭。但那渡口盘查得严，不是看病等特别的事不能过河。这段时间，成立了专门的赤卫队巡逻组，沿河岸巡查，不准私渡。这不，这里的船也被调走了。

谢茂听他这么一说，哀叹一声，道："你私自送人，就不怕被抓住？"

船夫很有把握地说："你放心。我摸清了巡逻队的走留时间，这会儿没事。上船吧。"

谢茂上了船，从身上掏出一块银圆递了过去。

船离岸而去。谢茂被要求蹲在船舱里别动。他看见船棚顶的一根竹篙上，晾着一节渔网。

风和日丽，河面水流平缓，船一会儿就抵达了彼岸。上岸时，谢茂告诉船夫，傍晚在此处等他返回。

此时约莫上午十点钟，谢茂沿着河岸走了一段路程，到了县城北门街。这条昔日的繁华商业街如今游人稀少，不时能遇到荷枪实弹的保安团巡逻，两侧的店铺有一半多关门歇业，过往的市民来去匆匆，显出几分焦虑的警觉。从街头走到街尾，谢茂竟没遇上一个熟人。他到一家种子店铺买了几样冬令蔬菜种子，价钱奇贵。付钱时，他打听了一下零阳中学的情况，商家摇摇头没应答。

县中在城东的一个山包上，他径直往学校去。还未到学校门口，他已远远看见两扇校门紧闭，心中一沉，想时已十月底，学校仍未开学。既然来了，他还是决定前去探个究竟，看有没有人在学校。可是，走近一看，确实是"铁将军"把门。他绕到围墙右侧的一处土堆上，从高处往学校里面瞧，一看吓了一跳：有一群叫花子一样的人，在教师宿舍楼进进出出。有两个女的把像花被单一样的长布裹在身上。宿舍廊下，横七竖八地放着些桌椅，一些课桌上还躺着人……

他惊呆了！想大喝一声，可嘴巴张了一下没出声。他十分沮丧地退下了土堆，黯然离开了学校。没有想到政府平时把尊孔重教挂在嘴上的官员，以"修身齐家治国平天下"为己任的权贵们，对于全县唯一一所中学竟没有任何的保护措施。他记得半年前离校时，校长认真地对他说："会请县长出面派警察保护学校。过了这个风头，你要回来上课。"可是，眼下的情形告诉他，根本不是这么回事，没人在乎一所学校的存亡。他内心十分苦闷，不知以后能不能教书了。抑郁中踯躅离开，他来到了城西的十字街。这里有家药店叫苍生号，老字号招牌已传承了百年。这药店的老板娘就是他的幺妹。还好，店门开着。

进入店里，一股浓郁的中药香味扑鼻而来，让谢茂顿时有提神醒脑的感觉。他环顾四周，一切依旧。不知是出于何种心态，此时他不急于见妹子，慢悠悠地细瞧起各种陈设来。左右两侧是高高的货架，整齐地摆着一排排盛药的器皿，大大小小的青花瓷罐和白陶缸或砵，错落有致，贴着各种药名标签。正面柜台靠后，是几架红木柜橱，横竖的格子约有上百个，大都拉开了半个抽屉，可望见各色各样截切了的植物碎枝、叶片，也有泡制的饮片和碾磨的粉末，还有较名贵的海马、龟壳、蝮蛇、鳞甲、蝉衣、蜈蚣等无数的动物焙制药品。像人参、天麻、田七、灵芝、鹿茸、燕窝、冬虫夏草等贵重药材被放在比人头高的地方，粘贴着烫金商标，格外瞩目。

　　站在柜台上的几名伙计都认出谢茂来了，一个个叫他"舅"。这是按照当地风俗随老板的孩子叫的称呼。

　　谢茂一一应诺。看过各色陈设后，他从后堂木梯上楼，来到幺妹一家的居室二楼。推门进去，佣人正在饭厅里摆碗筷，他才记起已是午饭时间了。

　　幺妹闻讯从里间出来，连喊两声"二哥"，上前拉着他的一条手臂到客厅去。坐定后，妹子问了河对岸发生的一些情况，惊叹不已。

　　"英姐和小亚没事就好了。唉，如今一家子住山林之中，跟野畜做伴，真难为你们了。"幺妹伤心地说。

　　"眼下局势混乱，躲一躲是必要的。以后情形好转了，就回鲤门湾去。"谢茂回答。他想起自己曾托船夫谢八月带过一封信给幺妹，问她收到没有，她说收到了。

　　幺妹道："二哥，您信上说赤匪要来了，让我家也到岩背山去躲一阵子，我与您妹夫商量了决定还是不走。您想，我们做生意的离开城里，就无事可做了，就是以后回来，已有别的店家在经营了，也少有人再认你的门了。再说，我们是卖药的，不管什么人什么队伍占了这座城，也需要药铺。就是赤匪再厉害，他也是人，也会头痛脑热的，他能不吃药？我想也不能对我们怎样。只要公平买卖，不介入他们的政治纷争，就应该没事。您妹夫前天去樟树进药材了，过几天就回来。他也走南闯北惯了，认为还是以静制动，看看情况发展再定。到什么山上唱什么歌罢了。"

　　谢茂苦笑一声，道："这一回恐怕和以往不一样。穷鬼进城，红眼睛绿鼻子的，专找富人的茬，就怕他们不按常理行事！唉，这世道呀，谁知道会发生什么呢？无论如何，还是小心点为好。"

　　幺妹点点头，答道："您说得也有道理，防备着点总是要的。"她站起来，转身到房间去。一会儿出来，递给二哥一个皮匣子，头伸前去耳语道："二哥，这点东西烦您带进山去，给我藏好。"

　　谢茂当场打开皮匣子，往里瞧了一眼，是黄灿灿的金条。他问多少，幺妹左手伸一个指头，右手拇指和食指弯曲比了个零，意思是十根。

　　吃过午饭，谢茂在幺妹家睡了一觉。傍晚出城，来到了与船夫约定的河岸。他看见，已有一艘小渔船泊在水边了。

"走吧。"他上了船，递给船夫一块大洋。

夜色笼罩下的河面平静如镜，只有远处山峰的倒影隐约在水面缓移。谢茂站在船头，透过重重暮色看那整条河流不见一点渔火，只有自己一叶扁舟行走，心里几分发虚。船入江心，一阵湿冷的雾气袭来，他打了个寒噤，心中担忧起吊在树林里的马来了。

船一靠岸，他也不给船夫打声招呼，猛地一跳登岸，径直朝山林跑去。

就在这时，夜空突然响起"砰砰"两声枪响。

不远处有几个人打着手电筒跑来，大声喊着："谁的船？别走！"

谢茂吓得心怦怦直跳，立即蹲地，猫着腰躲到几步外的一棵树后一动不动。他看见几个人影吆喝着走近了，在他刚刚离开的河沿边用电筒往河里照。

"怪了，怎么不见了？明明有条船靠岸？"几个人议论着，在岸上用手电朝水里扫来归去。

"下河看看。"有个人建议道。

"你们看，那儿有个芦苇丛，应该就躲在里面了。"又一个人道。

沉寂了一会儿。只听有人劝道："算了吧，黑乎乎的，他在暗处，不要把我们哪一个弄下河去，就倒霉了。"

这后，几个人叽叽喳喳地说了会话，沿大路朝下游走去。

谢茂心怕他们在附近埋伏起来，蹲在树下很长时间才走。他找到白天藏马的林子，还好，那马还在，只是长长的缰绳已一圈圈绕在树上，马头挨着树干了。他心中一热，双手捧着马头把脸贴了上去，落下了一串热泪。

谢茂生平第一次在山林中纵马闯行。夜莺孤啼，野狼嗥叫，让他非常恐惧，他咬着牙一个劲往前走。好在老马识途，冲坡绕谷，一路"哒哒哒"奔走，累得气喘吁吁。

回到家时，一家人蜂拥而上迎着他，可见家人对他迟迟不归多么担心。

五

鲤门湾是一片冲积湿地，浩浩荡荡的雩都河千里奔泻，在这里打了个盹，落下了一个"之"字形的路径。湾里那大片沙滩像个葫芦肚，经年累月堆成一泓肥沃的淤泥坝地。每年春夏洪水泛滥，大半个村子浸泡水中，但秋冬季的作物却格外旺盛。因此正常年份农家只要秋粮到手后，一年的日子就无忧了。可是，自晚清一老太婆自负治国直至民国政府成立，半个多世纪的内忧外患，天下积贫甚多，老百姓饱受兵祸苛政之苦，一些本来有份口粮田的寻常人家度日艰难，不得已卖田卖土，最后都沦为了依附于地主和富农的佃户。鲤门湾这个两千余人的村子，现在有七成的人口没有了自己的土地。因此，红军号召他们打土豪分田地，哪有不响应之理！

村长邱润年家有两亩水田，近些日子配合红军搞调查摸底，对全村农户划分家庭成分，他自己家定的是下中农。对于这个定性，他比较满意。按阶级成分他属于红军依靠和团结的对象。他所以能在红军来以前任保长，而红军来了后又当村长，能够得到白、红两边的赏识，自有他独到的过人之处。他是那种精明而又处处善于表现热心的自耕农。他识时务辨方向，能够见风转舵，绝不认死理，善于周旋于各种势力之间谋取利益。对于红军的土改，他为了保证自己一村之长的地位不动摇，表现出很高的热情。而事实上，他的这个家庭一直以来在村里就处于中等层次，怎么重新分配土地都没有什么损失，也没有更多利益，他可以放手去做以博取红军的信任。当然，他也不会不给自己留有余地。在自己没有既得利益的情况下，他不希望得罪更多的人。

这一天，是鲤门湾的大日子。全村处处张贴着红色标语，赤卫队敲锣打鼓、燃放爆竹，组织村民聚集在村部不远的荒坪上召开分田大会。土改工作组组长是丁胜山，邱润年被任命为副组长，坐在主席台上。台下，黑压压地站着千余民众。

邱润年主持大会。他干咳两声清了口嗓子，神情激动地喊道："乡亲们，今天是开天辟地的一个大喜日子。为什么这么说呢？因为接下来几天，我们多数的家庭都能不花一分银子就得到土地，家家都有自己的粮田了！这在过去，以前的以前和上辈的上辈，发生过这种事吗？没有！这种天上掉馅饼的事，只有红军来了才实现了。红军万岁！……"

"红军万岁！"台下跟着呼口号。一时间，口号声此起彼呼，振聋发聩。

邱润年看到民众的情绪鼓动了起来，内心乐滋滋的。只见他手一挥，请大家安静下来，高声说："下面，请红军党代表、鲤门湾土改工作组组长丁胜山同志作动员报告，大家鼓掌！"

丁胜山站了起来，向民众敬了一个军礼。他接下来的一席话，比邱润年更煽情、更精彩：

"乡亲们，我们大家都是农民，种田产粮、吃饭养家，天经地义。可是，都是种田人却十分不平等，不少人家种田吃不饱饭，而少数人不需要种田却有吃不完的粮！这是为什么呀？这里有剥削。什么是剥削？鲤门湾是我们大家的，土地本应该是见人见份，却被少数人霸占去了。没田地的人家只能种别人的田，租田种粮，不少的收成缴了租谷，自己所剩无几，当然吃不饱了。而那些地主老爷靠着田租地税吃着山珍海味，这就叫剥削。剥削剥削，剥了你的皮，削了你的肉，我们只剩下一副骨头了！大家说，这事情公平吗？这世道合理吗？不公平，不合理！因此，红军就是要推翻这个不公平不合理的剥削制度，建立一个人人拥有同等土地和生产资料，人人享有同等吃饭、穿衣和住房权利的社会……乡亲们，自从三皇五帝到如今，有谁给天下的穷人白送土地，并让穷人当家做主人的？没有。今天，我们红军就要白送给你们土地和粮食，就是要打倒地主剥削阶级。现在，我们走，一起分田分地去！"

"轰……"人声鼎沸了，群情激奋了！与会的人乱哄哄惊吼、尖叫着，朝丁胜山指的方向涌去……

第一宗被分的土地是村西头一垅九十多亩的稻田。这片土地平坦肥沃，每丘田块都在一亩以上，沟渠纵横交错，终年光照和水源充沛，而且地势较高不易受涝，是村里第一等的良田。土改工作组决定将这片地就近按人头分，发到二十三户人家。其中，包括原宗户大地主刘洪元的自耕地。

许多民众随土改队员来到地头看热闹。邱润年作为土改工作组副组长，组织队员丈量土地和登记入册，威风凛凛。谢金华和王种田远远地站在土堆上看热闹，惊奇的眼中充满迷惘和不安。

王种田的父亲拿着一根一丈长的竹竿在田埂上奔走丈量，那眉宇间透着几分激动。船夫谢八月已是赤卫队队长，他手中握着一杆长梭镖，带着几个年轻人在现场维护秩序。丁胜山作为土改工作组组长，是这次行动的总指挥，他脸部表情严肃，双目不时地环顾四周，在田埂上来回踱步。他身旁跟着两名战士。

第一户分得土地的农民是位四十多岁的跛子。在场还有他患有青光眼的老婆和一位衣衫褴褛的老人，老人手里牵着一个十岁左右光屁股的孩子。他抖着手在一张类似地契一般的表上摁了红手印后，拉着一家大小来到丁胜山面前，突然跪下了，没说出一句感谢的话大声哭了起来。一家人也跟着唏嘘呜咽地抽噎不已，让所有在场的人都为之动容。

丁胜山把这一家人扶起来，随口安慰说："以后就好了！把这几亩地耕种好，来年温饱就没问题了。"

邱润年目睹此情此景，从对面的田塍上跑过来，对丁胜山耳语了一阵，丁胜山点点头，"嗯哼"一声清清嗓子，大声对村民说："父老乡亲们，大家都看到了，土地对每个家庭有多么重要。按理说，人人都有吃饭穿衣的基本权利，可是一直以来，我们这个生存权得不到保证，原因就是我们没有土地或有土地后来又失掉了。红军今天做的就是还大家一个公道：人人有地种，人人有饭吃。为了这个目标，我们必须跟地主恶霸斗争，要保卫已经取得的胜利成果，并且不断扩大战果。因此，我希望乡亲们积极支持土改工作并动员年轻人参加红军的队伍，只有壮大了红军，分得的土地才不会得而复失。现在，让我们一起高呼：积极参加红军，保卫胜利成果！"

田野响起高昂的口号声。这一番不失时机的鼓动，把土改与扩红结合，起到了事半功倍的效果。当场就有青年报名参加红军，丁胜山把他们的名字登记起来，让他们明天就到连队报到去。

下午，继续分地。老财主刘洪元带着他的小老婆芹花和家中雇工阻挠来了。刘洪元年已古稀，有三个儿子，老大在南京做事。红军来后，家中两个儿子投奔大哥去了。刘洪元因行动不便同小老婆看家。

土改工作组人员见刘洪元手执拐杖，站在即将分配的一丘红薯地里。同他一起来的几个人一字排开，完全是不让别人丈量土地的架势。这个地块约两亩，一片绿油油的红薯苗十分喜人。

此时，只有邱润年和几名队员以及一些闲散农民在田头，不见丁胜山。邱润年上前对刘洪元道："老表叔呀，连着这几丘田工作组已分给别人了，您家的在后面呢。"

刘洪元执杖在地上敲打了几下，铁青着脸说："这百亩良田是谁的？是土改组的吗？你们用枪杆子压着要分我家的田，我认了。但你们做事要讲点良心，按你们共产党的规定应给我家留下自耕地，我家十四口人，应分二十多亩地，理应让我们选择。自家挑选自家的东西还犯法吗？因此，我家自耕地就从这丘田开始依次丈量！叫花子抢食还有个先来后到的，我自己的地怎么不可以挑选？"

邱润年被他这一番话说得不知如何作答，他从一名队员手中拿来一本册子翻看，脸带笑容地对刘洪元道："老表叔，这是土改工作组集体开会定好的分配方案，我个人无权改动。"

刘洪元瞪着眼，来回挪动了几步，气愤道："你是工作组负责的人，又是村长，而这些队员都是瞎字不识一个的穷鬼，他们还不听你的？你就不能再开会改动一下？"

邱润年摇摇头："我可没有这个权力。土改工作组组长是红军党代表丁胜山。"

"丁胜山？你去给他反映。无论如何，今天我们就站在这里不走了！"刘洪元口气横蛮，突然身子一蹲，索性就躺倒在了地上。

邱润年一看，怕事情闹大，凑上前对着他耳语说："老表叔，您也是七十多岁的人了，什么风浪没见过，还看不清形势？您这样闹，像耍小孩脾气，有什么用？弄不好给您戴一个对抗土地革命的反动地主的帽子，这亏就吃大了！还是赶快起来吧。"

刘洪元慢慢坐了起来，喘着粗气。蓦然间，他一推邱润年，破口大骂道："我也是快进棺材的人了，你们要杀要剐随便。你个邱润年，也不是什么好鸟，红军没来的时候，天天像狗一样围着我家打圈圈，现在脸一翻，成了共产党的村长。呸！"

看见刘洪元这么激动，他的小老婆芹花上前劝道："当家的，地上湿，还是身体要紧，站起来吧。"她伸手去扶他。

"滚开！"他用拐杖把小老婆挡开。可能是太激动的缘故，他的嘴角流下了白沫似的涎水。此时，他看见老王拿着用来丈量土地的长竹竿站在前面，骂道："你，王三发子，现在也人模狗样了，也敢站在这里看我的热闹了！真正狗仗人势。过些日子有你好看的，等你的东家从山里出来，还不把你这忘恩负义的老东西赶出门……"

老王原名叫王三发，在场的很少有人知道，站在对面田埂看热闹的王种田，也不知道父亲叫王三发。从小他就听人叫老王，以为父亲没起过名字。王种田几步上前去，朝刘洪元吼道："你个老不死的狗财主，还是贼性不改，只知道欺负老实人。我这就去给红军说，你破坏土改，让你游村示众！"说完，他撒腿就跑叫人去了。

老王喊着没把他叫回来。

不一会儿，丁胜山领着谢八月一伙年轻人过来了。

"刘洪元，我没把你当作恶霸地主打倒镇压，就是看你年老蛰伏在家人还老实。现在看来，我看错人了，你剥削阶级的本性丝毫没有改变，仍然在乡亲们面前作威作福。你既然选择与革命为敌，我们也只好奉陪了。"丁胜山说。他朝谢八月挥了一下手，年轻的赤卫队队长带着几个人扑了上去，三下五除二把刘洪元五花大绑了。跟刘洪元一道来的几名雇工赶紧躲闪，只有他的小老婆号啕大哭，拽着老头不让带走。

没多久，刘洪元被赤卫队员押着游村示众。他头上戴着纸糊的锥形高帽，胸前挂着一块木板，写着"坚决镇压大地主刘洪元"十个大字，名字打了叉，像押赴刑场一般。所到之处，"打倒地主剥削阶级""红军万岁"的口号此起彼呼。

游行活动因有一面铜锣助阵，吸引了众多人围观。谢八月不时向群众宣传刘洪元破坏土改工作以及过去鱼肉乡邻的一桩桩罪行。队伍的后面跟着群小孩戏闹助威。

此时此刻，如果说走在最前面的大地主刘洪元已经颜面尽失，真正成了砧板上的肉任人宰割，那么他身后的谢八月就是众人眼中的英雄了。他不时用手中的红缨枪木杆敲刘洪元的后背和屁股，大声呵斥。每到一个屋场，长期以来被财主欺凌惯了的穷苦农民，带着前所未有的新奇与忐忑，不时把游村队伍围住。有泄恨的怒骂和悲伤的倾诉，也有像火山爆发一样复仇的疯狂举动。当然，还有个别天生善良、性情懦弱者，总是站在远处某个角落观望，甚至落下几滴慈悲的泪水。

游村活动一直到天完全黑了下来才停止。谢八月奉命把刘洪元关押在雩都河岸一处独立的茅草房里。这是一间两室的屋子，是早年一户人家在渡口卖茶水用过的弃房。红军到来以前，谢八月在渡口撑船时常到这屋中歇息。这一回他终于逮住了机会要好好整治一下这可恶的老地主了，以泄心头之恨。

谢八月的父亲早年以走直江撑船为生，下吉安出九江往返运货。小时候父亲常不在家，撑船拉纤一外出就是数月。母亲带着他和一个妹子在家，耕种祖上留下的一亩多水田。一年秋天大旱，稻田干涸，母亲想从山脚下刘洪元家的一口大水塘里戽水浇田，找上门去求他。好说歹说，刘洪元总算答应了，却开出了十分苛刻的条件。他阴阴地说道："我家百亩稻田也急等灌溉呢。你想想，保你的一丘田，我就会有一块田减产或旱死。唉，都是老天爷作的孽。如果你实在想分点水，这样吧：也别戽水了，用肩挑水，我匀给你两百担水，一天挑完；如果挑不完，第二天就不能再挑了；秋粮收割后，还我两百斤谷子。"

母亲算了算，如能保下这一亩多田不绝收，怎么着也能有些收成，就咬咬牙答应了。

第二天，母亲天麻麻亮就起床，找了担大水桶到塘里挑水润禾。刘洪元派人站在塘堤上拿着本子记数。中午骄阳似火，母亲也不停歇，汗如雨下奔跑于水塘和稻田之间。那年谢八月才九岁，午后见母亲没回家，他带着妹妹来地里找她，用一块魔芋叶片包了一个饭团送到母亲手中。此时，年轻的母亲已累得连说话的力气都没有了，将饭团往嘴里塞去。母亲太累了太饿了……

儿子见母亲咽不下去，双掌合拢从水桶里舀了点水给她，母亲和着浊黄的水咽下了饭团。

"妈妈，别挑了，回家吧。以后，我和哥每餐少吃半碗饭，行吗？"看见母亲的样子很吓人，妹妹拉着她的衣角央求道。

母亲忍不住了，泪水"唰"地夺眶而出，把一双儿女拥在胸前……

这天，母亲一直干到很晚才回家，原野已是月残风凉。狗吠蛙鸣中，不知道她是怎么跌跌撞撞回来的。谢八月兄妹俩一直站在家门口等，等了很久见到母亲时，她手里只拿着一根扁担，头发蓬乱，一身泥水，跌趴在离家门几尺远的地方。邻居家的那条熟狗竟然没认出她来，汪汪直叫。

兄妹俩连扶带拖把母亲弄回家中，让她躺倒在一张竹床上。妹妹打了盆冷水给妈妈擦拭，还换了件干衣裳，可是母亲已不行了，只有出气没进气。

"妈妈……妈呀……"兄妹俩吓坏了，一声声地呼喊着母亲。可是，她已无法应他们了，只有两行泪水从眼角流了出来……这个晚上，母亲大吐了几口血就离开了人世。她是活活地被累死了！

然而，这一年谢八月家的田还是颗粒无收，因为旱情一直延续了两个月，她母亲拼死挑的二百担水几天就蒸发干了。秋末，狠心的地主刘洪元不忘要谢八月家还两百斤稻谷。谢八月的父亲不服，就写了状子告到县衙。可判决下来输了官司，父亲无粮可给，只得割了半丘田给刘洪元……

从此，"财主可恶"这个观念在谢八月心中扎下了根。这一回，刘洪元落到了他手中，他的头脑中不时闪现母亲奔走担水浇禾的情景，便组织赤卫队员轮番斗地主，连续几夜不让他睡觉，把刘洪元弄得奄奄一息。

严刑之下，刘洪元交代了不少鲜为人知的霸人田产、抢女作妾、逼良为娼和暗通官府恶吏买卖人口等几十桩巧取豪夺的罪行。谢八月把审问记录让刘洪元画了押，呈给红军党代表丁胜山。

初冬，一个暖洋洋的艳阳天，鲤门湾村召开了几千人的公审大会，刘洪元被两名强悍的赤卫队员一左一右扭着胳膊压上了审判台。"坚决镇压大地主刘洪元""劳动人民自己当家作主"等标语四处可见。曾受过刘洪元迫害的贫农代表先后登台进行血泪控诉。山呼海啸般的口号让所有人着了魔似的疯狂，仿佛一切的穷根都是刘洪元造成的，打倒了他从此贫穷就烟消云散了……一切不幸的个体因为有了红军的引领，将积蓄起不尽的力量，打碎旧世界而涅槃重生！

大会上，丁胜山代表工农武装组织宣布判处刘洪元死刑，将于翌日午时三刻执行。

晚上，皓月当空。刘洪元的小老婆芹花泪眼汪汪地坐在家中，一筹莫展。几个佣人都走了，阴森森的大房子静得可怕。从开了公审大会后，她就坐在这里一动不动，已有半天时间了。其实，她娘家也是贫苦人家，因为人长得漂亮被刘洪元看上了，父母贪财把她嫁给了老财主做姜。可是，在刘家她只享了一年福就到头了。她只能怪自己的命不好，福薄。

刘洪元要被杀头了，她想救他，可是无计可施。思来想去，她想到了邱润年。于是，她到厨房生火炒了一碗剩饭吃了，从一只银镶玉的匣子里拿了六根金条和十筒银圆，悄悄地来到邱润年家。

邱润年自从六年前死了老婆后，唯一的儿子跟人外出做生意，一直杳无音讯。他一人吃饱全家不饿，家里从不收拾，房门早晚不关，像个官道茶亭，谁去找他都可以直进直出。

此刻，邱润年正洗完脚端着木盆到门口倒水，碰上芹花进屋。

"村长，在家呢。"芹花打声招呼。

人影朦胧，邱润年一下没认出来，问："谁呀？"

"我，芹花。"

"哦？是你？三更半夜的，找我有事？"邱润年倒了洗脚水，十分诧异。

芹花没答话，径直进入屋内，从厅堂进到亮着油灯的睡房。

"哎呀，你怎么就进来了！有什么事外面说。"邱润年急了。

芹花"哇"的一声大哭起来，双肩不停抖动。哭了几声后说："我是命硬。小时候算命就说我克夫……真介是这样。我家老头子明天就要被砍头了！你，帮忙救救他吧……"

邱润年明白了。他立即摇着手道："哎呀芹花，你家那老财主——噢老表叔，都是自找的。你都看见了，那天我劝都劝不住，他就要去鸡蛋碰石头。如今，已当众做出了宣判，谁也更改不了！"

芹花"扑通"一声跪下，哀求道："村长，说起来我们也是远房表亲，你不能见死不救呀。"

"你让我怎么救？"

"这……你是一村之长，你总得想个法子。不然，以后老头子的几个儿子回来了，我也没法在家待下去了。"

"又不是你把他弄死的，能对你怎样？再说了，现在国共两党争天下，他的儿子能奈何得了红军？如果真有那么一天，我都能给你作证，你老头子的死不关你的事……何况，对你来说年纪轻轻，难道你希望给他守一辈子寡？真要是他们不认你了，你就再嫁，离开那个家。"

这几句话，说得芹花无言作答。一阵沉默后她忽然觉得，对方是真的设身处地为自己着想了。其实在她的心底，她并不尽愿与那糟老头厮守一生，何况他七十多岁的年纪也无法相伴终生，他早死了也不啻是自己一个重新生活的机会。

"真的就没有一点办法了吗？"芹花问。

"要不你去看看，他关在河边那间草房里。今晚上有重兵把守，你想劫他出来简直是做梦！"邱润年大声嚷道。他端起桌上的口杯喝了口水，沉思片刻伸手拉芹花，让她站了起来。

芹花起身后，抹抹眼泪，像是自言自语说："看来老头子是救不回了。以后，那大屋阴森可怕我一个人怎住？真吓死人了……"她突然眼睛瞟了邱润年一下，心想，以后要能找到一个新依靠就好了。

这念想一上心头，芹花脑中闪过一个大胆的想法，她略犹豫了一下，蓦然跨前一步，义无反顾地扑倒在邱润年怀里。那双娇嫩的小手死死地拥着对方的脖子。

邱润年惊愕不已！他瞪着双眼一动不动，大脑一阵眩晕近乎失血了。一缕女人的异香如幽兰绽放，让他有一种沁入肺腑的迷醉之感。他的一只手禁不住轻轻按在对方的后背，指头慢慢游动，从脊背一直摸到她丰腴的臀部。

可片刻之后，他还是毅然把她推开了。他使劲地晃晃脑袋，告诫自己：如果跟她上了床，后半生可能就毁在这个女人手里了。明摆着的，大财主刘洪元明天就要处死，而前一晚上自己就睡他的婆姨，这种事传出去，绝对是要遭世人的唾骂。再说自己是红军的村长，跟地主婆搞在了一起，也可能要被打成反革命的。

芹花从对方抚摸自己的屁股时心已怦怦跳，以为这个已多年离了女人缺少异性慰藉的男人，今晚一定要霸占自己了。可是出乎意料他竟把自己推开了，让她不免生几分慌乱。今晚主动扑在邱润年的怀中完全不是水性杨花的性欲使然，只是想用美人计俘虏他为自己办事。事与愿违，这一来反而陷入尴尬了。

"对不起，村长……"芹花道。从这一刻起，她对邱润年有了新的认识，这个男人平时看他对人一副笑脸，一个和事佬模样，其实心机很深，一般人不易察觉，不易对付。

"来，喝口水。"邱润年倒了碗开水递给她。

他和蔼地说："芹花，你家遇到这种事，你心里能不急吗？这我完全可以理解。是啊，你也是苦命人，指望嫁人后能过几天舒坦日子，可世事又变化得这么快！唉，这不是人力可为的，认命吧。你老头子也是我的远房表叔，我也想救他，可没法子呀。就像树上的鸟，夜晚遭人放铳，四周漆黑，鸟们只能慌乱逃命，谁还顾得了谁呢。我们都是草民，现在天下大乱看不清局势，只得随波逐流，择繁木高枝而栖，还能有别的办法？因此，你也别怪我不帮忙救你的老公，就是有办法也不敢去做，懂吗？"

芹花听了这一番话，似乎明白了一些道理，默默点头。她看出来了，此刻的邱润年确是一颗善心待自己，不然不会讲出这样的话来。她踌躇了会儿，还是解开披在身上的狐皮外衣，把夹在腋下的一个小手包拿出来。打开包，她小心地取出六根金条放在桌上，道："邱村长，我本来是想用这点钱请您设法救我老头子的，看来没办法了。虽然救不了他，但我还是决定把这点东西留在您这里。因为，我那老头子死后可能就要被抄家了，放家里也不保险，还是留在您屋里好。你能替我保管吗？"

看着黄灿灿的金条，邱润年呆了。他把其中一根金条拿在手中掂了又掂，摸了又摸。因为，其实他从小到大就没见过金条。

他从对方手中拿过那个小手包，把金条放回包里，激动地说道："芹花，你想得没错，过不了多久就可能抄你的家了。这些东西对你今后生活很重要。既然你信得过我，我就冒险给你保管好。但是，你千万别让任何人知道了，不然可能给我引来大麻烦的，甚至是杀身之祸也说不准。"

芹花表示，绝对不会让第三人知道。

邱润年又问她要不要打个收条，她摇摇头。

临别时，她蓦然上前，对着这个男人的耳朵道："你，从今以后就是我心中唯一的男人了。你如果想要我，我随时给你……"

说完，她身一转拿上搁在桌下的一个大手提袋，消失在月色婆娑的原野。那只手提袋里有十封银圆被她带回家去了，没给邱润年。

枪决刘洪元的地点选在雩都河岸一处宽阔的沙滩上。周围几个村都来了人，临时搭建的一个高台被黑压压的人群围得水泄不通。台上五花大绑跪着的不止刘洪元一个人，还有另外三个人，据说是邻近村的地主。但此次将被杀头者只有刘洪元，他脖子上插了斩标，其他几个是陪法场的。

红军战士和赤卫队员里里外外围了几层，怕有人劫法场。军容严整的丁胜山与另外几名红军干部腰佩短枪，站在台上指挥并监督执刑。丁胜山挥手让现场安静下来，扯着嗓子讲了一通"坚决镇压地主恶霸""保卫土地革命成果"重大意义的铿锵话语，带头振臂高呼"打倒剥削阶级""红军万岁"等战斗口号，台下几千人跟着嘶喊。如果说，一句口号就是一波能量十足的声浪，那么接连不断的口号山呼海啸一般，就造成了滚滚巨雷袭来的那种排山倒海的雷霆之势，久久回荡在贡江河畔的每个角落，让此时此刻置身其中的人们热血沸腾，也让台上即将要被行刑的罪犯已经魂飞魄散了……

午时三刻快到了，芹花从人群中挤到行刑台前。她穿一袭白色衣服，一双黑色布鞋。乌黑发亮的发髻盘在头顶，中间穿了根金色的簪子。耳鬓两端，丝丝缕缕的少许长发飘曳齐肩，显得素洁雅净。她的手臂上挽着一个竹篮，里面有一只青花瓷碗、一瓶白酒。她是来给刘洪元送断头酒的。她的前往没有受到阻拦，因为客家人有这种风俗，让即将赴阴间的魂魄借酒壮几分胆气。看砍头热闹的人早就等着这出行刑序曲上演了，眼巴巴瞧那个即将成为无头鬼的活尸，最后表现一下"咕嘟"畅饮的豪气！

行刑者把刘洪元提了起来，刘洪元弓着背筛米般哆嗦，要不是被一双有力的手拽着，可能无法抬头见自己心爱的小老婆最后一眼，因为他的脖子弯至胸前，像是受了伤。

芹花苍白的脸上没有丝毫表情，也没说一句话，唯一令人怜悯的是在她倒了满满一碗酒后，连着几滴泪珠落入碗面，溅起了一串串酒花。

芹花把酒端到刘洪元嘴边。她看见老头子浑浊的双目充满血丝，黑眼珠子略微动了一下，算向她诀别了。她用双手把酒倒入他嘴中，可他喝了一口后咳嗽不止，就闭紧了嘴唇，让瞪着眼观看的人们大失所望。

"喝了就行！过了奈河桥，就有胆气去见阎王了。"芹花说。

行刑者把死囚拖回原来跪着的地方，准备行刑。

"你可以走了。"丁胜山走近大喝一声，让芹花下台去。

没料到芹花竟朝他走前一步，央求道："红军官老爷，能不能别砍他的头？"

"胡扯！"丁胜山手一挥，让两名士兵把她赶下去。

芹花忙辩白道："您别误会。我不是说不杀他，是求您换个法子，比如开他一枪就行了，留个全尸。"

丁胜山立刻否定了："这不可能。我们要留下一粒子弹用在战场上。"

芹花唯一的要求没被批准，她沮丧极了，头也不回快步离开。

后来有人告诉芹花，刘洪元受刑时，那颗人头滚了很远，杀人者的脸上和身上都喷满了鲜血，这是少有见的。他们说可能行刑者是个新手，站的位置不对，或力气不足，或刀磨得不快没砍利索。

这件事以后，鲤门湾原来有些沉闷的气氛明显改变了，一些原来一直怀着侥幸心理的地富分子不再幻想，老老实实前去找红军交代自己过去犯过的罪与错，并表示欢迎分他们家的土地。一些疑虑不安的见风使舵者打消了疑虑，遇事主动找红军或赤卫队通风报信，表白革命的意向。

红色革命的烽火，渐渐呈燎原之势。

六

1929 年 6 月，蒋桂军阀混战基本结束，从江西调去参战的国民党军大部返赣，县城复被国民党占领。鲤门湾处于雩都河的南岸，北面仍属国民党政府军管辖，水上通道被封锁。每天，都可以看见两岸有巡逻队沿河巡查可疑船只。

时令隆冬，河床干涸，大片沙丘相连，只有河的中央还有一线碧蓝的深水奔流。当然，想涉水偷渡过河恐怕不行，那一线水水流湍急，还有串串大小旋涡。确需进城去的人，必须撑船斜流到对岸方可。

赤卫队队长谢八月天天带着人在河岸巡查。一日凌晨，他还在家睡觉，有赤卫队员前来报告称有两个脸上裹着围巾的人雇了船要过河去，被他们扣下了。他立即起床，顾不上洗漱赶到了渡口。

站在船头的人见他来了，把裹脸的围巾摘了。他一见惊了一下："是您，叔！"

"是我。"答话的是一直躲在岩背山的谢茂。岸上，还有一位用围巾包裹脸的人，谢八月问："是谁？"

"你大姑。"谢茂答。那人也拿下了围巾，一看原来是谢英。

谢八月从小就云里雾里地听村里人讲谢英年轻时的故事，说她进北京下广州与当代的大人物一起闹革命，心中对她充满敬畏。他上前叫了一声"大姑！"谢英"嗯"了一声，道："八月呀，你知道大姑一直身体不太好。最近，咳嗽得厉害，想进城去看医生，行不？"说完，一阵撕心裂肺的猛咳。

谢八月知道谢英常年咳嗽的毛病，看她现在羸弱的样子不像装的。他同情地说："大姑，不是侄儿多嘴，你这身体早就应该好好治治了。今天天气这么冷，大清早的就从山里出来，身体更受不了。不会等到天暖一些时进城去？"

谢英又咳了，没答话。谢茂听出好像对方有盘问之意，替她回答："老侄呀，你看大姑这病还能等吗？我怀疑她得的是肺痨，所以还是早点赶路。大白天出门路上人多，怕传染给了别人就不好了。这不，我送她去看病也怕被传染，才裹了围巾捂住嘴巴。"

听了这几句话，谢八月找不出有什么不妥，看看天要大亮了，便朝谢英说："大姑，您过河去吧，一定要找位好郎中把病治好了。以后有什么事，只要我能帮上忙的，您尽管开口招呼一声。"

船离岸而去。谢八月望着薄雾笼罩的江面，对岸的城廓隐隐约约，在晨雾中仿如海市蜃楼。他自言自语道："这对兄妹，躲在山里也真可怜的。恐怕，这次出来要过年才会回家了。"

谢八月猜得不差，其实谢茂兄妹就是久住山里待腻了，很想到外面走动一下。至于谢英的病，近两个月因为经常同兄长一起去刨土种菜，参加劳动锻炼反而让她康复了体质，咳嗽少了。刚才渡口的咳嗽不止，完全是装出来的。

他俩登上北岸码头时，也受到了政府保安团的盘查，谢英故伎重演，很容易就被放行进城了。

他们的目的地毫无疑问是幺妹家。天刚亮，两人像早起晨练的人朝城里悠闲走去。

"哥，您真坏，说我得了肺痨。轻病都会给您吓出重病来。"谢英道。

谢茂笑了，道："看你忌讳的。一句话就能说出重病，那这世上就没有战争了，敌对双方互相诅咒就够了。当时，我也是应急，灵机一动话就出口了。八月那个浑小子，如果不是我添油加醋几句，恐怕还要问这问那呢。"

"这倒是。唉，人就是变得快。过去八月见到我，'大姑大姑'叫得亲了。乘他的船过河去，从不肯收我的钱，说多一个人少一个人都一样，是河里的水把你载过去的。那一张嘴很会呱的。红军来了后，当了赤卫队长情形就不太一样了。"谢英说。

谢茂道："毕竟是隔了几代的宗亲了。不过，这小子还是有分寸的，不像时下有些年轻人，把我们这些祖传下来多几亩地的人家当敌人看待。他还不会。他父亲一辈子帮人撑船拉纤，走州达府见识广，教育孩子比一般人家好。这不，那次我们进山走得仓促，托他寄封信给幺妹，他守信用。不过，他那么快就当了红军的赤卫队队长我没料到。他在渡口撑船也能维持生计，又不是没饭吃了。"

谢英摇摇头道："哥，我说您有时就犯糊涂。这条河一边是红军，一边是白军，渡口都封锁了他到哪去捞生计？我看这也是迫不得已。"

"被迫的我看未必。人呐，天生就是嫉富嫌贫。本来家里就穷，有人白送给几亩田，谁不感激拥戴他？对于八月这样的后生，以后还是要提防一些。"

谢英哀叹一声："江河日下，世风不古呀。自清政府推翻以来，国内军阀混战不断。本来孙先生把局面弄得有些好转了，可他命不长，民国十四年去世了。老蒋打着孙的帅旗反帅旗，联俄联共变成反共剿共，国共两党不兵戎相见才怪呢。想想这些您就应明白，眼下朱毛红军也是被逼上梁山造反的！要想立足，不用点绝招行吗？所以，只有走把地主的土地资源分给穷人这条路了。不然，就只能被老蒋剿灭掉！这些大局，我们奈之如何？八月和我们一样，必然卷入其中无法独善其身呀。"

谢茂听了这些话，不再吱声了。毕竟，妹子在这方面的见识比他强，他不得不服。

县城西门十字街到了，俩人朝苍生号药店走去。就在这时，迎面走过来几名军人盘问。

"干什么的？"

"什么干什么？遛街也要查问？"谢英冷冷地反问。

"对不起，我们是城防军巡逻宪兵。现在是非常时期，请跟我们走一趟。"

"走一趟？"谢茂惊了一下，忙说："我们去找郎中看病。她是我妹妹，咳嗽得厉害。"

谢英一听，连着几声咳嗽。

"别装了。有人看见你们是从南边过来的！走吧，有地方让你们说清楚。"宪兵不容分说，推押着两人朝县衙门方向去。

衙门离十字街口仅隔一条弄巷，眨眼工夫就到了。谢茂兄妹被带到衙门一侧的城防团团部侦讯股。几名宪兵把他们推进了一间挂着"戡乱剿匪嫌犯审讯室"牌子的房间，互相嘀咕了几句，转身把门一锁就走了。

谢茂一看不对劲，上前拼命擂门又大喊几声，没人应。

"浑蛋！怎么能这样对待我们……"谢英气得脸色发青，还真的引起一阵猛咳，弄得上气不接下气。真没料到会有这么一劫，谢茂干瞪眼，窝着一肚子气无处发泄，一屁股坐在地上长叹。就这么关着过了几个时辰，到晌午时分才有人来开门。

门开后，进来了四个人，除了原来的宪兵还有一位长官模样的中年胖子。此人瞥了谢氏兄妹一眼，就用牙签一个劲地剔着牙，嘴中不时打个饱嗝，那样子分明是刚吃过午饭。屋角上有张桌子，他站在桌旁慢悠悠地擦着嘴巴，又"嗯哼"一声吐了几口唾沫，才坐到士兵递上来的一把椅子上，抬起一只脚搭上桌面，然后点燃了一支香烟。

"说吧，什么名字？"他从抽屉里拿出几张纸和一支笔，漫不经心地开始发问。

谢英对他的傲慢已忍无可忍，她大吼一声道："你叫什么名字？"

这一吼着实吓了他们一跳。胖子惊讶地站了起来，厉声道："你这婆娘还有几分胆色。你呀，真不知马王爷几只眼了！现在，是我在审你还是你审我？"

"你凭什么审我们？我们犯法了吗？难道民众出钱供养你们，就让你这般傲慢无礼？……"谢英已经无法管住自己的嘴了。

"你？到底是什么人？"胖子满脸疑惑。

"中华民国公民。"谢英不卑不亢。

胖子离开桌子走了几步，心想，这女人不简单。他的小眼睛眨了几下，忽然说："行。你要公民的尊严，我就给你尊严。不审查了，我们走。在当今赤匪横行的特殊时期，我们有权力对一切可疑人物进行审查。你们不说可以，就再关上几天吧。"他手一挥，朝门口走去。几个兵也跟着要出门。

谢茂急了，一个箭步上前拉住胖子，央求道："长官，千万别跟我妹子怄气，别跟她一般见识。她是有重病，约好医生上午看病拿药的，被你们一关这么久，全给耽误了，所以她心里急。"

他一边说一边从衣兜里掏出一把银圆塞到对方手中。

胖子不动声色地瞧了一眼，毫无顾忌地拿起一块吹了口气放耳边听。片刻，他问道："什么病呀？"

"肺痨。"

"肺痨？"他一惊，看看谢英两腮桃红，本能地后退了一步。他把银圆往衣兜一装，手一挥："走，走！也不早说，活该。"门口的士兵也闪到一旁，让谢茂兄妹出了门。

两人加快脚步离开了城防团。到了苍生号药店门口，兄妹已上气不接下气了。

幺妹见到兄姐，听了刚才的遭遇后暗自落泪，赶紧弄好饭菜让他们填饱肚子。稍后，她烧了两锅水，让二哥和大姐洗了个澡去去晦气。

寒冷天，黑夜来得早，晚上七点多一家人就吃过晚饭准备睡觉了。幺妹收拾好两间房，安排兄长睡下后，自己进谢英房间，和姐姐同宿。谢英比她大十几岁，母亲去世早，在她心中姐就是半个娘，两人无比亲密。

"姐，这次进城来，无论如何也要住上一段时间。您在乡下严重营养不良，现在的身体又黄又瘦，还总咳嗽，必须要调养一些日子才行。"幺妹同姐相依相偎在被窝里，说着悄悄话。

"山里的天气是比这里冷许多。天冷我就更容易咳，又没多少痰，老毛病了，难好。"谢英道。

"我知道一位很有名的老中医，住城南桥旁，专治呼吸道疾病。明天我们前去看看。"幺妹说。

七

岩背山的这个夜晚格外寂静。谢小亚的父亲和大姑去了县城，她一个人留守深山中。吃过晚饭后，她早早地就闩门睡觉了。父亲临走前说好叫谢金华进山来陪她的，可是她在山口望到天黑，也不见金华的影子，心里既害怕又担心。害怕是一个人独居深山，好像四周都有阴森森的眼睛看着她；担心的呢，就是父亲应该不会忘记自己说的话，也许是谢金华遇到什么急事无法进山来了。是什么事能让他丢下自己一个人留在深山老林中？她越想越觉得不对劲，因为在战争阴霾下，什么事情都是可能发生的。

她躺在床上，就这么不停地假设遐想着，一晚上辗转反侧无法入睡，反而把恐惧抵消了。

第二日一早，她洗漱完毕后弄了碗薯丝炒饭吃了，锁好门回村里去。她也讲不清楚，自己怎么会心急火燎地想见到谢金华，对他的担心总是莫名其妙地揪着她的心。

一路上，她东张西望，心怕有什么东西从路旁草丛中蹿出来。这条山路她是第一次单独行走。以往同家人一起时她傲气十足，可现在无法撒娇了，甚至从此以后，她就必须学会一个人去面对如此严酷的现实。她边走边想着心事，感到她生活的这个世界太让人迷惘了。天下难有宁日，百姓流离失所，人人担惊受怕。她一个文弱女孩能找到避风港吗？如果有，又在哪儿呢？她觉得自己似乎是莫名其妙地对金华哥产生了思恋，也正是这份情愫带给她胆气，让她敢一个人出山穿行于野狼出没的山谷前往鲤门湾。想到这里她不再到处看了，心一下子沉稳了许多。她暗自下决心，一定不能总依附在家人的羽翼下生活，应该学会单独去面对外面的世界才行。

山林中时有飞禽野兽鸣嚎，有时又静得出奇。此刻，她唯一听到的就是自己走路的"咚咚"脚步声，仿佛整个森林中就只剩下这点生命存在的声响了，她的内心重新又慌得厉害，一身鸡皮疙瘩陡起。她不敢多想，一步紧似一步往前赶。突然，远处"砰"的一声响，像枪声又似鸟铳，着实吓了她一跳！这响声似乎来自左侧的山顶，她本能地停住了脚步望去，可什么也没看见，周围又回归可怕的寂静中。

谢小亚撒开腿向前跑，心中最怕的是别有什么东西从树林中蹿出来，一口气奔跑了几里路。就在她翻过一个山坳气喘吁吁停下脚步时，路旁灌木中一阵"沙沙"作响，她一惊躲到旁边一棵大树后去。忽见一只野兽蹿出丛林，直奔她而来，把她吓坏了。定神一看，她认出那是一只麂子，一颗悬到嗓子口的心总算落回腹中。

出乎意料，那只麂子竟在她面前跪下了！无疑，它是受到了猎人的追杀。

谢小亚缓过神来，向前一步，半蹲下身子用手抚摸麂子的头，以示安抚。她看见麂子的左小腿上有一大块血渍，应该是中了火铳的铁弹。她依稀记得老辈人说过：麂子遇难时会向人求救。看来，这是真的了！

她抱了抱麂子，很沉，估计二十多斤重，她没法抱着它走。

她想，必须立即带它离开，不然猎人来了就晚了。她望了眼麂子跑出来的那片林子，静悄悄并没有人赶过来。无疑，麂子中了枪后拼命逃跑，猎人是无法追上的。在这大片密郁的森林中，猎物跑哪儿了猎人恐怕很难判断寻找。她决定先给它处理一下伤口。她看见路边青草丛中有开着小白花的半边莲蔓，便采了些放到嘴中嚼嚼，然后把草敷在了麂子的伤口上。

真神奇，麂子居然通人性，不仅一动不动地让她疗伤，伤口包扎好后还挣扎着站了起来，把头低下朝谢小亚点了点，以示感激。

谢小亚没料到它有这个举动，异常感动，俯下身子把脸贴在麂子头上，一双手在它背上抚摸不止。也奇怪，与麂子的奇遇让谢小亚性情大变，似乎一下子增长了胆识，不再觉得孤单害怕了。她用根葛藤套住麂子颈部，牵着往鲤门湾去。

她家住在村东头，进村时遇见两个小孩好奇地跟着，与麂子嬉闹了一阵。回到家，她把麂子拴在庭园中的一棵桃树下。走进屋内，不见一个人。她放下随身带的一个包袱，到屋外菜园子采了一把青菜叶和青草，喂养麂子。

午饭时分，原管家老王回来了。红军来后他不再是谢茂家的下人，但依然住在谢家，憨厚与忠心没有两样，依旧帮助料理这一家的事务，不分彼此。

"王伯伯！"谢小亚迎上去。

"小亚？回来啦！"老王放下肩上的锄头，非常高兴。又道："走这么远的路一定饿了，我马上做饭。你好久没回家了，大伯给你煎几个糖汁荷包蛋吃，好吗？"

"好。我都很长时间没吃您做的荷包蛋了。山里也养了几只鸡，可是还没下蛋呢。"谢小亚从小就把老王当自家长辈，没有亲疏之分。

忽然，老王看见院子中吊着只麂子，吓了一跳："哎呀，这是哪里来的？"

谢小亚忙给他解释了一番。

"不好！"老王脸色煞白，低哼一声。

谢小亚疑惑不解："怎么了？大伯，这麂子受伤了，该救它！"

老王摇头。他告诉小亚道："这世上的每一件事情，都是上苍安排好的。麂子只是头野兽，本来就是人间饭桌上的一道菜。你从猎人的枪下救下了它，猎人的火铳就会射向其他猎物以充实这一天的收获，就会有另一个野兽替这只麂子去死。你说，你救得值吗？据祖辈人说，这麂子是远古时代的一种精灵，它通人性，遇险时会向人求救。可是你如果救了它，它化解了险情，这危险就转嫁给救它的人了，这就是人们常说的大凶之举。"

老王一脸的恐惧，绕着麂子打转，嘴中还喋喋不休："生生灭灭自有定数，你想改变就得承受风险，这叫福祸相倚。你不懂呀，以为是善良之举，不知是惹祸上身！"

谢小亚迷惘了！她难以相信"大凶"的说法，但看大伯被吓坏了的那个样子，一时不知所措了。

"大伯，您也别太迷信了。如果您怕的话，等它伤好后放它回森林，我们不管它了。"

"我看，宰了它吃肉！"老王道，双眼透着丝阴森的凶光。

"不行！"谢小亚拒绝。她说："大伯，我以前常听您说行善积德。救一只动物也是一种善举，怎么就想不通了呢？这只麂子您别管了，我负责割草喂它。"

老王长长叹了口气，悻悻进屋去了。谢小亚走进后房的柴间，找了把镰刀和一个竹篓，到户外割草去了。

午饭时候，谢小亚背着一篓青草回来，老王已做好饭在门口等她了。谢小亚问起了谢金华的事：

"大伯，金华哥和八月哥会回来吃午饭吗？"

"金华？我没看见他。他同你一起回来了？"老王道。

"什么同我回来，我是回家找他的！"

老王一听惊了："你是说，金华昨天没去岩背山找你？昨天下午，他捡了几件换洗衣服说去岩背，我还同他走到村口榕树下。"

"昨天？"谢小亚心里一沉，说："我昨天等了他一天，也不见人影。他跑到哪里去了？我一个人在山里就是害怕，所以今日一早就回家来了。"

"这是怎回事？人不见了？难道路上遇到什么猛兽了？"老王自言自语。听他这么一说，谢小亚大惊失色："大伯，您是说，这条路上有老虎吗？"

此刻，老王已有不测的预感，他嘴唇有些抖动，道："老虎，没人看过。但是，有人遇到过野狼出没，还有过山豹子……"

听到有狼豹出没，谢小亚吓哭了，不知如何是好，蹲在地上抹起泪来。

此时，王种田荷锄从地里回来。他一见小亚在哭，父亲告诉他谢金华失踪了，他也吓慌了。

王种田说："金华哥会不会进城看他母亲了？"但老王和小亚都认为不可能。老王道：

"我是看着他朝岩背山去的，他不可能忽然又去进城。本来，金华就是你茂叔叮嘱他到岩背去陪小亚的。"

屋内，桌上的午饭都凉了，谁也没心思动箸。老王心急火燎去找邱润年村长，请他组织部分村民进山找人。

谢金华失踪的消息很快传遍了全村。邱润年已经动员了一些人进山去找。

村民们三五成群在山林中吆喝寻查，一直到天黑也没一点线索。

第二天，驻鲤门湾的红军听到情况后，党代表丁胜山也派了一排的战士搜山，忙乎一日还是没有发现一点踪影。

谢金华就这么突然地销声匿迹了。

谢小亚救回的那只麂子成了泄愤的对象，老王不时拿根竹鞭抽它两下，甚至王种田也认为麂子"大凶"，几次上前踹它一脚。谢小亚精神受到很大打击，泪水涟涟。尽管她内心十分明白：救回麂子的前一天谢金华就出事了，跟麂子没有丝毫关系。但是，迫于眼前家人的情绪，她还是把麂子牵出庭院，来到村后森林中把它放生了。

老王内心很愧疚，认为自己没尽到责任，当时如果让谢金华骑马进山可能就不会出事，或者让王种田一同走一趟，也可能不会是这个结果。

这天早晨，老王来到渡口，想找一条船渡河进城去，把谢金华失踪的消息告诉谢茂兄妹。可是蹲在河岸等了很长时间，没见到一条船，只好去找赤卫队队长谢八月，看他有什么办法帮忙捎个信。

谢八月早已知道谢金华的事，觉得是应该尽快通知他的亲人。他对老王说："现在对岸搜巡得很严，我可以给你弄条船，你自己撑过去，可是那边让不让上岸，就不知道了。"

"试一试，如果不行我立即返回。"老王道。

船离岸出江，渐行渐远。谢八月站在河边望着船朝对岸去。近日，他已听闻又有一支红军从东边方向过来，可能要打对面的县城。他不知道消息是真是假。如果确有其事，对面一定不会让这边的船靠岸。

果然不出所料，从对岸传来一阵枪响，隔江远眺好像有一些兵在奔走。谢八月看见老王的船已经掉头了……

老王冒险把船撑了回来，吓得直哆嗦，人一登岸身子就软了，是谢八月把他扶上去的。

这天晚上，老王、谢小亚和王种田坐在一起开了个会。老王忧心忡忡道："我年纪大，这个家暂时由我说话。看目前的情形，找金华的事也只能放一放。小亚，你爸曾说过，兵荒马乱的年代，最好的办法是躲到山里去，哪怕是当野人也比被兵痞裹挟强。因此，我们明天就进山去。岩背那个藏身处不能荒废了，我们要为东家守着，等他们哪一天回来，有个地方容身。"

谢小亚边听老王说边哭泣。眼下的这个家，一河相隔天各一方，加上谢金华突然失踪，生死不明，她那颗稚弱的心都快碎了。

八

临近年关，天气一天比一天冷。这晚，肆虐的北风刮了一夜，靠河边的窗户也"吱呀"地响了一夜。谢英绻着身子躺在被窝里，一宿无眠。天微亮的时候她起了床，到盥洗间漱完口，喉咙一阵痒痒，引起几声猛咳，把隔壁的幺妹吵醒了。幺妹穿起衣服出来，见大姐一个人坐在走廊的一把椅子上发愣。

"姐，不多睡会儿？"幺妹上前问。

"睡不着。"谢英回道。接着又咳了两声。

幺妹摸了一下姐的额头，道："不会是又受凉了吧？"

"没有。冬天就容易咳嗽，这是多年的毛病了，不要紧。好在这几天一直吃着妹夫开的汤药，比从前好多了。"

姐妹俩聊了一阵，天大亮了。妹妹说去生火做早饭，谢英回房间拿了条围巾独自一人出门散步。房子紧挨城墙，二楼有一扇小门，打开就到了城墙上。

其实，谢英的身体自己都一直弄不明白，按理说咳嗽的人应避寒风，而她一直以来却相反，每当肺闷喉痒时，深吸一阵凉凉的新鲜空气，反而咳少了，身子舒坦了。

城墙下就是滔滔西去的贡江。晨雾像一抹轻纱笼罩江面，能影影绰绰地看见对岸。谢英漫步在城墙上，微风吹动着她的齐耳短发，脖子上的红围巾在胸前晃悠。她不时停下脚步，茫然地望着江面。这条寂静的母亲河其实没有任何变化，似乎永远都有流不完的半江清水，与过去唯一不同的是渡口的喧嚣不见了，因为水面上根本就没有船只航行。没有船舟行走的江面，其实就是一泓死水。怎么会弄成这样呢？她内心十分悲伤，仿如这条河流就是当下的自己，暮气沉沉没有一点生气。

　　她散漫地向前挪动步子，不时深吸两口清凉的空气，头脑中忽闪过懊悔进城来的念头。在城里这几天，自己的心情并没有比躲在深山好到哪里去，依然有一种沉闷压抑之感。她觉得这座城市完全沉沦了，像被遗弃的老妪，敞开胸膛等待一场暴风雨的洗涤一般。

　　她已行走到城墙的尽头，对矗立在墙头的一方纪事碑端详了一刻钟，转身往回走。脚下黝黑的城墙是用一块块厚实的隋唐字砖垒砌的，它历千年风霜不倒，依着河道蜿蜒雄傲至今。其中，有一截古老旧垒墙基还是西汉初年建县时大将军灌婴率兵修筑的。历史悠悠，心绪幽幽，此时她不知为何陡然惊悚了一下，感到自己其实太渺小了……

　　这时，街道上有三三两两挑着菜篓进城卖菜的农民经过。她返回家，幺妹已站在门外等她了。

　　"姐，大寒天，这么久在外面身体受得了吗？"幺妹伸手拉她进屋，又摸她的手心。

　　"没事，不咳了，头脑也清爽多了。"谢英解下脖上的红围巾。

　　早饭后，谢茂约谢英作伴去一趟县教育局，他想见一下局长，毕竟离开县城几个月都没有跟自己的上司沟通了。"尹局长兼职我们中学的校长，长汀人。人不错，比我小两岁。"

　　路上，谢茂给妹妹聊自己单位的情况，认为如果不是战争，他也可能有一番大作为的。满腹经纶不逢时，看来过去的努力都要付之东流了。

　　"哥，当下是什么形势，你还放不下远大理想？你也是一把年纪的人了，能够平平安安度余生，就阿弥陀佛了。"谢英道。

　　谢茂答："也是。眼前的日子就够烦心的了，对吗？"

　　县教育局不在县衙内，在城东一条小街的尽头，离零阳初级中学只差百十步距离。这里环境幽僻，一株千年大榕树如一把巨伞，遮盖住了一个二层的青砖黑瓦楼以及与之一体的长满杂草的宽阔庭院。不熟悉的人看不出这是一个公务机关所在。

　　谢茂兄妹来到院子门口，四周冷冷静静，只有大门两侧立着的一对玉麒麟，四目炯炯有神地盯着来人。

　　他们沿着一条鹅卵石铺成的甬道穿过肃杀院落，见到了挂在门洞一侧的

"雩都县教育局"的长条门匾。

谢茂指着匾说:"字不错吧,魏碑体,我写的!"

"我认出来了,像你的字。"谢英道。

登上几级石阶,他们径直入了屋内。房子前厅一个大天井,几间厢房。后厅就是办公的地方了。

"老谢,你终于来了!"此时,从后厅出来一位半秃的汉子,个子不高但声音洪亮。他已听到前厅的动静,知道有人来了。

"哎呀,尹局长,我认为您不在上班呢,静悄悄的……"谢茂上前握紧对方伸过来的双手。

一阵寒暄后,谢茂向尹局长介绍了自己的妹子,一起到旁边的接待室泡茶。

"我应该叫你大妹?"尹局长对谢英说。其实,他早听谢茂说过她的事,今日一见果然气质不凡。

"我也比您小不了几岁。"谢英微笑答道。

谢茂急于了解他离开学校后的情况,端起沏好茶的壶,给每个茶杯加了茶水,接过话茬说:"我这妹子在家闲着没事,我让她陪着出来走走。今天来,就是想看看局长您。这几个月,局里还好吗?学校什么时候能开课?"

尹局长默默地呷着茶,没立即回答,反而问他:"听说,你们躲到大山里去了?那儿安全吗?"

谢茂叹了口气,道:"原来想,战争来了先躲一阵子,后来发现也没有发生什么火烧连营的严重事情。只是,家中的百十亩地被红军分给穷人了。唉,破财消灾,我也只能这样安慰自己了。"

"百十亩地没了?这还不是大事?嘿,这时局……当然,我们这些文弱书生,个个胆小气短,能够奈之如何?你们也想开些了。生逢乱世,能保住命就谢天谢地了。"尹局长话题一开,发过一阵感慨后侃侃而谈起来:"天下浑昏,枭雄当道,纵横捭阖,各霸一方,你方唱罢我登场,真正苦了天下的百姓了。白军红军杂牌军,旌旗帅旗天子旗,让人眼花缭乱,孰是孰非你能评判得了吗?对我来说,虽说是公职人员,理应守土有责,可我能干什么呢?自从你走后这些日子,人人闻匪色变,整个县城人心惶惶,学校的十几名老师走了，局里的两个股长也告假回了家。大人、先生们尚且如此，哪还有学生来上课？因为社会混乱不堪，盗贼四起，前些时我曾向县长面呈利弊，要他派警察护校，可是没人理。现在的学校连课桌凳都被人搬光了。我知道，你老谢担心学校的事，你的心情我理解。你今天来看我，就表明你还惦着教书育人的大事，难得了！"说到这里，他停下来给谢茂兄妹加了茶水。

一会儿，尹局长放低声音，双眼盯着对方道："老谢，我还真有个事想给你商量一下，不知道你能不能帮个忙？"

谢茂问道："什么事情？"

尹局长叹了一声，道："你知道我是长汀人。长汀也闹红军了，我想回家去看看，安顿一下父母。这段时间，你代我值守些天，也就是看个房，没啥具体事。行不？"

"值守教育局？我缺衙门官衔，没资格吧？"谢茂疑虑道。

"这个不用担心。我想好了，给县长说说，任命你一个副局长。"尹局长道。

"这……哪有这么简单的事？"

尹局长拍了拍光溜的前额，道："我自有办法。现在是特殊时期，能临危授命不推辞的，就是对党国忠诚的表现了。目前各衙门都不断有人辞职，缺额越来越严重。因此，只要你愿意帮忙，任命没问题。"

谢茂听后表情犹豫，看着谢英。谢英便道："您自己拿主意。依我说，眼下的形势当官是没多少贪头的，也不好当。当然了，如出于同事、朋友帮忙，另当别论。尹局长是外地人，能找到替他一阵子的人选也难。"

"对，大妹说得没错。"尹局长赞许道，脸上露出感谢理解的神色。

谢茂沉吟片刻，道："快过年了，我本打算过几天就回南岸家去。这样吧，我暂替您些天，如果您小年都还没回来，我就把这里锁了回家去。俗话说'叫花子也要过个年'，是吧？"

尹局长点点头，道："就这么办。明天早饭后你来，我们做个移交。下午，我找县长去。"

九

谢茂意外当了县教育局副局长，是福是祸不知道。

开始几天，谢英陪哥哥一起走路到教育局上班，因为她觉得那儿太冷静了，怕哥熬不住。后来，她也走乏了，就让哥一个人去了。每日饭后，她常沿着贡江河岸漫无目标地闲逛。这些日子她沉闷异常，内心一直为一件事情斗争着，这就是如何看待到了家门口并分了自家田地的红军。共产党里有一些人她是认识的，她曾与他们有过同样的"救国救民于水火之中"的远大理想。可是大浪淘沙，至今她躲进了山野荒林中，对天下纷争早已麻木了。这一辈子就这么销声匿迹当老村姑了吧？她心底里多有不甘。每个夜晚躺在床上，她的思想总处于纠结的旋涡中而不能自拔。因为当下的她既无能力帮红军，也无动力为政府做事情。当年把孙中山先生"天下为公"作为奋斗的理想，那份热情似乎离她已十分遥远了。

一天，她一个人进了一家酒肆，打了斤水酒，要了一碟花生米，自斟自饮起来。忽然，有个戴斗笠的人坐到了她的对面，也要了碗水酒。

"啊？老侄是你！"

"大姑，怎么一个人在喝闷酒？"来人就是南岸鲤门湾的赤卫队队长谢八月。

"不瞒您说，我这几天都在城里。"谢八月压低声音道。

谢英好奇："是游过来的？"

谢八月摇头。他喝了口酒，说："现在天气这么冷，游不了。是从上游用小渔船偷渡。我正要找您和茂叔。"

"什么事？"

谢八月端起碗，一口喝光了酒，小声道："大姑，早点回家去吧，金华失踪了！我们找了很久了，也没他的下落。"说完他起身，离桌而去。

"金华失踪了？"这低低的一句话像炸雷般吓了谢英一跳，她想再问时，八月已出了店门。

谢英决定立即回对岸鲤门村去。她返回幺妹家中，幺妹出街去了，便收拾了一个包裹，留下一张字条压在桌上就走了。

她不想与哥和妹道别是有原因的。因为大哥知道后一定不放心她一个人走，必要辞掉才任几天的教育局官职，她实在于心不忍。因为二哥多少年来勤勉克己，十分看重仕途晋升施展抱负！如果回到清政府时期，他就是那种为博取功名，古稀之年也要考进士入翰林的人。

县城附近河岸的渡口，谢英多少熟知一些。她出了西门，朝下游方向约十五里地的孟口渡口奔去。她平时的穿着像个城里太太，比较讲究，但这次打扮成了一名村妇，上身一件对襟蓝布旧裳，肩上还打了补丁。下身是条皱巴巴的大胯裆直筒黑色长裤，脚穿一双黄麻布鞋。她的头上，用一条丝巾打个结，把长发织成大辫子盘扎在后脑勺，看上去像位乡下媒婆。她是在离开幺妹家时，临时想到要改改装束的。她把佣人晾在屋檐下的一身衣服拿来穿了，还把自己的一身衣裤挂上衣架。

她的担心是有道理的。一路上，不时有小队的国军和保安巡逻队员挨肩而过。来往民众很少，路人都行色匆匆，一种临战的气氛弥漫在广大的城乡接合部。

大约走了两个多时辰，她来到了下游的渡口。还好，这里没有停渡，水边的大樟树下或站或蹲的有五个人在候船。向对岸望去，有艘船泊在岸边。她走近大樟树，在一光溜的巨大鹅卵石上落座。看看身旁的人，都是进城卖了蔬菜或卖完家禽回村的农人。

此时，已到正午时分。她从包里拿了块饼干吃。

"表嫂，喝口水吧！"

一位约五十岁的农妇递给谢英一把黝黑的锡壶，说道。

谢英略一迟疑，还是接过壶对着壶嘴喝了一口。

"谢谢您！"谢英道。她拿出几块饼干给农妇，但农妇没要。

农妇把锡壶放回菜篓，说："我们每次进城卖菜，饿了就喝几口水充饥，习惯了。看你面生，是去走亲戚？"

谢英回答："是。"

"是谁家？对岸村里的人，我都认识。"农妇问。

"噢……不是对面村的。在你村的上游……"

农妇一听，一脸笑颜道："你说的是河田村？我娘家就是河田的。你去谁家呀？”

"我……"谢英语塞。须臾，她回答："上游的上游那个村。"

"唉哟，鲤门村吧？"农妇声音放低了八度。

谢英看农妇不像什么坏人，就点了点头。

农妇凑前来，小声嘀咕："鲤门被红军占了，不知到底怎样，你晓得不？"

谢英不想总跟她泡下去，道："我娘家在鲤门。今早有人托信来说娘亲病重，要回去看。这不，上游渡口封渡了，没法子只得打这里过河。"

"是这样……"农妇表示同情，又对谢英说道："你可能不晓得，这个渡口也限了时的，一天只撑两个来回。早晨一次，送卖菜的过来，就返回对岸了。要等到日头落山后来接人。"

"啊呀……"谢英没想到是这样。她焦急地问："我们在这里要等到天黑？"

"没办法。不过，那撑船的也不守时，他家有人进城了，他会早些来接人。如不在这里守着，万一船先走了就别回家了。"

听她这么一说，谢英只有叹气的份了。

渡口等船几个小时，还好有位热心的农妇与谢英东聊西扯，总算熬到傍晚。

乘船到了对岸后，天已全黑了，谢英已感到非常疲倦。那农妇看出她的疲乏，就热心地邀她回家住一宿，她答应了。

农妇家是栋黑瓦土坯房，前面一个竹篱菜园。谢英随农妇进了屋，一个男子从里屋掌灯出来。

"财生，来客人了。"农妇对男子说。

男子把灯放在桌上，"嘿嘿"地笑了一声，近前打量谢英一眼。

谢英看对方直勾勾地瞪着自己看，心里一阵发慌。

"这是我小叔子。"农妇介绍道。她让谢英跟自己一块到厨房做饭去。

农妇切菜做饭，谢英帮忙烧火添柴，俩人仿如姐妹一般。原来，这一家有四口人，农妇的丈夫是烧瓦窑的，经常带着儿子在外乡烧窑看火。小叔子是个间歇性癫痫病人，年已四十还未婚。

晚饭后，农妇热情地招待谢英洗了身脚，安排她在儿子房里睡。

　　隆冬农村的夜，寒冷而寂寥漫长。谢英躺在床上翻来覆去睡不着。人生如戏，跌宕坎坷，一个活蹦乱跳的儿子说不见了就没了踪影，她无论如何也不敢相信，一定要找到他，就是被豺狼吃了也要见到一丝半缕的遗物。

　　夜深，迷迷糊糊中睡了过去。睡梦中，忽然感到有只似熊非熊的怪畜向自己扑来，压得她喘不过气来。她大叫一声猛然醒了。

　　"啊——"她吓呆了！借助窗洞投进的一点星光，她仿佛见到一个人影从自己床上滚落地下，眨眼间蹿出门去……

　　隔壁房间住的女主人听闻叫声，点盏灯走进谢英房间，问："怎么啦？做噩梦了？"

　　谢英未答，急忙下床，穿起睡前脱下的衣服。看上去，一身还在哆嗦。

　　"你睡觉没闩门吗？"

　　谢英摇头，声音颤抖地说："我要走了！"

　　女主人急忙拦在门口，道："这深更半夜你能去哪里？你给我说清楚，到底怎啦？"

　　谢英整理好了衣服，张大嘴"嘘"地长吐了一口气，说："我明明记得闩了门。可是，却像……有人上了我的床……"

　　"真有？"女主人急切问。

　　"我一喊，一个影子闪出门去了……"谢英不相信是自己的幻觉。

　　女主人安慰谢英："你等等。"她把油灯拧亮，转身大吼一声："财生——你滚过来！"

　　此时，那个叫财生的男子耷着头，磨磨蹭蹭走过来。

　　"是你吗？老实交代。不然我打断你的腿！"女主人厉声喝道。她从门角抓起了一把锄头。

　　财生不吭声。

　　"怎不说话？你这短命鬼，我和你哥前辈子欠你的！这些年白白养着你，你还饭饱思淫欲？还想搞女人？我明天把你哥叫回来，赶你出门。别想再踏进我的家门！"

　　财生一听要赶他出门，呜呜地哭了。看得出，他还挺怕嫂子的。

　　见这个样子，女主人及谢英都明白了，是财生进了谢英的房。

"我走了。"谢英拿起一个包袱向门外走，女主人拉也拉不住。

到了大门口，外面一片漆黑，女主人拦在谢英面前，央求道："妹子，还是天亮再走，我陪你等到天亮？"

谢英道："大姐，感谢你留我。这事与你无关。我还是走吧。"说完，毅然转身消失在茫茫夜幕中。

"虎落平原遭犬欺！"此时，谢英的心情可谓糟透了，脑中回荡着这句话。这位曾经的民国侠女，竟然差点被一个僻野癫佬奸污了，让人嗟叹。

茫然地走了一段夜路后，谢英感到寒冷难熬，想找个地方躲躲凛冽彻骨的夜风。还好，走到一岔路口的坡岗上有一座破庙，她钻了进去。北方夜空的北斗星光直射庙堂，她依稀看见门角有一些散乱稻草，便半躺了下来。一个女人到了这一步，说心里不会怕是假的，不过她与一般女人不同，经历过战争生死的磨砺，虽然面对呼啸北风下荒岗孤魂般的迹遇也有几分发怵，但硬着头皮不去想它，还是能够坚持下去。

风，不时把庙门吹得"吱呀"叫。除此之外，深夜的旷野就只感觉到自己的呼吸了。万籁无声的大地，透着一种空灵幽幽的诡谲，让人的神经自然而然地分外紧绷。谢英此时就是这种状态，远处一截枯树枝被风吹断掉落地上的声响，她都听得格外清晰。

她蜷缩身体躲在荒庙角落不知挨了几个时辰，人已有些迷迷糊糊，半睡半醒。临近天破晓前黑暗那一阵时光，她仿佛听到有人说话，声音越来越响，像是朝这边走过来了。她睁开眼站了起来，移步朝庙门外看，十几米外有几个人影，向她走过来了。她思索了一下，拿起包袱躲到神龛后面。

"这里有个庙？"稍许，庙门口有人说话。

"正好，我们歇个脚吧，累死了。可能还有个把时辰就天亮了。"

谢英看见一共三个人，进了庙里。他们用电筒照了照，就在刚刚谢英蹲过的稻草窝里坐下了。

"这草窝暖暖的，有人蹲过？"

"胡说，三更半夜谁蹲在这里。我看是我们身上太冷了，感到草窝暖。"

有人不放心地用手电筒四处照，道："没什么鬼，别心虚了。要不就是一窝老鼠待过，见人来了跑了……"

"唉，真倒霉。有马不让骑，还要什么昼伏夜行。老子从来也没吃过这种苦。"

"唉，到底是怎回事？怎么突然派我们去汀州？"

"听说赤匪最近几万人在闽赣边界调动集结，准备打大仗。这不，我们调查科就该死了，分成几个组装扮成老表，去赤化的乡村摸情报。叫我们组去汀州，不是直接去，是从雩都、瑞金到汀州，这三个县归我们组的侦察范围。"

谢英听明白了，这几人应该是国民党特务机关赣州站的侦稽员。

一阵大风吹过，把庙门吹开一扇，一个人骂骂咧咧地上前关门。

"前不久我来过雩都。"一人继续刚才的话题，道："从雩都县城渡河到对岸的罗田岩，路不远，但罗田岩那边有赤匪驻扎。"

"你是找黑秃鹰？"

"本来不该说的，你们也不是外人，我就说给你们听。是马站长叫我去的。黑秃鹰已在罗田岩潜伏半年多了。你们知道老马的做派，那里驻扎了赤匪，就会就近派潜伏特务去收情报。我去找黑秃鹰，是去给他送封信，内容我不知道。"

"黑秃鹰在罗田岩寺，还好吗？"

"苦死了。天天念经吃斋，一点血色都没有。就是那个老鹰鼻，更长更勾了！"

几个人"轰"地一阵大笑。

"你们别笑，黑秃鹰是马站长的心腹干将，此人阴得很。我听说，上个月黑秃鹰奉命押送一批军需去长汀，除了原来找好的几个挑夫，在路上他把相遇的几个青年都抓了，用枪逼着强征入队，近三百里路下来，硬是抓到一个排的壮丁，同那批军需一起送给了前线国军。为此，国军为他请功，还得到了省里熊主席的口头嘉奖。"

"抓了一个排的壮丁……"这句话，让谢英心里一沉。这个黑秃鹰就在罗田岩，谢金华的失踪会不会是被他抓了丁？她越想越觉得可疑。

天蒙蒙亮的时候，在庙里歇脚的几名壮汉走了，谢英才从神像后钻出来，一身冷得发抖，连着大口哈气，还猛地咳几声。这个夜晚把她折磨得够了。

她沿着乡道一路走走停停，到鲤门湾已是九点，村民刚吃罢早饭。她原

058

以为进村会有人盘查，并没人注意她。看来是她这身村妇的打扮起了作用。

管家老王见谢英回家来吃了一惊，赶紧给她弄饭端到餐桌上。可能太饿了，她没更多寒暄，一口气吃了两大碗饭。换了平时，半碗饭就够了。

"大姑，东家没同您一起回来？"老王一直以来跟晚辈一样称呼谢英"大姑"。这是当地客家人的习俗，把自己放小一个辈分称呼对方，以示格外地敬重。

十

老王给谢英说了谢金华失踪前后的事情，告诉她说自己的儿子王种田和谢小亚在岩背山，也是怕有一天谢金华出现在岩背，好有人接应。

谢英问："现在村里还安静吗？"

"村民生活还算安定。自从土改后，大部分人家都分了新水田，比较满意。已有一些人在除草翻田，等到新年开春后就可以播种了。对原来的地主富农，只要他们不闹事，红军也没多管。近段时间，村民对红军不再惧怕了，有事还主动去向他们反映。"

老王不急不慢地给谢英介绍村里的情况。他还希望谢英回村来住，说道："红军不像不讲道理的队伍，对老百姓好。您和东家没做什么伤害他们的事，他们不会对你们怎样的。"

谢英没吭声。又问道："村里还是那支部队吗？"

"还是老丁那伙人。"他指的是丁胜山党代表。"不过，这几天又来了两拨人马，住在后山冈上，多少人不晓得。听人私下议论，可能要打大仗了。"

"哦，你还听到什么？不会是打县城吧？"谢英问。

老王摇头："不晓得。如果打县城就糟了，东家和幺妹一家在那边，要赶紧通知他们才好。"

谢英摆摆手："我是瞎猜，看你紧张的。好了，不说这个。明早，我想去趟罗田岩寺进香，你准备一些敬神的东西，和我一起去好吗？"

老王愣了下神，马上点头道："好，我跟你去！好长时间了，是该进香去了。求求菩萨和各位大神赐福消灾，过几天平静日子就好。"

谢英递给老王两块银圆，让他别忘了买桶油给寺里点灯。

第二日一早，谢英穿了一件狐皮大衣，一双厚手套，脖子上裹了那条冬日就没离过身的红围巾，脚穿过膝黑马靴，同老王一起进山敬香去。她的手腕上还有只白色提包。

三九隆冬，滴水结冰。偶尔一阵北风吹过似霜刀划脸，谢英不时用手捂着脸前行。可能是天冷的缘故，路上连个放牛娃都没遇见，两人悄无声息地来到古寺。

罗田岩寺建在一处丹霞地貌的山腰崖洞，登坡前行，曲径通幽，两旁密林如盖。寺的北面有个天然小湖泊，一汪碧水安静得像一面镜子，半弯田畴环绕水边，远处是大片湿地。夏日里可见满眼荷花盛开。

他们登上了寺院。红色岩壁上方有"天子万年"几个遒劲大字，是南宋名将岳飞的题字。寺大门旁的整面粉红石壁，凿刻着自南北朝以来文人墨客的诗赋真迹上百品，其中有周敦颐、文天祥、八大山人等名人的手书墨宝。

谢英走进岩寺大殿，同老王一起点燃香烛跪地拜佛，心中祈祷神灵一定要保佑她的儿子平安，让她尽快找到儿子。

此时，一位身披红袈裟的和尚悄然来到他们身旁。

"女施主，您真是有心人，天气这么冷，一大早就进香来了。"

谢英"嗯"了一声，上完香好奇地打量和尚，见他脸呈古铜色，气宇轩然，看上去年纪四十多岁。

"师傅，您是寺里的住持？我怎么眼生呀？"谢英问。

"噢？女施主以前常来吗？"

"已有一年没来了。"

和尚笑容可掬："这就难怪了。我是半年前才云游到此的，所以我们不熟。"

老王接过话茬："原来你是外地和尚，难怪没见过。我们是本地鲤门村的。她，是我的东家。"他指指谢英。

"哎呀，怠慢了！女东家您好福相。"和尚见谢英雍容大方的样子，忽然小声问道："据我所知，你们村已驻了红军，还搞了土改。看得出您是大户人家，没受到冲击？"

老王瞪了和尚一眼，道："你和尚在寺庙也关心这些世俗事？"

和尚摇手道："不。我听香客说的。我等出家人，不理凡尘事，随嘴一说，别见怪。"

谢英以责怪的口吻说："老王呀，寺里的师傅们也是凡人，也要白天吃饭晚上睡觉，本地发生的事当然不会完全不知。特别是现在，兵荒马乱的，哪能充耳不闻，置至身外呢？"

和尚一听她这么说，心里一震，觉得此人不俗。他双眼滴溜地转动，道："的确如此。眼面前发生的事，就是你想不闻不问，也会钻到你耳里。只是，这位大姐斗胆问您一句，您不像土生土长的当地人？"

"我吗？这你就看走眼了……"

谢英没说完，老王插话道："你个云游和尚想干什么，查户口呀？你问问寺里其他师傅，他们都知道。往年，我们鲤门村谢家给寺里捐施了多少财物……"

谢英打断老王的话："过去的事，你就别再提了。"

和尚思忖片刻，神秘地问道："您，叫谢英？"

谢英惊了一下。她不动声色地说："你我不相识，怎么知道我的名字？"

"嘿，我听寺里的师傅说过，鲤门村最大的地主有两户，一户姓刘，一户姓谢。有人还说谢家是方圆几十里出了名的善良人家。"

"是吗？"谢英认真地打量和尚，见他一双眼睛鼓而又神，不住地转悠。高隆的鼻梁很有特色，准头成钩状，像老鹰嘴一样。她口气犀利地说："看来，你这位大师傅可不太规矩，别人家的女子叫什么名字，你问得清清楚楚！"

"哎呀，大姐你误会了。"和尚忙解释道："我们出家人，为了寺庙香火旺，也要搞点小建设，需要多化缘一点钱物。前些时间我到过鲤门村，没遇见你们，但有人向我说起过您家几个兄弟姐妹，个个十分了得。"

谢英此时已明白了，这人就是自己今天要找的人——卧底特务黑秃鹰。经验告诉她，能一下说出自己的名字，无疑早已对周围的环境和人事情况做足了功课。

此时，一位老和尚走上前和老王打招呼，红袈裟和尚道："释然师兄，备茶点请女施主他们休息一下。"

老和尚应诺去了。

"不必客气!"谢英道,"如果方便,烦大师带我四处看看,就很感激了。"

"应该的。"红袈裟大师傅很爽快地应允,马上领着谢英朝左厢房走去。老王没跟在后面,被释然老和尚带去用茶了。

寺正殿的两旁,还有很宽敞的洞室,厅接厅,房连房。室内几分幽暗,还好石洞开凿得四五米高,方方正正,敬奉着大大小小的菩萨佛像几十尊,一片金光灿灿。在一尊菩萨面前,谢英停住脚步,仔细端详了一回。她问红衣和尚:"大师,这尊菩萨是——你认识吗?"

和尚用手拍了拍袈裟,略显尴尬地说:"我当然知道,是释迦牟尼如来的弟子。"

"哪位弟子?"

"噢,是……你看我这记性,一时记不起来了。"

谢英微笑道:"也难怪,当住持事情多。这位菩萨就是迦叶尊者,如来佛祖的大弟子,禅宗的祖师。"

"对了,是迦叶长老。"

谢英从随身带的手提包里忽然拿出一支鲜花。当下隆冬,是支粉红色的梅花,不知她从哪儿采的。她试探地问:"您听过'拈花微笑'的故事吗?"

和尚惘然地看着她。

"师傅,可能您俗事太多,忘了。经书上说,一次如来佛祖在灵鹫山讲课,他随手在花盆中拈了一枝花,对着大家转一圈,一句话也没讲。学生们不知老师这个动作是什么意思,面面相觑。就是这位迦叶尊者,突然忍不住'扑哧'破颜一笑,不是大笑是微笑。如来一见,说话了:'吾有正法眼藏,涅槃妙心,实相无相,微妙法门,不立文字,教外别传,付嘱摩坷迦叶。'因为只有迦叶尊者明了佛祖如来的意思,就是不须通过文字而能传道的法门,指禅学的个人参悟悟道。这便是'拈花微笑'的故事。至今,还是佛门一个深奥的谜语。"

和尚听了谢英一番解释,一张黑脸涨得通红,忙不迭地说:"大姐,您懂得真多，您就是女菩萨。以后，我要多上门向您请教。"

"女菩萨不敢当，上门请教更不必了。其实呀，人只要有佛心，日常生活中养成佛性，一心向善，人人都可以成菩萨。世上有菩萨吗？有，就在自己心中。一位法门得道高僧讲的'人人都是观世音'，就是这个道理。"

忽然，谢英话锋一转，道："住持大师，我今天来一是奉香敬佛，二是想请您为我解一个谜。当然这个谜，不是什么经典故事。"

和尚疑惑地望着谢英，心中打鼓似的，不知她要给自己出什么难题。"我能给您解谜语？"

"能，只要您真心帮忙！"谢英肯定地说。

"那你说说看。"和尚如坠九天云雾中。

谢英叙述了儿子谢金华失踪的事。

和尚听完后，还是不解，道："女施主，我的大姐姐，您儿子失踪我怎么能帮您找到，您以为我会算命？"

"不需要算命。我只要你指点迷津就行了。我听说前些日子，有人押送了一批军需去福建省长汀县，就是从罗田岩出发的。这些押运的人，路上还自作主张捡了一些青年一道前往？有没有这个事？"此刻，谢英目光冷峻，射出两道逼人的寒光。

和尚刹那间怔住了。他一下子想起来了，那次自己在出了寺不远的路上，是抓了一个青年去充军，难道就是她儿子？可是，她怎么会知道这件事呢？那天是傍晚，路上不见其他人呀。想到这里，他额头冒出一层冷汗："这女人不得了，这种事都能查到，说明她绝非普通人。"

"哎呀大姐，您这是从哪里听说的。就是有这种事，我一个出家人又怎么会晓得呢……"他内心十分忐忑，表面装成若无其事去试探对方。

"哼！"谢英发火了。她从手腕的皮包里摸出一张照片，甩在香案上："你看看我是谁？瞧仔细了！"

和尚心中惊诧，拿起照片仔细瞧，又看看谢英作对比。照片是一张几个人的合影，其中有蒋介石和谢英，其他人不认识。

谢英把照片从和尚手里一把夺回，道："你不要以为能够瞒天过海。现在我已给你面子了，知道你不是故意针对我的，所以我说你是路上'捡'了几个青年人……"

和尚彻底吓蒙了。知道这事已瞒不住，弄不好会"捅破天"。他突然"咚"的一声跪在地上求饶：

"我是抢了十几个青年押送到长汀……后来听说，这批青年补充到龙岩的部队去了。可是，您现在要我找回来，我也没法子……还有这些人中，您怎么能确定有您的儿子？"

"你起来！"谢英拉起和尚。她说："我就是要您确认一下，我儿子在不在你抓的那批青年中。"

她从包里拿出另一张照片，递给和尚看。这是她与谢金华一年前的一张合影照。

和尚端详好一会儿，最后点了头，确认照片上的小青年在那批人中。

其实，谢英同蒋介石几个人合影的那张相片，是她很多年前在广州供职于孙中山先生的总统府秘书时拍的，昨晚她翻箱倒柜找出来，没想到还真起大作用了。

十一

老王随谢英离寺回到家中已过正午，他弄好饭与谢英一起用完餐后，就出去了。上午去寺里进香总让他心里有一种不踏实的感觉，那位新来的住持和尚不像正经出家人，而谢英的言谈也让人觉着怪怪的。尽管后来他们两个单独到各处走动，不知道谈了些什么。想起红军党代表丁胜山多次嘱咐发现外来人员要及时汇报，他决定去反映一下。

他到了红军驻地没找到丁胜山，就去找赤卫队队长谢八月了。还好，谢八月在家，正在擦拭一杆长枪。

"谢队长，谢英大姑回来了，可能是听到了金华失踪的消息回家的。"

"我晓得了。"谢八月没抬头，还在拨弄他的枪闩。

"我们今天一早去了罗田岩进香，刚回来。"老王道。

"我晓得。"

064

"嗯，你什么都晓得？"老王诧然。

谢八月把枪挂在墙壁上，说："有人给我讲了。"他看见老王满脸狐疑，又说："王叔你别想岔了，你和谢英大姑都是好人，没人监视。你家邻居遇到我，顺嘴说了两句。"

老王听他这么说放心了。他接着把去寺里遇到红衣住持一事说给谢八月听，认为那云游和尚不正经。

"从外面来的和尚？还披红袈裟？"谢八月警觉起来。

"我说不准，反正不像本分人。你想，现在兵荒马乱的时候，还有和尚云游天下？不怕吃枪子呀。"

"嗯，你分析得也对。"谢八月把挂上墙的枪拿下，说，"我要出去一下。"

老王以为他去抓那和尚，说要一起去。谢八月告诉他不是去抓人，要先摸清情况。

"如果他是坏人，迟早也跑不了。我去找一下村长，他有位表亲是长住寺里的居士，因为家里穷没房屋。我请村长私下里给谭居士交代一下，摸摸那和尚的底细。"

"还是你想得周全。"老王道。自土改家里分了几亩上等水田后，这老王的心底里就认准共产党了。

离开谢八月家，老王没有直接回家去。尽管阴沉沉的天空寒风一阵阵刮，单薄的衣服让他身上打战。他一双手交叉在袖筒里，眯着眼弯了一段路，来到自家田地里瞧上一眼。其实，田里除一汪白水在寒风中泛起涟漪外，什么也看不见。但他一有空就要来瞄一眼，哪怕在田塍上蹲上几分钟，心里就有一股舒坦感。

在老王心里还有一桩事一直在摇摆不定，就是他几次想把自己的儿子王种田送去当红军。因为他明白，只要红军在，红军赢了白军，他家的田地就能够保住。可是，他又铁不下心这么做，毕竟打仗是互相厮杀的事，他就只一根独苗，万一……他无法想下去。事实上，哪怕自己还有个女儿，他都会毅然把儿子送到红军队伍去的。

这次谢英突然回来，尽管他知道如果不是谢金华失踪的事，她断不会一个人忍饥受冻绕道回鲤门家中，但他还是无法适应孤男寡女两个人同吃同住一屋子的现实。在谢英面前他一直没有转换佣人的角色，一直把她当女神一样地侍候，不敢有半点怠慢。尽管现在他也已经有房有田，但毕竟这些原来都是东家的，这反而让他心里多了一种不自在感，面对谢英一家人，竟然不如从前一样坦然相对了，虽然谢英及她哥从不另眼看待自己及儿子。特别是谢英，似乎对发生的一切都麻木不仁，丝毫不在乎一砖一瓦。正是这一点，让他对她打心眼里佩服。或许是这种近乎崇拜的心理起作用，一直以来，谢英咳嗽的毛病他很担心，也多次给她采草药。她那咳嗽时好时坏，每次喝他熬的药都只喝一半，另一半趁他不注意倒掉了。

傍晚回家，老王手里又采回来一把药草，有款冬花、紫菀、枇杷叶等。一进门，他闻到一阵香气，进屋一看，谢英在做饭。

"哎呀，大姑您怎么做饭了？……"

老王赶上前夺下了谢英手中的锅铲，说道："都怪我，不早点回来。"

谢英看他采了草药回来说："老王，我最近咳嗽的毛病好多了。"

"上午去寺里进香，我听到你咳了几声呢。吃完饭，我给你熬药。"老王道。

"没事了，别熬。我在幺妹那里带了些药回来。"

如果是外人，绝看不出这是主仆俩，相敬如宾让人心热。

鲤门湾又来了一个营的红军，党代表丁胜山给邱润年村长下了新任务，要他设法多征军粮一百石供应部队。几天来，他带着几名赤卫队员挨家挨户做工作，弄得筋疲力尽，总算凑足了数，基本完成了征粮任务。

这天晚上，邱润年一个人来到芹花家。自从芹花的老公被红军镇压后，她深居家中，很少出门。家中原来一片大房屋，只留下了四个房间一个厨房，其余都分给贫苦农民住了。

邱润年夜晚敲门来访，让芹花大吃一惊，以为出了什么事。她吃过晚饭已经上床暖被窝了。

"没什么事。这一阵子太忙了，没来看你，今晚空闲走动走动。你还好吗？"邱润年脸上堆满笑容说道。

芹花披衣下床，给邱润年端了把木椅，放在挨床沿的地方。接着，倒了一碗自酿的米酒递到他手上。因为天气冷，她又坐回床上，把腿伸进被窝，上身加披了一件厚袄。

"自从上回我老头子走后，就再没有人踏进过家门……你当村长的还能想起来看我，我很感动……"芹花说着哽咽了，抽泣起来。

"哎呀别哭……我，本来应该常来看你，又怕别人说这说那……你也知道，我这个村长也不容易。"邱润年哄起了芹花。

"我当然明白，寡妇门前是非多。何况我家的成分别人都怕躲不及，怕粘到麻风一样，我不怪别人。你，还算心肠好……唉，刚才进屋没别人看见你吧？"

"这么大冷天，北风刺骨月黑风高，户外一只鬼也见不到。"

芹花点点头，又猜疑地问道："你真的就是来看我？没别的事？"她已收起愁容，双眼盯住对方，身板后挺靠在床栏上。

邱润年喝了口酒，道："你还怀疑我的诚心？我确是特意来看看你的。噢，顺便问你一句，快过年了，最近会到罗田岩寺进香敬神吗？"

芹花一听眉头紧锁道："我才不去了！以前，我家去寺庙敬奉还少吗？比村里哪家花的钱都多。可是，也没能免遭横祸，老头子都人头分家了……"

芹花说到这里，又抬臂用衣袖揩起了泪。

邱润年本想，如她去寺里进香就带个口信，叫他的亲戚谭居士来家里一趟。下午谢八月给他说了这个事，他要落实一下。

邱润年看芹花的样子，说："芹花，你不会又想哭了吧？晚上太静，别让隔壁以为怎么样了……"

芹花"唉"地长叹一声，擦拭了一下双眼不再说话。过了片刻，她突然拉起伸出床外的被角，示意邱润年靠近床沿坐。邱润年把碗里的酒喝光了，移动椅子靠近她身边坐，以为她要说什么悄悄话。没想到芹花突然身子一斜，伸手抱住他的腰，使劲拽他上床……

一位二十出头的寡妇和一壮年鳏夫的肢体碰撞，还是大冷天钻热烘烘的被窝，怎么经受得住如此诱惑？邱润年浑身热血狂奔，像火石燃棉芯一般一点就着……

邱润年借着几分酒兴，无论如何也把持不住自己了，一把将芹花揽在怀里，猴急地狂吻乱摸……

芹花被他抓捏得像一团柔软的米粿，瘫倒在床上大口喘气。须臾，两人的身体像秋蛇一般紧紧交织在一起，弄得一张床"吱呀"叫个不停……

夜深，鸡啼头遍的时候，邱润年轻手轻脚起床回家去，此刻芹花熟睡了。

回到自己家里，他心虚地没敢点灯，一头倒在床上，钻进自个儿那又薄又冷的被窝，连衣服也懒得脱了。他怎么能睡得着呢，此时他的大脑似乎被刚才户外的夜风一吹，格外清醒了。陡然间，一阵恐惧传遍全身，能感到脊背有冷汗渗出。"一个红军的村长偷睡地主的小老婆，而且这大地主刚被共产党砍了头……"他脑中反复回荡着这句话，越想越觉得可怕！他十分明白，在红色政权创建之初，敌我矛盾如此尖锐复杂的时期，自己这一举动就是阶级立场出了大问题，一旦被人知晓就完蛋了……

他躺在床上双眼睁得大大的，无一丝睡意。

他又回忆起刚才的风流韵事，芹花那白净水嫩的身子像羊脂玉一般太让人销魂了，抱在怀里搂在身下的那一刻，整个人飘飘欲仙，那种感觉就像是整个的世界独有自己最爽最幸福了……他已经十几年没碰过女人了，原来以为自己对女人的滋味早已遗忘，对情爱这种事他是有定力的。没想到与芹花实质一接触，他彻底垮了，他根本无法抵挡那弹性十足的乳房和丰腴洁白的大腿的诱惑。他怀疑自己已经无法拒绝芹花下一次的诱欢了，尽管他清楚如果继续发展下去，他会坠入深渊……

无论如何，他不能因为一个女人弄得身败名裂。他想，应该要找个机会给芹花说清楚，他俩的事千万千万不能让第三人知道了，后续的幽会要慎之又慎。事实上，他对于女人一直是雾里看花，芹花对他的爱到底是水性杨花呢还是真心依附，他并未看清。他又想起刚刚过去的那一幕……他大汗淋漓地从芹花身上下来，她似乎并不满足，爬到自己身上亲吻不止。她娇嗲嗲地说："你贼厉害，让我真正做了一回女人……"言下之意，她原来的老公没满足她，没让她尝到强壮男人的澎湃真爱……

"嘘……"邱润年在黑暗中想，弄不好自己命中注定，真的最终要栽倒在这个女人身上了。

他突然坐起来，披件棉衣下床，从壁橱里找到一瓶雪山白酒，咬开瓶盖"咕嘟咕嘟"猛喝了几口酒，顿时全身发热大口喘气，大脑陡然一阵眩晕。

他在室内来回走动，平息身体的不适。一会儿，他拿只脸盆打了满满一盆水，洗了一个冷水头，用毛巾擦了几下，觉得清醒了许多。

这时候，几声鸡叫传来，他踱步出门。户外还是漆黑一片，他漫无目标地向田野深处走去……

十二

阴霾了半个月的天空终于放晴了。早晨的大地罩着一层半透明的薄岚，炊烟滞挂在山峰和屋场的黑瓦上。田野路旁的树木在泛红的冬日里一动不动取暖，早已被北风吹尽了叶片的枝丫，像一幅才点了几笔的素描画，着色凝重而肆意洒脱。一群麻雀叽叽喳喳地飞过，落在枯枝上，在暖和的阳光下亮羽戏闹。

村子里三三两两的人走出屋外，聚在坪上或向阳的房檐下晒太阳。十时许，老王牵着马从野外回来，把马吊在门口树上。他一大早就去放马了，因为谢英今天要去岩背山，他要让马提前啃上几个时辰隆冬沟渠旁的草茬根芽。

谢英走出大门。她上身穿一件束腰黑绒裘，肩挎一个麻布黄挎包，脚踏半筒皮靴，一眼看去，英姿飒爽的模样断猜不出她已是近天命之年的人了。

老王迎上去："大姑，这就走吗？"

"嗯，牵马过来吧。"

谢英今日的神情与往日判若两人。平时她病恹恹的样子，而此刻却一反常态，身板笔挺，头发被剪成齐耳长，还戴一副圆黑眼镜，一双白手套，让人想起她年轻时候的英武样子。不过，老王知道她会骑马，过去还参加过战斗，却不知她现在怎样了，心里还是有些担心。

老王给马整理好辔口，套实坐鞍。他把缰绳递到谢英手里时忍不住说："大姑，要不套上车，我来赶马送您进山？"

"老王，放心吧。这几年在家，我是养尊处优了，其实是心理的问题，心灰意冷吧。可是这次不同，我要去找金华，我精神很好，这次又要去战斗了！"说完，她一登马镫跃上马背，"驾"地大叫一声，重重地一掌拍在马臀上。那马一声嘶鸣，撒腿奔跑起来，转眼工夫就消失在前面的树林里。谢英弓身夹马远去的身影，让老王啧啧称奇："想不到她大姑还有如此身手！"

谢英要去找谢金华，为何要进岩背山？老王不便问。他甚至有点担心，谢英会叫上自己的儿子一起去找谢金华？不过再一想又觉得不可能，她决不会让谢小亚一人留在岩背山的。他突然想起，村长说今天要去送粮给部队，关了房门朝村部去。

老王来到村部，可能是天气晴朗有很多人进进出出，邱润年和谢八月都在。

"老王，正要找你呢。"邱润年见到老王上前把他拉到一边，说："你把贫协的十几个人都叫来，一起去推砻碾谷。赤卫队收上的稻谷还没上砻，要赶紧碾出白米送部队去。"

老王听后点头就走。没走几步又被谢八月叫住了："王叔等一下。"

谢八月把老王拉到村部后面的一个房里，给他发了一支长枪。他交代道："红军丁胜山党代表定的，给每个村干部发一支枪。你是贫协主任，也发一支。"

老王接过枪，道："我不会用枪。"

谢八月给他演示了一下。他说："过两天红军会派出教员，组织大家集中学习打枪。今天你把枪领回去，子弹以后发。先学会擦枪，别锈了。"

老王把枪背在肩上走出来，好多人新奇地看着，他自己也觉得别扭，心里嘀咕道："种了大半辈子田，人快老了还玩上枪杆子了！"

下午，他带着贫协委员把上砻脱壳后的十几石大米送到部队，天黑才回家。他忽然就想起了儿子王种田，自言自语："还是让这小子留在岩背山好。今天，又是送粮又是发枪，恐怕真要打大仗了。"

王种田在岩背山已近一月，除侍弄几畦菜地外，还去开垦荒土扩大菜蔬种植。这段日子，谢小亚几乎天天在山坡下的垭口，来回在路旁的两株大枫树下徘徊，希望看见谢金华会突然出现在眼前。她等在这里不回鲤门村就是这个目的。

这日临近晌午，谢小亚看见远处有一匹马奔来，激动得朝前跑，边跑边挥手。

一会儿，那匹马奔到跟前，她才看清是谢英姑姑。

"小亚，你怎知道我会来，站在这儿接我？"谢英跳下马，问道。

"姑，我……这里很久没人来，看见有人来了就高兴，跑上前来接嘛。"

谢小亚接过姑姑手中的缰绳牵马回，姑侄俩边走边聊。小亚奇怪怎么爸爸没有回来，谢英说他城里有事暂时走不开，说她这次赶回来就是要去找失踪的谢金华。

"金华哥都失踪这么久了，能找到吗？"小亚的声音带着几分干涩沙哑。

"小亚，你别着急。姑姑告诉你，你金华哥还活着。只要活着就能找到他。"谢英道。

"您怎么知道一定活着？这条山路很多人说见过豹子……"

"别听他们乱说！见过豹子的人都是上几辈的事了。今年我们走了多少回也没遇到过。姑姑可以给你打包票，一定把你金华哥找回来。"谢英口吻坚定。

"您知道他去了哪里？"

"福建。"

"福建？您怎么知道？"

"姑有姑的办法，你要相信。我这次回山里来，就是来取点东西。明天我就上路去找你哥。"

小亚一听很惊讶："您去福建找哥？就您一个人……"

"我也不知道他具体的地址，现在到底流落到哪里去了……"谢英忽然鼻子一酸，说不下去了。在谢英心中，谢金华就是她这些年落魄中唯一的希望。她没有结婚，更没有子嗣，她亲手带大的孩子与己出无异。

王种田见大姑来了，从菜地里采摘了芹菜、韭菜、莴苣、大葱等当令蔬菜，装满了一菜篮，在屋后的水池中洗。那眼石凿的水池上方是用竹笕引来的山泉水，日夜不断地汩汩流进池中。时令隆冬，王种田的双手被冷水浸得通红，谢小亚见后也过来一起洗菜。

谢英站在一旁的石墈上看他们洗菜。她突然觉得眼前这两个孩子已经是成年人了，让他俩长时间单独留守这里，似乎不妥。可是，自从闹红军那阵把家搬到这深山坡谷后，家里值钱的东西也都放置在这里了，没个人在家也不行。怎么办呢？她思忖了会儿，感到马上就要过年了，眼前还是只能这样维持，等到谢茂回来再作打算吧。

王种田洗好菜就麻利地做午饭。他像父亲一样老实勤恳，从没把自己当这个家的外人。在山里这段时间，一日三餐他负责做饭，关照谢小亚像亲妹子一样。所谓穷人的孩子早当家，他才十八岁，已经是里里外外的一把好手了。

丰盛的饭菜令谢英惊喜。餐桌上除了几样刚采摘的翠绿蔬菜外，还有油炸的香酥花生仁，金黄油亮的刀切咸鸭蛋，野蘑菇汤。桌中央摆着一大砵，装着热腾腾的红炖野兔肉。

"种田，什么时候打的野兔子？你做的这桌菜好馋人，都成厨师了。"谢英夸赞道。

王种田给大姑盛了满满一碗汤，回答道："是大姑您有口福。这野兔是早晨打的。近几日我发现菜地里有些蔬菜被野畜啃过，就注意了，每天一早起床就蹲在菜地旁边。果然，今日凌晨见到两只野兔从林子溜进了菜园，偷偷啃莴苣。我拿根木棍追上去，打倒了一只。"

谢小亚嬉笑地说："我在这里住好一阵时间了，种田也没给我打只兔子解馋。真是大姑您有食禄！今天我起床后，就看见他把兔子宰杀好了……"

"你这丫头，天天睡懒觉对吗？"

谢小亚点头："我实在是没事做，就多睡会儿。"

"养成习惯不好，以后改就难了。明天开始你给我七点钟起床，好不？"谢英装作嗔怪的样子说。

"好！我听姑的。"

谢英一边吃饭一边又道："你们还年轻，一定不能养成懒惰的习惯。眼下时局不好，但不可能总这样下去，以后天下安定了还是要靠勤俭生活。目前你们没事可做，我看就练点本事也好。等一下吃过饭，我带你们去个地方，给你们找点事做。"

谢小亚一听，瞪大双眼道："姑姑不是又叫我们开荒吧？"

"不开荒了。"谢英诡异地眨眨眼。

　　吃罢饭，谢英让王种田把房门锁了，一行三人朝山上走。登上后坡榨油坊大坪，谢英找来一根粗木棍进了油坊屋内。

　　在油坊中央横卧的油槽树下，她让王种田把巨木旁的一块木板撬开。一会儿，厚硕的木板挪开，下面露出一个大洞，昏暗中看见有一架粗梯子斜靠洞壁，可以直通洞底。

　　谢英带头，三人依次下到洞底。王种田开始还以为是个地道，没想到是间宽敞的地下室，让他吃惊。谢小亚好奇，这个地下室内有明亮的光线。他顺着光往上看，终于弄明白了：原来，这些光亮是从那个巨大的油槽树下来的。巨木中间有一排榨油时用来塞木砖和木楔的洞与底下的导油沟槽相连，现在榨油木砖和导油槽没了，光线就是从这里的空洞照到了下面。

　　这个地下室高八尺余，长宽约三十平方米，四边还摆满了用来放置物什的木架和柜橱。

　　谢英看见谢小亚和王种田惊讶的样子，解释道："这还是我父亲早年建的地洞，只有我们几个兄妹知道。今天，我带你们来千万要保密，不能对外人讲。"

　　她走近一顶层橱面前，打开橱门从里面拿出一杆鸟铳，铳的铁件上包裹了油纸，掀开看还是支未用的新铳。

　　"种田，这把鸟铳给你。你以后好好练习，可以用来打野畜。必要的时候，还可以当作自卫的武器。"

　　王种田听说是给他的，很激动，接铳的手有点发抖。

　　谢英又把一个帆布包给他，说那是铅弹。

　　接着，谢英打开另一个柜子，从里面拿出一把小手枪和一袋子弹。

　　"小亚，这是给你的。比利时勃朗宁手枪，是姑姑当年在广州闹革命时用过的。等下我教你怎么用。现在天下混乱，你要利用在山里这段空闲练练枪，也许有一天就派上用场了。"

　　谢小亚小心翼翼地接过枪，虽然小巧，拿在手上也沉甸甸的。

　　谢英又从柜子里拿了一把手枪出来，比给小亚的大，说是德国造毛瑟手枪。她还拿了一个黑色包裹，看样子是子弹类的东西。

　　"我们走吧。"谢英道。

一行人出了地洞，王种田把洞口厚实木板盖好。谢小亚走到油槽树前面瞧，那些透着光线的洞孔结满蜘蛛网和尘埃，外人确实看不出那下面有暗洞存在。

这个下午，谢英在榨油坊外的坪上教王种田和谢小亚使用枪，还试着放了铳和打了手枪。就是从这天开始，两位年轻人似乎才真正认识了谢英，他们怎么也没想到，跟他们相处多年的身体羸弱的姑姑，却有一身好本事，使枪的娴熟动作简直就是传奇女侠客。当然，他们并不知谢英本来就是当年威震华夏的民国侠女之一。

深山隆冬的夜晚，万籁俱静。半夜以后开始刮起了风，一阵紧似一阵的寒风掠过森林树梢呼啸狂奔，发出振聋发聩的呜呜声。

一夜狂风劲吹，一早起来却是个晴天。谢英推开门见到东方一轮彤红的太阳挂在树冠，血红血红的，似乎被寒冬的被絮包裹得太久了，憋闷得一脸通红，艳丽而缺少热度。还好，风停日出，地面枯草上一层薄冰凌开始融化，路上虽还有几分湿漉漉，但坚硬干爽，没有烂泥利于出行。

谢英决意往东去寻找儿子，今天出发。她把自己打扮成男性商人模样，头上戴了一顶狸绒帽，衣服是一袭黑色皮裘套装，加上黑马靴皮手套，让人觉得是一位气度不凡又高深莫测的大商贾。

王种田牵马过来，谢小亚却站在门边暗自抹鼻子。

"小亚，姑很快就会回来的，你别担心了。我一定把你金华哥找回来，争取一起过个团圆年……种田呢，你多关照小亚一点，女孩子胆小。万一遇到什么事，就回村找你爸去……"

谢英临行前吩嘱晚辈几句话，自己心里也涌上一阵莫名的辛酸滋味。她跃身上马，猛然举鞭打在马身上，只听一声长啸那马高扬前蹄飞跃而出，奔驰远去……

谢英纵马向南，爬山越岭一口气跑到会昌县界，对面不远处，就是县城所在地了。此时已是下午四点，她牵马走进一个只有十来户人家的自然村。

村口一眼大莲池。隆冬将尽的季节，荷塘水面上残留一些败叶，还有一只不怕寒冷的水鸭游弋。塘墈上，一户人家的大门敞开。

谢英把马吊在栅门柱上，径直进屋去。

这是栋三扇两间的房屋，厅堂直通后门，显得深而空洞。右边两个睡房的门关着，只有左边半截厨房门打开。屋里寂无声响，好像没人。

"有人吗？"

"老表，有人吗？"

她连叫了几声，没人应答。

她正要从屋里退出，"咿呀"一声，房间里走出一位挂着拐杖的白发老者。

"谁呀……"老人可能腿脚不便，颤巍巍地朝谢英走来。

谢英迎上去："老伯，是我……"

老者眯着双眼打量谢英，问道："这么晚了，你来做什么？"

谢英答道："老伯，我路过这里，眼看天黑了想借宿一晚。"

"路过？看你的样子像个有钱人。喂，兵荒马乱的，你去县城办事吗？"

"我是下乡收皮货的生意人，从雩都过来的，准备到汀州那边去……"

老者听说去汀州，着急地告诉谢英："去不得！那边正在打仗哩。"

面前这位老者是个善良的人，谢英放心了。她从老人家的谈话中了解到，会昌县城已经被红军占领了。最近一段时间来，红军与白军来来回回打了不少仗，一会儿红一会儿白，老百姓见了只有躲起来。

快天黑了，老人让谢英把马牵到屋后的牛栏里，抱了一把稻草喂马。他告诉谢英自己有两个儿子，一个当红军一个当白军。就在前几天当红军的小儿子回家来告诉他，他那当白军的大儿子正在汀州那边打仗呢。

谢英在这户人家住了一宿，她给了老人一块大洋，老人很高兴。他热情告诉她，从雩都到汀州若走错路了，可以直接走官道到瑞金往汀州去。其实，谢英是有意拐弯到会昌来的。她有个朋友在会昌县城，想邀那人一起到福建去找儿子。听老人说县城已被红军占了，她打消了找朋友的念头。

一大早，谢英告别老人骑马上路。她庆幸自己没被认出是女的。

眼下已是小寒节气，旷野寒风刺骨，谢英一马飞驰在崇山峻岭的县道中。肃杀的林木中不时有一群寒鸦或野莺被马蹄声惊扰，"嗷嗷"飞过头顶，仿佛是进入了一个无人烟的地界，让人心中生出几分恐惧。大约奔走了两个多小时，疲惫的老马驮着谢英登上了一座海拔千米的高峰。她勒住马头停了下来。

临高鸟瞰，前方山下是一片广阔的丘陵小平原，星星点点的农舍依山傍水点缀其间，一片片斑驳地的冬令作物，像画家的着色板一般黄黄绿绿。她知道那是油菜、蚕豌豆和待收的番薯，为这块充满战争硝烟的土地打上了彩色补丁，给这个季节中又饿又冷的饥民，抑或无数的动物带来生存的欲惑与希冀。

谢英站在山顶的峰口极目远眺，百里以外一览无余，乱云飞渡、峰峦隐约，心中生出无限感慨。她突然问自己："我今天怎么啦？怎么就站在了这高山之巅？"

"是的，为了找儿子！"

另一个声音说："不！不全是。我婚都没结，哪来的儿子？"

"捡的，带养的。已经离不开了，胜过亲儿子。"

"噢，表面看是这样。可内心深处，怎么自己还是觉得这个举动怪怪的？一个快五十岁的女人，形单影只骑马千里寻儿？还是在烽火连天的赣南？"

"没错！我本来就不是普通农家妇女，我经历过大革命腥风血雨的洗礼。我不畏惧枪炮战争。"

"可是，你曾经对世势、对理想、对未来，甚至对国家都彻底失望了，怎么会对一个抱养孩子的失踪如此煞费苦心？难道一个曾经把革命理想看得高于一切的女战士，一夜醒来回归宿命了吗？"

谢英独自站立于山巅，触景生情心中萌发出"高高山顶立，深深海底行"的强烈感受，被搅动的自我审视的思想犹如一股洪流在心间冲撞：

"不！我不认同宿命论。一切都是可以改变的，世上没有注定谁就是主子谁就是奴隶。我对理想的失望，是我对大革命的失败锥心的痛。我去找儿子，尽管他可能是暂时失踪，我也应该去找，天下如此之乱谁能放心？这与理想和执着没关系。"

"有关系！天寒地冻，战火纷飞，加上身体也大不如从前了，哪来的这么大决心千里奔走？何况明明知道这样做的结果不一定能如愿以偿。这只能说明你终究不是一个甘于寂寞的人，终究不是一个甘于认命的人，终究不是一个甘于平庸度日的人！如果还是压抑消沉地偏安一隅，生活在鲤门湾或与兄妹生活在城中，做个家长里短的俗人，可能你会憋屈死的。"

"可能……可能我一直就在寻找一个机会，还想到外面去，再去闯闯世界。至于这个世界是歌舞升平的还是枪林弹雨的，我无所谓。"

"对了！你蛰居在家这些年，内心深处并没有寂静下来。谢金华的失踪，为你想走出去找到了理由。你还想去改变命运，你还想去追逐理想！找儿子只是幌子，你还要到外面去闯荡……或者，想去找回自己的另一半吧？"

"羞……我的另一半？好想有过类似的事。那个人，现在在哪里？听说早就不在人世了，真是这样吗？想到这里我胸口就闷得发慌，这或是我时不时猛然咳嗽的原因？"

"也奇怪了。这几天你突然身体好多了，不太咳嗽了，浑身好像充满了活力。有人说过，精神的作用胜过任何灵丹妙药，难道真是这样的？"

"如果这样，我或许终于找到自己的病根了……"

登高望远让谢英的思绪泛起阵阵波澜，近期内心沉闷而紧张的状况陡然间平静了许多。她忽然觉得自己其实并没有那么老，对于山外的世界与自身的认知还是和过去一样，充满激情与执着。近些年在鲤门湾生活看似是人生的归宿，其实不然。今天，当她单枪匹马闯荡在外，很久以来积压在心底的那份噬心的迷惘似乎澄清了，她突然看到了一个不一样的自己，心中涌动一股好久没有过的激情，就是不能这样浑浑噩噩过下去了。

谢英放了马让它觅食，找了个避风的地方吃干粮。早起赶路还没吃东西，现在肚子闹饥荒了。

一个人的世界，有种说不出来的奇妙感受。放眼天地间苍宇悠悠，虚实幽幽，似乎自己已经远离尘世纷扰久了，一切都得重新认识，又似乎万物都在朝自己拥簇而来或是盯着自己的一举一动。四周少有的静谧，确是一种安逸而美妙的享受。

可是，就在她陶醉于自然与"自我"的精神世界时，一声枪响打破了寂静。

她没有判断出枪响的方向，挪动了几步蹲到旁边的一处崖壁下。

又一阵密切的枪声响起，好像有排子枪、手枪和套筒猎枪混杂在一起，方位在她将要下山的岭脚丛林。

她判断枪战离自己很远，于是攀爬上崖顶俯瞰，除了莽莽山林什么也不见。她很清楚红军从井冈山下来到赣南远不到一年,红军已占的地方有限,红、白军在这几万平方公里的地盘上呈虎牙交错之势,县、乡、村之间处于各霸一块的状态,甚至一河两岸、彼邻山落都红白难分。眼下这枪战一定是零星部队之争。她怎么办? 如果继续向前下山难料被流弹所伤或当了一方的俘虏。想来想去她决定在山顶躲些时间再走。

她绕山顶漫无目标地观察找寻,在南坡灌木丛中找到一个小岩洞。她把马牵到洞口吊好,拔了一摞枯草铺在洞里,躺下休息。

她睡着了。不知过了多久,被一阵马的嘶鸣惊醒。

她起身走出洞口,看见一群瘦骨嶙峋的野狗围在马的周围,眼中发出狼一样的绿光,十分吓人。

她从腰间拔出手枪,对着靠近马的野狗开了一枪。一条狗被击中哀号两声倒在地上,群狗四散而逃。

她掏出怀表看了一下时间,已是傍晚六点一刻钟。

一会儿工夫,天已完全黑了下来。一阵冷风刮过山巅,整座大山松涛呼啸,似乎突然间被一波比一波大的冷风包围,一下子感到寒彻肌骨。于是她决定立即下山。

她返回山洞拿上包袱,解开吊在洞口外那匹老马的缰绳,把刚打死的那只野狗绑在马背上。这些做完后她拍了拍马头,跃身上马沿着大路下山去。

夜行奔走了近一个小时,来到山脚下的一个村子,路旁有家店挂着“象湖红茶”布幡,店门紧闭。她下马敲门,连敲了几次。

门开了,店家是位中年妇女。谢英道:“表嫂,我是生意人,去福建购买皮货,路过贵方天晚了想借个宿,行吗?”

店家回答:“停个脚喝碗茶可以,住下来多有不便。我男人不在家,你看就我和两崽。”

谢英环顾了一下屋内,道:“行,我就喝碗茶吧,真的口渴要命了。”

店家让谢英进了屋,把她的马吊在屋檐下,还抱了把稻草喂马。

谢英坐下来,见屋内的陈设非常简陋,一盏松油灯前两个才几岁的孩子在脚盆里洗脚。

一会儿,一壶热气腾腾的茶水放在谢英坐的桌上,店家亲自倒了一大碗茶。

"这是本地的老树茶，叫象湖红，喝了暖胃提神。"店主介绍。

殷红的茶水如琥珀，谢英呷了一口，一股浓郁的本草芳香味直冲咽喉。"真香！"她赞叹一声。

喝了两碗茶，谢英从包袱里拿出一块银圆给店主，店主笑着说不用那么多，两分钱就行。谢英道："表嫂，剩下的不用找了，就给我弄碗饭吃行吗？"

店主一听高兴了："好。我给你做饭去。"

谢英叫住店主，把捆在马背上的那条野狗拿到房里。她说："这是路上捡的，可能是被猎户打死的。你把它烫了毛，炖熟吃了。你的孩子可以吃呀，很补体的。特别是天冷吃了狗肉大暖。"

店主刚才天黑没瞧见马背上搭着一条狗，这一见喜笑颜开，连声说"好！"

谢英到厨房弄了小半桶热水洗了脚。这后与店主一家饱餐了一顿狗肉饭，时间已是半夜。她向店主提出屋外有没有柴棚或废弃圈舍，让她度过一夜。店主迟疑片刻还是答应了，带她到屋后的柴房，往地上铺了稻草，还抱了条旧棉被过来，让她在此宿一夜。

谢英睡在柴房里，寒风从壁缝里吹进来，一夜难眠。她想，如果自己不打扮成男子，可能就可以在屋内住了，但她不想暴露女儿身。

十三

鲤门湾在红军的治理下与过去大不同了。尽管物质生活相对匮乏，但大部分人的精神面貌像中了彩似的很亢奋。年长的农民参加了贫农协会，年轻的加入了赤卫队，妇女们被妇救会组织起来纳军鞋做军衣。

这天，邱润年和谢八月来到村西边一所大屋的厅堂里，检查妇女们做军鞋的工作。谢八月经过一段时间的锻炼，讲起革命道理来一张嘴巴像抹了油一套一套的，大家都说他蛮会呱了。此时他对几十名妇女说：

"女人嘛，过去只知道围着老公和娃崽转，现在不一样了，也踏出门槛闹革命，不少表嫂都像换了一个人。你们当中有的是童养媳，有的是丫头佣人，大家在一起不再受欺侮，人人平等，一块出力为红军做军鞋，很了不起！我这个赤卫队大队长，十几岁开始在渡口撑船活命，怎么也没想到今天管人管枪了，屁股后领着一支百人的赤卫队，这都是红军给我们带来的大翻身呀。所以，我希望你们要为红军多做军鞋，让红军战士不光着脚打敌人，这就是保护我们自己的好日子。红军党代表说妇女翻了身，撑起半边天，我认为这是革命的半边天。妇女同志们，只要大家团结一心，什么卵都不怕，什么困难都难不倒我们……"

大家被他说得乐了，哄堂大笑。

村妇女主任谢九秀是谢八月的妹妹，是她组织大家集中起来做军鞋的。她还会自编山歌，用一个旧搪瓷盆敲打伴奏。此刻厅堂坐着两排妇女在纳鞋底，她敲盆即兴演唱了：

哎呀嘞
荷树长在田塍边
细妹锄草哥犁田
哥耍黄鳝钻水泡
妹捉泥鳅滑挺挺

山歌一唱，厅里像开了锅的水，叽叽喳喳闹腾起来。有姑娘和少妇不甘示弱，也扯开嗓子比起歌来……

哎呀嘞
荷树叶子青灵灵
十八妮子想嫁人
做双布鞋送相好
兵哥带我钻树林

哎呀嘞

岭岗长满松树林

莳田割禾好遮荫

如今来了红军哥

晚上睡觉不关门

　　唱山歌敲瓷盆不伦不类，本应弄个二胡、笛子或别的乐器伴奏，但此时此刻的人们并不讲究这些，几乎就是清唱图个热闹。千百年来，鲤门湾的民众一户一家过日子惯了，哪里有集中在一起自愿尽义务干活做事的，而且参加这种活动还高兴得很。热闹的根源就是家家分了土地以后来年不愁吃了，有集体活动总比单干来得愉悦。只要心情好了，其实人们并不计较尽义务。这恐怕是权利与义务的对立统一，也是物质与精神的相互转换。鲤门湾打从搞了土改后，人人平等的那种从未有过的新型社会关系，的确改变了人们的精神面貌，焕发出了空前的革命热情。就是像地主富农那样的家庭，现在也慢慢习惯了，他们的婆姨们也参加到做军衣纳鞋底的队伍中，避免被众乡亲冷落了。

　　此刻，谢八月就从这群妇女中找到了芹花。这位大地主刘洪元的小老婆，出嫁前是穷苦人家的女儿，从小就学会了做针线活。

　　"芹花，听九秀讲你的针线做得不错，你要好好接受改造，只要你诚心诚意为革命做事，就没人会歧视你。"谢八月说。

　　"我真心改造，听谢大队长的。"芹花是个聪明女人，听谢八月说自己，就猜他找自己有什么事，便走到谢八月跟前来。

　　谢八月让她跟自己到门外去，邱润年见状也跟了出去。

　　"芹花，我问你，你与刘洪元的儿子有没有联系啊？"谢八月问。

　　"没有哩。"

　　"自从土改后他们都没与家里联系过？"

　　"真没有。起码是没哪个人同我联系过。如果我知道，一定给你们说的，他们又不是我的亲儿子。"芹花一脸诚恳。

"噢，没有就行。"

谢八月对芹花说了另一件事：

"我妹子九秀讲，现在纳鞋底用的旧布料快没了。以前用的都是各家各户自带的旧衣烂布，再向大家要恐怕也没货了。我想，你家是大户，旧衣物旧被褥一定多，上回分你家房屋给穷人住时，没动你们这些东西。你能不能回家找一找，弄些打鞋底的布料来？"

芹花一听是这种小事，爽快地答应了。她用眼瞟了一下邱润年说："我现在就回家找去。花点时间仔细找是不会少的。可能我一个人拿不动，您还得找个人帮我。"

邱润年接茬道："谢队长，现在没事，要不我去拿？"

谢八月一听，笑着说："您村长亲自去帮忙，那还用问我？"他猛然想起一件事，把邱润年拉到一边小声道："红军党代表说最近特敌活动猖獗，要我们多注意。你那位在罗田岩寺的亲戚，让他打听那个主持的事，怎么样了？"

邱润年道："我忘了给你说，他回了口信，说是从龙南过来的和尚，没什么问题。他们这些寺庙之间的和尚会互相走访或换地，属于正常，所谓天下丛林是一家嘛。"

"噢，没问题就行。"谢八月说去趟红军营地，邱润年跟芹花走了。

两人一前一后回到芹花家，邱润年在门口东张西望了几眼，转身把大门闩了。芹花故作不知领他上到二楼，木制楼板"吱吱"直叫。二楼顶上还有间小阁楼须用梯子爬上去，芹花让邱润年到一楼把一架竹制梯子搬了上来，两人一前一后爬上阁楼。阁楼有十几个平方米，三面墙上都有一瞭望孔，周围房屋道路一览无余。

"这里像个岗哨亭。我还不知道有这么宽敞。在下面看，以为是通风或养鸽的设置。"邱润年惊讶地说。

芹花道："这是早年建的房，当年做什用的我也不知。你晓得我到刘家才两个年头。我进了这家门后，这里就是用来堆放旧衣烂被的。"

邱润年看见靠墙一排低木柜，上面落满了灰尘。其余的空间散乱地堆放旧物布料。

他用手拍拍木柜，问："可以看看这里面装的是什么东西吗？"

芹花道："你看见都上了铜锁，我没钥匙。我以前见过，是一些墨黑乌溜的陶罐瓷壶。听老头子说过是祖上传下的，现在也不值什么钱，留个念想罢了。上次谢八月队长带几位红军来抄家，因为我找不到钥匙也这么跟他们说的，他们见柜面上几只大蜘蛛就下楼了。可能也是因为那次谢队长见到这么多旧布料，所以今天就叫我们来搬去打鞋底用。"

邱润年听后没再说什么，俩人挑起旧衣物来，选好后扎成捆从楼梯口丢下二楼去。才扔了几捆，邱润年忽然停了，他拍拍灰尘对芹花小声道："芹花，你看你身上弄得尽是尘土，我来给你拍打一下。"说完没等她同意，就靠过去在她身上轻拍。片刻后拍打变成了摸捏。芹花被他一触动，干脆顺势躺在旧衣物堆上闭上了双眼。

邱润年的手慢慢越界探险，轻轻摁在了芹花高隆的胸峰上游走。芹花低低的呻吟声越来越急促，邱润年受到极大鼓励，干脆把对方的衣服一件件解开……

阁楼静悄悄的，只有一对男女急促的喘息在回荡。当芹花白皙的酥胸完全呈现在邱润年眼前时，他已没有了丝毫胆怯，一颗头如狮子似的猛然扎下她的胸窝，嘴巴在双乳间来回穿梭……

也怪了，大冷的天气，芹花赤裸着身子一点不惧冷，任对方尽情狂虐取乐……可见偷情的快感完全可以战胜寒冷。或许气候本来就是身外之物，动物本体的愉悦畅快才是中枢神经的支撑。

到了这个时候，邱润年已经憋不住了，而对方的滚烫早已成为了一团烈火。芹花在不知不觉间已把下身仅有的一片薄布脱得干干净净，须臾间主动骑到了壮汉的身上，以她特有的湿润和至柔至软进行反攻，最终把对方弄得精疲力竭……

自此以后，俩人偷情欢娱便频繁起来，芹花脸庞的抑郁一扫而光，时常笑容可人，帮助部队做军鞋也格外勤快了，被驻村部队党代表丁胜山树为"已改造成人民一分子"的典型代表。邱润年也变了，他的那个家被整理得有条不紊。过去"一人吃饱，全家不饿"那股鳏夫习气没了，工作更认真负责了。

十四

这晚，邱润年、谢八月和老王去红军连部开会。他们到会议室时，里面已坐满了红军官兵。

党代表丁胜山首先讲了当前的斗争形势。他说："入秋以来，赣南的革命形势发展很快，红军已在赣州东部八个县的大部分区域站稳了脚跟。驻了红军的多数村子都正在进行土改，受到广大贫苦农民的欢迎。但是，土改的任务还非常繁重，特别是没驻扎红军队伍的乡村，各种反动势力还很猖獗。作为中心村之一的鲤门村，革命斗争的任务依然严峻。河的对面还是反动政府统治的县城，周边不少地方地主富农和其他反革命分子没有得到肃清，各种反动事件不断出现。因此，下一步我们要全力以赴解决周边村的肃反问题和进行彻底的土改工作，为即将到来的进攻并占领县城做准备。"

丁胜山讲完后，一脸络腮胡子的红军连长布置任务。他要谢八月的赤卫队明天开始配合红军的一个排，参加相邻的石鼓村扫除土围子行动；邱润年和另两名村干部随红军的另一个排，参加楂林村的土改，照鲤门的模式尽快把土地分给贫苦农民；老王的贫协组织成员，暂时负担起本村的日常社会管理事务。

散会时，老王向丁胜山提出要发几杆枪给贫协组织。他说："赤卫队走后，我要组织贫协委员巡村察河了。我们七个委员，就只有我一支枪，而且还不会用。要组织练练打靶才好。"

丁胜山与连长商量后，决定再发贫协四杆枪，明天就派人教他们使用。另外的人，暂时就用梭镖或大刀。老王贫协里的人，都是穷苦人的代表，年龄都在四十岁左右，种田个个是好手，但拿枪干革命，还是头一回。

翌日一早，一位红军班长来教他们使用枪支，还组织了实弹试射。实弹打靶就闹出不少笑话。一位老者拉了几次枪栓拉不开，就用石头砸。有一人射击时不敢扣扳机，每次扣到一半就吓坏了，放下枪要去小解，尿了几次都打不出一枪。还有一人傻愣愣的，枪响后枪筒里冒烟，以为里面要爆炸了，把枪直接丢到旁边水沟里……

就是这样一支贫协武装，在红军班长反复的调教下，三天后正式上岗巡村了。

这天傍晚，老王下岗回到家中，洗了几只红薯放到锅里煮。自从红军来后他和东家的户口是分开来了，但还是像过去一样在一起住一起吃。家里的粮食不多了，他要省着点过日子。

此刻，他坐在灶台口添柴烧火。静下来一个人时，他心中不免感到孤独。红军来后，给他分了土地，终于尝到了当家作主的滋味，但过去习惯的生活全乱套了，别说东家的一家人各奔东西，就是自己的儿子也不在身旁了。这里面有很多事他还是不明白。他当了贫协主任也没得一分钱薪水，全体贫协委员都是尽义务的。可是，大家还是心甘情愿，心怕别人说自己不参加革命或革命热情不高，这难道就是为了保住红军分给自己的那份土地吗？战争、土地、革命、政权、义务，甚至生命，这些东西他是弄不懂也不想弄太懂。此时，他最想念的是儿子，真想知道他在岩背山一个月了怎么样，会不会想他的老子了。

"唉，烧煳了！"一个人闯进房里，大叫一声。

老王一看是位贫协委员，村长邱润年的堂兄。他猛然醒悟，自己只顾烧火加柴了，屋内一股浓浓的烧焦味。他赶紧站起揭开锅盖，几只红薯被烧成炭黑了。

"嘿嘿，走神了！烤红薯，更香。"老王自我解嘲。他用锅铲把红薯铲起来，向锅里倒了一木勺冷水。

"哎，你怎么跑我家来了？你不是值夜班巡河岸吗？"老王递一只红薯给老邱，问道。

老邱未答，吃起红薯来，边吃边夸"真香！"还说他家以后的红薯也别用水煮了，烧焦来吃味道更好。

老王摇头说："我这可是当饭吃的，烧焦吃一是浪费大，二是火气重喉咙受不了。"

老邱道："我来是向你报告的，我们看见河流上方来了一只船。"

"什么？你怎不早说！"老王一听，火急地拿下挂在墙上的枪出门去，手上还抓着一只红薯。

老王赶到河边时，天已黑了，依稀看见不远处确有一条船靠在水边，有几个人正在登上河岸。

"站住！"老王远远地大喝一声。

对方听到了奔跑起来。

"砰！"老王向天上放了一枪，和巡逻组的几个人跑过去。

枪响把对方镇住了，他们原地站着不动了。

贫协巡逻组留下两个人继续巡河岸，老王和老邱押着从河里上来的四个人回村部去。原来，这是从宁都县逃出来的一户地主，一家人来鲤门村投靠亲戚的。他们不知道鲤门村已被红军占领了，雇了一艘船从梅江河顺流而下来到雩都。

村部没人，老王把人带到红军连部，交给了一位值班干部后回家睡觉了。

早晨起来，天上飘起了雨夹雪。红军派人来找老王。老王戴斗笠赶到连部，丁胜山党代表交给他一项新任务，让他带人去石鼓村，给谢八月他们送炸药。

"石鼓村那个土围子堡垒坚固，攻了几天没拿下来，炸药用完了，你把这些炸药包给他们送去。带上枪，路上千万小心。"丁胜山说。

老王点了数，一共十二个黑炸药包。一个时辰后他带着两个人，挑着用雨布包裹好的箩筐出发了。三个人每人挑四个炸药包，担子不重但东西是危险品，加上路上泥泞只能小心慢行。山道高低不平，时而爬陡坡，时而入峡谷，路两边长着齐腰的草棘，箩担不时被藤蔓勾缠拉扯，一行人走得气喘吁吁。

也不知走了多久时间，前面的道路更宽亮了。浓荫影绰的森林在他们穿过一段斜坡路后被甩在身后，眼前地貌开阔起来，不远处一垅水田发出汩汩的流水声。

"停一下，换口气再走。"老王吆喝一声。

几个人放下箩担，把扁担放在一石埂上垫坐休息。

老王道："前面就是石鼓村了。"

"奇怪，不是在打土围子吗？怎这么安静。"

"石鼓村是到了，但离石鼓峰还有十多里路呢。穿过前面的田垄就是伏虎山，绕过伏虎山才是石鼓峰。当地豪绅的土碉堡就建在山上。我年轻时上去过一次。那山顶上很大，有十几间屋，四周砌了厚围墙，最早的建筑还是闹太平军时建的。山峰上面一直被两户有钱有势的袁姓人家霸占。可能这一次红军来了，财主们把财物弄上山顶了。"老王聊起了石鼓峰的事。

"红军养人马的钱粮部分是靠打地主土豪。听说遇到浮财多时，红军会分给穷人一些，这次我们正巧碰到也能分一些就好。"一位贫协委员道。

"你尽想好事！我告诉你们，到了石鼓峰脚下，找到谢八月他们交了差，我们就走。土围子里的人有枪还有土炮，别掺和打仗的事，不要把命都丢了。"另一人道。

老王站起来拍拍屁股，道："我们完成任务就行，别想乱七八糟的事。走了！"

就在几个人又挑担出发时，突然听到了几声枪响。老王愣了一下，判断枪声就是石鼓峰传来的，督促大家快走。

一路急赶，总算绕过伏虎山来到了石鼓峰脚下。可是没见到一个人。

老王在附近山林中搜寻到一个小崖洞，把炸药包放进洞内，抱了几把枯枝盖好，让另两位贫协委员坐在洞口守着，自己去找赤卫队了。

石鼓山因山峰滚圆酷似一面石鼓而得名，它高耸入云四壁陡峭，被四周山岭拥簇。从半山到巅峰只有一双脚板大小的人凿小道，蜿蜒于峭壁之上，山顶入口"一夫当关，万夫莫开"。这次打土围子红军和赤卫队战士已多次向上进攻，三天没能登顶，还造成了十几人的死伤。

老王猫着腰穿行于松林沟壑中，终于在山腰接近光秃的圆山巅的分界线上，找到了几十名红军和赤卫队员。他给红军排长报告炸药送到了，问他要不要立即运上山来，排长摇摇手。

老王察看此地，是一处悬崖之下，仰望山顶的视线被突出的一块壁埂挡住。一条小道就是从此处曲折延伸而上，只要攀爬十几米身体就暴露在了凸挺的石壁面上，山顶的敌人就会看见。刚才老王他们听到的枪声，就是敌人发现有人爬山放的枪，几位战士只好返回。

谢八月和几名赤卫队员扛着几捆绳索来了，可能是预备用来攀悬崖陡壁用的。谢八月在战场上见到老王很高兴，讲述了近日红军战士冒着飞舞的枪弹攀爬进攻失利的事。老王向他汇报炸药已经运进山了。

"让我们送炸药包，准备怎么用？"老王问。

谢八月道："原以为上面山顶几杆土枪难挡住红军战士。战士们把炸药包绑在背上，边往上爬边放枪。可是不行，强攻不上去。后来就换了战术，往上爬几米就向上扔个炸药包，想炸一个坑用来藏身。可是，几十个炸药包都用完了，也没炸出几个像样的坑，根本藏不了身。照我看，炸药包暂时就用不上了。"

此时红军排长上前，让他们一起参加战前诸葛亮会，商讨下一步进攻山顶的事。会上，大家建言献策提出多个方案。没想到七嘴八舌讨论的结果，大家竟然采纳了老王的意见。老王说：

"攀爬石壁没法快速冲锋，而且人的目标大，容易被对方瞄准射击。要找到一种目标较小又能快速向前冲的东西就好。想来想去，只有猎狗！石鼓村有个猎户我认识，平时养着几十条猎狗，如果能请他帮忙，让他指挥一群狗突然往上冲，我们跟在后面助威，有道是狗仗人势，它们是很勇猛的，就可能冲垮匪兵的土堡垒防线。"

大家对这一新奇的提议很感兴趣，认为能起到出奇制胜的效果。于是，围绕老王的意见你一句我一句提出了较完善的作战方案。

红军排长把这次战斗称为"猎狗阵"，决定由当晚半夜子时实施战斗。他握住老王的手说："战斗的关键环节是，那位猎户能够帮助我们吗？"老王说他认识猎户，可以带排长一起去找他。

伏虎山的东面，浓密的毛竹林中间有一间茅草盖的竹楼，这就是猎户的居所。门外有块百平方米的坪，长满半个人头高的尖齿叶草，时下隆冬季败叶呈一片橙黄色。老王和红军排长刚入草坪，"汪汪"的狗叫声大震，从莽草中窜出十几条狗，转眼就奔到了他们眼前。

"啾——"此刻，一声尖锐的哨声从竹楼传来，疾厉而悠长，狗们倏然停息下来向竹楼跑去。

老王与红军排长来到竹楼前，门口站着一位看上去不满三十的年轻人。

"这位就是猎户，姓袁。"老王向排长引见，年轻猎户微笑着请客人进屋。

"你这么年轻，我以为是……"红军排长没说出"以为是位老者"这句话，被老王把话岔开了："他家是远近闻名的狩猎世家。从小他跟着大爷就住在山上打猎，领着一群狗在各个山头跑。别看他年轻，本事不小，只要他的铳响了就没有猎物能跑掉。"

红军排长环顾屋内，中堂位置挂着一张山豹皮，内壁房梁上钩吊着野狼、猞猁、狐狸等畜皮，屋角地上还有几只射死的獐和鹿未处理。

年轻猎户请两位客人在一条长板凳上落座，倒了两木碗用中药材泡制的红酒，递到他们手中。他对老王说："王叔，您好几年没进山来喝我家的灵芝老酒了。"老王回道："还是六年前，我进山找你大爷给东家买鹿茸时，喝了这六十多度的暖胃老酒。记得你大爷听说我胃冷总翻酸水，还让我带了一竹筒酒回家。喝了那筒药酒后至今不犯病了，真是好药酒。"

老王端起竹碗喝了口酒，给红军排长讲了一些往事。他十六岁时曾被父亲送到石鼓村，跟老猎户学狩猎讨生活，与猎户一家吃住一起两年多时间。后来父亲离世后回到了鲤门湾。他师傅就是眼前这位年轻猎户的大爷。老人家还活着，现在住在山下家里，已九十多岁了。

红军排长喝了一口酒被呛得大口喘气："哎呀，这么厉害，像火一样烧喉……"他把酒递给老王，找了口清水喝下降热。

老王向猎户小袁讲了来找他的事由，希望他能给红军剿匪提供帮助。没想到小袁竟满口答应了。他端了只竹椅坐下，给红军排长诉述起来："石鼓峰长年被本村的两位大地主霸占，他们在山顶训练家丁民团，囤积粮食货物，用于对村民的敲诈打压。多少年来他们勾结一起，欺侮穷苦村民和乡邻，民怨很大。就说我家吧，祖上传到大爷手中还有五亩多地，后来官府和当地富绅联手搜刮民财，苛捐杂税越来越重，被逼抵税赋卖了四亩多地，只剩一亩山地了。地薄收成差，一家人的生存都靠打猎维持，难呀。攻打石鼓峰，我坚决支援红军，就是怕你们走后……"

红军排长答道："红军是我们穷苦百姓的队伍，打倒地主剥削阶级，让天下穷苦人当家作主就是我们革命的目的。我们这次进兵石鼓村，就是要把地主手中的大量土地和物资全部没收平分给劳苦大众。你家原来的几亩地可以重新回到自己手里。"

猎户小袁还是担忧，道："你们搞完事后总是要走的。他们卷土重来怎办？"

此时，老王插话了："别怕，红军要帮助穷人建立自己的政权，地主不听话就除掉他们……"

老王给猎户小袁介绍了鲤门村的情况，认为红军不用多久就将在赣南大片区域建立起红色政权。红军排长借机宣传共产党发动民众夺取政权的如火如荼形势，听得年轻的猎户热血沸腾。

"看来，天下真的要变了！"小袁惊喜道。

"是呀。我们穷苦人要翻身，就只有跟着共产党干。横竖是受人欺的穷光蛋一个，不如跟随红军搏一把。"老王眼中闪着冷酷的寒光。

"好，王叔我听你的，同他们干一仗！"小袁挥起右拳。

他们商讨了晚上的行动方案，红军排长便回石鼓山去安排部队和赤卫队的准备工作了。老王和小袁一起下山，去看老猎户袁大爷。

这日半夜，可能是天气冷的缘故，石鼓村非常寂静。猎户小袁带着他的十七条猎犬从卧虎山转场来到石鼓峰的半山腰间。奇怪了，平时总是狂吠不止的狗们，好像真听懂了主人的训话，明白要去打仗了得遵守战场纪律，个个悄悄跟着爬谷绕梁，没弄出一点声响。

黑夜刮起阵阵刺骨寒风，伸手不见五指。在红军排长组织下，猎户带着他的猎狗队在前，红军战士和赤卫队员紧随其后，悄然上到接近山顶的一处突出石樽的下面。他们脚下，一行不太显眼的人凿小路直通顶端。其实，只要向上攀登十几米就上到了凸突石樽的上面，接下来就是一段缓坡通往山顶草坪。难点就在攀上凸型石壁这一小段距离，因为它在土围子哨卡的可视范围内。

进攻的时间到了。小袁真是训练有素的猎人，他背了一支猎枪，腰间挂着两颗自制的土手雷，全身趴下向上攀登，只几分钟就毫无响动地登上了突出石樽的顶部。他的那些狗不用说，轻轻松松跟了上来，围在他周边。小袁趴在地上一动不动，看斜上方土堡垒没一点动静，只有一盏马灯吊在一棵树上。借马灯暗红的光线，可朦胧地见到用木头堆垒的半个人高的防御墙内，有人在抽烟。

时间在这一刻凝固了。沉夜与寒冻让大地上一切的生物进入了疲乏的深眠状态。年轻猎户小袁趴在地上盯着不远处的堡垒，脑子在飞速地做出各种判断。毫无疑问，对方没发现他们，从哨兵吸烟发出的闪烁红光看，吸烟者或是半躺身子在闭目养神也未可知。他回头看了一眼身后，红军战士已经攀伏在后面石壁的陡坡上。必须当机立断，他决定带着猎狗群立即扑向土匪堡垒。

可是，就在他掏出一把铁哨子要吹响时，对面土堡垒的哨兵发出"嗯哼"两声咳嗽，静夜听来格外的响，引起身边一条猎犬"汪汪"地大叫起来。

说时迟那时快，机灵的小袁迅速掏出腰间的土地雷，拉响引线朝堡垒扔过去。旋即一跃而起，吹响了凌厉刺耳的铁哨。一群猎狗闻哨声向着斜上方"轰"的一声巨响的堡垒疯狂冲上去……

狗的狂吠和人的呐喊冲锋声响成一片，转眼间土匪设在陡峭山峰上的险卡被红军占领。

小袁同他的猎犬群是第一时间冲到堡垒的。堡垒里仅有五名匪兵，被突然出现的恶犬吓蒙了，个个往内室躲藏，被狗扑倒撕咬。该险卡的攻克，除了小袁扔了一个土手雷外，没费一弹一枪，骁勇的狗群立了头功。

与此同时，红军排的战士们和跟着上来的赤卫队几十人，直接冲上了石鼓峰顶。这块约三百平方米的峰顶荒坪，有十几间房室，其中几间住着二十几名地主武装的土匪。这些早已进入梦乡的匪徒，当他们被呐喊声惊醒过来下床穿衣时，大部分已做了俘虏。有几人动作快拿起了枪抵抗，有的被击毙，有的受伤被抓。

石鼓峰终于攻下来了。

红军和赤卫队员从峰顶往下搬物资，搬运了三天。稻谷一千五百多石，土枪六十余支，土炮四门。其他物资运到地面装了几十马车。

打扫完战场，红军选了个艳阳高照的日子在石鼓村召开了庆功大会。鲤门村红军连党代表丁胜山亲自来到石鼓村主持大会。

会场设在村里袁姓祠堂门口大禾坪。全村老幼五百余人参加了会议。两户大地主家的成年男子被押上台接受公审和陪审，被缴获的粮食全部分给了穷苦农民。会上成立了新的红色村级行政组织和赤卫队。猎户小袁任村长并兼任赤卫队队长。

老王离开石鼓村时，小袁送了一条纯黑的猎狗给他，外加一竹筒多年泡制的灵芝老酒。

十五

年前红军发动的凌厉攻势取得重大胜利，鲤门村周边十几个村已全部建起了红色政权，以鲤门村为中心成立了鲤门乡苏维埃政府。驻村的红军由一个连发展为一个加强营，连党代表丁胜山提拔为营党代表兼鲤门乡乡长。

红色乡政府的成立，使鲤门湾空前热闹起来，原来的村干部得到提拔重用。谢八月任命为鲤门乡赤卫大队队长，邱润年任命为乡民政所所长兼村长。老王因攻打石鼓峰时提出"猎狗阵"的打法而受到丁胜山的格外器重，被任命为鲤门乡副乡长。

这天上午，老王领着贫协会几个人在谢家祠堂门口挂乡政府的牌匾，突然有一个年轻和尚上前来找他，向他打听谢英的下落。

老王警觉地看着和尚，问："师傅，你是哪个寺庵的？"

和尚答是罗田岩寺的。

"罗田岩的师傅我都认得，你——没见过？"

"我刚不久从龙南国安寺过来。"

"又是龙南！"老王想起上回同谢英去罗田岩时遇到的陌生住持，也称是从龙南过来的。老王索性把和尚叫到屋内，落座后倒了碗热水递上。

"谢谢施主。"天冷，和尚喝了口水把碗捧在手中。

老王问他找谢英什么事。和尚说是寺里住持让他来的，说上回谢英去寺里点香时，答应年前会奉些钱粮，现在腊月了上门提个醒。

"哦，是这样。可是我东家谢英不在家。"老王回答。

"她去福建还没回来？"和尚问。忽然自己觉得问唐突了，又说："我听当家师傅说的，谢英女施主上次讲到要去趟福建。"

老王听他这么说，心中有几分不悦，讨钱还对别人刨根问底！他想恐怕没这么简单，或有别的什么目的。

近半年来发生的种种无可料想的事件，给社会各个层面以及不同家庭都带来了不小的冲击，亲历其中的老王因此也得到了从未有过的历练。如今，毫无征兆间他当上副乡长了，身份的变化让他遇事时又多了一份警惕性。

眼前，这个和尚同那位鹰钩鼻住持都从龙南来，这样下去慢慢罗田岩寺不是要被外来和尚把持了？这是几十年来也未发生过的事。真的只是佛家丛林正常的走动吗？

"师傅你经常云游在外，见多识广，不比我们一生就居住小山村。现在天下纷争打仗，龙南情况如何？"

和尚手中拨着串珠，不紧不慢回答："我自小出家，不理凡尘俗事。不过，化缘还是要去的。这里已是红军的天下，龙南现在还没遭匪患——噢，说错了，红军还没到那边。不过也乱哄哄的。哎呀，我们出家人终日吃斋念经不谙世事，施主应该比我了解天下事呢。"

老王"嘿嘿"地笑了一声，对和尚说："那不一定的。寺庙每日迎四面八方客人，师傅的消息往往比普通百姓灵通。其实，我也是信佛之人，只是穷苦拿不出什么供奉，只有把菩萨留在心中就是了。"

"阿弥陀佛。这就足够了。心中有佛，并不在于形式。寺庙的香火，也就是为了点燃人间百姓的佛性，弘扬一颗善良之心罢了。"和尚合掌念念有词。

"师傅说得是。我们鲤门村人，大多都是穷苦善良人家。我的东家家中原来有些底子，那也是几代人勤俭积累的家业。这次红军来了，把田土和房屋分给乡邻，没什么怨言，真的是菩萨心肠。我能在他家当长工这么久，就是念他们这份佛心。其实呀，现在东家跟大家差不多了，也拿不出多少钱粮来进寺里敬奉，你要理解。当然，等他们回来，我会转告你来过了。唉，就要过年了，他们也该回家来了……"老王长叹了一声。

和尚听对方这么说，起身告辞。他作揖道："多谢王乡长留坐！"

老王一听吃了一惊："你，知道我……"

和尚微笑应答："您说的，寺庙每日迎八方客，消息灵通呢。"

老王望着和尚出门悠悠而去，那个背影让他想起印象不好的红衣住持。他猛然想到要找丁胜山汇报一下，派人到龙南县去查查，看有没有国安寺及这两个和尚。

县城以南的大片土地落入了共产党手中，贡江鲤门湾两岸割据而治的局面也将被打破，这让国民党政府十分不安。从赣州府溯贡水而上的赣县、雩都、会昌、宁都等一线县城已岌岌可危，随时都有被红军攻占的可能，官员们天天都在揣摩红军进攻的时间以及哪座县城先破。

山雨欲来风满楼。罗田岩那位红衣住持，本来就是国民党特务机关赣州站安插在寺里的特务，这些日子他格外忙。他的上峰要他特别注意鲤门村红军的动向，老王上午接待的年轻和尚就是前来摸情况的。此人其实是驻雩都县城的特工，到罗田岩配合红衣住持的工作，进山还不到一个月时间。

老王给丁胜山反映和尚的情况后，丁胜山同意他的意见，立即派谢八月带一人去了龙南。

自从担任副乡长后，老王几乎一天到晚值守在谢家祠乡政府办，接待各村前来办事的人。乡政府没开膳，经丁胜山特批，中午吃饭时他可到隔壁的红军食堂用餐。

这晚他忙完事回家，石鼓村猎户送他的那条黑毛犬老远就"汪汪"地叫着跑过来接他了。这猎犬自从跟了老王后消瘦了不少，因为老王只是每天晚上给他喂一次食，白天它自个儿在野外和各屋场找食。

到了家门口，他一看大门开着吃了一惊。进屋一看喜出望外，原来是他的儿子王种田和谢小亚回来了。儿子已经在厨房做好了饭菜等他呢。

"爸，听说您当乡长了，真的？"王种田高兴地问。

"副的。"老王笑嘻嘻回答。

谢小亚从壁橱里拿出一瓶酒，道："王伯伯，恭喜您！这是我特地为您买的。"

老王把酒拿在手里，看看是"雩山王"的牌子，是价格不菲的赣南名酒，道："这酒太贵了，不是我们吃的，还是退了吧。"

王种田一把抢过来，用嘴一咬，开了瓶盖道："退不回去了！"

老王骂道："你这兔崽子！"举起手在空中比划了一下，脸上却满是笑意。

饭菜上桌，这小一家子热热闹闹地添酒干杯，让老王感到从未有过的舒坦幸福。

"爸，我们总躲在山里实在无聊。现在年轻人都主动融入社会中，参加红军打地主闹革命，多有意思。"王种田说。

老王用眼愠了儿子一下，被谢小亚察觉了，她说道："王伯伯，我家老辈是地主，我可不是。何况，我家现在的情形还有多少油水？我是青年，自然要跟上时代潮流。我们在山里待烦了，前些日子也到别的村子溜达了一圈。我的小学同学都参加革命了，有的还做了红军军官，我们是不是太落伍了？"

老王没想到谢小亚有这个想法。他说："你可是你爸爸的掌上明珠，他会同意你去干革命？"

谢小亚"嚯"地站了起来，不高兴地说："你们就是总把我们当小孩看，我今年都十七岁了。您，王伯伯自己参加革命，却不同意我们去参加，没这个道理。就是我爸和姑姑回来，我也要给他们说清楚，我是我，他们怎么想的跟我无关。"

老王赶忙拉小亚坐下，说："王叔没有不让你们参加革命的意思。等你爸和姑姑回来，我们一起来做他们的工作如何？"

"这还差不多。"谢小亚高兴了，恭恭敬敬地举杯敬酒。

饭桌上，王种田突然扮了个鬼脸，神秘地说："爸，您知道我们这段时间在干啥？"

老王盯着儿子，细看儿子上唇边已长了一抹小胡须了，心里热热的。他问道："你不是做了什么坏事吧？"

王种田走到厅堂神龛后，拿出用布包裹的一杆猎枪放在饭桌边沿，道："您看看这是什么？让您老开开眼！"

老王见是一杆崭新的鸟铳吓了一跳，问儿子是哪里弄来的。

儿子还未回答，谢小亚忽然从腰间拔出一把小手枪拍在桌上。

"你们……"老王傻眼了，赶紧去关了大门。

谢小亚一五一十地把谢英给他们枪的事说了一遍，说她的是勃朗宁手枪。王种田告诉他，这段时间他俩天天练枪，现在已经能够百发百中了。

这个夜晚，老王已无法入睡了。儿子要去当红军，这是他多次想过而又总下不了决心的事。儿子是他这个世上唯一的血脉至亲了，他怎么放心让他到战场上去玩命呀！这场"闹红"运动说来就来，几个月时间红遍赣南，如今竟成了天下的大势主流，谁也想不到。自己的人生轨迹也就在这短暂的时间里发生了彻底的改变，像是一觉醒来他这个"叫花子"级的泥腿子，不仅白白拥有了田地，还当上官了，让人至今不敢相信是真的。俗话说手心手背阴阳两面，他得了好处愿意铁心跟着共产党走，可儿子也被感染了无法超脱，要一起冒险干革命。尽管他内心还是赞同年轻人要勇于横刀立马闯天下，他也想用十倍的努力鼓励发动更多的年轻人加入红军为穷人争天下，无奈这是件刀尖上跳舞的事，走上这条路就得准备绝后了。

鸡啼了，老王还无法入眠。有一点他是知道的，自己不宜反对儿子参加红军，何况儿子决定了的事自己反对也可能改变不了。

他索性坐起来，把被子拉到脖子下，后背披了件棉衣，卷了支喇叭烟点着，惘然望着窗外漫漫长夜陷入了沉思之中。他平时吸烟少，只是未到事情紧迫时。

"命运是什么？"老王脑子里突然出现一个从未认真想过的问题。

"命运就是命运，前世注定的！如果注定他这一辈子要绝后，想躲避也没有用。"他这样想道。他用自己的命运来说服自己：生下来就是穷苦人家的孩子，上无片瓦下无插针之地，就只有给地主当长工找饭食。可是，冥冥之中似乎对他另有安排，让他还有翻身的机会，今年开始便撞上大运了！他的人生自从红军来了后有个一百八十度大转弯，终于能够挺起胸抬起头做人了。他的这个命说明了什么？说明该来的总会来，只是时机未到。而这个时机就是天下的大环境。人要是遇上了天下大动荡，万马嘶鸣奔腾，环境改变人生是绝对可能的。他以一个农民狭隘而又现实的眼光看待这个世界，他相信天下穷人多，人多力量大，穷人跟着红军能够成气候。他和儿子就遇上了这人生可能发生大改变的时代，命运可以重新再安排的时代。他没有理由不让儿子去搏一把，去争取得到一个好结果。过去从不敢想的"光宗耀祖"这个词儿此刻竟然从脑门中冒出，希望在他儿子身上能够成就一回让王家扬眉吐气的好事。人生苦短，不试怎知道结果？必须认真抉择了。

生与死其实是存在"尊严"的，活着如像狗一样到处舔别人饭碗，不如别出世。丢人现眼地活，不如轰轰烈烈地死，受人敬重。何况人还应该有良心，红军对我不薄，做了点事又是送田又是给房又是升官，哪里去找这么好的主呢？

想到这一层，他心一横做出了决定："送儿子去参加红军！"

也奇怪了，当这件事在心里落定后，他困乏地想睡了，倒头就"呼呼"地进入了梦乡。

这位每天都黎明早起的实诚人,这日一觉睡到日头照到门楣了还未起床。

鲤门村拉开了新一轮声势浩大的扩红运动。

此刻,妇救会主任谢九秀带着宣传队正在村中段那棵大榕树下,给乡亲们说唱《十八后生想老婆》的文艺节目。这是他们自编自演的俚语小戏,有快板伴奏。主要辞文:

> 十八后生想老婆
>
> 隔壁邻舍妮子多
>
> 五块礼金两身裳
>
> 一担果盒进门楼
>
> 哎呀后生哥
>
> 灶下砻糠冇一箩
>
> 秤杆再硬少秤砣
>
> 哪家妮子遮蒙眼
>
> 肯上你家穷鸡窝
>
> 哎呀后生哥
>
> 东边日出西边落
>
> 禾米熟了燕子走
>
> 自古穷仔多光棍
>
> 莫怪介格媒人婆
>
> 哎呀后生哥
>
> 思前想后冇路走
>
> 斩断苦根才是头
>
> 跟了红军打天下
>
> 万里江山我来坐
>
> …………

声情并茂的表演引起围观人群阵阵掌声和吆喝声。

这些天鲤门村一派从未有过的热闹，各个屋场不时响起喧天锣鼓和轰鸣鞭炮，乡里组织的扩红宣传队不仅给乡亲们演戏、说书、唱山歌，鼓动青年踊跃报名参加红军，还对入伍当兵的人现场披红戴花，热烈异常地送往部队营地。部队这边组织干部战士夹道迎接。

鲤门村村长邱润年兼管乡民政工作，扩红征兵是他职责范围的事，每天忙乎在宣传活动现场。此时，他坐在一张桌前给报名参军人员登记造册。他对陪同的家属热情地说些宽慰话，并发一张"光荣之家"的刻印红纸牌，让他们回家粘贴在门楣上，说以后"光荣之家"的军属家庭，乡村干部将定期走访，帮助解决生产生活困难。没家属陪同报名参军的人，他叫人上门去贴红报喜，长长的竹竿挂着更长的鞭炮"噼噼啪啪"，后面跟着一群欢谑的孩童喧闹。那情形如从前读书人考中状元榜眼探花一样开心。

这日上午十点整，老王带着儿子王种田前来报名参军，谢小亚也陪同来了。邱润年一见，让人连着放了十几响冲天炮，瞬间鼓乐齐鸣，响彻整个村子。在现场面检兵员的红军干部，是前不久指挥攻打石鼓峰的那位排长。老王把王种田带到他跟前低沉地说："排长，我把儿子交给你了！"听那声音，带着几分干涩。

红军排长紧紧握住老王的手，双目盯着他足足看了十秒钟，道："王副乡长，您就这么一个孩子，红军原则上不招独子当兵。您，是否再考虑一下？"

老王扬扬手："不用再考虑了。没有红军，就没有我长工老王的今日。"

排长默然。他把王种田拉到身边，说："你以后就到我们排里干吧。"

王种田腼腆回答："好。"

谢小亚突然跑上前去，冲排长喊道："长官，我也要参军，你们收女兵吗？"

排长尚未回答，老王上前一把拉过谢小亚，对排长说："她是我东家的娃，也就这么一根独苗。现在，她父亲不在家……"

邱润年见状也赶上前来解释道："暂不收女兵。你年龄还小，家里的大人也不知情……"

排长见状笑了，说："你们呀，别急。我没说收下她。尽管我们急需扩红，但也是有严格政策的。我知道了，小丫头是谢茂先生的独生女，不符合入伍条件。"

谢小亚不高兴了，辩白道："你们不是说男女都一样吗？王种田是独子，他怎就可以呢？"

老王情急之下瞪眼骂道："鬼妮子！怎么不听话了？昨晚不是讲好了这次让种田先走吗？你爸和大姑不在家，他们回来见不到你，我怎么交代。你要为王叔想想呀。再说这次部队不招女兵，下次有机会的话，我一定帮你实现心愿好吗？"

谢小亚第一回听到王伯伯骂自己"鬼妮子"，悻悻地不作声了。

现场有几位送子参军的家属在低声哭泣，老王望了儿子一眼，也用衣袖抹起了双眼。举目望去，整个场面已呈现几分凝重。谢小亚脆弱的心被另一种伤感别离的气氛感染，脸色苍白黯然，眼中涌出两行泪水来。她忽然跑向王种田，一头扎在他胸前，哽咽地说："种田哥，在部队好好的……别忘了回家看我……"后面还有话想说，没讲下去。

老王本想再叮嘱儿子几句，见小亚的样子，上前拉着她的手匆匆离开了。回家路上，谁也没说一句话。

一进家门，老王躲到那间低矮的柴火间内很久没出来……

十六

邱润年自兼任乡民政所所长后，工作没早没晚格外忙。这日傍晚，扩红工作队终于完成了最后一名入伍兵员的审定和交接工作，可以缓一口气了。他回到家烧了一锅水，在杂物间生了一盆炭火，痛痛快快地洗了个澡。完后刮了胡须并梳了个大分头，换了一身干净衣服出门，悠闲地上芹花家去。

芹花没料到他会来，正坐在灶膛添柴烧洗脚水，手里还端着碗一边吃饭。

"门也不闩，等谁呀？"邱润年推门进屋只见厨房有灯，径直进去。

芹花笑道："等你呀，可惜你没给我打招呼。这么久没来，吃过了吗？"

"还没哩。就是想上你这里蹭一餐夜饭。你知道这些日子累死了，都不想动手做饭。"

"你搞突然袭击，我没饭给你吃。早些时我就说过，不想做饭就到我家吃，但要先讲一句。"

芹花嘴上虽这样说，还是快速扒完了碗里的饭站起身来。她打开壁橱门，从里面端出一个陶罐，罐里是白花花的鸡蛋。她伸手从门后拿了块围布扎在肚前，重新做饭。

邱润年"嘿嘿"笑了："你就是对我好！还要给我煎荷包蛋呢。"

芹花把锅里的热水舀至锅旁的暗瓴里，回道："我是被你吃定了！谁让我命贱，自找的。想想你也算有点良心，没去别家找食。要知道你现在是乡官了，只要你肯去，很多婆姨都乐意给你弄饭。"

"你讲什么呀，我怎么舍得丢下你。看看这村里，论姿色论懂事的婆娘几个能比得上你？我这老鳏夫也是命中注定走桃花运，不然你还轮得到我这穷光蛋？"

芹花听他说得句句入耳入心，一连煎了六个荷包蛋，她的心情就像锅里黄澄澄的蛋巴发出的"嗞嗞"声一般，翻着层层透亮的油花。

蛋煎好后，芹花又从橱里拿出只白瓷瓶，用调羹挖了红糖放入锅中加水煮。稍许，撒上些姜丝葱花，一大砵香喷热腾的荷包蛋就端到桌上了，请邱润年享用。邱润年抿了小口汤汁啧啧称道"真香！"他要匀两个蛋给芹花吃，芹花推开了，坐在旁边美美地看着他用餐。

芹花与邱润年这对特殊情人因为乱世天下阴阳巧合凑到一起，一个是鳏夫撞大运做了官，一个是遗孀少美人傍树桩，各取所需心照不宣，谁也没想过捡了谁的便宜，更无须亲呀爱呀海枯石烂天长地久的肉麻表达。他们杨柳依怜苟且相处，风雨天成自然结合，在这个大开大阖时代也算幸运了。

人生本来就是蹚河流，甚至一生一世都在一步一脚摸着石头过河。村野百姓求的只是避风挡雨不挨饿而已，其实什么"忧国忧民""治国平天下"离他们远着呢。邱润年尽管当上了红色政权的乡村干部，他跟老王、谢八月等人最大的不同就是，有可能的情况下不能苦了自己，懂得及时行乐。

此刻，他吃饱了饭，还让芹花给他倒了半盅赣酒，靠在椅子上眯着眼轻声哼起了《捎妹子》的采茶小调。他在等待芹花洗好身子一同上床。

夜十点多了。他们相拥着进了卧室，芹花说不要点灯，邱润年坚持要亮灯，芹花只好依了他。

芹花刚洗浴一身还是暖热的，只套了一件睡衣在身上，一个转身就钻到了被窝里。

邱润年已有几分醉意，精神处于高度亢奋状态，几下就脱光了衣服上床，抱紧了芹花雪白光溜的身子。

男人很多时候总是显得比女子更性急，其实这是女人最希望看到的。女人天生就属猫，总会在适当的时候玩耍对方，像猫逗老鼠一样让自己开心不已。

在对方时而温柔时而嬉闹的催情下，邱润年更加激奋，试图即刻骑马征战。他像一盆烧旺的炭火，如同喷一口烧酒就会"嘭"的一声光焰四溅一样，要的就是那种征服欲满足的销魂畅快。

芹花把男人推下身去。她呻吟道："慢点，等床焐热了。只有暖和的被窝才不会一冷一热着凉。"

邱润年无奈，只得蜷体等待。他的那双手已被芹花捉住了，引导他从自己颈脖上慢慢往下摸索前行……

这场旷久之战持续到后半夜鸡叫才罢休。

一场巫山云雨鏖战后，邱润年一觉睡到日头照窗棂，芹花已做好早饭等他。

两人用完餐，芹花打开大门望了一眼，见外头没人返身回屋让邱润年出门。就在这时，一个叫花子跟在她身后进了屋，并转身把大门闩了。

"你这贼叫花，谁让你进来的？还敢闩门！"芹花吓了一跳，呵斥道。

此刻，邱润年闻声出来，拿了一扫把要打叫花子："滚出去！不然就揍死你。"

叫花子放了手上的一只缺口碗，把头上的烂草帽丢在地上，又脱下了脏外套。

"三妈，是我！"叫花子朝芹花说。

芹花这才看清，眼前站的是刘洪元的小儿子刘雨。芹花是大地主刘洪元的三姨太，因此被叫三妈。刘洪元的前两任都已不在人世了。

芹花这一惊非同小可。邱润年也认出来了，一下子不知所措。

"你们别惊慌，我只是回家看看。这本来就是我的家。"刘雨低声道。

"是，对。这就是你的家。"芹花忙回应。她又问："你还没吃饭吧？你坐坐，三妈给你热饭去。"

刘雨拉过一把椅子坐下，对邱润年道："你也坐。我知道，你这老光棍现在吃香了，当了新政府的官。不过，我也了解你心肠还不太坏，在杀我老子的这件事上，你不是刽子手。"

"我，从不干杀人越货的事，这你应该了解的。"邱润年怯声道。他心里没底，不知道对方是回村报仇的还是有别的事情。

不一会儿，芹花把饭菜热了端上桌，刘雨毫不客气吃起来。吃完饭，还自个儿到壁橱里拿了瓶酒，一连喝了几口。

"唉，好久没吃到一口热饭了。妈的！"刘雨愤懑地自言自语。

芹花近前挨刘雨坐下，问："雨儿，你不是在南昌好好的吗？"

刘雨瞪她一眼气愤道："好个屁！自从共产党搞了个南昌起义后，我们学校就关门了。这一年我到过南京找大哥没找着，上北京谋生无着落，四处流浪，处处碰壁。上月到了赣州想回家，别人告诉我这里已经被赤化了，我可怜的老父亲也被砍了头……我怎敢直接回家？这些日子，实在混不下去了，只能扮成叫花子回来一趟……三妈，我回来就是想找您要点钱……"

刘雨继续说："拿点线，我马上走。昨夜我就到家了。可门闩了，我也怕吓着您，就在外面牛栏里待了一晚，等到刚才您开门，才得以进屋来……"

芹花听了他这么说，泪水刷刷地往下流，低低地呜咽起来。

"你们的那点事，我一看就明白了……别惊慌，我家已毁了，也想开了。人活着总得找路子过日子，不怪你们。不过，还是要注意点，多长几只眼睛，不要弄得人尽皆知。伤风败俗的事是传得很快的，收敛一些……"刘雨又喝了口酒，眼睛红红的。其实，他和芹花年龄相仿。

邱润年嗫嚅道："你不会去告我们？"

"呸！"刘雨恨恨地瞪了他一眼，说，"去你们的政府告你？我会承认你们的政府？现在，什么政府我都不信，我都不尿它。对你，我只有一句话，你既然和我三妈好上了，就一定要对得起她。如果你以后做了什么对不起她的事，我不会饶你。我奈何不了你，还会找到另两个兄弟给你算账的……三妈，您是刘家的人，我作为后辈，无法让您在这乱世之秋过平安日子，您自重自爱吧……我以后有机会，会给兄长们说清楚，不用害怕。说到底您也是命苦人，您不欠刘家什么，您还守着这个家，我就感谢您了。我也算是个读书人，很多事理我明白……"

刘雨的这番爱恨相交的话，听得芹花"哇"的一声号啕大哭……

邱润年一颗悬着的心放下了，心想，刘雨不是寻仇的，也不想告发他与芹花的关系，我也没必要为难他。他劝芹花道："别哭了。刘雨能回家与你相见，总归是亲人团聚，别太难过。"

芹花慢慢停了抽泣，对刘雨道："你千辛万苦回家一趟，在家多住几天吧。我们不会让别人知道的。"

刘雨摇头道："不，我一刻也不想留，马上就走。还是刚才这身行头，没人会发现。时间一长，难保没有漏风的墙。"

芹花见他坚决的样子，不再说什么。她对邱润年说："你走吧。刘雨回家的事绝不能对任何人讲。"

邱润年回答："我没那么傻，你放心。"他出门去了。

芹花转身进卧室去了。过了几分钟时间，她手中托着一个红布包出来，放在桌面上把一层层包裹的布打开。最后一层布摊开时，刘雨双眼发亮了，那是两根金条和三封银圆。

刘雨脱掉身上的棉袄，让芹花找来一把剪刀和针线，把金条缝到棉衣内。又把银圆用根长布条叠捆在近腋下的地方。收拾妥当后，他重新穿戴起进门时的那套行头。

"三妈，谢谢您！我希望您无论再难，也为我们几兄弟守着这个家……有您在，我们就还有家。在鲤门湾，我们刘家也算名门望族，近百年来几代当家人都是方圆百里有名的绅士，刘家说话一言九鼎，没人敢不听。没想到现在，沦落到如此地步……如今天下大乱，到处是混世魔王，您要小心行事，懂得如何保护自己，千万别轻信别人，事事留有余地。在这个世道，能够苟活下来就是命好了……"

刘雨临别时眼中包含泪水，对继母芹花说了几句掏心窝的话，并深深地鞠了一躬，扭头出了家门。

下午，邱润年又到芹花家，看见刘雨已经走了，如释重负。他见芹花精神很差，安慰道：

"没事啦。现在你在外面的几个儿子，也是泥菩萨过河，不知在做什么事讨生活，谁还顾得了这个家？你别想那么多，有一天过一天。刘家的衰败跟你没关系，他们都是读书人，不会怪你。在鲤门湾这地方，眼下是我当村长，你只要同我好，我就会关照你，没人敢欺侮你。"

邱润年安慰了芹花一阵，说还有事去村部了。路上他想，今后还是小心点为妙，不能与芹花走得太勤陷得太深，没有了回旋的余地。共产党待我不差，我也不能太过分了给红军抹黑，弄得身败名裂就再无出头之日了。

这一天，芹花心情糟极了，两餐粒米未进。天一黑门就闩了，趴在床上哭到半夜……

十七

自从见到刘雨后，邱润年不敢轻易往芹花处去了。他甚至怀疑刘雨可能没走远，会不会也躲在罗田岩寺中。为此，他一直在等谢八月回来，想找个理由对那里来一次搜查行动。

赤卫队负责人谢八月带着一名队员乔装南行已十多天了。他们来到毗邻粤界的龙南县城，打听到该县境内确有一座国安寺，在离县城近百里的偏僻山林中。他俩风餐露宿打探行走，终于在一崇山峻岭的半山腰中找到了那座古寺，很失望竟是一处荒芜已久的残禅园，根本没有僧人。寺门上的匾额一边已剥脱，斜吊着随时都会掉落下来。匾上依稀能看见"国安寺"寺名。

他们在寺里住了一夜。第二日，对周围环境探察了一遍，没有找到一户人家，两人只好原路返回。

这天午后，谢八月回到了鲤门村。下午，丁胜山等红军指挥员听了他的详细汇报后，一致认为罗田岩寺的红衣住持和另一名谎称从龙南国安寺来的和尚是冒充的僧侣，非常可疑，可能是敌方潜伏人员，决定当晚实施抓捕。

半夜子时，邱润年和老王参加了红军对罗田岩寺的搜捕行动。由于部署周密，很顺利地抓住了红衣住持和到鲤门村探听消息的年轻和尚。丁胜山组织人员连夜审讯，两人最终供认了自己的特务身份。

邱润年暗自庆幸，刘雨并不在寺里，总算可以放心了。他和老王奉丁胜山的命令，在红军战士把两名外来和尚押走后，对寺里原来的僧众进行了安抚。翌日，还送了部分食物到寺中，并集中宣传了红军的有关政策。这座千年古刹重回肃静的悠悠梵音中。

然而，令副乡长老王没想到的是，审讯红衣住持时，他竟污咬谢英跟他们是一路人，让大家大吃一惊。老王无论如何也不相信，他请求丁胜山让他外出一趟，把谢英找回来。丁胜山同意了，并让老王已加入红军的儿子王种田一起去。

谢小亚得知后气坏了，感到是莫大的耻辱，她坚信姑姑绝不会跟假和尚同流合污。他要求跟老王父子一起上路，尽快找到谢英。

老王父子和谢小亚扮成战争难民，前往福建寻找谢英。他们推了一辆独轮架子车，上面堆放了衣被日用品和一大布袋炒米。一路沿官道而行，常遇上因赣南战争而逃往福建龙岩、三明等方向的难民。他们日行夜宿，晚间多是在路旁茶亭、客栈或农家过夜，也蹲过庙廊和崖洞。由于天冷，一日只能走约六十里路。十几天下来，三人蓬头垢面已一副叫花子模样。

此时的谢英正在福建永定县境。她从江西进入福建以来，一路上还算顺利。先在龙岩城找到了政府军驻防团，没有打探到谢金华的下落。有人告诉她连城有支队伍最近补充了不少新兵，她返回连城后又扑了个空。驻军的长官把她当作军属，诚恳告知连队没有赣南来的兵，让她到永定去看看，说永定驻扎了一个营，近些时间常有战事发生。永定县是闽西重镇，以客家围屋闻名天下。她想：过去一直想去游览没去成，何不走一趟散散心？能不能找到儿子也只好碰运气了。这段时间来她东奔西走，异常疲惫，完全是靠从前在军中培养的一种"从不言败"的精神在支撑着。她已完全忘记自己是个女人，一直以一个收贩皮货的商人身份行走江湖，遭遇红白两军或黑白两道人员时，她尽量不争执说好话，最终花点口舌或银两就过去了。

这天午后，她骑着那匹老马翻过一座大山，来到谷底一处山洼草地，看见一汪碧水清悠,水面冒着气泡。她下马来到水边想洗个脸,一伸手水是热的,原来是一眼温泉。她顿时高兴起来,四下张望寂静的山谷空无一人,决定好好洗个澡。一个多月没洗澡了,身上尘垢汗臭味自己都能闻到。她卸下马背上的包裹,捡出替换衣服挂在树丫上,把身上内外衣服脱尽走入水中。她泡在温泉中感到无比的惬意,慢浸轻抹似乎能感到全身的毛孔舒张,血脉缓涌,舒服极了。午后的暖阳照得水面波光粼粼,空气中没有一丝风,谢英像置身于一口热气弥漫的大锅内,丝毫未感到眼下正是三九寒天。

洗泡了一阵,她站立起来,伸展双臂,头一低朝深水处游去。白净的身子像条美人鱼在水中游动,时而跃出水面,时而沉潜水底,给水面带来一波波雾气蒸腾的白浪。游了一会儿,她有点累了,仰躺在水面上,露出水面的双乳在冬阳下闪烁着水珠流淌的亮光。

一声马的嘶鸣响彻山谷,谢英听出是自己那匹老马的叫声,心里一惊,赶紧回游上岸。她一边穿衣服一边环顾四周,并没见什么异常,才放下心来。

她牵马过来,拍拍它的头,嘴中嘟哝一句:"老伙计,你大惊小怪地叫喊干什么?吓我一跳!"

"真是一匹好马!"就在她话音刚落,她身后飘过来一句话。

她回头一看,在离自己几米远的一棵云杉后躲着一个人。

"你……什么人?"这一吓非同小可,她全身像筛米似的抖擞了一下。

那人朝她走来,身材高大,穿国军大衣,身后也牵着一匹马。那匹马膘肥体壮,比她那匹老马雄骏多了。

没等她再发话,那人先质问她了:"你是干什么的?一个女人这身打扮,跑到这大山深处来?"

谢英定了定神,道:"我是贩皮货的商人,路过这里。"

"皮货商?有女人干这行的?"那人冷笑了一声。

谢英没再搭话。当那人走到自己跟前时,她忽然挥动手上的马鞭猛地劈过去,打在了他身上。她大声嚷道:"你竟敢偷看我洗澡?臭流氓!"说着又甩过去几鞭子。

那人躲闪到自己那马后面,从腰间拔出手枪朝天上放了一枪:"你站住。再乱动我毙了你!"他把枪指向了谢英。

谢英停住不动了。

"哪里冒出的野女人！我告诉你，我是堂堂国军情报官，怎么会偷看你洗澡呢？"

谢英反问道："你不朝前走，躲在树后窥探什么？"

那军官转而嬉皮笑脸道："撞见一大美人光溜溜地在水中游泳，哪个男人也会停步饱饱眼福，这有什么大惊小怪的。"

说完，他从大衣里面拿出一架望远镜，恬不知耻道："野女人，我就给你说了吧，我用望远镜看了很久，你的身子真白嫩，特别是那对鼓鼓的奶子那么硬挺，都不像喂过孩子的……我猜猜，你三十来岁吧？"

谢英头脑嗡嗡作响，像要炸了！她心里在骂："这贼流氓！国军怎么尽是些地痞人渣！"

片刻，她忽生一计，要惩罚一下这个流痞子。

她朝军官走去，脸上装着笑脸道："军爷，我的年纪起码可以做你姐姐吧，你能看上我？"

军官怔住了。他把枪插进了腰间的枪套，色迷迷地说："大姐姐，你真标致，到底是干吗的？"

谢英摘下帽子，用手捋着头发走近军官，细声说："军爷，都是这吃人的乱世。我丈夫是皮货商，经常在闽西、赣南两地做买卖。可是前不久，他在途中遇到红白军交战，身中流弹死了。可是，他手中还有几笔生意没收到钱，所以我只好硬着头皮出来了。因为女人在外跑不方便，就女扮男装。这不，我要去永定收一笔账，经过这里看见一汪温泉，十几天没洗澡了一身又脏又痒，就下水去了……没想到遇上您了。也许冥冥之中可能老天爷另有安排吧，让您看见了我洁净的身子……"

军官听她这么一说，全身都软了，上前一把就抱住了她。他嚅嗫道："美人，在这偏僻荒野遇上了你，是上天送给我的绝好礼物。难怪不久前，一算命先生说我正走桃花运，是有艳福之人！真他妈的灵验……"他的那张嘴，已在谢英颈脖上亲吻起来了。

两人拥抱着滚倒在草丛里。

军官已忘乎所以地粗暴解对方的衣扣。

谢英的手也在对方的腰背间摸索。她终于摸到了枪套中的那把手枪。

"砰！"她毫不犹豫，对着压在身上的一条大腿扣动了扳机。

"哎哟……"军官一声惨叫，惊吓与痛楚让他欲火顿灭，侧瘫在地上。

谢英一个翻身站立起来，用手枪对着军官的胯下，怒吼道："看你还敢不敢欺侮妇女！我要把你这畜器除掉！"

"不要……亲奶奶，我知错了……"军官摇着手，试图站起来。

"别动！"谢英喝道，"叫我奶奶！你这畜生，亲奶奶也想霸占？你老实点。我问你，去永定干什么？不会是去找女人痛快吧？"

军官痛得直叫："痛死我了……我，不是去玩……去给永定驻军送信的。哎哟……"

谢英一听送信，不知出于什么想法，突然对这人的真实身份和秘密来了兴趣，她厉声道："把信给我！不然打死你。"

"你，到底是什么人？"军官清醒了许多，怀疑地看着眼前这位冷漠女人。

"给不给？"谢英铁着脸，做出要开枪的样子。

军官怕了，小声问道："你，难道是红匪？"

"什么，红匪？"

"不，红军！你真是朱毛红军的人？"军官探问。

谢英一听，他把自己当女红军了，干脆将错就错。她冷笑道："算你识相，还不把信给我？"

军官伸手搜上衣口袋，从里面拿出一封标注绝密字样的信件。

谢英跨前一步，弯下腰去拿信。就在这时，军官猛然站起一把抱住了对方，两人翻滚在地厮打起来。

谢英这一惊吓非同小可。她明白对方年轻力壮，自己有生命危险！还好，她右手还握着枪。她不假思索地连扣了几下扳机。

枪声连响几声，压在她身上的那身体不动了。她用力推开爬起来，一看对方胸前全是血，已死去了。

她长吁一声，整个人软绵绵瘫坐地上，本能地朝四下望了一眼。

山谷重归寂静，只有两匹马在悠闲地啃着草根。

坐了很久时间，她站起到水边洗净了身上的血渍。她把死去的军官拖到一旁树丛里，盖了一些树枝。然后，捡起地上那封信件看了。信上的内容让她大吃一惊：是三明行政专区的国军旅部给龙岩各地驻军发的一个通报，说有"新招的一个赣南士兵班十几人外逃了！"要求各地军警加强巡查，务必抓捕或就地消灭之。

谢英把那封信看了几遍，撕了。她内心认定，一定是谢金华他们。她既惊又喜，立即决定马上去永定城。因为她认为，既然派专人特别给永定方向送信，就是逃兵行踪的重要线索。

她返身搜了那死去军官的衣服，没有找到其他有价值的信息。她干脆摘下了军官腰上的枪套扎在自己身上，装上那支缴来的手枪。

收拾妥当，她换了被军官撕破的衣裳，依旧一身皮货商打扮骑马上路。她本可骑上那匹骏硕的军马，但怕日后遇到国军惹出麻烦，就朝马屁股抽了一鞭，让它朝山上奔去。

掌灯时分，她进了永定城。城郭边永定河缓缓流淌，沿岸商贾门店众多，她选中一家挂"闽粤旅社"牌匾的店，牵马进去，决定就在此下榻了。她心里想，永定已是闽粤边陲，在这里歇脚的有天南地北的客商盲流，各种消息多，但鱼龙混杂，得分外小心。

店家伙计应声上前招呼，把马牵入厩房。在大堂用过晚饭后，伙计引导她上了二楼一间单室住下。

山区的冬夜寒冷无比，或许是这一天特殊的遭遇让她已十分疲惫，一进房间就上床入睡了。深夜两点许，她被楼下嚷嚷的争吵惊醒了，迷迷糊糊中好像听到有人说他的马不见了，她起床披衣朝窗外望，楼下院子内昏暗的灯光中，有几个人在争执。她担心自己的马，赶紧穿戴好衣服下楼去。她出了大门径直朝马厩走，一进马厩就认出自己那匹老马还在，还在啃着干禾草。

她没去了解别人丢马的事，返身回二楼睡觉去。

可是，就在她刚躺下不久，楼下突然大吵大闹起来，似乎来了很多人。她把被子盖住头不去理会，还想好好躺一会儿。

可是不一会儿，她的房门响起急促的敲门声："开门！军警查夜！"

她吓了一跳，翻身下床。犹豫了一下，决定立即开门。还好，她入住时已把两支手枪藏了起来以防不测。她拉一条毛毯在身上一裹，开了门。

几个荷枪实弹的宪兵出现在她面前。

"女的？"一位军官模样的打量她一番，见谢英长发飘飘站在那里抖擞着，用电筒朝室内照了一遍，没发现别的什么，手一挥带着人转身走了。

谢英闩了门，没再上床睡觉，而是穿起衣服，收拾起包袱来。她把藏在门框顶上的一把手枪放入上衣内袋，把另一把带套的手枪从床下拿出扎在腰间，披起大衣，出门去。

谢英走到楼梯口，看见宪兵还在楼下院子里，他们的头儿正在和旅店的伙计聊谈什么。她心惊了，怀疑伙计在汇报自己女扮男装的事。因为刚才她在房间被宪兵搜查时，自己长发披散没来得及装扮，而她住店时是以皮货商身份被伙计接待的。她不敢下去了，退回到房里。怎么办？她飞快地思索：若真是如此，当兵的马上就会返回楼上查她，第二次搜查一定比上次仔细，她的两把手枪将无法藏匿。就算编造个故事，他们也很可能把自己带回宪兵队彻查，这样的结果就有大麻烦了。无论如何，她必须立即离开。

她推开窗户看屋后面，朦朦胧胧的地面上，好像有一堆沙土。她估摸楼层近三米高，还是不太敢往下跳。她急中生智，把床单从床上抽出，拧了拧，一头捆在窗棂杆上，背好包袱双手抓着布绳顺墙而下，终于跳落在沙土堆上。

可是到了地面她傻眼了。通向马厩的巷子深处竟站着个岗哨，显然是怕人牵马逃走。她只能蹲在沙土后等待时机。

等了约两刻钟，还不见宪兵撤走。这让她感到自己的判断出了问题：店里伙计跟那位军官如果谈的是自己，他们不可能不返回二楼去搜查，恐怕伙计根本没说她的事情。另外想想，就是等对方撤去了自己骑马走，黑灯瞎火往哪去并没想清楚呀。她又犹豫了，大脑一片糨糊。阵阵寒风冰冷彻骨，她身体打战，蹲在沙土堆下的双脚都有些麻木了。她暗暗告诫自己，再强忍几分钟，冷静下来做个决断。

大门口院子里仍有说话声，不时还有人进进出出。谢英用中指按着太阳穴，低头静思了片刻，做出一个大胆的决定："自己并没有弄清楚宪兵在搜查什么，为什么事开展的夜晚行动，却自乱了阵脚。我是来找儿子的，没获得一点有关信息就离开吗？何况到现在为止，过去很长时间了他们并没有进一步行动。不走了！静候其变可能是最好的选择。"

她做出决断后，悄悄移步后墙墙根，伸手抓住了二楼窗户外吊着的那根床布绳，使劲攀回了刚才住的房间。再次躺进被窝时，她什么也不去想了，很快就沉睡了过去。

第二天上午十点多她才起床。到一楼大厅用膳时，昨天她入住时带她上楼的伙计给她打招呼，她细瞧才恍然大悟：原来，昨晚和宪兵一起查房的不是同一个人！此时大厅里有很多人，吃饭的，闲谈的，办入住的及退房的。她心想，昨晚查夜时见过她的那位伙计如果现在碰面，我商人打扮他也认不出了。

她选了靠里面的一张饭桌落座，点了一碗汤圆，两个三鲜包子。

谢英正吃着饭，一群警察拥入厅内："都给我坐着别动！警察搜查。"带头的警察右手高高举着枪，高声嚷道。十几名警察散开在客人中辨别寻找，大堂即刻肃静下来。谢英不吭声地继续啃着包子。

在谢英邻桌的位子坐着一男一女正在品茗，男的戴一副眼镜，女的脖子上围着条黄色纱巾，温文尔雅的像一对情侣。两名警察朝这边靠近，其中一人手上拿着一张人像草图。"你们两个站起来！"警察指着这对男女大吼一声。

谢英见邻桌俩人脸色铁青，相互对视了一眼，慢慢站了起来。后面又有几名警察快速围上来。那个拿着人像图纸的警察盯着目标对比了几次，喊道："就是他们，抓起来！"那对斯斯文文的青年没有反抗，让警察带上铁链手铐带走了。让谢英没料到的是，那眼镜男从她桌边经过时手略一张，有一小纸团落在她的桌上，没有其他人发现。所有人都默然望着一对青年平静地被带走。

谢英非常好奇又警觉地把纸团放进口袋中。

饭厅渐渐恢复了热闹。谢英吃完了饭，起身要走，此时一旅社伙计上前收碗筷，她忽然问伙计那抓走的是什么人。伙计悄悄回答："听说是共匪。昨晚，驻军派兵来这里查了一次，也是想逮他们。可是来晚了，两人提前偷了马厩的一匹马逃了。真想不到，今天还敢回我们旅社来，也不知怎么想的……"

谢英听了此话，觉得这地方无疑有警方的线人紧盯着了，非安全之地，应早点离开。她回房去。

一进房间，她反闩了门，从衣袋里找出小纸团，慢慢展开一看，是一个地址：湖坑乡洪坑村林子民。除了这几个字外，再无任何信息。她把这半张白纸两面反复细瞧，确认就是普通记事簿上的纸。

谢英陷入了沉思。她推测这字条应该是警察一进厅堂时，戴眼镜的男子就心知肚明是抓自己来了，立即写下了这几个字。如果是这样，这人事先就预想到了危险，身上带好了纸笔。那么，他留个地址给我，怎么相信陌生人会帮他送信呢？而信上又没其他内容。他是在打赌，赌我会照这个地点去找人，这种危急时刻也只能赌一把了。是呀，人被抓后的结果就是下狱，甚至死亡，还有什么比这更可怕的呢？

"听说是共匪"这句话一直在谢英心中回荡。到今天为止，包括她大哥二哥在内，没人知道她的初恋就是"共匪"，那是国共合作北伐时恋爱的。后来听人说他被杀了，又有人说那人没死，参加了南昌暴动。1927年老蒋清党把枪口对向友党时，她的前程与命运彻底颠倒了……在她心灵深处，这是一个无可言状的死结。

此时，她也正想离开这里。于是，下决心为一位素不相认的英俊斗士走上一趟。

十八

正午的太阳高挂头顶，带着几分柔和诱人的暖意，把人们从室内引到野外阳光下取暖。隆冬的大地在光照下飘着一层轻纱般的冰融蒸气，沟沟坎坎到处冒起白雾渺岚，三五成群的人在街市和郊外徜徉。站在永定河岸高处远远望去，广袤田畴一片祥和，没有一丝战争的气息，让人有一种轻松而振奋的感觉。此刻，谢英正骑马向东南方向的湖坑乡奔去。出发前她查了地图，前去的地方约有五十里路程。经过昨夜一晚的折腾，她不再去想别的情况，奔跑一段后，不时放慢速度浏览周边的风光，外人见她的样子像是策马遛弯，更符合一位有钱商贾的模样了。

行走了约一个小时，一座座圆形土楼出现在她的视野。路两旁各类围屋越来越多，也有四方形和长条形的，恍然进入了一个别样的世界。她骑着马漫游在这方客家人聚集的旷野，连绵的围楼让她想到了北方苍莽大地间的万里长城。她心想，眼前这些圆屋分布在丘陵河岸间，呈珠星状背阴朝阳，每一座既是民居又是巨大碉堡，就局部地域而言，其防御敌匪的功能甚至强于长城。

她跳下马，牵着缰绳行走在阡陌间。前方一座巨大的四层圆楼，它周围有一圈小土楼，一些村民进进出出穿梭于屋场。她的前来吸引了一些人围观。

"老板，收皮货的？黄牛皮几多钱一张？"一位老者走近问。

谢英掸掸衣上的灰土，答道："不收牛皮。只收野畜皮。"

一中年男人接过话茬问："我有一张狐狸皮，成年狐的，多少钱？"

"要看了皮色再定。你去拿来吧。"谢英答道。

中年男子自我介绍说他是猎人，家中有些野畜皮货，能否到家里去挑选。

谢英答应跟他前去。

猎人原来就住在巨型圆屋里，谢英正好入内观赏一番。

听猎人介绍，楼内住着十三户人，都是同族同宗的亲属关系。各家楼梯通道共用，但小家独立自成天地。围楼中间有水井空坪，各户自有贮粮放物仓。整个房屋有朝外窗孔近百个，空气内外通畅，还可防贼御敌，攻防兼备。

谢英在猎人家购了一张老虎皮和两张毛色鲜艳的狐狸皮。她顺便问了一下红夏村还有多远，她要去访一位朋友。猎人说还有十几里路，愿意带她去，她谢绝了。

从大圆屋出来，她看见自己那匹老马在树下吃着地瓜藤，好大一堆绿苗，一小孩告诉她是他二爷抱来的，让她很感动。她给了小男孩两个铜钱买糖吃，骑马离开了。

走在路上她还想着，闽西的客家人真好。

不知走了多久，血色的夕阳在一阵呼啸而过的冷风后躲闪到一片云里，须臾暗淡地露了半个脸又似乎颤抖了一下，便匆匆坠落在远山深处。

谢英今天心情特别好，一路悠悠策马观景，近傍晚才到红夏村。眼前的村子还是让她意外的震撼：错落有致的古建筑蔚然一片，不见首尾，远眺星星点点，像一副军事棋盘，又似孔明的八卦方阵图，大圆接小圆，大圈套小圈，环环相扣，前呼后应。这是她刚才一路过来没有遇见的如此恢宏、大气魄的建筑群。

她步行进村走了一小段路，有两个拿着梭镖枪的年轻人上前盘问，提醒她当下正是战争乱世。

她回答是收皮货的，顺道访一位故友。

"已故的人？"一青年后退了一步，一脸惊愕。

"过去的老朋友也可称故友。"她解释道。

"噢——老友。谁呀？"

谢英略迟疑了一下，轻声问道："你们认识一位叫林子民的先生吗？"

两青年相互对视一眼，又耳语一阵。其中一个手一挥说："跟我走吧。"

谢英跟着来到一处四方形的大土楼面前。楼的四角各建着一栋圆形楼，有点像拱卫方楼的碉堡。她心想，住在这里的一定是村里身份不一般的人。

青年叫谢英在门口等一下，自己进屋去了。一会儿，一位年龄约四十岁的妇女走出来，让谢英暗暗吃了一惊，心想："是个女人？"

"您好！找子民的？"妇女伸出手与谢英握了一下。谢英一听，好像不是林子民，就回答道："可以进屋说吗？"

"请吧。"两人一起进屋去，俩青年转身走了。

谢英见这处方形大屋内有天井和前后厅。层层环绕天井的回廊宽敞大气，直通房顶。她被安排在前厅落座后，仔细欣赏这间不同凡响的房子内部构造和设置。引她进来的女人到后厅去了，很长一段时间没回来，把她一个人丢在一处。

一位小姑娘上前给她递上一杯茶水，未说一句话出去了。这种待客之道让她非解，心里生出几分不安。

这位叫林子民的到底是个什么样的人呢？

灯亮了。那位接谢英进屋的中年妇女从后厅出来，手中端着一盏玻璃罩煤油灯。同她一起出来的是一位高大魁梧的男人，身穿一件灰色棉布大衣，浓眉阔嘴，约五十岁。

谢英走近两步，直面男子。

"我们认识吗？"男子审视般地看着谢英。

"请问，您就是林子民先生？"

"你说我们是故友，竟不认得我？你到底是什么人？"男子声音不高但透着冷漠的寒气。显然，他对这位不速之客的到访很戒备。

谢英忽然莞尔一笑，不紧不慢地道："我们当然不认识。我是受人之托来找您，情况特殊我只能以访故友之名找到您。"

男子眯着眼默想片刻，脸上表情舒缓了些，说："来的都是客。天黑了，该吃晚饭了。请吧！"

谢英跟着两人来到后厅的一间餐室。这里点着几支红蜡烛，光线亮堂，一张八仙桌上已摆着红薯和米饭两样主食，菜品一荤两素。谢英肚子很饿了，不客气地盛了碗米饭吃起来。三个人各取所需用餐，饭桌上竟然没有说一句话。

吃完饭碗筷一撂，谢英大声说："太沉闷了！林先生，可以办正事了吧？"

男子手上还拿着红薯在吃，点点头表示可以。

谢英解开自己的包袱，翻出一本线装书，从书中找出一张纸条递过去。

男子一看，蓦地站起来，大惊失色问："学民怎么啦？你在哪里见到他的？"

谢英一看这情形，明白此人跟那位递纸条的眼镜青年关系非同一般。她探问："您看出谁写的字了？他叫林学民吗？"

"这是我弟弟写的字，我一眼就认出来了。他就叫林学民……你不认识他吗？你怎么有他的字条？你让他写条子来找我，有什么要紧事？"

"林先生，不是我要他写字条，是他在一个非常特殊的情况下递给我一个小纸团……"谢英一五一十地把昨天在永定城闽粤旅社遇到的事说了一遍。

听完谢英的介绍，林先生和在一旁的那位中年妇女吓坏了："这怎么得了……"互相寻问，场面有点混乱。

谢英见此情况，非常理解他们的心情，说道："林先生，既然是亲兄弟，他在最危急的时刻想到了您，说明他相信只有您才能救他出来。你们要冷静下来，想想办法。"她又对着妇女问道："您是林太太吧？与学民在一起的那位姑娘是他的女朋友？"

中年妇女点了一下头，"呜"地哭出声来。她哽咽回答："他俩结婚才一个月……"

谢英一听，心情也沉重起来。她猛然想起"他们是共匪"的话，心想：眼前这位林子民先生不会是共产党人吧？

林子民夫妇把谢英当成了"恩人"，安排她住宿顶层客房，希望她在红夏村逗留几天，叫了专人照料她的食宿生活。林氏家族动员起来，想尽办法到永定城救出林学民新婚夫妻。

翌日，谢英被一位白胡子老人陪同在村里各处游玩。古老的土楼有些还是宋代建筑，距今已有一千多年历史。老人本是泥水匠，他告诉谢英这些古围屋是用糯米、石灰、蛋清混拌泥土砌成的墙，非常坚韧耐用。房子的木材是当地山上的黄木和杉树，不易腐变，夏凉冬暖。

在游览村子独特风光的时候，谢英看见一些墙壁上写着"打倒剥削阶级""一切权力归农会""结成广泛的工农联盟建设新中华"等标语，让她明白了这个红夏村正像赣闽很多乡村一样已经或正在被赤化。她试着问老人一些问题，老人的话让她吃惊：村里已经成立了赤卫队和贫协组织，准备迎接朱毛红军的到来。

吃午饭时回到林子民家，他们夫妻俩都不在，她猜是去永定城了。其实，那个被抓的林学民两口子能不能救出来不关她的事，她做了回好人，帮忙传递了个信息就够了。可是，她也另有想法，所谓"赣南班外逃"这一信息时刻萦绕在她心里，她似乎有预感，她的儿子很可能出现在永定境内，她想在这里等一等。

晚上，林子民夫妇回来了，身后带着几十名青壮年男子。后厅临时打了几张饭桌，安排众人吃饭。

谢英被邀参加林子民一桌用餐。昨晚上，双方互相做了自我介绍，此时林子民对谢英歉意地说："谢兄，您所说的话确是真的，今天我们进城得到了证实。别怪我不信您，因为事关重大，必须求证。唉，还是迟了，学民俩被警察局转到龙岩去了。"

谢英马上答道："林兄不必这么说，换了我也会这样，毕竟从前我们不相识。"

林子民的夫人接话道："先生是个好人！这份情我们记着。虽然学民的事一下子办不好……"她说着又哽咽起来。

林子民唤人拿酒来，说要好好敬谢兄一杯。谢英推辞也没用。酒是闽西有名的地瓜烧酒，一人一碗。

"来，众位兄弟，都端起酒来。这位谢兄是赣南老板，不是他讲义气给我们传消息，至今我等也不知道学民出事了。从今以后，谢兄如同我的亲兄弟，大家一起敬他一碗酒。干杯！"

"干杯！"厅堂回荡起一片碗与碗的碰撞声。

从不喝酒的谢英碍于情面只饮了半碗就醉了，一阵猛咳，吓坏了林子民老婆，她把剩下的酒伸手接了过去，不停在谢英后背轻拍。后来，谢英没吃饭就被人扶着上楼睡觉了。

半夜，林太太端了一盆热水到谢英房中，看见她酒已醒了，递上热毛巾让她擦个脸。她笑着说："你也别装了，昨天我就看出你是女扮男装的。这世道不好，女子在外太不方便了，我理解。"谢英一听吃了一惊，披衣坐了起来，说道："我这纤弱的身子是较难瞒过高人的。您夫妻俩一见就不是普通人，这个家也非比寻常人家。学民这么年轻就惊动官府，那晚一到您家中我就想，当下有抱负干大事的人都有些家渊……"两人嘘寒问暖，接着像姐妹般聊起各人的家事，非常融洽。从林太太的话中，谢英知道这红夏村近两千人，两个月前曾有红军经过，如今村里已有共产党的组织，成立了对付压榨贫苦民众的土豪劣绅和地痞流氓的自卫队伍，周围几个村也相继拉起了自保武装或赤卫队。

谢英小声问道："嫂子，您丈夫就是当下村里的头吧？"

对方想了想，没有回避这个敏感的话题："他说话能做得了主。比方说，如果你这样的朋友需要帮忙，他一定会尽最大努力去做。"

"谢谢！"话说到这里，谢英觉得也没有必要瞒自己找儿子的事了，就给林太太都说了。

这晚上的谈话林太太都给丈夫讲了，林子民表示如果真遇到了脱离蒋军的赣南兵士，一定帮忙留住他们，看有没有谢英的儿子。吃早饭时，他开玩笑地对谢英说："您本来就很美丽，还是当女人好。在红夏村没危险的。"谢英饭后真的脱去了男装，恢复本来面目跟林太太坐一辆马车去了永定城。

　　巧了，冥冥之中还真有某种安排？她们购物后逛街，竟然看到了一张刚贴出来的告示："有一伙逃兵从三明剿匪前线逃往龙岩方向，近日有人在永定县境内发现他们的踪迹，全体民众保持警惕注意安全。发现情况及时向警察局或保安团报告……"

　　谢英呆住了，连看了两遍，真有种"踏破铁鞋无觅处，得来全不费工夫"的惊喜。林太太拉着她离开这里，两人回到城门口上了马车回红夏村。

　　这天下午，林子民召集了几十个人到家中开会，商讨如何在第一时间获取信息并接应可能到来的"逃兵"。会上，安排了几路人马到县城周边要道巡察，部署了可能发生与官兵冲突实施"武装拦截"的战斗方案。

　　林子民在会议结束时要求大家检查好枪支弹药，随时准备出击。他严肃地说："这是我们赤卫大队成立以来真正意义的战斗，一定要打好。对反动派白狗子毫不留情地坚决消灭之！"

　　谢英终于弄明白了林子民的身份：中共永定县委副书记兼红夏村赤卫大队队长。

　　一声枪响打破了红夏村黎明的寂静，谢英被惊醒下床朝窗外看，楼下有人打着火把进出，草坪中好像聚集了一些人。她没多想赶紧穿衣服。这次她不化装了，检查了枪支，用一方头巾包扎了头发，立即下楼去。

　　到了地下，她发现有一支长长的队伍朝村外奔去，林太太还在坪上对一部分村民说话，好像在布置各围楼屋场御敌守护的事。天尚未亮，原野黑沉沉的，她想林子民一定带领赤卫队出发了，有可能就是发生了近日一直在担心并议论的事：政府武装围追一伙赣南离队兵士。她一想到自己儿子谢金华有可能就在里面，就无法平静了，转身朝马厩跑去。

　　一乘飞骑闪电般离村而去，消逝在茫茫旷野。马背上挥鞭驰骋的谢英此刻仿如回到了大革命时代，头脑中一幅幅冲锋陷阵的画面激励着她，耳畔凌厉的寒风刺面她似乎没感觉了，一往直前奔跑到了三十里外。

　　"不好！"她突然发现自己走岔路了，怎么追了这么长的路不见林子民的赤卫队呢？她勒马停下来。此时，东方天际已经露出了鱼肚白。

　　她正调转马头往回走，听到后方有战马嘶鸣声传来，而且越来越近。她环顾周围，驾马离开大路躲到一侧的灌木丛中。片刻，约有二十多匹战马从她眼前呼啸而过，是一队国军人马。她吸了口冷气，心想一定与某处战事有关，决定尾随他们。

一会儿，到了一岔路口。前面骑兵的队伍向一座高山缓坡前行，谢英判断这地方就是自己刚才走岔的路。她有意放慢速度与前面的马队拉开距离。拐进一个山坳后，突然听到了噼噼啪啪的密集枪声。

她终于找到战场了！为了减小目标，她跳下马，决定另择隐蔽处判断战场情况。她牵马步行到一高处的浓荫松树下，向枪战的地方望去。此时天已大亮了，她见斜对面半山中，直线距离约两千米外有一处陡峭悬崖，有很多军警在丛林莽草间向悬崖射击冲锋。无疑，战斗的另一方就在悬崖下，也许那儿是个山洞。她潜伏着观察战况形势。

过了半小时左右，枪声稀疏了，丛林斜坡隐约丢下了很多尸体，但攻的一方还在组织战斗，而悬崖处似乎冷静下来了。"有点不妙！"谢英想道。也就在此刻，同谢英一同上来的那支骑兵赶到了战火弥漫的那处丛林草坡地，向高处的崖壁发起了冲锋。

眼看战马就要冲上山崖处，没料到悬崖的上方突然枪声大作，密切的子弹扫过下方丛林，一匹匹战马倒地，向上冲的骑兵和其他军警掉头向下逃了。

一声"冲啊"响彻山坡，谢英看见上百名农民模样的武装队伍猛然冲向军警，官兵一方大乱，抱头逃窜。有十几名骑兵朝上山时的路逃走，谢英见后热血上涌，骑上马大叫一声斜切过去，头上的红丝巾飘起来像一面红旗在飞动。"叭叭——"接连几声枪响，她击翻了几名走在前面的骑兵。她的出现，恍如天兵降临，吓得官兵"妈呀"直叫。谢英直冲逃兵而去，又击毙了数名官兵……

战斗结束了。谢英见到了农民武装的头目，果然就是林子民。农民赤卫队战士在打扫战场，谢英和林子民一道上了悬崖，那儿确有一个山洞。但是，洞里只有八个被战死的穿国军服的尸体。仔细察看，没有谢金华。这让他们疑惑不解。

"也许，您儿子不在这伙人中。"林子民对谢英道。

谢英把头上的红丝巾拿下擦了把脸，不知兴奋还是悲伤，道："也算命大，不幸中的万幸了吧。"

红夏村赤卫队凯旋，枪支弹药收获颇丰，队伍进村时村民敲锣打鼓、燃放爆竹相迎，热闹非凡。可是，一起回村的谢英高兴不起来，但是她还是很感谢林子民为救她的儿子带领赤卫队参战的壮举。当天中午的庆功宴上，赤卫队员对她独挡敌后奋勇杀敌的表现大加赞赏，形容她是"从天而降的花木兰"。她谦虚地说："我女扮男装这点与花木兰有点像，但本事差远了。此刻我最想说的是真心感谢林子民大队长和赤卫队众弟兄们，为了我儿子与官兵拼杀……共产党就是讲大义讲诚信，说话算数，我敬佩！"

林子民虽不清楚谢英的过去，但她今日战场的表现，让他崇敬之心油然而生。他动情地说："大姐，您真是位有血性的奇女子。不管是救您儿子还是与腐朽的官府军警战斗，我们都是讲大义为民众伸张权益的，这是我们的相似之处。今晨天未亮接到巡查队员报告敌人围剿'赣南兵士'的消息，我鸣枪集合队伍，没想到也惊动了您，更没料到您孤身一马直冲敌阵。您的勇敢之举极大鼓励了赤卫队战士，为此，我非常感激您。来，敬您一杯酒！"

"讲大义为民众……这是我们的相似之处"这句话深深地烙在她心里。从此，她与红军真正结下了缘。别人怎样看她不要紧，被她决然枪杀的那几个骑兵已证明她的政治倾向了。

她喝了一杯酒，是林太太专门为她准备的小杯。酒桌上，她问林子民，这次行动会不会给红夏村带来灾难？林子民道："您怕政府军警来报复？现在革命形势变化太快了，他们没力量管我们，红军马上就要攻打永定城了……"说到这里他没讲下去，怕泄露军事机密。

午饭后，谢英上楼休息。可是，躺在床上总觉得心神不定，似乎有件事摆在那里自己并没做完。她强迫自己静思一会儿，想来想去，忽然感到应该离开红夏村了。她从床上坐了起来，穿好衣服收拾搁在枕边的背包，把一支毛瑟手枪放入大衣口袋内。

她不再扮作商贾，一袭女儿装下楼去。她怕林子民夫妇一味挽留决定不打招呼了，让一楼大门口站岗的门卫给传个口信，就大步走了。

谁也没料到，她骑马朝早晨发生过战斗的战场奔去。她想再看一眼那些抛尸山洞的赣南子弟，毫无疑问他们如谢金华一样是被强迫当兵去的，才会发生集体逃跑。他们是金华的生死兄弟，应该把他们掩埋了。

山坡上躺着横七竖八的尸体，她想当地政府应该日后会组织人员清理的，她没有更多去看，直接上了山崖那处洞穴。当初战斗的激烈她是目睹了，对洞中人员的拼死抵抗她发自内心地敬佩。

出乎她意料的是，进到洞穴一看，里面的尸首不见了，那些血渍污土竟被清扫干净了。她赶忙到洞外细看，只见不远处有几个新的土堆，上前瞧就是新土坟茔。无疑那几具尸体已经被人埋了。会是谁呢？

陡然她一阵兴奋，难道是谢金华所为？她想道，永定城墙上张贴的公告明白写着有十一位赣南兵士在一起，现战死八人，另有三人活着。这三人难道还在这座山上？

她开始搜寻起来。

阴沉沉的天空有大片低垂的铅色云朵于北向南移动，随后一阵又一阵冷风刮起，山顶的树梢倾斜一边，发出"嗡——呜"的呻吟。一群乌鸦不知从哪里而来突然在头顶盘旋，黑压压地降临在山坡丛林中。

谢英寻遍了崖洞周边的树林沟谷，没任何收获。她那匹沧桑老马忽然嘶叫一声，谢英回头望去，千只乌鸦落在斜坡那片没有收殓的死尸上啄食，大快朵颐，惨不忍睹，把正在啃食的马匹都惊吓住了。

"金华，你在哪里呀——"

谢英被眼前这幕恐怖景象惊住了，突然无法控制地大吼一声。这一声大喊震动坡谷，竟然惊飞了那群贼性乌鸦。是啊，谢英这一声憋在胸中已经太久了！这近乎哀求又带着几分嘶哑的吼声中，包含了太多太多的心酸、疲惫、无奈与绝望。她真的心有不甘，她真不情愿就这么离去……

"妈——"被树枝藤蔓划破双手的谢英正要下山，仿佛听到儿子的一声叫喊。她停住了，怀疑是不是自己心中产生了臆想。突然又一声"妈"的喊声传来，真切而熟悉。她一下子怔住了，本能地朝一处浓密的树林走去。

当第三声叫唤传入耳中时，她听出了方位，猛然转身朝上方那处悬崖奔了过去。

还是当初那个悬崖下的山洞！原来，该洞穴有里外两室。谢英两次入内都只是外室。通往内室的是石壁上的一个小裂缝，被几根枯树枝遮挡了看不出来。

此刻，她找到了内室。洞内有三个人，蓬头垢面，奄奄一息。谢英大叫一声"金华"扑倒在儿子面前。她仔细检查，没发现儿子身上有大伤痕，看样子可能是饿的。其他两人也一样。这让她高兴极了，赶忙出洞把自己那匹马牵上来，卸下马背上的包袱，找到十几个米粉蒸馍给他们吃，递上一皮囊水。

过了会儿，三个人补充了食物身体慢慢恢复了。谢金华像小孩子般突然抱住母亲号啕大哭起来……

谢英泪水涟涟，不停抽泣。她真不敢想象，就是自己要离开这块血腥山坡时的那一声绝望大吼，儿子听到了，才从洞内爬到洞口喊住了她……

也不知过了多久，谢金华渐渐停止了哭声，在母亲怀里睡着了。

谢英开始冷静下来。此时已近黄昏，她无法把三个大男人同时弄走，也不可能丢下哪一个，更不能在这鬼地方过夜，只能求助林子民，重回红夏村去了。

她万般无奈，蓦然想起红夏村的赤卫队会在周边各路口巡逻，于是掏出她的毛瑟手枪走到洞外，向天上"砰、砰、砰"连放三枪。

当晚，谢英在赤卫队员帮助下，把谢金华等三名从国军队伍中逃出来的兵士送到了红夏村。林子民太太闻讯在大门口迎接，见谢英一头蓬乱长发，满身泥土，扶着非常虚弱的儿子一步一颤走来，无法控制地冲上前抱住谢英。"您真累了……什么叫好母亲呀……"林太太心中发出一声叩问，泪水夺眶涌出，淌满脸颊。在场不少人深深为这一幕唏嘘动容，也禁不住哽咽……

林子民亲自布置几名死里逃生的赣籍兵士的食宿和医疗康复，让谢英深为感动。

第二日，林太太还亲自下厨，在家里做了一桌丰盛的菜肴正式为他们洗尘。饭桌上，谢金华说了他们被抓去当兵来到闽西及以后经历的事——

"两个月前，我在路上被几个带枪的人抓了壮丁，同十五名青年一同押到了长汀县。在县宪兵队住了两晚，又乘一辆双马车到了上杭县。那里有个国军守备连，我们成了该连队的一个新兵班，班长和班副是另派的两位老兵。那班长很坏，在一个礼拜的训练中，有两个新兵的腿被他踢断了。我们非常恐惧，向连长反映，连长说我们不知好歹，每人挨了几马鞭。后来，直接就把我们送到龙岩的一个营部骡马排，天天喂马打扫马厩。后来听说三明那边闹红军，前方吃紧，又把我们这个赣南班送到三明打仗。第一次上战场，就吃了败仗，剩下我们十一人了。我们不想死，一天晚上集体逃跑了，想回到赣南老家去。没想到国军会一路追杀我们，好在我们带了武器出来，夜行昼宿，一直逃到了永定。昨天那一仗，我们想死定了，只有拼死抵抗。其实我们在那个山洞住了一晚，将近天亮发现被包围了只好硬打。最后没子弹了，八个弟兄死了，我们躲进内室，用了些树枝挡在内室入口处。不一会儿，似乎又有别的队伍跟'围剿'我们的军警打起来了……我们猜可能是红军，但红军会对我们如何也没底呀，所以战斗完了我们还不敢出来。过了很久出来一看，山坡到处是死尸，我们把几个弟兄的尸体埋了。但是，我们还是决定晚上走，怕山外有巡逻队，一起回内室躺着。又后来，忽然听到有人喊我，还很像是妈的声音，我连滚带爬到洞口连唤了几声'妈'，太出我意料了，真的是妈找我来了……"

听了他的叙述，满房的人都落泪了。谢英早就哭成了泪人，这是谢金华第一次看到母亲这么伤心……

一个星期后，几位年轻人身体恢复健康了。告别红夏村时，林家夫妇依依不舍地送到村口。林子民动情说："谢大姐，赣南和永定山水相连，普通百姓心灵相通。我们正处于一个烽火连天的革命岁月，山也转水也转，空前的沧桑巨变孕育钢铁一样的意志和友情，我相信不久的一天，我们还会见面的！"

谢英紧紧握住他的手，双眼含着热泪，连说了几声"感谢"。

"老林，大恩不言谢！我记住您的话了。从今以后，我将同你们一道，为我们苦难深重的国家尽一份绵薄之力……"她说。

十九

公元 1930 年初的赣南和闽西成为中国南方的一个火药桶，朱毛红军离开井冈山在赣闽接壤的大片区域内寻找新的落脚点以拓展根据地，这处山岭、丘陵相邻交错的客家人聚集地像一个灶台上的两口大锅，热气腾腾，沸汤滚滚。遍地的红军、游击队和赤卫队与被叫作白军的政府军、保安团或靖卫团随时相遇厮杀，占领割据、强攻奇袭，到处是枪战炮声，哀鸿遍野、烽火连天。

谢英带着三个年轻人避开官道沿小路前行，打算从寻乌或会昌入境雩都。她依旧商人打扮，而谢金华是她的牵马侍从，另两人为肩担皮货等物资的挑夫。一行人跋山涉水、闯关夺隘，日行几十里，晚间多宿于茶亭庙庵，颇有几分唐三藏师徒西行取经历经磨难的样子。这日傍晚，他们翻过一座大山后，举目所及，没有村舍人烟，只有半山腰道路旁一间风雨亭，只好在此过夜了。

"一天都没有吃口热的了。金华，挖灶煮饭吧。"谢英道。

谢金华与另两人配合默契：一人从箩筐中拿出只小铁锅，把米袋的米往锅中倒，然后提一竹筒去接一处沟涧的山泉水；一人拿一把短铲，在风雨亭后坪上刨开一个坑用来坐锅；另一人去山上拾干柴。三位青年都农家出身，又是一起经历生死的战友，已初步具备了野外生存能力。

一缕炊烟山间升腾，袅袅飘向茫茫天际。谢英放眼远眺夜色朦胧的群岭，寂静空旷似乎处于另一片世界，不由想起了山那头的雩都河及江湾的鲤门村，想到了正经历战火硝烟的家中亲人，心中藏蕴几多感慨。眼前这几名青年包括自己在内，都算军人出身了，无休止的战争何时才是头，还有多少的青少年正源源不断地加入军人这个行列？没有答案。战争让这片秀丽家园千疮百孔了，人们还得憋足劲儿战斗下去……

饭熟了，谢金华首先盛了一碗给母亲，然后每人分了几只红辣椒。晚饭后，谢英让大家检查了枪支。他们人人都有枪，子弹和食物是红夏村出来时重新配备的。箩筐里还挑着几十个手雷，几把匕首，如果遇上战事，能抵得上一个战斗力不弱的班。

天完全黑下来了。谢英安排了三人轮流站哨，铺开被褥睡觉。可是，夜风吹脸，不时有野畜的叫声传来，她无法入眠。

谢金华自从回到母亲身边后，在野外过夜时，他每晚都靠在妈妈身旁守着，心怕有什么意外发生。

此时，没轮到他站岗，他就坐在母亲被褥边上，用身体挡住门口的风。

清晨谢金华醒来，环顾左右空无一人，外面也不见马匹，吓了一跳。他四处寻找，终于在前方不远的山窝丛林中见到了母亲和伙伴。谢英牵着缰绳在牧马，另两个后生在地上寻找什么。他好奇地上去，母亲关切地问他怎么不多睡会儿。原来，他是站最后一班岗哨，天快亮时谢英就起床了，让他去睡会儿，自己在外面转悠。天亮后她去放马，在这个地方捡到两块银圆。那两个年轻人先后来找她，也在这里寻找起银圆来。

意外之财让大家兴奋不已。他们寻遍了这片林子，惊喜不断，一会儿每人口袋都装得满满的。回到风雨亭归拢一起数一数，竟然有一百八十六枚之多。

"妈，这下发财了！等会到了前面的集市，我们该吃一顿好的了吧。"谢金华高兴说。

谢英点点头。"行呀，这一路太辛苦了，好几天没沾点肉腥味了。"她让谢金华把银圆放进一只装米的空布袋里。收拾好东西，每人吃了把炒米，喝了口山泉水上路去。

路上，谢英谈了自己对这些银圆的看法。她认为这处丛林一定发生过战斗，四周的树断枝残木多，一些树干上有明显的弹孔。"我想也许是一位负责后勤给养的军需官，马背上装银圆的皮箱或皮袋被子弹击穿，钱撒落地上……打仗时什么情况都可能发生，保命最要紧。"她说，"民国十四年，我参加的一次阻击战，惨胜后一些士兵从死人身上搜到不少金条银圆很高兴，指挥官让他们把大量的银圆扔了，全部尽可能多地带上粮食等食品，为应付接下来的战斗保持体能。事实证明指挥官是对的，接着的战斗在一座山上坚守了四昼夜，没有食品是不可能取得最后胜利的……"

一行人入神地听着谢英讲故事下了山，午饭时分到了一个名叫杉树岭的古老圩街。说是街，其实就是面对面两排杉木板楼的黑房子。他们走进了靠边的一家饭馆，店招牌很惹人眼球——雄鹿野鸡店。

进店坐定后，谢金华负责点菜，他大咧咧地要店伙计上最好的招牌菜和烫酒，让邻桌的人都看着他们。谢英轻声说："金华，记住出门在外，不能太张扬了。"

谢金华伸伸舌头，点头表示记下了。不一会儿上菜了，整只烧闷野鸡用大缶装着占了半张桌面，热气腾腾一层红椒葱花让人垂涎。侍者提着同样冒热气的十斤铜壶给客人倒满酒酿。不一会儿，另一个招牌菜也上桌了。脸盆大的青花瓷盛满红炖鹿肉，浓郁香味四溢，面上一条长硕鹿鞭呈钩螺状十分醒目。

"酒菜齐了，请用吧！"侍者恭敬道。

这一顿豪饮海嚼让几位年轻人从未有过地痛快，一个个满脸通红打着饱嗝，大摇大摆走出饭馆。可是他们没料到，就是谢金华结账时随意甩给店伙计五块银圆的豪气，被坐在一角的人盯上了。

杉树岭是武平县的一个边陲小镇，这里距离县城有近百里路程。饭后谢英一行人上路朝县城方向走，出山的路是一条狭隘深长的甬道，两边高山陡峭，让人心里发虚，如在此遇上强人打劫就糟了。因此，谢英骑在马上不时抬头向高处张望，要求大家走快点，随时保持警惕，做好战斗准备。

谢金华不在意地对母亲道："永定遇险那场战斗都挺过来了，还怕几个山贼？如果有人拦我们，正好吃得太饱了消遣消遣。"

他的话音刚落，就闻前方一声呼哨响起，三匹马朝这边飞驰而来。

"不好！"谢英惊呼。她立刻跳下马，让大家靠边让道，一边两人拉开距离，选好战斗位置。

转眼间，那三匹烈马已到了面前，"吁——"的一声被叫停了。

"破财消灾！"中间那匹马上坐着的男子说。他一张黑圆脸，浓眉长须，有几分李鬼的模样。一上来他就不知羞耻嚷嚷道："把钱留下，放你们过。"

谢英上前两步，厉声道："朗朗乾坤，想大白天抢劫？不怕官府抓你们去坐牢？"

"嘿，看你眉清目秀还有几分胆气。要是别人一见我们，早就下跪求饶了！"话音一落，手上一把驳壳枪朝谢英跟前"砰、砰"两声，冲起一股泥尘。

谢英假装害怕了，退后一步道："好汉，就是要买路钱也得开个价吧。"

黑汉跳下马，哈哈大笑地说："真新鲜，还给我讨价还价！你们几个的脑袋值多少钱？"另两个大汉也下了马，一起哄笑起来。

就在三名大汉握着枪摇摇摆摆朝谢英走过来时，谢金华朝他的两位战友一挥手，"砰砰砰……"几乎同时一阵枪响，拦路抢劫的三条壮汉应声倒地。谢英一个箭步上前去，见两个不动了，那中间的黑脸大汉在呻吟，她一脚踩在黑汉手腕上，把他松手落地的枪收了。

谢金华几人已上前，把黑汉一把提起。黑汉是大腿上中枪，血在汩汩流淌，但他忍着痛瞪开双眼吼道："县保安团……听到枪声马上到……你们跑不了……"

谢英一听，警觉起来，追问一句："你不会是保安团的吧？"

"不，我不是……但我给他们钱，是他们……的爷……"说完"哎哟"一声，求谢英给他包扎一下。

谢英旁边的青年一听，抬手扣动扳机，"砰砰"两枪把黑汉击毙了。谢英惊了一下，想责怪他几句，话到嘴边又吞下去了。

就在这时，他们刚经过的深沟那头，有一支队伍奔过来了。谢英一见不妙，令三名青年骑上贼人留下的马走，正好一人一匹。谢金华等赶紧把原来用箩担挑的东西绑在马背上，骑上马迅速撤离。

四匹马向前一阵狂奔，把后面的追兵甩得远远的，出了峡谷裂缝已见不到人影了。前面，是一条岔路，一边是千亩田畴，一边通向连绵茂密山林。谢英停了下来，拿出一张残破的地图看，比对路程以后决定向山林方向去。

奔走了一阵，路越来越窄，弯弯曲曲的密林小径仿如进入了一片原始森林。只闻其声的隆隆瀑布和凄唳如诉的奇异鸟鸣，让人几分惊奇几分胆战。蹚过一段溪涧清流后，前面没有路了，大家只得下马，坐在一横卧地上的枯圆木上休息。谢英再次拿出地图，她心里很着急，如果不赶紧找到明确出路，势必会困在这茂林深山过夜，这就太危险了。

她细瞧了一会儿，终于弄明白了：他们现在的位置是一座海拔高达千米的大山，是该地域方圆几十里的最高峰，翻越此山没有现成的路，非常艰难。但是，还是有一条路可通往山后的，就是沿着山脚这条谷涧溪流走，就绕出去了。当下正好是隆冬季节，涧流少而清澈，利于通行。

"出发，跟着我走。"谢英跨上马背，带着三位年轻人顺流快马而行。边走边留意观察，这条鹅卵石路不是没有人走，有的地方堆着石块，明显有行人落座过。有深沟的地方并排枕放了巨大的枯木，就是方便通行。这些发现，让谢英轻松了不少，至少表明脚下这条道是走得通的。于是，她不时吆喝一声叫大家快点走。

突然，一声尖厉的"唧唧"声传来，入耳有种狂风吹虐游丝的钻心恐怖感。接着又两声传来，如此清晰，发声处好像就在近前。前两匹马几乎同时住蹄嘶鸣被惊吓了。一行人不由自主地拔出了手枪。

前面的谢英向后挥了一下手，示意停下别动。她看见了：离她约十几米远的右侧一块裸石上，站着一只金钱豹。它全身棕黄，点缀着朵朵鲜亮的黑褐色花斑，头圆耳小，炯炯有神的眼睛发出骇人的光，静静地望着这边。

"千万别动。就盯着它！"谢英小声命令道。她想起了小时候跟着父亲去岩背山采茶油果，遇过花豹。后来父亲给她说过，遇上豹子千万别慌张，眼睛盯着它看，它会胆怯离去。

四个人都屏住呼吸盯着眼前的金钱豹。此刻四周静得出奇，连马都似乎听懂了谢英的命令，纹丝不动。约过了两分钟时间，这只美丽但脸相凶残的豹子，可能是高估了对手的力量，一声不吭转身消失在森林中。

接下来，谢英朝座下那匹老马的屁股上猛抽一鞭，"驾"的一声飞快离去，后面的马风一样地跟着跑起来……

终于在临近傍晚时钻出了莽莽森林。谢英看见了敞亮的原野，看见了正缓缓落下远方山峰的夕阳。她长长地舒了口气，回眸深深地望了一眼身后的山嶂。

山顶有古寺，山下有古庵。古寺灯火明，古庵瓦碎光。

这晚，谢英一行在山脚一处破落古庵宿了一夜。第二天一早，谢英忽闻"喤喤"几声山寺晨钟传来，从庵后门出去一望，通山顶古寺的小道有人前往礼佛。钟声不由让她想起唐朝诗人张继的《枫桥夜泊》诗句"姑苏城外寒山寺，夜半钟声到客船"。她的眼前莽野白霜覆地，草木蔫枯，加上寺钟悠音绕梁，那种身处客地思念故乡的心境与古人是相通的。她返回庵内，仅有的几件残缺家什爬满蜘蛛网，房顶尽是漏光碎瓦，联想到山顶神秘古寺的庄严，山上山下的寺与庵同为佛门净地竟差别巨大，让她唏叹。她见谢金华几个青年正在做早饭，用庵里旧灶坐上自带的铁锅下米烧火，心中添了几分慰藉。米饭熟后几个人刚端起碗吃，两个挂着拐杖的伤残军人进庵里来，伸出脏兮兮的手讨饭吃。

　　谢英一见，怜悯地请他们在一张长的烧火凳上坐下，从壁橱里拿出两只旧陶碗和竹筷，洗干净后添满饭送到他们手里。两位伤残者狼吞虎咽起来，接连吃了几碗，见锅里没了才罢休。谢英几个就吃了手上那碗饭。谢英与他们聊起来：

　　"两位军爷，从哪来？前面在打仗吗？"

　　"老牛岭，昨日中午打到现在，还在打……看阵势红军想拿下武平县城。我们营正面阻击到天黑，打光了……就我们几个偷着下了阵地逃出来了……"

　　"你们国军枪好势大，还对付不了几个红军游击队？"

　　"大哥你做生意的，不懂。现在红匪发展很快，像发洪水一样漫淹闽西，农村很多穷苦人都跟他们合伙了……开始，我也有你这样的想法，昨日一上战场，我发现错了，红军人比我们多多了，而且不怕死。尽管武器差，但他们死了一片又一批冲过来，源源不断的，就是蚂蚁太多了也会把你啃光……"

　　谢金华插嘴道："兄弟，你们逃出来长官知道了，不怕枪毙吗？"听到两个伤兵是逃离战场的，他想到自己的经历，心里涌起几分同情的辛酸。

　　"排长班长都死了，连长也不见了，没人管我们……"

　　谢英看出儿子还想问什么话，她盯了他一眼，从身上拿出四块银圆，给伤兵每人手中放了两块，关心地说："兄弟，早点回家去吧。这点钱路上充饥用。"

　　两名伤兵太感动了，"咚"地跪地致谢，谢英连忙把两人扶起来，说："都是可怜人，你们路上要相互关照。"她双眼充盈泪水，同谢金华一起送他们出了门还走了一段路。

　　母子俩回庵后收拾行囊，四匹马继续朝武平方向去。

　　越往前走，路上遇到逃难的百姓和伤兵越来越多。

　　"都跟紧了，眼睛瞪大点，别随便打听。"谢英道。

　　路上人流增多，都是朝谢英他们去的相反方向撤逃，这让谢金华不安，他靠近妈妈问道："我们这么走，会不会引起什么人的注意或怀疑？"

　　谢英点点头。她突然拉转马头，向路边一松树林奔去。

　　后面三匹马一见，立即跟过去了。

　　"无辜遭受战争拖累的百姓是最不幸的……"谢英看见路上蚂蚁牵线一

般的难民拖儿带口，哭声不绝于耳，自言自语哀叹道。

他们在松树林中停了会儿，决定不走大路了，从地图上标记的一条小路向武平城进发，路程不到三十里。

"哒哒"的马蹄声在山坡的曲折小道上响起。一路向前，浓郁的松树林遮天蔽日，却听不到一声鸟的鸣叫。谢英觉得不正常，只能有一种解释：战场已经越来越近了。当他们又翻过一座山冈时，忽然听见了密切的枪声！

"把马留在这里！"谢英下马，命众人把马吊在树上，一起攀上高处一坳口，躲在草丛里观战。

眼前的战场让人惊悚：窄长的一条谷沟填满了尸体，对垒双方仍在疯狂博杀。红军坚守一处山埂，白军凭借枪炮射程较远的优势拼命进攻。谢英看出红军处于守势。她想：红方死守的状况说明，他们身后不远的县城可能有战事，也许正在进行着一场围点打援的大仗，而此处红军坚决抵抗的正是白军的一支援军。

冲锋与反冲锋的拉锯战进行了一段时间后，战场突然沉静了下来，可能双方都在做新的调整和部署。白军像是有新力量加入，整个山坡斜面在树木荫蔽下又排成了几个整齐的进攻方阵，开始伺机而动。红军在山埂上的战壕里却静悄悄的，没什么动静。谢英在想，也许红军死伤太多，无法再组织有效的抵抗了。

就在这时，红军山顶上冒出很多人，谢英远远望去，好像他们在往战壕运东西。她悄悄问身边的谢金华，看清楚在搬什么武器或物品没？金华说好像是木桶。

这时，白军进攻又开始了。他们改变了一字长蛇阵的攻击队形，团队呈小"品"字串联大"品"字形，互为犄角稳步推进。

谢英挥了一下手，四人一起后退了几步。她指着旁边的山巅说："我们到上面去！"大家弓着背爬到高处的一株大栗树下。

这个地方对整个战场看得更清楚了。谢英凝神观望，心里越来越不安。眼瞧白军已推进到红军前沿阵地了，上面的人没点反击的动静。慢慢地，白军团队要接近红军蹲守的战壕了。

就在这时，让谢英几个人想不到的事发生了：红军的战壕上突然推上了几百个圆桶，冒着火花白烟，被人推下山坡朝白军队伍滚滚而去，场面摄人心魄……

"轰隆隆"一片巨响，震耳欲聋。巨大的声浪使几百米外谢英脸上有炙热感。

黄土烟尘弥漫山谷，遮天蔽日，很长时间没有散去。

谢金华等三个年轻人被刚才的一幕惊得目瞪口呆：连续巨响似乎把对面的山坡炸平了，土石层排山倒海，像山体塌方般一波又一波冲向下方，一支进攻的队伍被泥土一重又一重地覆盖……轰隆隆的余响连绵不断，被尘土掩盖的山坡见不到人影，听不见人声。又像是一小块地表发生了强烈地震，没生命能逃过如此的劫难生存下来。

谢英看见他们惊愕的样子，建议撤退下山去，但谢金华不同意，说要再看看。

过了很长一段时间，硝烟土尘散尽了，原白军进攻的那个斜坡已没有一棵活树木，面目全非的地面尽显一片大坑小坑，似乎有一些人的肢体零碎散落各处……毫无疑问，红军往山坡滚落的百个圆桶装满了炸药，才会造成如此巨大的爆炸。他们不敢继续看了，一行人转身下山回到吊马的地方。

谢英见大家神情黯然，说："我改主意了，不去武平城。看这场战斗红军赢了，我猜武平也迟早无悬念要被红军占了。但是那里，无疑是当下最混乱最危险的地方，不去凑热闹了。我想，绕着县城过去，我们可以直接走大路回赣南。到这个时候，也没有人再会'关心'你们这几个人了。"

大家没有异议。谢金华感到肚子饿了，提出埋锅做饭，吃饱再走，谢英同意了。但她还是派了两个方向的岗哨，因为这里毕竟属于危险地域。

饭后，大家骑马上路，谢英干脆不装扮商贾了，一袭女裳装出现在众人眼前，几位小伙子都羡称她"真漂亮！"谢英笑了，说道："如果路上遇到什么紧急情况，我们就是母子关系，一家人去走亲戚没啥不可以的。"

谢金华开玩笑道："妈，我们三个一般大，人家会怀疑的。难道是三胞胎？"

"那就三胞胎吧。"谢英回答后，自己都大笑起来了。

说说笑笑间，他们已走出了这座山，踏上了依然可见匆匆逃难人群的大路。

到了前面一个岔路口，他们停下查看地图。就这一停，没料到奇迹出现了：

"姑姑——"谢英听到有人大叫一声，好像是谢小亚的声音！她寻声望去，十几步远的路上，三个人朝这边走来，推着一架独轮车。

谢金华闻声眼尖，看见不远处一女孩拼命叫喊挥手，那人确像谢小亚，他奔跑过去。

"金华哥——"谢小亚大叫一声迎上前去，俩人不可抑制地紧紧拥抱在了一起……久别重逢的那份激动难以言表，彼此热泪盈眶说不出更多话来，只能把对方搂紧以传达无限的爱意。

太意外了！谢英看见了"管家"老王和他的儿子王种田。当她弄明白三人是专门到福建寻自己后，十分感动，陡然间泪水无法控制地"哗哗"流淌。她的心中太清楚了，烽火岁月千里奔走寻人是何等的艰辛。她紧紧握住老王的手，第一次称呼他："王大哥，您真是我的好兄长！"

此时，王种田推着独轮车站在一旁，欣喜地望着大家高兴重逢。他已是红军战士，比其他年轻人似乎更成熟了。

二十

一家人的重逢纯属偶遇。如果谢英他们不停下在路口看地图，如果不是刚刚目睹的那场血腥战斗让谢英打消了进县城的念头，如果……无数的可能都将使老王无功而返，因为他根本无法与谢英取得联系弄清她身处何方。想到这些，从不信神灵的老王这回也在心里念叨起了："感谢观世音菩萨！感谢大神冥冥中安排相遇……"此刻他的况态与逃难的流民没有两样，头发蓬乱，面容憔悴，一身尘土。

谢英让老王把独轮车扔了，车上的东西绑在马背上，谢金华三位年轻人的马各带上一人继续出发。一行四马七人快速离开了这处狼烟四起的地方。

天黑时他们在路边一农家借宿。房东是一对中年聋哑夫妇，非常善良。通过一番手语沟通后，给谢英他们提供了灶柴煮饭和宿夜房间。见老王几个身上很脏，女房东还特意烧了一大锅热水，让他们洗抹身子。

这一夜，谢金华和谢小亚躲在屋后树林里互诉分别后的经历，谢英装作不知。林子里有个柴棚，成为两位年轻人幽会的好场所。夜半刮起了阵阵寒风，两人浑然不知，第一次真正意义地相互拥抱热吻。在这个两人的世界里是没有时光流逝概念的。当房东的雄鸡啼叫时，他们想起要回屋内去了，离开了树林。

可是，就在他们要推门跨门槛时，忽然听到屋内有不同寻常的声音：

"老大，都押回山上去吧……"听到一鸭公声嚷道。

"嗯。山上正缺人手，看山护坡有用……你们先走，我会会这妇娘子就来。"

谢金华和谢小亚闻声退到墙角暗处，他们心里明白遇上土匪下山抢劫了！

"吱呀"一声门响，房内松油灯的暗红光亮照出门外，见十几个匪徒押着老王和谢金华的两个战友出来，手上提着抢来的大小包裹。被押的人都背着双手捆绑着上身，却不见房东夫妇。

"没看到王种田。"谢小亚小声道。还好，今晚谢金华腰上的枪未卸。他对小亚耳语道："先救妈妈！"

两人见匪徒朝大路走了，悄悄溜进屋去。厅堂内饭桌上的灯亮着，不见人。

他们听见一个房间有响声，上前轻轻推开一条门缝，里面有盏灯，谢英被捆着坐在床沿。一彪形汉子在对她劝话："表嫂，我看你标致，不忍对你动粗。我山上缺个好女人，跟了我任凭你好吃好喝……"

"你最好是放了我，不然会后悔的……"谢英道。

"放你？我还抓你干吗？别不识好歹了……当下都是草莽英雄的天下，你一妇道人家不识时务……"

边说，汉子伸手在对方脸上胸前乱摸。

谢金华一脚踢开门，毫不犹豫地快速朝汉子开了一枪。

这土匪头目没反应过来已倒地毙命。

黎明的一声枪响传得很远。谢英松绑后第一想到的是那些返山的土匪刚走不远，忽然惊闻枪声，极有可能调头回来接应他们的头目，她让谢金华、谢小亚跟自己立即离开这个屋子。昨晚饭后因为太累了，她睡得早，也忘了派岗哨了。谁知半夜自己成了土匪打劫的对象，一队土匪怎么进屋的她一点也不知道，她估计老王和另几个年轻人也同自己一样莫名其妙做了俘虏。出了这么大的事，房东聋哑夫妇却一直不见人，这更让她心中不安，难道聋哑人是装的，他们和土匪有联系？好在是寒冬天气，她睡觉未多脱衣服，身上两把手枪没离身。当然也许因她是女人，没对她搜身。

谢英领儿子、侄女到大路对面的牛棚去，他们的马是吊在这边牛栏喂食的。谢天谢地，四匹马一匹不少仍在嚼食禾草。谢金华欣喜说："这些傻瓜，这么好的马没要。"谢小亚答："他们晚上行动，根本就没见到马。土匪就是冲着钱来的，我见他们抢了你们的包裹，盘缠都在里面吧，以后怎么办了？"谢金华道："还好，不见抢走我们那个长布袋，那里有米和两把长枪。"谢小亚接话："王种田的那把猎枪是姑姑送的，还有他父亲一支长枪是红军发的。可是，王种田不知去哪里了。"

"我在这里！"王种田突然出现在他们面前，手上端着猎枪。

他突然出现吓了大家一跳。王种田从身后拿出了谢金华说的长布袋，说了自己的情况："吃过晚饭后，大家先后进房间睡了，我看整个屋子几近黑灯瞎火，不太放心，就带上枪粮布袋来到这边牛栏看马了。我担心马被人牵了，就睡在这间草料棚里。后来我也迷迷糊糊睡过去了。刚才一声枪响吓醒了我，起来一看马还在，准备到路对面的房子找你们，没想到你们过来了。"

谢英告诉他土匪把老王和另两个年轻人带走了。王种田一听急了，说要赶紧骑马去追。

"路上漆黑一团，又不知去向，怎么追？土匪有十几个人，弄得不好还中了埋伏。我看，刚才的枪声土匪也一定听到了，他们的头目在我们手中，可以在这里面做点文章。"谢英对大家谈了自己的打算。

听了她的具体想法，大家都觉得可行。于是一起回到对面房中查找，终于在厨房的后廊上找到了哑巴房东夫妇，被绑捆在廊柱一角，因天黑不易发现。他们松绑后已奄奄一息。

谢英叫人把被打死的土匪头目的衣服脱下，让谢金华穿上装扮他，绑在门口树上等土匪前来。为吸引匪徒返回，她朝天放了两枪。

王种田被安排在距离房子约二十米的路口樟树上，不仅带了他那支威力强、散弹杀伤面大的猎枪，还带了几个手榴弹上树。

鸡叫三遍的时候，一队土匪急匆匆回来了。

走在前面的土匪刚从大路上跑下禾坪，谢英大吼一声"站住！"土匪一惊停了下来，才看清一个人举着双枪站在被绑树干上的俘虏跟前。

"看清楚了，这个人是谁？"谢英用枪指着俘虏。

一位胖子上前几步细瞧，发现竟然是他们山头的老大，穿着的衣帽无疑，只是嘴里塞了布团发不了声。

"是大哥！二哥三哥快来，大哥被人捆了……"胖子喊道。

土匪队伍一阵骚动，有两个人快步奔上前来。

"砰、砰"，谢英手一抖动，朝离他们几尺远的地面开了两枪。所有人都被震慑得不动了。

"别想劫人！谁再敢往前走一步，我这两把枪可是不认人的！"边说边走到被绑的人侧面，大声道："谁想开枪，动一下就让你家大哥立刻见阎王去！"她一把手枪指着俘虏的脑门。

此时，俘虏的头拼命摇了几下，表示"千万别鲁莽"的意思。土匪见了都劝他们的"二当家"要十分慎重，别伤了老大的生命。

此时，一位年纪较大的匪徒挤前两步嚷嚷道："二哥，我们返回来就是接大哥回山的，先听听那个女魔头怎么说，开什么条件？"这人的声音像鸭公在喘气。他说完后，又对着二哥耳语了几句。

"请问女英雄，要什么条件放我大哥？"那位二哥放低身段问道。

谢英回答："简单，把被你们抓去的人放回来，换人就行。你们本来就是想抢点财物的，怎么又撸草打兔子抢人了？这不符合道上的规矩吧？"

匪徒们听后议论纷纷。突然有个人问道："我们辛辛苦苦弄到一点东西，也是为了活命，还要送回你们不成？"

"看在众位绿林兄弟一夜辛苦、来回奔波的份上，银圆等财物就不用还回来了。快点把我们的三位弟兄放过来。你们千万别以为，我比你们人少好欺侮，我敢一人站在这里，四周还会没大队人马埋伏吗？"谢英大声嚷道。她的话音一落，躲在黑暗处的谢小亚和王种田立即向空中扫射了几枪。

没想到这几声枪响作用巨大，十几名土匪受惊吓大多转身就跑了，消失在茫茫黑暗中。剩下几个趴在地上不动。被群匪看押的老王等三人，见没人理他们了就趁机向谢英处奔跑过来。

谢英没料到是这个结果，不存在"人质"交换了。她果断地干脆高举双手，朝天上连放几枪。这几枪是她与谢金华等人约定的暗号，就是全面出击的命令。谢金华丢开虚捆他的绳索，拔掉口中的布塞，一掀穿在身上的土匪头目衣服，把挂在胸间的一把短柄卡宾枪握在手中，直接向前上方打出一梭子弹。这支枪是他当兵时发的武器，逃离时就顺手带走了。

谢小亚和王种田也快速到了谢英身边。

这伙土匪碰到硬茬了，根本不是谢英他们的对手。当那位被人叫"二哥"的头目成了俘虏后弄清楚他的大哥早已死了，便带着剩下的喽啰缴械投降了。

谢英没有让人捆绑他们，还派人把他们老大的尸体抬上山坡埋了。

"我猜，你们大多就是当地人吧？这个混乱的世道，家里没法活下去就上山当土匪了？"谢英询问道。

"嗯，我家里没什么人了。去年父亲死后，唯一一个妹子给了人家当童养媳，我就一个人过日子，吃了上餐找下餐。听人说官帽寨上有人结义捞生活，就上山了。这一年多下来，其实也是刀口舔血，在过心惊肉跳的生活。"那位被叫作"二哥"的诉苦道。

"你叫什么名字？"谢英问。

"陈有福。"

"有福之人，好名字。"谢英半开玩笑说："你们今晚打劫别人，结果有人死有人逃，而你们几个安然无恙地站在这里，不都是有福的？说明命硬得很。"

这陈有福也算头脑活络，他突然跪在谢英跟前求情道："女英雄在上，怪我们有眼无珠触犯了您，我们把抢来的东西归还你们，放了我们吧？"

他手下的几个人一听，睁大眼睛瞪着他。有一个斗胆嚷道："把东西还了，吃什么？我家可没隔夜粮了，怎活？难不成我入伙他们，行不行？"

陈有福不高兴地上前推了那人一把，气汹汹道："什么时候轮到你定事了？你打得过人家吗？像你这猴样，想过去人家都不要。"

　　谢英一听他这么说，来回走了几步，忽然停在陈有福面前。她小声问道："你们愿意加入我们？我们可不是政府的人，四海为家、云游天下……"

　　"我……不知道你们干什么的，但真心佩服您！能手握双枪闯天下的女豪杰，我第一次见，您的手下也很得力……我猜，你们可能是什么镖局的吧？如果要我，我愿跟你们干！"陈有福拍拍胸表示。

　　"二哥，您真要入他们的伙？我们怎么办呢？"一小土匪好像急了，扯了一下陈有福的衣角问。

　　陈有福突然对他的几个弟兄发狠话了："古话说聚散皆有缘。愿意一起入伙女英雄家的就还做兄弟，不愿意的就回家吃地瓜汤去，从此各不相识。都表个态，别婆姨打架——扯住几根头发不松手……"

　　谢英见这个陈有福还蛮有个性，心里有点喜欢。她想这些人都是穷苦农民，求的就是一碗饭，可以考虑带他们走，或许从此就让他们改变了命运，彻底脱离土匪生活。她找到老王征求意见，老王同意她的想法，同情地说道："当下年轻人是无法个人闯荡天下的，还是要加入某种团体才能有发展……"

　　事情结果有了戏剧性变化，陈有福等六个年轻土匪一起加入了谢英的队伍，这支人马达十三人了。谢英让侄女给哑巴房东些钱，希望他们早日养好身体。天亮后，一伙人骑马的骑马，走路的走路，由陈有福带头向官帽寨进发。谢英打算把失去的东西找回来，供回赣南路上用。她也觉得太疲惫了，想去土匪窝中看看，休整几天。

二十一

　　农历小年这天，谢英骑着那匹老马领着一行人跋山涉水终于回到了雩都，回到了阔别已久的贡江河岸的岩背山家中。她出去是一个人，回来时一个班，让人刮目相看。路上，她已想好怎么安置这些人了，鲤门湾的房屋是住不下的，她可以利用榨油坊的房子先安顿大家。

　　在老王的统一安排下，大家动手对原来的住屋和榨油坊的房子进行了全面清扫修缮和家具调配，谢金华带着他的三位战友和陈有福几名投诚土匪住在山上榨油坊，其他人住原来的屋子。

这日上午谢英组织全体人员开会。这是她离开组织多年后第一次参与并主持一个会议。会场就在榨油坊大晒场。她说："弟兄们，脚下这座茶油岭是我家的祖产，但是已好些年没人管荒芜了，十分可惜。虽说如今战乱百业凋敝，但饭总还是要吃的。我想把这千亩优质油茶林垦复管理起来，现成的高大林木不需要更多投资，只要修枝和疏松土壤施一次肥，明年秋就有大收成。众位弟兄既然跟了我，我就要让诸位有饭吃有屋住也有事做，不知你们可愿意留在这山上管理这片林子？"

"愿意！"大家同声表态。这让谢英有点意外，她以为这些人一身"匪气"野惯了，可能不愿按部就班地生活。

"那好。"她很高兴，继续说，"既然这样我就要宣布几条纪律：服从管理，统一作息，分工协作，团结友爱。绝不能擅自带枪外出行动，绝不允许打架斗殴。希望大家遵守。为了便于生产和生活，也为应付不测事件发生，我想当前这个特殊时期还是需要准军事化管理，因此'集体统一行动'是我们的基本原则，一定要做到个人服从集体，一切行动听从指挥。从今日开始，这里正式起名叫岩背山林场。我负总责，老王负责后勤保障。谢小亚做财会和物资保管工作。新来的人都住在榨油坊，组成一个作业队，谢金华任队长，陈有福出任副队长。作业队是林场的主力，不仅搞生产也要训练军事，要能担负起保林场平安的职责。过几天就过年了，正式开展生产和训练过完年再说吧。但是，日常管理就今天开始运行。大家要互相支持，多想办法出主意，做好分内的事。"谢英还就开办食堂、设流动岗哨、上下沟通、工作的奖罚等进行了说明与部署。

一直在场细听的老王十分钦佩，没料到谢英早已成竹在胸，件件事情想得那么细致。会后，他对谢英道："大姑，我和儿子种田明天想回鲤门村家中去。您知道种田已是红军战士，要归队了。您还有什么要吩咐的？"

谢英想了想，说道："你们去吧。我的情况你可以给红军负责人讲。你应该清楚，经过这次福建行走，我已对现政府十分失望。我终于想明白了，红军为广大贫苦民众而战的目标其实也是我的初心呀。中国的老百姓太苦了，需要一场真正的革命来改变。我是红军的朋友，我将始终忠于自己的理想，支持正义的事业……"

老王听了很感动，他道："大姑，我懂您的心事。我年前会设法进县城一次，找到谢茂东家并同他回家来过年。年货我也会一起办回来。今年过大年就在这山里过了吧？"

谢英点点头。她叹一声道："也不知何年能回鲤门村中过年了。"

老王回到鲤门村，第一时间向红军党代表丁胜山汇报了外出闽西以及与谢英一行人回到赣南的种种情况。丁胜山听得很详细，然后派人把谢八月、邱润年和几名红军干部叫来，专门开会研究了谢英的问题。老王首先谈了自己对谢英的看法，认为他的这位女东家是位正直可靠的知识分子，应该受到红军的保护。接着，谢八月谈了对罗岩寺潜伏特务的反复审讯结果：红衣和尚除了说见过谢英与蒋介石的一张集体合影相片外，并无任何其他证据可指证谢英同他们是一伙的，谢英是可以信任的。她与国民党高层人士的合影照片只能说明过去，如果找她要这类相片可能还很多呢，不能因此怀疑她是红军的敌人。

"说得好！"丁胜山赞赏道。他从随身公文包内拿出一张纸，动情地说："同志们，我手上拿的这份电报抄文，是闽西红军的一位首长发给我们军长的电报。电报上说有一位叫谢英的赣南女子，前不久在永定县遭遇一场战斗，她单枪匹马射杀白军五名骑兵，击溃白军骑兵队扭转了战局……电文告知这位女子已回赣南。闽西红军不知她的真实身份，把情况通报给了我们。"

与会人员传看了电文，一个个感慨不已。老王虽然去了福建找谢英，但并不知她参与了同白军的正面战斗。他非常激动地大声对丁胜山说："党代表，不用再调查谢英了。她可是女英雄呀！"

丁胜山应道："不用再怀疑她了。但调查还要进行，就是收集她英勇杀敌、智擒土匪的事迹，在红军和群众中广泛宣扬。谢英这个典型，宣传好了意义重大。"

这次会议后，老王心中爽快了许多。因为谢英带回的几名白军逃兵和绿林土匪一直让他心里有疙瘩，这下好了，不用怀疑她了。他完全相信谢英能把这些人改造好。这天晚饭后，他串门到谢八月家，见八月兄妹正在吃饭，桌上摆着一碟咸菜、几只红薯。

"老王，还没吃夜饭吧？来只番薯。"谢八月道。

"吃了。我看你家也太省了，屋后菜园的青菜还是有的，总可以炒一碗吧？"老王坐在了饭桌旁，说着变戏法似的拿出一条腊肉放到桌上，"八月，很久没吃肉了吧？这是我送你兄妹打牙祭的。要过大年了，我想进一趟城买点年货，也给你弄一些回来。"

谢八月瞪着眼问："你哪来的腊肉？"

"放心，不是偷的。从闽西回的路上过寻乌时买的。我女东家出的钱。"

"我说呢，以为你当副乡长了有人送礼了。"说完哈哈笑起来。

"我是那样的人吗？要送礼，人家也先送你这位赤卫队大队长，才可能给别人办成事嘛。"老王道。

谢八月放下筷子，给老王倒了一碗开水，问道："你明天要进城，是来问我要渡船吧？"

老王"嘿嘿"地笑了，道："你以为腊肉有白吃的？"

"要过年了，河对面放松了对百姓进城购买的盘查，因为城里人也要乡下人挑年货等物资去卖呀，就是互相依存。明天早上七点有条渡船，准点开。"谢八月说。

岁末年关，雩都河进入一年最干涸的季节，河床被大片黄沙覆盖，只剩下河中间一线流水，渡船只要撑几竹篙就到了对岸。老王一早起床来到渡口，过河进城很顺利。虽然城门口有巡查岗哨，但未一一盘查过往人员。

走在街上，老王明显感到比往年清冷了许多。这条千年河边老街深长而窄小，过去临近大年时多么热闹啊，从渡口蜂拥登岸的百姓跨上古城墙，蚂蚁牵线般入城，街道两边的骑楼下也拥挤不堪。眼下呢，市面上罕见地冷清，行人三三两两行色匆匆，可见早些时盛传的红军过年打县城的消息人们没忘记。

他直接去了位于十字街的苍生号药店，找到了老板娘幺妹。

"王叔，是您呀，好久不见了。是进城采办年货？我姐还好吗？你住在鲤门村还是岩背山？……"幺妹非常高兴，喋喋不休问了一大堆的事情。

老王一一作答。他特别强调说谢英身体比以前好多了。

"听说她去福建找儿子，找着了吗？"幺妹急切问道。

"找到了，都回到家中了！今天我进城就是来告知你们的。东家还在教育局上班？我要接他回家过年，这也是你姐的意思。"

幺妹告诉老王谢茂就住在自己家，现在二楼吃早饭呢。他一般要到上午九点多才去教育局转一圈。

老王一听，就要幺妹带他上楼去，因为他来过无数次药店从未上过楼。

"我来了。"此刻谢茂正下楼来，忽然出现在老王面前。

"东家——"老王一阵惊喜，不用寻找他了。他好好地瞅了谢茂一会儿，说："东家，听说您当了副局长，却好像更瘦了。"

谢茂问老王吃早饭没有，老王道："一餐不吃没事的。只有早晨一趟船过河，就赶早过来了。"

谢茂让他跟自己上街去。他们走进了对面一家饮食店。"伙计，来五根油条一碗豆浆。"谢茂吆喝了一声。

两人面对面坐下，谢茂已吃早饭，看着老王用餐。他询问了鲤门村的一些情况，对谢英外出寻儿和带了一伙陌生人回家尤为关注，问得很细。老王是老实憨厚之人，特别是对东家谢茂，从不隐瞒什么。当他听到红军对谢英很重视时，他心里很沉重，隐约感到自己这位妹妹那颗对革命风潮已沉睡多年的心又在萌动了，接下来他可能要面对的老妹将会渐渐陌生起来，这是自己要严肃对待的问题。

就在看着老王吃饭的空当，他已下决心不再等待了，今天就同老王一起回岩背山家中去。他把这个决定告诉了老王，老王非常高兴。他丢下筷子站了起来，说道："东家，我们走吧。"

他们走出饭店，老王去购买年货，谢茂回妹妹店里收拾衣物准备回家。

幺妹听说大哥就要走了，也上街去买了些年货让他带回家去。

中午这餐饭很丰盛，幺妹弄了满满一桌菜为谢茂饯行。饭后，老王挑了沉沉的一担货物同谢茂朝渡口去。

今年的除夕是谢茂一家第一次在岩背山上过。西伯利亚的冷空气像往年一样准时降临中国南方的天空，蚀骨的冷风冻雨夹着偶尔飘洒的几片雪花，肆虐山川大地，让所有深山居住的人们不敢轻易出门。

早上八点，一起进山过年的老王点燃了第一挂长长的爆竹，"噼噼啪啪"地响了半个钟头。所有住在山上和山腰的人闻声都起床了，但望望室外并没看见白茫茫的美丽雪景，缩回头关上门不愿出来。

今天，是老王这位老管家最繁忙的时候，祭祀敬神，贴红挂饰，分发果品，准备年夜饭等。王种田不在就让谢金华帮忙跑前跑后。

过去逢年过节谢英是不管事的，今年却主动帮忙了，用她的话说就因为"自己一下子带了一伙大男人回家，该忙起来了"。的确，回家这些天她就没停过，通往山上榨油厂的小路被她走大了。然而，让家人十分欣慰的是她近来身体越来越好，咳嗽声都很少听见了。

此时，谢茂正在写春联。那些准备贴在各个房间门楣上的尺长小红纸，每一张写好了四个字的吉利话——"新年吉祥""万事如意""恭喜发财""紫气东来""麒麟镇此""五谷丰登""六畜兴旺""鸿运高照""阖家团圆"等等，晾放了一桌面。眼下他正在琢磨大门的对联。

陈有福几位从闽西来的小伙子虽是土匪出身，但还算守纪律讲义气，没给谢英出什么难题。他们与谢金华的两位同伴也相处融洽。其实，这些人原是穷苦人家出身，岩背山上的吃住条件远比他们家中好，加上天寒地冻目前没什么事做，没道理不乐意的。中午时分，一伙人下山到饭堂吃饭，饭堂设在谢英一家居住的那栋平房。几位年轻人看见谢金华和谢小亚正在粘贴大门对联，主动上前帮忙，把桌上堆放的几十张写了字的大小红纸与剪纸一起拿到各处张贴，住地一下子散发出喜气洋洋的浓郁年味。

谢茂见此旺盛的人气非常高兴，大声喊老王把爆竹拿出来，让大伙每人放一串吉利炮。老王闻讯，同谢金华一道从里间抬出一箩筐鞭炮，让大家自由燃放。瞬间，轰鸣的爆竹声响彻山谷，硝烟腾空弥漫，片刻宛如一片紫色祥云笼罩在高高峰顶。燃完炮仗的陈有福突然站在谢茂跟前作了一个揖，道："恭喜东家，真正的紫气东来，新年必定吉祥如意，发财添福！"

谢茂立即笑吟吟地回了礼："过年大吉，事事顺意！"他返身进房间去，一会儿出来手上端着一个匣子，从里面拿出一个红包递到陈有福手上："新年幸福！"然后，依次给在场的人发了红包。他激动地说："诸位，我家已经好多年没有这么热闹了。今天真高兴，与你们这些年轻人在一起度除夕迎新春就是有激情。本来啊，照规矩是年夜饭后发红包的，我早就准备好了。现在提前发一个，晚上再发好不好？”

"好！谢谢东家！东家大发！"大伙异口同声喊道。

除夕年夜饭是中国人一年中最重要的团圆饭，一家人安辈分大小一一入座。全体起立庄重举酒碰杯，大餐正式启动。然后小辈分年轻人开始敬酒，从上席首位起依次一个个喝，绕饭桌一圈下来往往都醉醺醺了。南方农村人家用的酒大多是糯米酒酿兑的水酒，用谷壳砻糠封堆的微火熬制，入口甜醇而酒精度数低，不冲头不烧胃。因此，平常不喝酒者也无大碍。其实，年夜饭是以敬酒吃菜为主的，觥筹交错间时光很快流逝，已接续到了新年的钟声响起。

谢英家今晚的年夜饭摆在厅堂中间，一个已有十几年没用的特制大圆桌搬了出来。傍晚，香喷喷、热腾腾的二十多个菜摆满了一桌。中间的大拼盘以下酒的腊味为主，有香肠、腊肉、腊鱼、腊猪肝、腊板鸭、牛肉干、卤猪耳等，还有松花皮蛋、泥灰咸蛋、荷包煎蛋、炸花生仁、酱豆腐干、糖酥鱼块、干炸肉松。按照客家人传统习俗，节日"吃桌面"的主菜少不了菜干扣肉、粉蒸荷包肉、粘炸肉条、粘馏鱼块、炖猪蹄、烫肉皮、白斩凫鸭、香菇炖鸡、红烧全鲤鱼，以及肉丸、鱼丸、松丸、鱼脯四大汤汁，葱花丸子。另外就是四大盘炒菜，如冬笋、棕包、莲藕、黑木耳等与肉丝或鱼片一起爆炒，色泽鲜艳，香辣可口。

落座举杯前，谢茂作为一家之主，讲了几句开场白："今晚除夕夜，万家团聚时。可是，此刻又有多少人流离失所，无法围坐一起吃餐团圆饭啊！再过几个时辰就是新年了。新一年光景如何，不得而知。我们正处在一个枭雄争霸、烽烟四起的时代，希望大家好自为之，新春平安！来吧，一起举杯，祝福新年吉祥安康，干杯！"

"干杯！"清脆的杯盏相碰声响过，开始敬酒动箸。陈有福几个外乡人争先恐后向谢茂兄妹和老王敬酒，气氛很热闹。谢茂忽然问陈有福"想家吗？"陈有福苦笑一声回答"会想的"。他顺嘴吟了两句诗"独在异乡为异客，每逢佳节倍思亲"，说虽然家中穷，也没更多可留恋的，但此时心里头还是空落落的，有种惆怅感，也说不清楚。谢茂作为一介教书先生，听到有人吟诗来了兴趣，问陈有福念过几年书。他答两年私塾，后来在姑父家住了几年，是姑父教了他读唐诗才记住了几句。

谢英插话问道："小陈会作诗吗？"

陈有福摇摇头，说："以前过年时，作过对联。"

谢茂听到会作对联来了兴趣，接口道："你看今天大门上贴的春联，如何？"

没料到陈有福回答"一般般"。他随口读出了对联："白雪飘飘兆丰年，红梅点点报新春。"他说："词性对得也算工整。但缺乏新颖的立意，没时代气息，不能给人留下深的印象。"

"噢，思想立意差些对吗？要不，你来写一对？"谢英好奇地说道。

陈有福赶忙站起作揖道："不敢不敢！东家是大儒，我怎敢班门弄斧呢。"

谢茂接话道："无妨无妨。我真想看看你们年轻之秀对传统文化的理解。吟一副春联助助酒兴怎样？"

陈有福谦逊地摆手道："我真作不了。我只是觉得这副门联，有个别字改一下更妥些。比如说白雪的'白'字，又是对联的第一字，还是换个字好。因为过年是喜庆团圆节日，'白'字大扎眼了，大家习惯了大红大喜的颜色。"

他这话一说，把谢茂怔住了。他从座位上站起，提上盛酒的大锡壶走到下席的陈有福面前说："一字之师！这个字应改。我敬你一杯。"说着就往对方杯中倒酒。他这个举动弄得陈有福不安了，赶紧把谢茂手上的壶抢过来，并把他扶回上席，恭恭敬敬地给东家添满酒，道："我敬您，东家！"说完一扬头喝了一杯。又说："东家，我不该乱说，自罚三杯！"又往自己杯中倒酒，被谢茂把他拉在身旁坐下了。

"小陈，你说换个啥字好？"谢茂问。

陈有福略想了一下，道："白雪改瑞雪就行。可白雪是名词，瑞是形容词，因此下联的'红梅'一词也要改一下，可否用'喜梅'呢？"

大年初一，是乡村各屋场、家族至亲互相串门拜年的日子。岩背山的人没地方可走，谢茂一家一早出门上山，穿过油茶林蜿蜒小道登上了榨油坊。

住在油寮房中的陈有福等人出门相迎，互相抱拳作揖祝福新春。由于天冷，大伙动手在里间仓储房中搭了条桌，添了火盆，摆上从山下带来的黏米糕、桂花糖、糯米酥子、红云片、烧卷子、葵花瓜子、盐花生和黄芪蒸糕等果品和两罐雪山牌白酒，泡了一大壶红茶，大家围桌饮酒品茗坐谈。

昨晚除夕闹了一夜，谢茂有点头晕，便让妹子谢英代表他向在座人员发了一个春节吉祥红包。谢英自哥回到岩背山后就感到轻松了，什么事都让他决定，难得清闲几天。此刻她说："今日是新年第一天，大家吃好玩好，一直到元宵不安排做什么。当然这山上没啥玩的，也不便走远了，就地休养。正月十五后我们就要大干一场了。山上这千亩油茶树要除草松土施肥和整枝，不能等了，大家看见的木子树已开了花。"

大伙都是农家出身懂得季节的重要，吃着果品纷纷附和。谢茂对陈有福说，新年日子空闲可以读读书，喜欢看书问他借。谢英一听，建议哥干脆办一个读书识字班，每天上午上课，年轻人都参加。她说道："大家文化程度不一样，谁有问题都可以提出来，一个个解决。比如不识字的人，识字者可互相教学。文化学习很重要，尤其是年轻人。学习班办起后，我也参加，不仅要教识字断文，还要有其他课程，像讲时事、历史、军事等，内容可广泛一些，对于个人素质提高很有帮助。"

谢茂听妹子这么一说，似乎受到了某种启发和激励，非常高兴。他说："兵荒马乱的时候在深山里办学，这真是一个创举。县城的学校已关门大半年了，我早已心灰意冷，回城去都没兴趣了。我正不知如何打发无聊时光，如果大家有心学习，我很愿意当这个先生。孔圣人讲'有教无类'，教书育人是我终身的职责。"

谢英逐个问是否愿意参加读书班，每个人都表示乐意。她听后忽然有了新的想法，觉得不能把眼前这些年轻人只当劳力看待，应该为他们谋长远的前途，要根据形势的发展多给予培养。她有些激动地说道："大家年纪轻轻不能荒废了，更不能自甘堕落，要抓住每一个机会锻炼提高自己。你们与我也算有缘分，经历千辛万苦走到了一起。你们既然来到了岩背山，我和我的家人就有责任帮助你们走好以后的路。我想，从明天开始，我们上午学文化，下午练军事技能。元宵节后，搞生产了也要坚持文武学习，做到学习生产两不误。大家有没有意见？"

"没有意见！"大伙同声回答。

谢英望着大哥，显然是要征求他的意见。

谢茂点头称赞："如能这样，就太好了。这算是我谢家重新兴旺的征兆……"

二十二

农历新年第二天，寒冷的岩背山响起了成年人的朗朗读书声。谢茂把山上的年轻人分作两个班，谢金华、谢小亚、陈有福已有一定文化基础组成高级班，学习诗词与历史知识；其余的六人为初小班，以识字朗读为主。每天上午高级班先上一小时，然后初小班上两小时课。下午全体操练军事，由谢英组织指导。

大年初五老王回鲤门村去了，后勤的事就由谢金华管。谢金华安排本班学员负责做中午饭，初小班学员做早餐和晚饭。沉寂多时的深山油寮，因为这批青年的到来处处充满了生机，谢英的振兴油茶基地计划正式步入轨道。

老王回到鲤门村后，用了一天时间打扫房屋。自去年底外出福建至今没在家住几日，屋内到处是蜘蛛网，饭桌和床柜上积满灰尘。此时，他到外面挑了一担水回来，看见他的那条黑毛犬站在门口，竟然有点陌生的样子望着他，轻轻摇着尾巴。他进门放下水桶后，认真望了黑狗一眼，它突然就扑了上来，在他身上左嗅右舔地欢跳。

"大黑！"老王随口叫了一声黑狗，蹲下身子抚摸它的头。那狗灵性高认可了自己的名字，趴在老王身边一动不动。这以后，"大黑"就成了这条黑毛犬的名字。

这时候，芹花悄无声色地走近家门口，道："王乡长回来啦？"她径自走进大门，对老王说"你不在家时，这条狗一直在我家"。意思是她一直帮他养着黑毛犬。老王站起来，道了声"谢谢"。那狗竟也调头围着芹花摇头摆尾了。

芹花主动帮老王擦抹桌凳搞卫生，与老王聊了一些过春节的事。说过年这些天村里组织了闹新春文艺活动，百姓们都积极参与了，非常好玩。

受芹花影响，另有几名村妇也主动上门帮老王打扫房屋，一伙人热热闹闹让老王觉得很有面子，他让芹花帮忙准备了晚饭。因为过年是在山里过的，他放在鲤门村家中的一些年货没动，便弄了一大桌子十几个菜留大家吃饭。吃饭时邱润年和另外几名妇女的老公也过来了，还带了几瓶好酒来，一上桌就轮番干杯。左邻右舍闹哄哄地吃了几个小时酒席，让老王从未有过地开心。

"你没在村里过年，今天大伙补敬你一杯酒了！"邱润年说。大家附和着，都说是他当乡长后的第一个新年，必须敬杯酒。

老王已喝了不少，但敬酒者总能说出让他无法推辞的理由，要他继续喝。

让他真正喝醉的最后一杯酒，是芹花敬的。她说老王辛苦大半生，早应该再找个伴了，她希望在座的女人多留个心眼，为老王物色个对象。

这个提议受到一致称赞，都表示要当好这个媒婆。

"谢谢大家这份心意……"老王站起一饮而尽，须臾立不住了，倒在邱润年双臂中。

老王醉了一夜，第二天头脑还昏沉沉的。他带着被自己叫作大黑的狗到河边闲逛，走动一下可醒醒神，一并察看河岸几丘水田。年已过，惊蛰转眼就到，也该准备春耕的事了。

他在河岸渡口遇到了谢八月和几名扛长枪的赤卫队队员，他们在例行巡逻。

"王乡长好闲情呀。昨晚请客，也不招呼一声？"谢八月笑着说。

"哪里是请客，邻舍帮忙吃餐便饭。正好，我问你一句，最近见到我儿种田没有？"老王道。

谢八月作为鲤门乡赤卫大队负责人，经常与驻地红军在一起执行任务，老王突然想儿子了问他最合适。没料到谢八月神祕兮兮地拉他一把，小声说："走，我们到船上去说……"不容置喙拉着他下渡口码头石阶，吓了老王一跳。

两人下河登船，大黑也跳上了船头。河床水浅，谢八月抓起竹篙撑了几下，在离岸丈余远的河中下篙锚船。然后，一起进入船舱中。

"你快说，出什么事了？"老王着急地问，他以为王种田出了什么事。

　　谢八月哈哈一笑，道："看把你吓的！送儿子参了军就要有各种思想准备。不过，这回是好事。就是前天，你儿子跟营长一起上瑞金了，说让他去给红军的一位大官当警卫员。说不定，以后有大出息呢。"

　　一听这话，老王悬着的一颗心落了地，他骂对方故弄玄虚把人吓坏了，说着就起身要出舱。谢八月拽他坐下，说："真有秘密的事要讲。"原来，红军党代表丁胜山交代了谢八月，老王回来后他俩一起到上游去购买船只，准备攻打县城用。

　　"什么时间动身？"老王问。

　　"事不宜迟，今晚就走。"谢八月回答。

　　"夜晚走？为何？"

　　"我俩白天一起出村目标大了点，还是小心为好。毕竟现在还处于非常时期。"谢八月道。

　　老王听他这么说，望着对方，觉得这愣头小伙子这一年真的变化太大了，想事考虑周到，已经能够独当一面开展工作了。他脱口而出称赞道："你经常跟着丁党代表就是不一样，成熟了。希望我儿种田经过历练，也能像你一样老练起来。"他又想到儿子了。

　　谢八月摇着手道："你说哪里去了，我算什么，种田可是正儿八经的红军战士，又跟随大官进出，他的前途是无可限量的，您王叔就等着享福吧。"

　　"全靠金口！我也没更大的奢望，平平安安，过几年成个家就满足了。我也五十多岁的人了，比不得你们年轻人前程远大。"

　　"谁不知道，王叔你是丁党代表最看重的！政治觉悟高，对敌斗争立场坚定。这次我们去买船党代表特别交代，多听你的意见，遇到重大事情商量着办。其实昨天你从岩背山回来，他就要找你去交代任务的，看你家来了好些人在做事情，就让我直接找你了。今天一大早他去团部开会了……"谢八月说道。

　　"盘缠等都准备妥当了？红白割据占地盘，危机四伏，能够买到船吗？"

　　"没问题。你就跟我走一趟梅江和濂江沿岸吧。"谢八月自信满满。

　　凌晨四点钟，谢八月和老王出了村向贡江河岸上游走去。同行的还有老王家那条猎犬大黑。

冰冷的风一阵阵吹在脸上，让人时不时打个寒战。东方启明星的微光照在路上，地面像洒了层水，使人以为脚下会打滑，不敢大步流星地向前走。大黑总是走在前面，左嗅右闻地探路。走了很长一段路没人说一句话，静悄悄只能听见自己的脚步声。

谢八月原是贡江上的船夫，多年来上下游渡口常有走动，在船工之间有不少的熟人。这次他决定先到梓山乡的山峰坝渡口找一位姓蓝的船老大。黎明时分，他们到了渡口，见两条船泊在岸边，登船查看没人睡在船舱内，只好坐在船头等人。

"八月，你说丁党代表交代买二十条船，是不是船夫也想动员一起走？不然，我们买到了也不好弄回去。"老王小声地问道。

"如果能一同走当然好，可他们不一定肯去。现在这种形势随时可能发生一场红白之争的战斗，谁心里都清楚，还是命要紧。"谢八月回答。

"我跟你出来，心里也没一点底，能不能完成任务？梓山这片区域好像已经赤化了吧？"

"部队驻扎情况不太清楚，但也成立了赤卫大队，据说现阶段这里正在分田分地。"

老王看天已大亮了，提醒谢八月注意搭在肩上的那个包袱："买船的钱都放一个布包里，太沉了，分开带吧。"

谢八月觉得在理。他把包袱打开，从内拿出一把手枪及枪套。然后捆好包袱给了老王："你带钱更像老板，我负责安全。"

已有人从村里朝渡口走来，谢八月站起下船去。向前走了一段，看见来人正是他认识的蓝姓船老大。他肩上扛着一根竹篙，脚穿一双长筒水靴。

"蓝老大，早啊！"

"早。"对方停步细瞧，认出了谢八月，竹篙一丢快步上前伸手相握，"谢老大！今天起了什么风，把你吹到我们这旮旯来了？"

"很久不见想你了！还是去年春上我去曲洋贩草席时，在你船上喝了雩阳老茶，记得吗？你还特意告诉我，下次进县城，一定来鲤门渡口看我，可你一直没来。"谢八月说着，拿起对方丢在地上的竹篙扛肩上，同他一起朝船上去。

老王从船头跳了下来。谢八月指着老王给蓝老大作了介绍："这是我的东家，开造船厂。我已不在渡口撑船了，帮他打下手。"

互相打个招呼后，一起上船。此时尚早，没有要到对岸去的客人。蓝老大热情地说："天刚亮，你们一定没吃早饭，我淘米去，你们在船头坐坐。"他弓身进了舱。

谢八月没有推辞，蹲在船沿上用双掌掬河水洗了个脸。老王自言自语道："太冷了，我今天就不刷牙洗脸了。"

俩人毫无警觉地在船头望着上游清澈的河水闲聊，突然背后传来一声厉喝："站起来！"

他俩吓一跳，转身看见蓝姓船老大，手握一把明晃晃的锋利鱼叉对着自己。

谢八月大惊失色："蓝老大，这是干吗？"

"走吧！回村里再说。"蓝老大黑着脸吼道。完全是陌生人的面目。

突如其来的转变使谢八月和老王猝不及防，他俩对视一眼跳下船去，蓝老大的鱼叉指着后背不容思量，只能朝村里走。

大黑对此种情形从未经历过，一点也没感到危险存在，像平常一样跟着走。约走了二十米远，突然蓝老大又猛喝一声："走快点！别想逃跑了……"这一声惊吓了大黑，它朝蓝老大吠叫几声，对方挥鱼叉要打它。大黑终于醒悟过来，猎犬的狼性被激发，陡然朝对方扑上去，一口咬住他拿鱼叉的小手臂。蓝老大"哎呀"大叫，挥臂躲闪，手上的鱼叉丢在地上。

说时迟那时快，谢八月一个箭步上前，拾起地上的鱼叉对准了蓝老大："对不住，站着别动！"

蓝老大已被大黑吓得要命，闻声不敢动弹了。与此同时，老王吆喝一声"大黑"，停止了进攻。

"你想打劫吗？真难以相信。我是把你当朋友，才来找你的……"谢八月愤怒道。

蓝老大鼻孔发出"哼哼"的声音，瞪大双眼望着对方。他说："你以为我想打抢？我是那种人吗？我怀疑你来路不正……一个撑船佬做了财主的狗腿子！你们这么早就出现在这里，定是赶了几十里夜路，行踪太可疑了……"

谢八月一听，问："你要押我们进村里，想怎样？为何说我狗腿子？"

"你说这位是造船厂老板，不就是地主老财一样的有钱人吗？你跟了他就是狗腿子。我要把你们送到赤卫大队去。我只要大喊几声，就会有人过来，别以为跑得出山峰坝村……"蓝老大一副倔强的样子。

此时，老王跨前两步对蓝老大说："如果我们放你走，你不再为难我们行不？就当我们没见面，各走各的好不好？"

没料到蓝老大却大喊起来："来人呀！河边有坏人，赤卫队快来呀……"他连呼喊几声，气得谢八月真想用鱼叉把揍他。此刻，老王一声呼哨，那黑猎犬朝蓝老大扑去……

"唉哟……"蓝老大吓得瘫倒地上，双手扶脸大叫。

老王马上又喝住了大黑。他看见，远处已有几个人朝这边跑来。怎么办？

谢八月也在飞快判断面临的失控局面。毫无疑问，不能让更多的人知晓他们是来购船的，那样会很容易暴露下一步红军行动的进攻方向。可是，他和老王又没带什么东西可以证明自己的真实身份，从而得到蓝老大的帮助。因为蓝老大的表现已经告诉自己，他是红军的人。

一切设想都是多余的。他们已无法脱身，此刻，前方有十几人朝这边奔过来，近的几个可清楚看见都带着长枪。

"完了！一出来就当了俘虏。"老王喃喃自语。

片刻之后，谢八月决定不作无为抵抗，把鱼叉丢在地上。他和老王被一伙人围住，蓝老大被两位后生扶了起来。

"走！"几个端枪的押着老王俩朝村里去。他的黑犬很有灵性，躲在旁边一土坡上瞧着，不再吠一声。

被人解押的路上，谢八月心情糟透了。他想怎么会如此倒霉，一出来就被人抓了，而且还是被赤卫队绑押的，实在窝心。他真该反省：如果不是自己胡编老王是造船厂老板，可能事情就不会这样。因为"老板"的称谓跟地主老财差不多是一样的性质。他决定要如实表明自己的身份。

"哎，蓝老大，我有话对你说……"他对走在前面的蓝姓船老大叫喊一声。

押解他的赤卫队员斥训道："蓝老大也是你乱叫的？你有眼不识泰山，他是我们的队长，赤卫大队副大队长！"

"副大队长"，一听这话谢八月和老王才醒悟过来：难怪这人警觉性那么高，原来是官位使然。老王对身旁的谢八月小声说了一句话："干脆交代了吧。"

押解人员一听，停下了脚步，跑到前面对蓝老大耳语一阵。蓝老大喝道："你们老实坦白，来我们梓山乡想搞什么破坏？说了留你们一条命！"

老王回答："说了你也不信，我们是鲤门乡赤卫大队的。你们这里有红军驻守部队吧？你问一下他们的首长，认不认得丁胜山这个人？"

"丁胜山是谁？"

"鲤门驻守红军的党代表。我俩就是他派来联系红军的。"老王不急不慢说道。

蓝老大一听不相信，冷笑道："联系红军怎么找到我船上来了？说谎也要有点影，鲤门到这里不远，一匹快马一小时就到，还需要派你们鬼鬼祟祟地走夜路来？太可笑了……"

谢八月接过话茬说："蓝老大你想想，你一个撑船佬都当赤卫队的官了，我也是撑船人，就不会参加赤卫队？鲤门闹红军还比你们这里早呢。你也别猜疑了，就照他说的去问一下驻地红军的头头，问他可认识丁胜山好不好？"

听了他们这么讲，蓝老大找了几个人到一边商量。一会儿，派了一人跑步回村去找驻守红军，一边继续押着两名嫌疑犯向村部去。

早晨天气虽然寒冷，但一路上还是来来往往不少人，对他们一行人指指点点。

押到村部，没料到一进门就被人认出来了："这不是王副乡长吗？怎回事呀？"问话的是梓山村的村长，也姓蓝。原来，去年底他和几位乡村干部在红军干部安排下，到鲤门乡学习土改工作经验，认识了老王。

老王也认出了对方，高兴极了。他大声喊道："蓝村长！这下好了，您能够证明我的身份了……"

很快，老王两人被松了绑。

一会儿，驻地红军也来了人，说鲤门红军的党代表的确叫丁胜山。当兵的把老王和谢八月带到红军连队去了。

　　半个月后，谢八月和老王从濂江、梅江沿岸渡口购买了二十多条船。这些船分批次由晚间顺流而下，沿着南岸悄然行走，陆续停在了鲤门村渡口上方的倒汉湾里。船上盖了芦苇掩蔽。

　　时间已过了惊蛰，天气渐渐暖和起来，红军已决定要赶在绵绵春雨到来以前拿下县城，否则河水上涨就麻烦大了。

　　这夜，鲤门村驻军的一个会议厅灯火通明，正在部署三天后攻打县城的战事。鲤门乡一个营的红军将正面渡江作战，乡赤卫队抽一批水性好、会撑船的队员编入各个作战排一同作战。战事起后县城北边有另一支红军部队一同进攻并打援。

　　根据作战安排，谢八月的乡赤卫大队三百多人听党代表丁胜山指挥，负责后勤支援方面的战斗。老王作为副乡长，任务是动员并组织老百姓支前，包括运送物资、煮饭、安置伤员和必要时组织村民撤离危险区域等。

　　真要打仗了。老王首先想到的是住在县城的谢英的妹子幺妹。她家的苍生号药店就在城墙边，战火一起将首当其冲，非常危险。他想，得找个法子告诉幺妹一声才好。可是，想来想去都没什么好的办法。因为他明白绝不能托人过河到对岸去传信，进攻县城是绝密的军事行动，一旦泄露是要杀头的。

　　这天半夜，他决定亲自去一趟对岸。他带着猎犬大黑独自来到渡口上游不远的倒汉湾，这里泊了几十条准备攻打县城的渡船。他跳上了最外边的一条舢舨，提起锚撑舨向河中去。说来也是凑巧，本来谢八月派了人在湾里看守战船，而老王并不知晓。他半夜来时，看守的两位赤卫队员躲在后面的大船船舱里睡着了。

　　此时的雩都河仍是枯水期，水位很低。老王自小在河岸生活，撑条小船游走水面自不在话下。一支卷烟的工夫，他到了对岸，小心地把舢舨藏在了一棵大榕树下。这地方离县城南门至少还有五里路。

　　上岸后他一身流浪汉打扮，衣裳破烂，身旁跟着一条狗。

　　进了县城，夜巡的警察瞧见了没搭理他。他很顺利地上了城墙，敲开了苍生号药店的后门。

　　"你个叫花子！半夜三更敲什么门？"一药店伙计开门后骂道。

　　老王没应答，强行挤进屋去。

"哎呀，你敢硬闯……"伙计话没说完，嘴被老王一掌捂住了。他对着伙计耳朵小声道："我是幺妹娘家人。别大声嚷。"

伙计拉他到油灯边一看，认出是谢茂家的管家。"噢，是娘舅家的。大半夜前来，出事情了？我去叫醒老板娘来？"

老王摇摇手。他低沉地对伙计说道："明天一早，你千万记得告诉幺妹，说她哥在岩背山病危，哥哥叫她一家大小去岩背山见一面，全部人一定要去。千万记得！"说完，他转身走了。

夜沉沉，冷风啸，路灯昏，河岸悬。老王匆匆离开城墙返回停船的地方，沿岸道路不平，跌跌撞撞地一路跟在大黑后面。那狗走得快，却懂得不时停下来等主人。他是冒着极大风险过河的，此刻就想一步跨过河去，一路疾步来到那棵大榕树下。还好，舢舨静候水边。

他跳上小船，狗也纵身一跃上来了。摇摇晃晃调转船头，他用力一撑篙，船箭一般向河中冲去。迷茫一片的江面黑黝黝的，一叶扁舟行走完全靠的是经验和胆识。此刻老王已心无旁骛挥篙不停，舢舨无声飞驰，不多久就临近了对岸。

靠近岸边，他发现不对，不是原来出发的河岸倒汊湾。他停下舢舨判断，应该是在河汊的上方了。他逐舟直下，须臾就流到了原先停小船的地方。

就在他锚好船要上岸时，一束强光射过来，照得他睁不开眼。

"谁？"老王吓一跳。

"上来吧！"一冷峻的喝声传来，老王惊吓了一跳，悻悻上了河岸。

原来是谢八月正好带人在巡岸，撞了个正着。

"哪去了，王副乡长？"谢八月低沉地质问。

老王终于看清有五六名赤卫队员荷枪实弹地站在谢八月身后。他上前拉对方一把朝一边走去，明显是要单独说话。

"虽然你是副乡长，但这湾里的船是归赤卫队管的，你怎么能擅自动用？当前是什么形势你也清楚，还敢过河去？万一出事了怎弄？"谢八月抢先说道。

"我，不也是急嘛！万一……"

谢八月打断老王的话，吼道："我清楚，不就是你东家妹子那点事……

与红军作战的大事能比吗？我管不了你，找党代表去！"

老王见对方黑着脸发火了，一副六亲不认的样子，心里很不是滋味。他也大声嚷道："谁没有一点急事。没出什么问题就别大惊小怪了！"

这话刺激了谢八月，他几近愤怒了，朝身后手一挥："把他带走！"几位赤卫队员围了上来，把他的枪下了。其中一个对老王喝道："王副乡长，请吧！"

至此，老王才感到了事态的严重性。他没有再争辩，跟着赤卫队走了。

夜已五更，一阵阵早春的冷风吹得路边的树木嗡呜作响，旷野沉沉黑幕让人心中泛起一阵悲凉。老王走在路上，身上的衣服被夜风吹袭，连着打了几个寒噤。

天将要亮了，谢八月怕影响不好，没有把老王关在渡口岸边的赤卫队禁闭室，而是押解他回了自己家中，在门外派了岗哨。

老王没有开灯，睁着眼躺在自己床上。他的大黑像是明白主人的遭遇一般，一声不响地蹲在床沿前。

此时已近黎明，他不知道谢八月会怎样处理自己，很可能就是直接押送到红军驻地去让保卫处处理。如果那样他觉得前景不妙。当然，不押送去也可能，这个愣头青会不经请示就直接关押他几天，也不是不可能的。

他必须立即恢复自由，还有很多事等着他去做。可怎么能说服谢八月呢？自己确实犯了严重纪律错误，在即将打仗的前夕赤卫队完全有权从重处置这件事。想来想去，他感到唯一的办法是尽快让丁胜山知道此事，才能争取一份主动。

他想到了床前的大黑。这灵性极高的猎犬曾多次和他一起去找过党代表丁胜山，对他的住处熟悉。

"大黑，起来！"他坐起伸手摸摸黑犬的头，对它说。

黑犬立起前爪趴在床上，头轻晃着听主人说话。

"我给你说，你去一趟红军驻地找党代表。记住，是党代表丁胜山。"他对大黑说。此刻，他也只能权当这条狗能听懂了。

他该拿什么东西带给丁胜山，让他马上来呢？想来想去，他灵机一动想到一样东西：他佩戴的那支手枪是丁胜山给的，枪没了但套子还在。把枪套让大黑带去，一是对方认识这件东西，二是见到只有一个空枪套，说明持枪者的枪被人下了有危险，会即刻前来。想到这里，他自嘲地"嘿嘿"笑了一声。

他干脆把大黑抱上床，把枪套连同皮带一起细心扎在它的脖子处。然后反复拨弄那些长毛进行遮掩，还真不太看得出来了。

"去吧！"他重重地拍了一下大黑的后背，那家伙跳下床一溜烟跑了。

他腿一伸又躺下床，静等大黑归来。

那只黑精灵不愧是经过专业训练的，它冒黑闪电般朝着村西的后山坡红军驻地迅跑。片刻，溜进了红军驻地大院的木栅大门。岗哨发现了它，正要喝它一声已不见了踪影。可能哨兵觉得一条狗溜进去没多大要紧，没去追赶它。

大黑应该是完全听懂了主人的话，径直跑向后墙拐角的一间独立平房，用鼻子嗅了嗅门，竟然用头连撞了几下。

"谁呀？"屋内发出询问声。

大黑一听，继续碰门。

屋内的人就是丁胜山。他起床穿衣后，点亮松油灯，把门打开了。

大黑猛然趴在地上，摇着头嘴中发出"呦呦"的声响。丁胜山吓了一跳，定神一看认出是老王那条黑犬。他本能地感到出事了，蹲下身子用手抚摸一下黑犬，焦急问："大黑，你怎么来了？发生什么事了？"

大黑两条前腿立了起来。丁胜山看见它脖子下方吊着个东西。他伸手一摸，细看是只皮枪套。

"手枪套？哪里的？"他像是问大黑，又像在自言自语。

他拉大黑进屋内。灯下，他认出是老王的手枪套，心沉了一下。他想，一定老王出事了！

"大黑，老王在哪？"他问。大黑咬了一下他的裤腿往外拽。

丁胜山明白了，带上自己的枪，吹灭桌上的油灯，急匆匆跟大黑走了。

丁胜山跟随大黑赶到老王家时，天已亮了。门口站岗的赤卫队员认识党代表，让他进屋去，他直接进了老王的卧室。

老王见到党代表立即起身下床，喉头"咕隆"地发出一声哽咽，没立刻说出话来。丁胜山让他一起坐在床沿上。

"老王，是怎么回事？如实说。"丁胜山一脸严肃地问。

老王详细地把自己私自撑舢舨过河到幺妹家的过程说了一遍。丁胜山听后，连问两句"你没说别的话？"老王发誓确实没有多说一个字、多逗留一分钟。

丁胜山站起身，走了几步对老王训斥道："你还是个老同志，真糊涂！现在是什么时候，敢擅自一人偷偷到对岸去？你是掌握战斗发起时间内情的人呀。我相信你说的话，可是别人不相信，纪律也绝不允许这时候任何个人的单独行动。"

此时，谢八月进来了。丁胜山继续说道："谢八月大队长做得对，大战在即不能有一丝疑虑带上战场。对你老王的果断处置是必须的。当然，到现在为止我也不怀疑你对红军的忠诚，但当下形势错综复杂，必须有铁的纪律，维护铁的纪律，才能壮大铁的红军。因此，我决定，暂时撤销你的副乡长职务，最终对你的处分等打完这一仗后提交相关会议上决定。"

老王没料到后果这么严重，他本来是希望丁胜山帮自己脱困的。谢八月同样没有把这件事看得如此重大，他并不想弄掉老王的官职，也坚信老王绝不可能泄露军事机密。他只是对老王不经过自己同意就动用船只不满，要借机整他一下而已。可现在，一切都无可挽回。

老王对党代表嗫嚅道："我的工作谁接？"

丁胜山想了一下，对谢八月说："你找一下邱润年村长，一个小时后到红军驻地找我，有任务给他。"

谢八月点头就要走。丁胜山把他叫住了："谢大队长，老王的问题以后做结论，这里的岗哨就撤走吧。"

"是！"谢八月应诺道。他走出了屋子。丁胜山拍拍老王的肩，道："你也不要想那么多，我是了解你的。暂时不让你管事了，你好好休整几天，这些日子也辛苦了。"

对党代表做出的决定，老王已习惯了绝对服从，尽管是对自己的处理，他内心除有些纳闷外并无抵触反对。他表态道："党代表放心，我坚决服从组织决定。"

丁胜山临走时提醒他，谢英的妹子一家可能过河到这边来，要好好考虑怎么接待并自圆其说，别又搞出啥事情来了。

老王连连点头。

二十三

老王不知道幺妹会从哪个渡口过河来，因为鲤门渡口一直处于封航状态。他想来想去，决定骑马到村后约六七里地的山岔路口去等，因为那里是进岩背山的必经之路。

果然，上午十点多钟幺妹带着两个孩子出现了。老王见她从西而来，应是从下游渡口过的河，立即迎了上去。其实到现在为止，他都没有想好该如何对幺妹解释，内心五味杂陈。

双方寒暄后，幺妹的儿子嚷着要喝水吃东西，老王灵机一动，想干脆就让他们在鲤门村家中住下再说。于是，他对幺妹说道："孩子饿了，先就近回鲤门家中，填饱肚子再说吧。"

因路不远，他让幺妹坐马她不肯，只好牵着那匹老马一起步行回家去。

幺妹已经很久没回娘家了，她的两个小孩更是见什么都新奇，房前屋后追赶玩耍。她手上端了杯热茶，坐在园中的凳上。

老王在厨房准备午饭。他认为幺妹算"稀客"，要吃好一些。他把灶前山梁上吊着的熏肉腊货弄了些下来，用热水洗刷干净，麻利地砍肉切菜，不一会儿就烧火做饭了。他问了幺妹"妹夫为何不来"，得到的回答是"不在家"。幺妹问他谢茂大哥的病情时，他支支吾吾说东答西，自己都感到十分别扭。他知道中午饭吃完，幺妹就一定催着他进岩背山去，他是躲不过的。他边炒菜边想事情，差点把菜烧焦了。

午饭丰盛。他弄好一桌子菜，还温了小壶酒酿，侍候幺妹和孩子吃饭。幺妹从没把他当佣人看，赶忙客气地请老王入席一起吃。

"王哥，您也喝碗酒酿，身体暖和。"幺妹提起锡制酒壶给老王倒酒。她从小一贯叫他王哥，一直没改。

"谢谢小姑！下午进山气温低，一路上风凉，所以我特意热了壶酒……"

老王本想在饭桌上拐弯抹角说他"撒谎"骗她过河的事，几次欲言又止。他最后决定，下午进岩背山的路上如实给她说，她进了山后就是想传消息给谁也没办法。明天一早，县城可能已被红军攻占了！他边想着心事，不时给孩子们夹菜添饭。

饭后老王陪着女人孩子就上路了。在他的坚持下，幺妹坐上了那匹老马，小的孩子坐她前面，大孩坐后面抱着妈妈的腰。老王牵马前行，不认识的人还以为一家人走亲戚呢。

一路上老王给幺妹聊起去年底他去福建寻找谢英的事，听得幺妹精神倍增，几个小时光阴很快过去。当他看见夕阳照在了岩背山口的两棵古枫上，顿时醒悟过来不能再这么走了。他"吁"的一声停住了马车。

"到了。最后这小段路，让孩子们活动一下筋骨，走一走了。"他对幺妹说，把母子仨从马背接下了地。其实，他是要利用最后的机会给幺妹抖露一件让他丢了官职的事。

看见两个小孩高兴地朝前跑去，他突然转身站立在幺妹面前，严肃地说道："小姑，我要给你说清楚一件事！"

幺妹见此吓了一跳："王哥，你忽然这么严肃，什么事呀？"

老王道："你一定要保证，我给你说的话不对任何人讲！行不？"

"行……"幺妹十分好奇地回答。

老王牵着马慢步向山里走，同时一五一十地给幺妹讲了红军近日将攻占县城，他为了她一家人的安全而又不泄露军机，故意以她大哥病危的理由骗了他们……

听了老王的讲述，幺妹内心既高兴又不安。听说大哥的病是假的让她兴奋，还有老王作为娘家人，如此关心她一家的安危令人十分感激，不知说啥好。可是也有让她不安的事，红军攻打县城，她的家和药店可能毁于一旦。她禁不住再问老王一句："明天，红军真要打县城吗？"

老王明白她的担心，点点头。他右手牵着马，左手提着一只幺妹的皮箱，朝前面的平房走去。"小姑，到家了。你哥姐他们问起，就说是想他们前来的。千万别说打仗的事……"

幺妹回答："我知道了。"此时，她头脑似灌满糨糊，老王讲述的事情她一下子消化不了，心里忐忑不宁。

一伙人朝他们走来，幺妹的孩子跑在前面。幺妹看清是大哥大姐他们迎来了，也向前跑去。

"幺妹！"谢英第一个抱住了她的亲妹子。谢茂、谢小亚、谢金华等一干人对亲人的到来异常兴奋，嘘寒问暖，因为已很久没见到外人了。

幺妹很快就被亲人们的热情融化，晚饭的盛况更是出乎她的意料，近二十人的阵容熙熙攘攘，她不得不在大姐的介绍下向一位位陌生面孔问安或打招呼。

谢茂坐在首席位置，让幺妹坐他旁边，好问些县城的事情。在席间人员互相介绍后，谢茂站起身举杯道："今天是个好日子，我家幺妹终于进深山来看我们了，非常的高兴。来，为一家难得的团圆干一杯！我要提醒大家，幺妹不擅酒，就这一杯，不用互相敬酒了……"从他后一句话中，可听出对这位小令妹的殷殷爱护之情。

"干！"大伙齐喊一声，碰杯。

至深夜子时，个个喝得醉醺醺方才散去。幺妹与谢英同宿，两姐妹躺床上说体己话，孩子在对面床上早睡着了。

此刻，还有另一个人无法入睡，他就是老王。在岩背山，他住在厨房旁的一间屋子，里面放了许多粮食物资。他不在山上时，谢金华为了做饭方便也常在此下榻。

老王把一双脚放在被窝里，坐在床上抽烟。他平时没烟瘾很少吸烟，心烦时卷一个喇叭筒解闷。他现在抽的烟丝还是过大年留下来的。

没有人知道他此刻的心情。如果不是擅自渡河去幺妹家，他这时可能正在鲤门村组织村民做支前工作；如果原计划没变，红军和赤卫队马上就要从鲤门湾南岸乘船直达北岸县城，天亮前的江面将异常繁忙或嘈杂；如果丁胜山党代表没忘记自己，他在临战时可能派留在身边的大黑来送信，让他连夜回去投入战斗……

豆灯昏昏，只有偶然一阵山风吹过门窗的"吱呀"声响，老王才从晕晕沉沉的状态中坐正一下身板。接着，"嗯哼"一声，喝上一口浓茶。

他就这样靠墙一直坐到天亮，没躺下眯上一会儿。他总感觉他的大黑在路上来了，随时接到命令，他将立即出发。可是，他的大黑没出现。

他发现户外天光后就披衣出门去。他向高处走，一直登上了山巅。

他站在峰顶向县城方向望，晨岚缥缈，雾气笼罩着远方山峦，灰蒙蒙的一片，什么也看不见……

战争，不只是残酷，有时候也出现难以琢磨的"可爱"结局而让人迷茫。此刻，逗留山顶的老王希望看到县城上空战争的硝烟或听到战斗激烈的枪炮声。这些都只是他自己的臆想，真正进攻县城的战斗没费一枪一弹就结束了，出乎所有人的意料。

当然，老王不在现场，无从知道。他还在想着丁胜山会派他的大黑狗或什么人来给他送信，让他立马回去参加紧张的战斗或支前工作……

不知不觉晨雾散去，太阳探照山林，迎来一个难得的初春丽日天气。老王受到阳光鼓舞，站到一处孤悬的巨石上眺望北方，县城的轮廓依稀可见，却没有一丝战争的气息，一片太平景象。他感觉不对劲，猜想可能预定的战斗推迟进行了。他决定立即下山，回鲤门村去。

回到山腰居住的平房，大家正在用早餐，谢茂见他进屋喊道："老王，来，吃早饭。一大早跑哪去了？"

"好！"老王走近谢茂餐桌，在一空位上坐下，从桌子中央的瓦罐中舀了一碗米粥喝起来。桌面上还有蒸熟的红薯。"一早起来，我到山上转了一圈，活动活动筋骨。"他对谢茂说。

"你现在是大忙人，来去匆匆。我俩也很久没凑一起聊天了。今天天气好，陪我打猎去，好不？"谢茂诚恳地邀请老王。

老王听后愣了一下，点头答应："好！"他接着说："东家也很久没这个兴趣了，难得今日开心，玩玩去。不过，大的猎物很少见了。"

听说去打猎，其他人也来了兴趣，纷纷表示要参加。谢英刚吃完饭放下碗，兴致勃勃地插话道："难得一个好天气，要玩就玩大一点嘛。二哥，我们筹划一下，作为一项军事训练项目大伙儿都参与，好不好？"

谢茂连称"好哇"，提出由谢英拿方案出来，自己当裁判。

谢英把谢金华和陈有福找到一起，让他们各自带一个狩猎组在东、西山坡围猎，吃午饭时分回到平房餐厅展示战果。她带谢小亚与谢茂和老王一组，狩猎中岭山麓。各组界线不可逾越，可使用冷热兵器，但不得出现伤人事故。

这日的岩背山风和日丽，所有的人都精神抖擞地带上自己的武器，像去迎接一场真正战斗一样肃然地在草坪上站了三列。在谢英统一指挥下，立正、向右看齐、报数、稍息的口令与军队没有两样。一列就是一个班组，这阵势相当于一个作战排。而在谢英的心中，她眼前这些人的战斗力远超一个普通步兵排。过年后这段时间，她和谢茂一起按部就班地组织大家学文化、练军事和搞生产垦荒，过的几乎就是军事化的生活。这些人中，唯一例外的就是老王。当然以她对老王的了解，他融入战斗演练没一点问题。

"出发！"谢英发令。各组人马朝指定的山岭阵地进发，谢金华还牵了一匹栗色战马上山去。

老王跟着东家朝主峰去，没想到谢英和谢小亚没同他们一起走。老王问谢茂："东家，谢英大姑不一起上山吗？"谢茂道："你还是不太了解她。她想事情可比我们细致周到。大伙都上山了，就幺妹母子看家吗？她的眼中现在可不是太平时期，她和小亚留守是十分必要的……"

老王心底本来就一直在担心一场战争的发生及输赢，听他这么一说，觉得提高警惕是非常必要的。

谢茂带了一支老套筒猎枪上山去，子弹袋绕缠在腰肩。老王身上没枪了，是谢英递了把长马枪给他带上，跟在东家身后。他们没叫其他人，那样子不像去打猎，倒像是登山游玩。

"老王，你已当红军干部很久了，我们还没有真正单独说说话。现在时局渐渐明朗，红军站稳了脚跟，你可能还有大的前程，要好好把握。人生很大程度上是机遇决定的……"

"东家，你了解我这人，从没有想过非分的事，怎么就当副乡长了我自己都有些莫名其妙。嗨，不管做什么，我都是记住东家您给我说的话：一定要凭良心做事。不论什么时候，在我心里东家的家就是我的家，东家一家子就是我最亲的人……"说到这里老王喉头哽了一下。

谢茂拍了下他的肩膀，动情地对他说："你真是个老实人！你一直守护着我们一家子，我十分感激。幺妹进山里来这件事，尽管你不让她告诉我们，昨晚上她还是忍不住给她姐说了……今日一早，谢英讲给了我听。你为了幺妹一家的安全冒险送信丢了官职，让幺妹和我一家都感到非常愧疚了……"

老王听后忙摇手道："您千万别这么说，没有东家的家哪有我的家？我受点委屈真的没有什么……唉，既然您都知道攻城这事了，我也不瞒您，我今日一早爬山顶上就是看北边城里有没有动静。到现在，好像也没点响动。打了没打，赢了输了不知，这心里空落落的……"

"我能理解！你与那支队伍已经分不开了。"谢茂说。他们聊着，不知不觉走很远了，谢茂建议在林中一大石上坐下休息会儿。

就在这时，东边山上传来枪声，接着又连续枪响。稍后，仿佛有嘈杂的叫喊声在山林回响。

"注意！"谢茂突然发出警告。他们前方不远的稀树林中，有只东西在一片草丛中蹿过。

老王也发现了，他弯腰朝前挪了几步，在一棵大树后蹲下观察。

片刻后，谢茂弓身向山林高处运动了十几米远，躲到另一处石埂的后面。他把猎枪端在手中，上了枪弹。

"砰叭……"谢茂的老筒套猎枪终于响了！须臾，老王见前方没一点动静，跃起向草丛奔过去。他见到了被一枪射杀的猎物，是只獐子，躺在地上还在流血。谢茂赶了前来，手上的老枪还冒着丝缕白烟。

"把它提起来！"谢茂对老王道。

老王明白东家的意思，把獐子拎高，颈脖流血处对准已弯腰准备吮血的谢茂。谢茂猛然吸吮了几口獐子的鲜血！

这一幕，如果外人见了一定会被吓倒，但老王习以为常。他这位东家有一种超低血糖的病，有时会全身发抖，后来遇到一位奇人，告诉他每年喝一次野畜的热血，病就不发作了。这些年试验的结果屡试不爽，于是，他每年都要狩一次以上猎，以获取野生动物的鲜血补充。

接近晌午，他们没再猎取什么野物，扛着一只獐子下了山。

中午饭是幺妹在做，她的两个孩子在门前草坪上玩捉蝈蝈游戏。谢茂俩回到山腰平房，其他人还没回来，老王主动去厨房帮忙了。

"你姐呢？"谢茂问幺妹。

幺妹正炒着菜，答道："她和小亚刚刚去山口巡逻了。她还对我说，如有外人来，警惕性高一点。"

老王听到这话后想，最近他不在的时候，这里已发生了很大变化，俨然成了一个准军事基地或堡垒，这一切无疑都是谢英深思熟虑、筹划组织的，谢茂听之任之。谢英的才干是公认的，谢茂把这个家未来振兴的希望寄托在下辈身上，然而对后辈的指引只能依靠谢英，这是他自从红军来了后做出的正确选择。作为知识分子，他对钱财、土地看得不重，他骨子里那份清高让他不易忘记"齐家治国平天下"的情怀，尽管他从哪个方面看都似乎缺憾太多了，更无能力问鼎国是政治，但盼望天下公平与安定的儒家意识是没有丝毫改变的。谢英从福建寻儿归来后变了很多，她的言行与"赤色"区别不大，作为大哥他看得清楚，但他并不想阻挡她，前些年他见蛰居家中的大妹体弱多病，整日愁忧的样子让他心疼，而最近她充满朝气、理想和斗志的表现，使她重新回到了青春时代，他没任何理由不支持。

谢茂坐在门口擦那支老猎枪，不时举头望望绵延远山和眼前的大片油茶树林，一副悠闲的模样。自腊月过年时回到家中，对于县城的消息他就不太感兴趣了，因为学校开不了课，他没打算近时返回教育局去。

突然，一阵马蹄声传来，他判断是西边森林有马朝这边奔跑过来，本能地把手上的猎枪握紧站起来，装上枪弹朝路口走去。片刻，他守在了一株木荷树旁。

一匹马高声嘶鸣冲上斜坡，奔上了平房前的大草坪。

"是你，金华！"谢茂从树后闪出，上前去。

"西北方山坡发现土匪……"谢金华喊道。他没见谢英，问："大伯，我妈呢？"

"到底什么情况，给我讲！你妈她们到山口巡查去了。"谢茂不太高兴，侄儿不把他当指挥员。

"我们在西山狩猎时，发现几个形迹可疑的人在林中闲游，就盯住他们了。后来他们中有人发现了我们就跑了……我叫人追踪，赶快回来报告……"谢金华说。

"发现土匪……"这个情况让谢茂吓了一跳，他让侄儿赶紧到山口古枫那边去找谢英她们。谢金华并没下马，丢了一句"这里交给您了"就掉转马头向出山口方向奔去。

　　此时，在饭厅的老王和厨房里的幺妹都跑上前来了，听说林中有土匪，也吃了一惊。老王显得比较沉着，他说："赶快把两个孩子叫进屋内来。我们把门朝外这几间房锁了，人集中进饭厅去，所有门窗闩好。万一土匪来了就在饭厅内跟他们对峙，等待支援。东家，您看行吗？"

　　谢茂觉得还行，于是大家一起行动起来。几分钟后大家都退守饭厅里了，紧闭的门窗内侧堆了桌凳加强防护。墙上，有几处不易发现的地方留有枪孔。

　　他们在等待土匪，同时也在等待外面的支援人员前来。谢茂把他的猎枪装满了铁弹，老王的长马枪早已子弹上膛。幺妹带着孩子躲在一角，缩瑟发抖。

　　一阵"噼噼叭叭"的声音传来，听起来距离较远，像是爆竹声又似铳响，几个人凝神细听。不一会儿，近距离又传来"砰砰"两声响，谢茂紧张地对老王道："是枪声！很近了，注意。"老王回答："大家千万别出声，有人来了看清楚再说……"他站到了置于门侧的一张桌面上，手上握紧长马枪，枪管从窗棂子的边角处伸出了墙。

　　大约过了半刻钟，突然从几个方向传来了密切的枪声和人的叫喊声，而且声响越来越大，无疑有人朝屋子这边来了。谢茂站到后墙一扇紧闭的小门边，那儿有一砖石裂缝，缝底一小圆孔，他把猎枪伸进孔洞，眼睛从裂缝处往外看望。

　　枪声又停了。片刻，大门外草坪上出现了三名拿枪的人，他们慌慌张张靠近房门。老王从窗格中看清这几个人，似乎身体已极度虚弱，哈着粗气，拘腰屈腿，脸色灰暗。他们近前看见房门都上了锁，只有中间的大门是里面闩的。有一个人推了下门，纹丝不动，摇头对同伴说："这是厅堂，与厨房相通，所以从内闩了。好像没一个人，我们该饿死了……"几个人同时撞门，没用。另一人道："旁边是厨房，砸锁，先填肚子再说……不然，不被打死也饿死在这里了。"说完，移步旁边的一条门。

　　老王听得真切，认为这几个人是被追赶到这里的，疲惫至极，已没有什么战斗力。同时也说明，自己的人马上就会赶到。他跳下桌面，到后门对着谢茂耳朵说自己想冲出去抓土匪。

　　谢茂示意他从墙上一裂缝里往屋后看。老王上前细瞧，吓了一跳：原来，后面挨近墙沿的水沟草丛里蹲趴着七八个土匪，手上都有武器。

"好家伙！这么多武装匪徒是哪里弄来的？"老王自言自语。

谢茂小声对老王道："以静制动。"他俩简短交流了意见，认为前门的土匪是在为房后的人找吃的。

老王轻步回到前门去监视。他向外望，见有一名土匪正用枪托砸厨房门锁。他用手势把谢茂叫了过来，决定转移到厨房去。他们从里面一扇腰门进了旁边厨房，躲在门后。

"咔嚓"一声，门锁被砸开，门被推开了。一个人伸头进门探看，须臾，踏进房内朝里走了两步，躲在门后的老王一枪托砸在他头上，那人无声息倒在地下。谢茂上前去，把打晕的土匪拖到灶台后面。

接着，又一土匪上来了，弱弱地问了声"找到吃的了？"摇晃着身子走进厨房来，还没看清里面的样子，头上也挨了一记重棒，倒地不省人事了。

房外坪上还剩一名匪徒。他像是在守卫大草坪，立在檐前。等了会儿不见人出来叫他，转身也进厨房来了，也被老王击昏在地。

谢茂朝门外望了一眼，没别的人了，问老王怎么办。老王找来绳子，把三名晕倒的匪徒捆了手脚，收了他们的枪支。谢茂不放心，找抹布把他们的嘴堵上了，怕他们忽然醒过来。

屋后的匪徒等很久不见动静，一起爬上水沟，迂回到屋前坪上。可是，不见人影。

这股匪徒成扇形向中间厅堂的房门包围上来，形势危急。

突然，一阵密切的枪声响起，草坪上的土匪"妈呀"大叫、卧倒，有的当场毙命。

几匹马从右侧山坡忽然冲下草坪，陡然四周响起一片"缴枪不杀"的喊声。首匹马上是谢金华，他举一把短柄快枪，停在坪的中央。他身后紧随而至的，就是从福建一路跟过来的那几位战友。从左侧围上来并猛然向匪徒开枪的是陈有福和他带的几个人，他们同时冲上了草坪。

谢英手握双枪从正面大路奔上了大坪，谢小亚跟随身旁。

"活的捆了！死的埋了！"谢英命令道。原来，她昨天听到幺妹讲红军要攻打县城，心里就担心有流窜匪徒乘机打劫，为防备万一，就暗中跟谢金华和陈有福做了交代：举行一次围猎活动，所有人员全副武装提高警惕，随时听候调动，如有匪情立即汇报。果然，谢金华他们首先发现了匪情，他骑马先联合陈有福一起合围，接着向谢英报告……

此刻，谢英最担心的是幺妹和她的两个孩子。她径直向厅堂走去。人未到，里面打开了门，老王和谢茂走了出来。

"幺妹呢？"她焦急问。

"在里面。"谢茂回答。

谢英进屋见幺妹和孩子还蹲在一角发忧，上前去拉起妹子，抱上小的孩子一起朝门外走。她说："别怕，没事了。"

坪上，七名匪徒有三名已经毙命，另四名被缴械捆了起来。谢茂和老王从厨房里拖出三名晕倒的土匪，细看才知也有一人已死。

谢英安排打扫干净战场，把六名活着的匪徒一起关进了柴房，加派了岗哨。此时，已是下午两点钟，大家都饿了。幺妹和老王重新热了饭菜，让大伙填饱肚子。饭桌上，谢英异常高兴地让老王抱出一坛老酒，亲自给每人倒了一碗酒，然后端起酒大声道："兄弟们，今天真高兴，这是我们相聚岩背山后真刀实枪打的第一仗，也是一个大胜仗！来，先干一碗酒！见了血去晦气，杀了敌壮胆气。干！"

"干！"大伙一齐吼道。接着吃饭的吃饭，喝酒的斗酒，热气腾腾，喧哗嘈杂一片。谢茂饭桌上边吃边给谢英等人说了他和老王在家智勇擒敌的事，让谢金华等年轻人佩服不已。老王走近来忽然对谢英道："大姑，关起来那几个土匪也送碗饭给他们吃吧？看样子饿得不行了。"

谢茂附和道："也是。可能这些家伙有几餐没吃了，看样子已非常虚弱，不然，可能我们也没那么容易打赢他们。他们手上的武器不差。"

谢英同意给土匪送饭。她说："老王，我跟你一起去。"其实，她一直心里纳闷，这股匪徒人手装备一支长枪，哪来的？她要好好审讯一下俘虏。老王并不知道，这些匪徒到这里来以前，在山上树林中被谢金华、陈有福及谢英他们伏击和追堵时已经死了十几人。

老王端着一木盆米饭朝柴房去，谢英和谢小亚跟在身后。

柴房门打开，老王看见被俘匪徒的手脚被捆，坐在一堆木柴上东倒西歪，有两个躺在地上已奄奄一息。

"都站起来,吃饭了。"老王大喊一声。

听到"吃饭",这些人"刷"地站立起来,顿时个个来了精神,有的马上嘴角流涎,可见饿得厉害。大家看见老王搁在凳板上的满满一盆饭,眼睛都绿了。

"把我们手上的绳子松开⋯⋯我们要吃饭。"有俘虏说。

谢英上前厉声道:"饭就在这里,能不能吃上饭就看你们自己了。我问你们话,如实回答就立即开饭。"

"好,你问吧。只要不杀头,我都说。"一位看上去年纪较大的匪徒说。说完左右看看,没人提出异议。

谢英问:"你们像一般的土匪,到底是从哪里流窜到这里的?"

匪徒答:"女英雄,您等躲在这山里,不太清楚外面发生的事情。就在昨日晚上,赤匪红军攻打县城了!我们正是在城墙上例行巡逻的保安团。我们一见满河的船靠近了城墙,还有无数人拿着刀枪从沙坝上涉水蜂拥而来,吓坏了。我们一个排二三十人怎么抵挡,就干脆弃城墙逃了。我们不敢派人回团部汇报去,反正是送死,一起合计出城,找一座大山躲一阵再图后业。夜晚一阵狂奔也不明方向了,天亮时就到了您这方宝地⋯⋯唉,没想到栽在你们手中。我看你们也不像赤匪,放过我们吧⋯⋯"

"原来如此!"谢英听后心中有数了,她判断对方说的应该是实话。她对守门的岗哨说:"把他们手上的绳子解了,让他们吃饭。"

老王正拿来一叠饭碗要分给他们,没料到这伙人虽然小腿被缚,个个跳几步到了饭盆前,手上绳索一松开,伸手就抓饭吃。转眼间,匪徒个个伸手抢饭往嘴里填塞,场面一片混乱不堪⋯⋯

看见这些政府豢养的所谓保安团军人如此不堪的一幕,谢英心中无限感慨,心里想:老蒋就靠这样的一群饭桶维护着"民生政权",天下焉能不烽烟四起,群起攻之!而共产党不起眼的有限部队一次次攻城略地的成功,正是依仗了这伙怕死而贪婪的国军成全。就在这一刻,她内心忽然生出几分悲悯之情,决定放了眼前这几个可怜的生命,就像放野畜回归山林一样让其自生自灭。而在心中萌生出这个念头后,她蓦然有一种心底无限释然的轻松,庆幸自己早已脱离了蒋家那个腐朽破败的政权。

谢英看见那一木盆饭已被抢干净,问老王"还有饭吗?"老王回答:"有。"谢英让他到厨房把饭甑抱了过来。

谢英就站在柴房里看着这批俘虏哄抢吃饭,见一个个打饱嗝后,命令哨兵把他们腿上的绳索解了,叫他们走出房门在草坪上列队。这些人竟很听话地站了一列横队。老王和其他人开始紧张了一下,没料到无一人逃跑或反抗。

谢英对俘虏动情说道:"战争无好事!我们同处在一个动荡的年代,都好自为之吧。你们原来也是农民,还是回家种地去,我不为难大家。你我无缘,就此别过,都散了各自回家去。"说完,她见大伙不动,又举手挥了几下:"都走吧!"

老王大惑不解。

二十四

俘虏被人客气地送出山口,岩背山恢复了平静。这次意外的闹匪事件,让谢英一行缴获长短枪二十多支,还有一挺轻机枪,战斗力明显增强,大家欢欣鼓舞,沉浸在胜利的喜悦中。

当晚,谢英把大哥谢茂和老王找到一起,谈自己对时局的看法以及岩背山未来的发展。她说:"现在看来,天下烽火纷争的局面将持续很长时间。这个乱世,草莽英雄辈出,我等普通山民不宜陷得太深。当然,想洁身自好也很难。比如这次县保安团的兵打上门来,我们无法束手就擒……这一仗,同当今腐朽政府是结下梁子了!如此结果,我们别无选择,也无须后悔。前些年,老蒋利用孙先生的信任上位,孙总统仙逝后,他野心膨胀,搞天下纵横术,把各路军阀打打拉拉归集到一起对付曾经的兄弟,人家被逼绝地反击……红军在赣南,已渐成气候,攻城拔寨收获颇多。昨夜,我们的县城也已插上了红旗。面对当下的局面,我们把红军当真挚朋友看待……唉,十年河东十年河西,谁也无法料想将来如何。我们当下能做的,就只有深耕自己脚下这几尺地,利用人力充足的优势,管理好这千亩油茶林,只要用功,这些老油树是会有丰厚回报的。另外，开垦出几亩坡地梯田种粮食作物，争取能自给自足最好。"

谢英滔滔不绝，显然对岩背山目前的坚守和发展已深思了较长时间。她要把这方山谷与纷扰嘈杂的外界相对隔离开来，打造出一处世外桃源。

谢茂听后很高兴，一个人鼓掌。他是典型的知识分子，大半生追求理想化的生活，尽管总是不尽如人意，处处碰壁。有的人，是可以长时间生活在一种愿景中不知不觉老去的。他对老妹的思想，一贯地表示认同并给予支持。他说道："这方领地是我谢家祖产，现在难得聚集了充足劳力，当然不能错过了！必须把垦荒种植和茶油林一起经营好，还要维修房屋和榨油坊，恢复岩背山昔日繁荣。"

老王坐着静听，没吭声。

"老王，你有啥想法？说说。你是我们谢家的老成员，近年又介入了很多社会事务，经验丰富，我想听听你说。"谢英诚恳道。

"大姑的想法我赞同。我们这个家也只能走一步看一步，也只有岩背山这块地方才可能有所作为，也暂时谁都不管我们。现在，既然县城都被红军占了，我们在这山沟里，可以放心干想干的事情了……"老王说。

"你还是要回鲤门村里去，这个我懂。不管从你个人的前途还是谢家这方山地的长久发展，你都应回到原来的岗位去。我想呀，不用两天，驻守红军方面就派人找你回去了。"谢英说道。

谢茂点头表示同意。

天气一天比一天暖和，雨水多了起来，原定送幺妹回城的时间因下雨推迟了几天。这日一早天晴，谢英让老王和谢金华各骑一匹马送幺妹及小孩回家。到了鲤门村后谢金华返回山里，老王与幺妹仁从鲤门渡口过河进城。

这个渡口已封渡大半年时间，最近县城被红军攻占后两岸开放，不见有人在岸上巡逻了。渡口的船比以前多了几条，老王他们下船时，因为艄公都是本村人，抢着打招呼，让幺妹看出老王在村民中还是蛮有影响力的。也有人同幺妹说话并帮她抱孩子上船，让人心中添了几分温馨。

"这下就方便了。"老王自言自语道。他想起几次偷渡进城的事心生感慨。船到了对岸，他从南门口进城，把幺妹一家送回苍生号药店后，谢绝了挽留便离开了。他看见药店营业正常，似乎没受一丝战争的影响。他沿街四处溜达，各处景光依旧，而街面上的人比前些时候多了，有说有笑的，买卖吆喝声此起彼伏。他见到唯一不同的是，政府衙门的辕门上插了杆有锤子、镰刀图案的红旗。这条水边老街已有两千年历史了。西汉六年建县时，县域面积一万余平方公里，统辖现今寻乌、安远、石城、瑞金、会昌、宁都、雩都的大片广袤区域。眼前这条古街道两边一层、两层、三层的各式木楼、竹楼和土坯房及青砖商铺，飞檐兽腾间仍能窥见汉风唐饰的建筑风格，繁杂而错落有致的景观让人见证了巍巍雩山下昔日的繁华和沧桑变迁。

有巡街的赤卫队员来了，老王避让一边，进了一间小饮食店。午饭时间了，他见有人在店里吃杂烩汤，也要了一碗。

不一会儿，一大陶碗杂烩肉汤热气腾腾端上桌，老王又买了两只烧饼就汤吃。赣南腹地这碗杂烩汤是很有名的，几乎所有饮食店都会做，原料是当天宰杀的生猪的内脏下水料，如猪肝、猪肺、猪心、猪血等，切细混合一起在大铁锅中煮熬，不久一屋肉香冲鼻。有客人点了杂烩汤，店小二用一只直径约七寸的陶碗或陶砵，盛满杂碎热汤端到客人面前，那汤面一层翠色葱花让人垂涎。

老王已很久没有进饭馆了，这顿午餐吃得很惬意。他付了饭钱没直接返回对岸，而是特意去了县教育局。他的东家谢茂年前是在这里上班，现在教育局怎样了他想了解一下，好向东家说。可是，到这里一看没一个人，院门上了锁，他猜可能还是谢茂回家过年时落的大锁。

他没在城里继续逗留，回到鲤门湾家中。先给马喂了饲料，把屋内收拾了一下，就出门去找寻他的黑狗了。

他一直认为那大黑会进岩背山找自己，可是没有。他猜是在党代表丁胜山家里，因为他常喂养大黑，这狗也就常跑那里去。可是，他到丁胜山家，人和狗都未见到。

他漫无目标地在村里转圈。因天气好，下午许多农民都下田去锄草备耕了，因此遇到的人多是玩耍的小孩。

他走到原地主小老婆芹花家门口时，突然听到几声狗吠，声音很像是大黑。他想，如果是大黑，难道主仆还真灵犀相通？他爬上院墙旁一棵树上往里面望，大吃一惊：确是他的大黑狗。

"大黑！"他大喊一声。那黑犬见到了主人，拼命狂叫。此时，老王在树上看到房里一个男人开了半扇门，朝外探看了一下缩了回去。他没有看清是谁。

老王跳下树，挥起了拳敲打院门，还喊了几声"芹花"的名字。

芹花听出老王的声音，赶紧打开了大门。

芹花请老王进门，忙不迭地解释："不知王乡长会来，不然早在门口等了。"

"大白天关什么院门？"老王问，一边朝他的大黑走过去。

"你为啥把我的大黑拴吊在你家院子里？"又一声质问。老王已把拴在大黑脖子上的一条铁链解开，那黑犬狂吠几声扑在老王身上。

芹花请老王到房里坐一下喝口茶。老王不动，眼睛瞪着她，要她解释为何关他的猎犬。

"王乡长呀，我可不是有什么歹意，而是一片好心。你不在家，这黑狗跑我家里来，我弄了东西给他吃。第二天它又来了。我，住得有点偏，又只一人在家，为了让它陪我几天，就拴了它吊在院子内。我给它食物吃时，拴住它就容易……"芹花慢条斯理解释道。

老王反问她一句："如果我不来找，过几天是不是就吃狗肉了？"

"绝没想过……"芹花慌忙应答，矢口否认想杀狗吃。

老王正要带大黑出门去，芹花忽又多嘴说："王乡长，上午在渡口看见您亲自送谢家幺妹进城。您呀，也要为自己想想，听人说，因为晚上与她见了一面，官位都丢了！现在还跟她黏在一起……"

老王一听这话内心一惊，没料想外人是这么看他的。他通知幺妹一家暂时离开县城这件事，才几天时间就在村中传遍了，谁说的？谁会去说呢？

"芹花走，进屋坐坐。有点渴了，看你家有什么好茶，泡一壶喝。"老王转了个念头，朝芹花家里走。

芹花不得不泡茶招待。还端出果盒，有盐水花生和炒豆子。

老王坐在厅堂木凳上，呷了口茶后直接盘问芹花道："我问你，听谁说我因幺妹丢了官这件事的？"

芹花已感到不太妙，忙举手摇了几下："也没注意谁讲的，就是偶然听

172

到一耳，谁会把它放在心上……"

老王想，对方不会轻易地告诉自己。他忽然想起刚才见到她家里有一个男人。她可是寡妇一人住大屋，谁不清楚？怎多出一人来了？他就用这事敲她一下。

"芹花，家里还有谁呀？叫他一起出来喝茶。"

芹花一听慌了，忙答："家里就我一人，这你是知道的。哪有其他人？"

老王把大黑拉到跟前，说："我的大黑是猎犬，它总盯着那扇门，说明里面有人。"

芹花犹豫着，怀疑老王在诈自己，没答话。

"这样吧，我吆喝一声让大黑人内室抓人，当然你得先把门推开。好不好？"老王冷笑一声道。

芹花坚持不承认屋内另有其人。于是，他走了几步推那扇房门，推不动，无疑是里面被闩紧了。

老王说："你上前来，把这门打开？"

芹花很不情愿地挪动脚步走到那个房门前。她轻轻地敲了门："笃笃——咚"两轻一重的响声。老王已留心她敲门的节奏，可是，房门依旧未打开。他学芹花的样子敲了门，等了会儿，也没动静。他心想，里面的人是能听见外面说话的，仍不愿把门打开只能说明互相是熟人，对方无脸或不敢与自己相见。

老王觉得在一寡妇家中总纠缠下去没意思，于是朝他的黑狗喝了一声："大黑，我们走了，回家！"带着黑犬出院门，头也不回走了。

芹花把院子大门关上闩牢后，回屋瘫坐在一把竹椅子上，长长地舒了口气。

整整有五分钟，屋内没有一点声响。寂静让芹花的内心收紧，她竖起耳朵谛听来自周围世界发出的每一个细小响动。如此凝神专注，也似是刚刚受到刺激的一种本能反应。片刻的神经兮兮，不排除突然远方传来的一声狗叫，都会让她陡然十分紧张。

那扇不愿打开的房门终于开了。邱润年轻步从里面走了出来，一身穿戴整齐。他见芹花坐在那里一动不动、丧魂落魄的样子，走上前去问了一声：

"怎样了？"

这句话问得模棱两可，可理解为问候芹花怎样，也可理解是问老王怎样走的。因为他没见老王走，刚才隔条门仅听到了声音。

芹花突然非常憋屈地大哭起来，吓得邱润年把她的头一把揽在怀里："别哭那么大声，屋院外都听得见……"可是，芹花已无法控制地呜咽号哭，弄得邱润年六神无主。后来，他心一急把对方抱起，进了房间丢在床上加盖了被子……

这件事吓得邱润年不轻，有好一阵不敢上芹花的家门。芹花呢，此事后处处防着老王，见面都绕道走了。其实，老王并没有把芹花那点事记心上，但他心里已猜出七八成——那躲在芹花内室的人，应该是邱润年那老光棍！

老王发现自己的猎犬竟被人盯上了，再也不敢随意对待大黑，不仅按餐给它喂食，去哪里也都带上大黑一起走。

一天早起，他带着犬到河岸溜达，看见邱润年和芹花相距十几步往渡口走，双双在堤上一同登渡船进城去。一名村长跟寡妇走得如此之近，让他心里别扭，决定要把这事告知党代表丁胜山，不然等事情继续发展下去势必给红色政权造成很坏的影响。

老王牵着大黑到了红军驻地，正遇上丁胜山与同事一起出门，他打了声招呼。

丁胜山见到他很高兴，大声道："老王，你啥时从山里回村的？我正要找你。告诉你个好消息，我们没费一枪一炮解放了县城，你那夜送信的事无任何影响，组织已决定撤销对你的处罚，恢复你副乡长的职务。明天，你就准时到乡政府上班。我们现在要进城去，回来再聊。"

老王听到撤销了对自己的处分非常高兴，带大黑立即就向乡政府办公的一处祠堂大屋去了。嘴上，还哼起了乡村小调。

年轻寡妇芹花与邱润年的暧昧关系终归是纸包不住火，传到了红军党代表丁胜山耳里。他暴跳如雷，让人把邱润年叫来，好一顿臭骂：

"白天走村串户，晚上村姑寡妇！你还蛮晓得享福的。表面上看起来，一个鳏夫与一位寡妇正好般配，续弦再婚也无可指责，但那是指普通的民众。而你不一样，是布尔什维克红色政权的村长，是赤色政府的重要干部，你就是想成亲都得经过组织上批准，何况你不是正常谈婚而是偷奸淫乐，况且欢淫的对象原是大地主的遗孀……我没想到，你胆子真大！你想过这种事传出去的社会影响有多坏？老地主被枪毙了，他的小老婆被红军任命的村长霸占了……人家骂我们'共产共妻'，你就顺杆往上爬……又想当官又想享乐，这与腐败的封建政府的官吏有什么区别？我，不止一次在会上讲，现在还是非常时期，我们的根据地政权还不稳固，根据地外的敌人随时都会对我们实施残酷的'围剿'，务必要保持高度警惕，清正廉洁、艰苦奋斗的精神一刻也不能松懈。你，根本没听进去，为所欲为！……"

丁胜山在他的办公室把邱润年骂得无地自容。他耷着头，不敢回一句话。离开时，丁胜山见他眼眶红红的，要求他回家里好好反省，自己反锁家中三天，权当关禁闭。同时，要他写出一份深刻的检讨书给他。

邱润年走后，丁胜山把老王和谢八月等几位乡村干部找到一起，说想听听他们的意见，如何处理邱润年。开始，几个人面面相觑，不知如何说好。在丁胜山催促下，一个个不得不表明态度。

老王道："我是这么想的，男女之事只要不影响他人，就顺其自然，睁只眼闭只眼不管它。可是，如果这件事会让一些群众对红军造成误解，就必须处置好。"

接着，谢八月愤然说："我真没想到邱村长还有这一手，胆子够大的。人家都想法子跟地主家撇清关系，他竟敢上地主的小老婆，有种！这种干部就不该留在革命队伍中。不然，一粒老鼠屎搅坏一锅粥……"

在场的其他几名乡村干部也发表了类似的看法。

丁胜山听完大家的意见，带领一干人向村中原野走去。阳春的田地间莺飞草长，到处都可看见农民春耕备肥的身姿。他们行走在阡陌田畦间，不时跟人打声招呼，谈讨春耕播种的农事。缓缓行走间，丁胜山时不时停下脚步说上几句话，说的内容有农时生产、春荒救济扶贫，也有治安保卫、红军战事和民望乡俗等。老王和谢八月终于听出党代表的意思来了：当前农事繁忙应把工作重心放在支持春耕生产上，这季的春粮是否丰收，事关红色政权的稳固，不宜节外生枝。邱润年村长的生活作风问题，要严肃处理，但按人民内部矛盾解决，暂不上纲上线为妥。丁胜山动情地说道："自从我们去年来到鲤门村，邱润年就是红军党组织任命的村长，为这块土地红色基层政权的建立是付出了辛勤汗水的，一直任劳任怨，能力也较强，不能一棍子打死。他的问题属作风不检点，或经不起美色的拉拢腐蚀，不是强奸类的刑事性质，我们要帮助他认识错误并加以改正。选拔培养一名村行政主管不易，留住一名有能力的干部为我所用是一种政治智慧，我们对于人的处理要大处着眼，慎之又慎！"

二十五

几天后，邱润年把一份检讨书送到了党代表手中，没听到党代表宣布对自己的处分决定，让他感到意外。他不安地问了一句："党代表，我就这么完了？"

丁胜山看完他写的检讨没表态，听他如此问便回答："你检讨上认为自己犯错的性质很严重，影响了革命干部的形象，破坏了红军与群众的关系。既然如此，你就要努力去弥补和修复它。你是不是完了还是你自己说了算！你回去吧。"

邱润年迷惘地离开红军营地，内心十分忐忑，不知组织上最后会怎么处理自己。他无精打采地走在村道上，临近自己家门时，他忽然停下了脚步。朝前一望，门口大樟树下聚集了不少人，不知道在干什么。

"邱村长来了！"有人看见了他，叫了一声。几个人嚷嚷着朝他走过来。

"发生什么事了？"邱润年不得不上前去。原来，是大樟树上贴了一张乡政府发的告示，内容是"春荒缺粮的农户将得到政府粮食补贴"，要求村民近几天如实到村里登记，由各村将名单统一报给乡里。

邱润年想，既然上面并没有宣布免掉我的村长职务，我就不能不管事。于是，他手一挥对大伙说："来吧，就到我家来登记。"

大家转个身就走进了邱润年的家。

"我先说几句，大家千万要如实登记，虚报荒情、骗取粮食查出来是会严肃处理的，甚至还会遭到批斗。是没粮的就说没粮，能吃一个月、两个月粮食的也不要隐瞒，到七月下旬割禾收谷时差多少担谷子，如实报填。"丘润年说完后，找到纸笔开始在自己家中办公，为乡亲们登记，造表填报。

从大伙踊跃登记中邱润年看出，没人对他另眼相看，心里想：可能是自己心虚了，外人对他与芹花的事并无多大兴趣。不过，他被人盯上了是毫无疑问的，得小心行事。丁胜山回答他那句话"你是不是完了还是你自己说了算"，他此刻忽然体会到了它的含意：扎实做好工作就能弥补错误。

此时，芹花突然走进屋来，对邱润年说："邱村长，我家的粮食不多了，也报个名登记一下。"

由于芹花地主小老婆的身份，在场的人都用怪异的眼神看着她，更有人表现出愤慨，大声吼道："地主婆跟我们抢食来了！"

邱润年此刻最不愿意看到的人就是芹花，偏偏此时她就出现在面前。他猛然站了起来，用手指着芹花的脸严肃说："你忘记自己姓什么了，也敢来凑热闹？出去！"

芹花被突然出现的情况吓傻了，她绝没料到邱润年在众目睽睽之下会如此绝情地对她。

在场的人中，有人知道他俩的关系。见此情形，上前去拉着芹花的手出门了。芹花木然地回到门口的大樟树下。

也不知芹花当时怎么想的，总之她内心难过极了，似乎遭受了奇耻大辱。只见她突然奔前几步，把贴在树上的度荒补粮告示撕了。

芹花一时的冲动给她带来了厄运。没多久，赤卫队员把她反绑双臂游村示众，以"地主婆疯狂向红色政权进攻"的罪名，进行批斗并限制了人身自由。接连几日，白天她被人押着到各大屋场接受批斗。晚上，家门口派上了岗哨。她的邻居们反映，半夜总听到一个女人的哀怨哭泣声，断断续续揪心骇人。一时间芹花的各种传闻也在村民中传扬，最吸引人的就是她与邱润年的关系。

邱润年心情糟透了。怎么也没料想到，就是他随性地对芹花的一声斥问，竟弄出这么严重的事情来了。这几晚他也彻夜不眠，悔不该当初同芹花走那么近。叩心自问，他俩是有感情的，自己确也喜欢她。作为纯粹的男女关系，他找到这么年轻美貌的女人陪床过夜算幸运了，有一段时间还十分迷恋夜间放纵的两人世界。不过，他也隐隐有预感，早晚可能出事，但设想最坏的结局就是撤销他的村长职务。没曾想现在，因自己不过脑子的一句话把芹花害惨了。难道我就这么无动于衷？我不帮她解困还有谁？

这个晚上，邱润年躺在床上全面梳理了自己与芹花的关系。他切实地感到：自芹花进入他的生活后，他的这个家变得温馨了，室内不再脏乱差，个人精神面貌也焕然一新。他想，芹花的家庭成分虽然是地主，但她热情单纯，没有任何政治企图。这次她撕掉公告的举动纯粹是被自己的话惹火了，是冲着自己来的，没有对抗红色乡政权的意思。因为只要稍微用脑子想一下就明白，她撕一张纸丝毫也改变不了什么。她被连续批斗几天，教训深刻，惩罚她也应该足够了。他终于下决心去找找人为芹花说情。

第二天一早，他到了老王家。他认为告示是乡政府发的，只要乡里不再追究了就应没事。老王听他讲的是芹花的事，觉得很为难。他说道："抓芹花不是我说的。这事是属于乡赤卫大队管，你得找谢八月。"

邱润年只得去了谢八月家。两人见面后，谢八月回答得更干脆："芹花的事你别掺和了，她的行为已经定了性，属于现行反革命！我也知道你同情她，但是一定要站稳阶级立场，对敌人的软弱就是对革命的不忠，这可是大是大非的问题。我奉劝你一句，想清楚了，与她快刀斩乱麻，不然会惹上大麻烦的。你应该早知道了，组织上对你与芹花不清不楚的事已很不满意了……"

谢八月的话像冰冷的匕首刺在邱润年心中。他原来还打算实在不行就直接找丁胜山党代表，现在他打消了这个念头，连同设法挽救芹花的念头也取消了。返回家的路上，他看见不少乡亲下地铲草整修田塍，准备插播水稻了，也绕道来到自家的田边察看，把两个正在流水的田缺用泥堵上。他蹲了下来，很长时间望着几丘水田发呆。眼前这一大片田地原来都是芹花家的，去年红军来后分给了别人。芹花这女人命真苦，老公被镇压没了，财产没了，家人逃了，如今孑然一身又沦落为政府的批斗对象。红颜命薄如此，让人生了恻隐之心。

就在此刻，作为芹花情夫的邱润年做了个大胆的决定：他要想办法把芹花送到赣州去，让她先安顿下来，再帮助联系到她的家人。

夜沉沉星光稀，阵阵冷风把蒙在窗户上的油纸吹得"嘭嘭"响。时约深夜三点，邱润年从家里出来，右肩上挎一个大包袱，锁了房门消失在村野。

一刻钟后，他出现在芹花家的院墙外，屋院大门口有人站岗。他借助围墙一侧的一棵树，爬进了院内。

这栋房屋的一草一木他都非常熟悉，不声不响进到屋内。他轻推芹花睡房的门，竟然没闩，直接溜了进去。

芹花睡着在床上，他一手按住她的嘴巴，一手摇醒她。

"我是润年……"芹花惊吓醒了，邱润年对着她耳旁道。

"你……"芹花不敢相信是他，要点灯，被他制止了。"芹花，我是冒险来带你出去的……"他一条手臂搂着一身发抖的心仪女人，细声地给她解释了自己要救她出去的行动计划……

芹花弄明白了对方这么做要付出多大的代价，到了这一步她已没有别的选择，只能跟随他走了。她穿好衣服，把箱底的几件细软物品和藏在床底下的一包银圆，用一只布袋装好捆在腰间，悄悄地跟邱润年出屋。俩人沿邱润年进来时的路径翻墙到了院外，朝河边跑去……

一切还算顺利，邱润年那颗"怦怦"的心稍安定了些。他在渡口下游的一处河岸安排了一条船，俩人赶到后艄公连问也没问一声，竹篙一点船就离岸顺流而下远去。

深夜的河面虽然一片黑黝，但水里还是泛着阵阵天际宙光的鳞闪，绰绰浪波隐隐约约似无边的一匹白纱绫随小木船延伸……

邱润年和芹花在船舱内相拥而坐，很长一段时间没说一句话。他俩从一侧小窗口近乎恐惧地望着舱外的夜景，呆看一座座黑山的影子慢悠悠地从河岸前方奔来眨眼又退向身后。

夜行河中俩人都还是头一次，何况这次是乘小船直流远走，船体摇晃得厉害。可以说，他们是在用生命打赌，心中不是一般的忐忑不安了。

邱润年用了两天时间筹划携芹花外逃，他非常清楚这是趟无法回头的出走，也是真正意义的一种背叛，一旦被抓回结果将不可想象。但是，在遭受几个无眠之夜的折磨后，他最终认清了自己：他是个没多大政治抱负的人，更看重日常生活的满足。自从和芹花在一起后他才算真正觉得生活如此可爱，值得加倍珍惜。以前，从没有过这种感受。突然，当这刚拥有不久的美妙生活可能失去时，他有毒虫蚀心之痛，再三掂量仍无法接受。他认定自己一旦离开芹花，后半生将索然乏味，他应该把握一回自己的命运。于是，他豁出去了，要带着心爱的女人远走他乡，开始一种全新的生活……

船行半夜，天亮时已出峡山口，进入了国统区的地盘。这日约九点钟，小船停靠赣州的涌金门码头，一男一女出舱登岸，消失在街巷人流中。

邱润年和芹花双双失踪，在鲤门乡引起各种猜测与不安。连续几日，乡村两级干部全部出动，寻遍了村内所有屋场和周边失踪人员的亲戚朋友家，一无所获。无奈之下，作为一桩重大案件，驻军党代表丁胜山只得向上级如实报告。最终，这件事被定性为"村官叛变并携地主婆外逃的反革命事件"，在赣闽各个根据地通报。从此后，对红色政权的各级地方干部的管理严格了许多，在革命队伍内部清查异己分子的活动频繁了起来。

因为芹花逃走一事，守在芹花家门口的赤卫队员受了处分，谢八月也因此受到了牵连，被降为乡赤卫大队副大队长。这让他对邱润年怀恨在心。他一直以为邱润年可能躲在县城，因此有段时间，他一有空就自己撑条渡船进城去，在街巷溜达，看能否找到邱润年或芹花的蛛丝马迹。

一天，谢八月在街上看见了一个熟人，就是芹花家原来的小少爷刘雨。刘雨手上提着一只菜篮，看样子到菜市场买菜。谢八月远远地跟在后面。走了一段路，见对方拐弯进了一条巷道，他赶紧跟上去，瞧见刘雨进了巷子深处左边一户人家。他退出巷口，抬头看该巷道牌楼叫"出水坞"。

回村后，谢八月没给谁说这件事，一个人躲在家里细想下一步的行动。他关了房门，躺在床上睡了一下午，琢磨抓捕刘雨的事。他认为从刘雨身上很可能找出邱润年的线索，如果抓到了邱润年和芹花，他就因此立大功了。越想越激动，他暗自决定第二天带人进城去。

翌日天刚蒙蒙亮，他带了五名荷枪实弹的赤卫队员撑船渡河，进城后径直往出水坞巷子奔去。此刻，街道上还十分冷清，只有个别赶早市的菜贩。他们一阵风似的赶到了刘雨居住的地方。

"咚咚"几声撞门声响过，屋内传来一女人的声音："谁呀？这么早，等一下。"过了一会儿，谢八月听听里面没什么动静，又用拳头砸了几下门。

"哪个失势鬼？这么急！马上就来了。"又是那女人的声音。听见里面有人说话。

片刻后，里面传出拔门闩的声音，门开了。赤卫队员直冲屋内。

"哎呀……有抢贼……"女的吓坏了，大声呼喊起来。

谢八月朝她大喝一声："你听清了，我们是赤卫大队的！搜查你家，老实一点。"女的是位年轻姑娘，听说是赤卫队搜家，放低了声音道："我家是穷苦人，没犯过什么事，查什？"

此时，刘雨从里间惊慌地走了出来。谢八月一见上前去，厉声道："刘雨少爷，还认得我吗？"

"原来，是谢大队长！"刘雨镇定地用手整了下衣领，反问道："你们一大早私闯民宅，何事？"

谢八月手一挥，让手下进里面去搜查。他自己堵在大门口，冷眼看着眼前这对男女。

一会儿，搜寻人员一个个出来了，回答说房里没有别的人。谢八月不得不询问刘雨："有人说，你后母芹花躲在你这里了，到底她去了哪里？你老实交代。"

刘雨一听是这事，大吃一惊："什么？我后妈不见了？……我亲戚家你们都找了？这么说，一定是给你们逼死啦……"他突然大哭起来，看样子不像装出来的。

经过一番质问，毫无结果，谢八月扑了个空，只得返回。临别时他不忘弄清同刘雨住一起的女子的身份。原来，他这半年多都在县城，给人做了倒插门女婿。

二十六

赣南地区属于亚热带气候，山高林茂，从东海过来的海洋性气流被横亘千里的武夷山脉挡在闽浙，使这片丘陵山地成为华东地区夏季的火炉之一。一九三〇年的清明节一过，鲤门湾的红军和赤卫队掀起了大练兵的热潮，一些战士入伍以来只有冬装衣服，舞刀弄枪汗流浃背，不得已光着臂膀参加训练。

一天，党代表丁胜山找到老王，让他设法为驻地红军官兵和赤卫队员每人弄一身夏装。自邱润年失踪后，老王兼任了鲤门村的村长。

"党代表，近千套夏衣不是小数目，上级可有些拨款？"老王为难地问。

丁胜山摇摇头。他希望村和乡两级地方组织想办法解决，说道："眼下，全国的形势大变，蒋介石一心筹划铲除异己，军阀混战尤烈，蒋、冯、阎之间一场大战迫在眉睫，反动派对红军暂时无暇顾及，我们要利用这个时机发展壮大红军队伍。因此，部队招兵买马的经费支出大，我们这点事就想请地方帮忙了。"

老王无话可说默认了。他想，眼下正是青黄不接的时节，如果向乡民征款将激起民怨，只能想其他办法。他进县城找到一家大裁缝店了解行情，店老板让他看了新进的几款机织夏布，上海货较便宜，略算一下成人做一套夏服，布料和工钱合计约需半块银圆。他一盘算，一千套衣服需要花费五百块银圆，这可不是小数目，到哪去弄这一大笔钱呢？

回村在渡口候船时，神差鬼使正好有个中年男子悄悄向他打听一件事："老表，可知道渡口有船租吗？"听口音是外乡人。聊后得知他自安远来，做贩卖钨砂的生意。最近因陆路不好走，他想走水路把在铁山垄矿收购的一批钨砂运至赣州的商家。

老王一听，忽然心中一亮："这或是解决我资金难题的一条路？"他热情地回答："老板，有船租！只是价钱问题。"对方一听，高兴答道："价钱好说，好说！我们找个地方谈。"老王见船来了，就邀对方干脆回对岸自己家去。

回到家中，老王尽自己所能极其周到地招待客人，把过年剩下的腊货如香肠、板鸭、辣肝、鱼干等尽数拿出来，还有自酿的纯米酒，俩人餐餐喝得醉醺醺的。客人在他家住了三天，把生意最终敲定了下来：老王提供两条船和撑水驾船的人，把客商的六吨精钨砂运到下流赣州的梅林码头，交割后撑船人变成纤夫把船拉回鲤门湾。因为梅林镇上方的江口埠是红、白军交界的关卡，双方封锁严密，危险性极高。因此，商家给的报酬也十分可观：一条船五百块，共一千块银圆。

老王把这件事及时向红军做了汇报。党代表丁胜山非常高兴，为万无一失，他亲自做了周密部署，派出了两个班的红军荷枪实弹跟船押运。最终，这笔生意有惊无险做成了。

端午节这天，丁胜山把排以上军官和乡村干部集中一起聚餐过节。饭前，大家高兴地领取了分发到每个战士的崭新夏装军服。尔后，丁胜山大声宣布了一项上级命令："任命王三发为鲤门乡政府乡长！"命令宣布后，丁胜山补充了一句："王三发可能很多人不知道是谁，他就是鲤门乡的副乡长老王。一直以来，大家叫他老王，其实他的大名叫王三发……"

老王接过任命书那一刻，眼中两行泪水"唰"地落下来……

老王当乡长后事多了，每天一早就到乡政府办公的谢家祠上班。找他的人应接不暇，一直早出晚归地忙到大暑，才回过神已到夏收季节，必须放下日常繁务准备开镰割稻子了。这日一早起来，他见有一些农户扛着禾桶、挑着谷箩往大片金黄的田野去收谷子，也拐个弯去自己家的田里看看。

他习惯性地蹲在一处较高的田塍上，望着几丘沉甸甸的成熟稻穗发愣，心里想，真应了一句俗话"懒人有懒命"，这片水稻虽然疏于管理，比相邻田块的禾苗矮一些，但串串谷穗紧密饱满，产量还是不会差的。他心中喜滋滋的，决定要往岩背山一趟，告诉东家让他抽调几个人回来收割。

盛夏的骄阳似火，老王头戴一顶破草帽骑匹老马进山去，因怕马中暑不敢走快，一路慢悠悠地欣赏路边风景。过去，每回进岩背山都急匆匆无意往路旁观望，眼下瞧见一路上古树参天，鸟声婉转不停，顿觉心旷神怡。他没多少文化，许多奇异树种也叫不上名，但能感觉出这森林生命的强劲搏动，每棵树都不甘示弱地在坡谷斗绿，高耸再高耸，挺立身躯抢夺光照。马蹄下，两旁长着似被若盖的各色花花草草，争奇斗艳像是在静待知己的到来……

自任乡长以来，他除了觉得累就一直无暇顾及旁的，今天一个人的世界忽然心中生出种种新奇想法，仿佛认识到自己从前的生活太麻木了，一直浑浑噩噩处世，原来这个世界如此绚丽美妙，只是自己无心留意罢了。

正午的阳光已偏斜，身后土路上的尘埃似热浪阵阵翻滚。老王哈着粗气摘下草帽远眺，岩背岭坡上的房子已隐约可见。他越过一个长山坡后，登临坳口制高点时，跳下马来站在一株古枫下俯瞰，广袤山林间千亩油茶林浓密葱郁，再也不是原来稀疏枯黄的样子，让人感到非常震撼。他心想，东家兄妹振兴油茶林场的计划已初见成效，如果不是战争时期，谢家的复兴将指日可待。

他返身上马，"驾"的一声奔向前方山岭那排平房。

此时，谢茂一伙正吃过午饭走出食堂，见老王来了高兴地围拢上去。谢金华主动牵过马，谢英亲自到厨房热菜。老王洗了把脸吃饭，边吃边向东家汇报鲤门村庄稼丰收的情况。大伙听说稻谷丰收非常高兴，谢茂当场表示好久未回村了，要带人去割禾。谢英听到后接口说道："哥是要走动走动了，就您带陈有福那个生产组回去，家里也住得下。我们几个守山，把仓库腾挪打扫干净，准备堆放粮食。"

老王听后接上一句："大姑，现在鲤门村里平安无事了，还总在这山里住下去吗？"

谢英略想了一下，回答："暂时没打算离开这里。这人呀，哪里住久了就留恋，不想挪窝。其实这里一点也不比村里河坝上差，就说眼下酷暑天，你看是不是比外面凉爽多了？"

"也是，温度低多了。我刚才看见大片油茶林被整修管理得那么好，道路宽了，房子也修缮一新，真像个大林场了。这里环境美，养人。"老王夸赞道。

谢茂接口说："老王，你到屋后看看，我们在缓坡种了约十亩的花生、豆子和蔬菜，长得绿油油的。这次出山再把谷子收回来，就是粮油菜果全部自给自足，也还有余了，成为名副其实的世外桃源了吧！"

"世外桃源。"老王重复了一句。

夏天的夜幕姗姗来迟。傍晚六点多钟吃过饭，西边天际的霞光把整个天空照得彤红如火。晚风习习吹来，百鸟啼鸣归巢，一天的喧嚣终归寂静了下来，森林在余晖中渐渐褪去绿衣走进暗淡，把清凉的世界让位给蝈蝈、蟋蟀们，让小精灵放声歌唱古老单调的催眠曲。

岩背山里的人三三两两在草坪、小溪边散步纳凉。老王陪着谢茂兄妹绕过油茶密林，朝榨油坊去。他们在听老王谈鲤门湾的事情，对百姓拥护红军，平安地生产生活感到欣慰。谢英感慨道:"去年大家视红军为洪水猛兽,一年过去发现并没什么可怕,甚至还有许多可爱之处。比如你老王,老实巴交的作田佬被他们培养当了乡长,方方面面还做得蛮称职,长官和群众都相当满意,难得。如果在过去,出得了你这样的乡长吗?绝不可能的。我想,这就是国共两党最大的不同:以公用人还是谋私用人;以取民心民愿得天下,还是为一己一家一部分人利益去夺天下。我还是坚信,出发点好的一方,无私无畏,最终的胜算就大。"

谢茂经常听大妹对时势发感叹,也习惯了。在他心中谢英妹子就是女中豪杰,可惜世事难料让她屈居在这山沟里。他接过话说道:"我是普通教书匠,想的是有一所学校安心地教书,可是这点心愿也无法实现。是谁的问题?我只能归咎于国运衰弱,如此而已。当然,从这一年多来看,红军同其他军阀有很大不同,他们官兵从不骚扰民众,不抢不欺,确也难得。这也就是我支持老王你出任乡、村官职的根本原因。不论什么组织,不会让民众生活在忧愁、惊恐中就阿弥陀佛了。"

老王道:"我当乡长不是为求财,是为报恩……我的恩人既有东家你们,也有红军。因为我切身体会到,你们和红军均属于好人,好人应该是不分家庭出身的。这更深的道理,我也说不清楚。我当乡长,就是做顺人心得民愿的事,不干坏事恶事。"

谢英开玩笑地说道:"老王,如果以后让你当了县长,你还能保持农民本色,吃苦清廉,就真难得了。"

老王忙摇手:"大姑别开这种玩笑!我是什么底子,还当得了县长?"

谢茂不以为然,道:"老王,千万别小瞧了自己。这种世道下没多少像你这么忠厚又吃苦的人了,只有提拔你这样人品的人,人家才放心。所以我看,说不准哪天就升上去了……"

老王几个又说又笑地登上了高处的榨油坊。住在这里的人都出去散步了,只见谢金华和谢小亚在草坪一角走出来,向他们打招呼,谢茂和谢英对视了一眼,心里都想到了同一件事情:早点让他俩完婚。

夏收季节天热,人们习惯早起,下地干活凉快。

凌晨五点老王生火煮了锅稀饭，吆喝大家起床用餐。准六点钟，四匹骏马乘坐八个男人离开岩背山，风尘仆仆向鲤门村奔去。

谢英把大伙送到山口，人马走远了她还站在那儿。东边的太阳刚露出高耸山峰，金波如涌，万束光芒照在山林壑谷间像一匹匹被剪裁笔直的绸缎般明亮炫目，煞是好看。她眺望山峦许久，才转身往回走。此刻，她心里冒出一个新的想法，就是下决心要购买些马匹。刚才，看见回村收割稻子的男人们两人骑一匹马，家中那匹老马也不例外，让她心中不忍。她突然萌生要组建一支骑兵队的冲动。

老王一干人风风火火骑着高头大马回村割禾，引起轰动，屋场里的老少围拢一起看热闹。老王把几匹马吊在门口坪上，从家中搬出禾桶、谷箩、扁担和禾镰，扛桶的挑箩的一溜人向田野走去。一些邻居见此阵势，可能是出于对王乡长的巴结，抑或是对谢茂家的感情，先后带上镰刀向谢茂家的禾田走去，自动加入这支收割稻谷的队伍。到了那片金灿灿的水田里，三四十人似一字长蛇阵排列在稻田里挥镰收谷，其壮观景象很少见。

谢茂从前极少下田劳动，这回见乡亲们这么给面子，非常高兴，弯着腰割禾的同时，对身旁一块挥镰的乡亲又说又笑。几个小孩参加抱禾垒堆，或为打谷者递送小把稻穗，来回奔跑成了泥猴，互相戏谑异常热闹。有几名村妇很久未聚在一起了，边干活边叽叽喳喳讲着只有她们自己能听懂的掌故笑话，还不时哼几声山歌俚调，气氛融融。

近午饭时间，老王叫了两名在田里劳动的妇女与他一起回家做饭，每人挑了一箩担谷子回去。这几个女的都是吃苦耐劳的农家主妇，一进屋淘米洗菜烧火不用人安排就干了起来。老王拿根竹叉把吊在厨房梁上的烤肉熏鱼弄下来，用清水洗干净切成片。接着，他请人帮忙一起在屋外坪上避阳处打了五张大饭桌。

午后一点多钟，骄阳似火，几十个人挑着新谷从田里回来。老王早已在房檐下放了几担井水和几只脸盆，请大家洗洗吃饭。用餐时，他把家中地窖中留的几罐雪山牌白酒拿了出来，给会喝酒的每人倒上酒。用餐场面十分融洽，像是在办什么喜宴。

谢茂劳动了一上午已十分疲惫，被晒黑的脸上却一直带着微笑。他见老王内内外外操持得如此周全，一点也没有当乡长的架子，乡亲邻里关系也比从前相处得更好了，心里甜滋滋的。他不时起身，以主人身份给大伙敬酒，感谢乡邻主动前来义务帮忙。

下午，大伙出工下田了谢茂还留在家里，他与闻讯前来的红军党代表丁胜山交谈起来。原来，丁胜山得知他回村割水稻后特意上门来做工作，希望他能够到县城去继续当中学校长。他告诉谢茂，停课一年的雩阳初级中学马上要恢复开学上课了。

谢茂闻此消息很高兴。也许是刚喝了不少酒，也许是今天割禾这事情让他十分开心，也许是今年来整个雩都河区域的社会面貌发生了较大改观，总之他竟然爽快答应了。

一干人早出晚归割稻晒谷，包括土改分给老王家的田块一起收割，在鲤门家中住了整两个礼拜。这期间，作为村里有名的先生，谢茂与各层次的人和红军官兵都有广泛地接触，感受颇多。直接也是最重要的一点，就是他认为人与人之间的平等关系：不论钱多钱少的，富裕贫穷的，谁也不歧视谁，广泛的民主，童叟无欺，让人有耳目一新的欣慰。

马车拉着谷子回岩背山的路上，谢茂和大伙一起跟着马队走，兴致勃勃地对老王说："世风确实变了！每个村民的精神面貌都与从前不一样，红军这支队伍值得尊重。近百年以来，官吏兵伍几乎都与平民对立，现在这种状况变了，发展下去中国未来的面貌也将大变。对此，是民族之幸事，我乐观其成。"

老王问道："东家，可准备进城教书当先生了？"

"去。教书育人，国之根基，共产党不嫌，理当尽一份力。过两天我就进城去了。家里的事有你帮着谢英我也放心。"谢茂道。

听到东家这番表态，老王心中很高兴。一直以来，他跟着红军干革命就担心不好处理与东家的关系，如今可以放手干了。他乘机向东家提了个建议："东家，今年稻谷丰产，亩产比往年多收了三成粮。现在虽说是红军政府时期，但粮税总还是要缴的。既然要缴公粮，我们能否一次缴了它。我算了一下，留在鲤门家中的粮还有五十担，缴一部分就够了，岩背和鲤门两处一年的自用口粮仍有剩余。如果你同意，我过几天就把这件事情办了，也是东家您支持一下我的工作？"

谢茂没多想，道："你当乡长的，是应该带头缴公粮。我没意见。自古以来，皇粮也是要上缴的嘛。"

运粮马队到了岩背山驻地，谢英让谢金华点燃了一挂长爆竹，大伙在"劈劈叭叭"声中将新谷一袋袋入仓，十分热闹。她望着大哥黧黑的脸庞，关切地说："哥，有生以来，我第一次见过您这么黑的一张脸。真正受苦了！"

谢茂哈哈一笑，风趣地说："我这样子扮演包公如何？你不知道，晒太阳收割水稻别有一番滋味，是另一种难得的生活享受：头上背上火辣辣，两脚泥浆凉爽爽，上身虽苦下面舒坦，说不上冰火两重天，也是甘苦两相宜。这回夏收，虽晒黑了皮肤却也值了！"接着，他还给妹子说了这次回村接触了红军官兵，对时事政治有了新的认识。

谢英见大哥心态大有改观，既意外又高兴，当场对大伙宣布道："新谷入库，按照风俗吃新米要庆祝一下。明天，就开砻推磨碾新米，后天食新加餐，好好犒劳一下大家。休息两天，连吃两日大餐！"

大伙一听，齐声叫好。老王接过话茬道："大姑，明日我出山弄头肥猪回来如何？"

谢英应声说："老王，你尽管去办，弄丰盛一些好！"

早晨，一条两百多斤的大肥猪被几个年轻人按倒在木条凳上，"嗷嗷"号叫声响彻山谷。老王点燃香烛后，向大门正前方作揖拜了三下，又烧了一把金银钱黄纸，便提起白晃晃的屠刀，麻利地一刀刺向猪喉部，把牲畜宰杀了。稍后，一声吆喝猪被丢下凳板，脚下的大木盆盛满热气腾腾的鲜血。他搁下刀，手伸进旁边一桶净水里洗了洗，向猪血盆中撒了几把番薯粉和一撮盐巴，手掌放盆内把猪血反复搅打了几下，殷红的一盆猪血便凝结了。陈有福几个是福建人，第一次见赣南杀猪的方式，称赞老王技术娴熟麻利。老王说，早些年东家和部分邻居家过年时都要杀头猪，他主动给屠户打下手，后来试着宰杀，就练出来了。

此时，厨房的大锅已烧了一锅沸滚的水，老王把盆端进灶台，将凝结的猪血切成一块块四方形放入锅中煮。大火煮半小时后，老王掀起锅盖，一股蒸汽白雾涌出，顿时满屋香气扑鼻。他拿把铲子在锅里翻动了几下，用调羹舀了点汤汁用嘴抿了一下，然后三个指头从灶台的盐罐里撮了少许盐撒向锅里，把锅盖重新盖上。

刚煮熟的猪血是香喷喷的一道美食，它既有鲜肉的醇香又带着几分草本作物的芬芳滋味，一开锅整个房子及相邻空间都充满浓郁独特的诱人气息，引得众人嘴馋。一直以来农村谁家宰杀了生猪，猪血出锅后都要分送左右邻舍品尝，既算一种沟通礼仪，也是通知邻居来选买新鲜猪肉，传统延续于兹。

此刻，老王第二次把大锅盖掀开后，锅内一层气泡鼎沸升腾发出"咕噜"响声，他用筷子捅起一块泛黑猪血看了一眼，对在灶膛口添柴烧火的人说了声"熄"，并转身朝厅堂内的人喊了一声："来，趁热尝口新鲜了！"大伙闻声蜂拥进入厨房，各自拿碗筷围在锅边盛美食，个个狼吞虎咽起来。老王装满两大瓷碗美味，热腾腾的碗面上撒了一层翠绿葱花，分别端给东家谢茂和谢英。

吃猪血是农家杀猪大快朵颐的序曲，一般不列入正餐肉品丰盛菜肴之列。接下来，老王在帮厨人员的协助下，做出了一系列美食佳肴：铁瓮煲的猪心肺莲子汤、荷叶包的蒸笼米粉肉、慢火炖的八角小茴尖椒猪蹄、大火爆炒的酸辣大肠、滚水氽的猪肝飘葱花、酱油热熬的猪耳头皮筋、高油炸的五花脆肉条、糖汁拌酱的淀粉酥排骨、金黄绵厚的红烧棋子肉块等。正午的饭堂内，热气腾腾，杯光斛影，十几人的"大家庭"融洽进餐海嚼，不时传出阵阵欢声笑语。

谢英说道："今年年景好，风调雨顺，作物大丰收，我们要珍惜这份苍天馈赠。下一步大家要团结一心，把岩背这方沃土经营好了，弄出个战争年代的桃花源来也不是不可能的。"

谢茂接话道："大伙在如今的乱世能聚在一起，是缘分，确要懂得珍惜。我明日去县城上班了，教书是我的老本行，承蒙红军看得起，无法驳他们的面子，说到底办学也是使民族强盛起来的大事业，怠慢不得。今后，大家听从我谢英妹子的安排就不会错。我会常回家看望大家的……"

听到谢茂这么说，大家一个个放下筷子，端起酒杯敬他的酒，也算饯行了。

二十七

谢茂去县城当中学校长了，老王也回了鲤门村，岩背山短暂的热闹后重归沉寂。谢英领着一众人依然种菜的种菜，管理油茶林的巡查林子，按部就班。每天下午，继续进行两三个小时的军训，未敢松懈。

在谢英心中，总有战争的阴影在心底徘徊，无法真正轻松放下。半生的戎马生涯告诉她，国共两党真正的较量才刚开始，鹿死谁手难以预测，最终无非是成王败寇的结局。她并不想赌谁赢，她这个年龄也没有了趋炎附势的那份热情了，只想能够平安地过好下半生。因此，一段时间来她有了建一处能避开尘世纷争的堡垒式种植基地这一想法。当然，当下中国南方要找寻一处完全与世隔绝又能正常生活之地不太可能，只是相对而言了。通过去年底往闽地千里寻儿归来，事实上她感情的天平也完全倾斜到了红军一边，心底对国民党充满厌恶。她毕竟也是念儒家书成长的有正义感的知识分子，当年老蒋背弃孙先生"三大政策"引发内战，导致民众生活于水深火热之中时，她就对现政府彻底失望了。蝼蚁尚且苟活，她想尽可能安静地度余生并领着家人熬过战争这段苦难的日子。要做到这点极不易，岩背山这方私家领地没人会格外施恩关照，只能依靠自己强基固本。

这天晚饭后散步，她对身旁的谢金华说："你从福建回来后就没出门，年轻人要常外出走动走动。我想让你和小亚一起外出办件事，愿意去吗？"

"愿意！"谢金华答道。他并不知道妈妈让自己去干什么。

"当下看似平静，但战争随时都可能发生的，老蒋绝不会坐视红军割据一方。趁现在短暂和平，我们要强化自己，才能应对不测。我想组建一支骑兵队，训练成真正能应对敌人偷袭的准军队战斗单元。现在我们只有四匹马，其中一匹老马不能久用了，必须添置马匹。我决定购买八至十匹马回来，况且这里的水草丰富，养十几匹马不成问题。"谢英道。

她告诉儿子，鲤门渡口下游有个叫罗家渡的地方，离县城约四十里地，那里是远近闻名的牲畜牛马交易圩集，可先去那边看看。

"你不懂相马，但可花钱请位牙人。重要的是那地方已属红军管辖，市场可否有变迁不知道。出去了一切决定自己做，别被人骗了。"谢英嘱咐儿子。

谢金华提议让他再带一个人去，反正也是外出历练，多个人没坏处。而且，也为更好地带马回来。谢英同意了。

夜晚，谢英带儿子到自己住的卧室，关了门，从床下的一只皮箱里翻出两根金条和数封银圆给他。母子俩一起，把金条藏在金华的皮腰带内绑扎妥当。

"明天就上路吧！"谢英拍了下儿子的肩膀。

从鲤门渡口搭船顺流而下，谢金华站在一艘货船的船头浏览两岸青峦风光，旁边站着谢小亚和陈有福俩人。晴天丽日，小亚是第一次直江漂流，对眼前似乎在行走漂移的逶迤山岭感到惊奇，不时发出惊叹。凉爽的江风吹散了她那头乌亮的长发，飘然如瀑，太阳把她粉嫩的脸庞晒得通红。

此时，船艄把舵的老大喊了一声："别总站船头了，小心闪入江中！进舱去吧。"

几个人蹲了下来，感到船在左右摇晃，它正拐弯进入一处深水潭中。

谢金华拉谢小亚一把，进到船舱内。陈有福迟疑了一下没进去，一屁股坐在舱门口的甲板上。他知道谢家兄妹的关系，觉得待在外面好。

舱内，这对恋人靠肩而坐。谢金华用手帕给小亚额头抹了一下汗，递给她一只皮水壶说："喝口水吧。"

一阵风从小窗吹进舱内，小亚感到凉快惬意，喝了口水，弓着身子半躺在木板小床上。谢金华检查自己的装备，从腰间拔出手枪退出弹夹看了看，又装了上去。他对舱外的陈有福道："老陈，外面有太阳，进里面来吧。"陈有福道："没事。我看看风景。"

约个把小时，船靠岸了。船夫吆喝道："罗家渡到了！"

陈有福站起来，看见河岸一矗立的石壁上，镌刻着"罗家渡"三个遒劲草书字，水边的白石阶斜着向上一直延伸至河岸，足有近百级。码头停泊了各类船只，一只巨大的趸船锚在码头正中，正有一艘渡船装满客人要启航横渡。他跟在谢金华谢小亚后面，下船后顺石阶登上了河岸。

站在江岸的一株大榕树下，几个人不由自主地回头瞭望了一眼河面。一江碧水微澜，向西边岭谷缓缓远去。谢金华伸手指着前方说："那边就是赣州府了，从这里乘船两小时就能到。可惜，那还是国统区，不然我们先去赣州城玩玩。"

他们朝圩场走，在圩门外一个竹棚里的路边饭店坐了下来，让店主泡了壶茶。已近中午，就决定也在这里吃午饭了。谢小亚把店家叫到桌前，让每人点了一个菜。

"再温一壶水酒解渴吧。"谢金华道。

他们利用吃饭的时间向一旁的食客打听了圩上买卖的情况。他们了解到这个圩场三、六、九日逢圩交易，明天就是圩日，附近三门、罗坳、峡山、小溪、新陂、禾丰乡镇以及赣县几个乡的商贾都会到这里交易货物和牲畜，很是热闹繁荣。

"等会儿，我们先找个旅店住下来，休息一下。傍晚时到圩场逛一圈，熟悉一下地方。"谢金华道。

吃罢饭几个人沿这条街一直走，进了几家装潢较好的旅店都没住下来。陈有福建议："别住好旅店，不安全。还是选一家差一点的，没人注意。而且，最好是离警察所近一点。"后来，他们就在进圩门的地方找了户居民家住下来，傍着警察所。

罗家渡圩场是一块长方形的岭冈，宽阔的黄泥沙坡地由松、柏、木荷、水杉等粗大的古树遮荫，纵横成线，远望像一堵堵绿色的围墙。牲畜交易行的市面最大，从南至北占了大半市场，各类活牲畜被牵赶到这里，哞叫声此起彼伏。谢金华一行上午九点进入圩场时，正是市面开始进入交易的时候。他们从米粮副食行穿过柴草木炭行，才进到牲畜买卖行。他们看见一匹匹的马、骡和牛被吊在树下，羊、猪、鹿和鸡鸭等较小的动物大多关在篱笆围成的圈内。这是一个敞开的古老市场，各个方向都建有类似牌楼一样的房子，人头攒动，熙熙攘攘。

三人在马匹之间徜徉。一位白须老者见他们察看马，主动搭讪道："几位少公子是想买马吗？"

谢金华心想这老人可能是相马的牙人，回答说："老人家，我们是想买马。看您是行家，帮我们看看？"

"好说。"老人爽快应允了。他自我介绍说，自己就是罗家渡人，在这个圩场为客商相马相牛几十年了，他凭本领和良心做事，请他的人都十分放心。

陈有福问："老人家帮人相匹马，须多少佣金？"

"买卖没有成交不收钱。成交十文钱，就是吃顿酒肉饭的价。"老人回答，看他的样子很诚恳。谢金华一听，与陈有福交换了一个眼色，决定就请他帮忙把关了。

牙人带他们直奔吊在一棵木桐树下的两匹棕色马。这两匹马高大尾长，眼睛炯炯有神。牙人用手摸马的鬃毛，用掌量马背尺宽，双手掰开马的嘴上下瞧，数牙齿。还用力朝马后腿拍了几下，察看四肢和蹄子。

两匹马相完后，他煞有其事地把谢金华拉到一边，轻声相告："恭喜东家！这两匹马都是纯种良驹，不相伯仲，而且马龄都只有三年，正值青春期。这市场上很久没见这么好的马了。您可以放心买下。"

谢金华自己也觉得马匹长得骏骁，点了点头。于是，他们和牙人一起，与卖家商讨价钱。卖家是位中年壮汉，听说两匹马一起买，开了个高价。牙人对卖家说："老表呀，您可能是很久没来罗家渡了吧？没有这么高的行情，作为中间人，建议你降点？"

卖家答道："老人家说得不错，是高了些。但您有没有看出，这可是经历过战场的战马？"

他这么一讲，牙人又上前仔细看了看那两匹马，点头表示认同。

陈有福突然对卖家提出："让我们骑一圈可以吗？"

卖家应允了。于是，几个人一起给马重新套辔上鞍，陈有福和谢金华各骑一匹马，朝圩门方向奔去。

约过了一刻钟时间，两匹骏马奔驰回到原地。谢金华第一个跳下马，大声道："成交！"

交易完成后，牙人收了佣金走了，卖马的人跟在谢金华身后套近乎，引起他的警觉。他想这人可疑，就干脆邀请他到附近的一家酒馆去喝碗酒，对方答应了。

两匹马吊在酒店门口木桩上，几个人上了二楼雅座。店伙计跟上前来，谢金华要了一坛冬酒和炸花生米、酱豆干、卤猪耳等几样下酒菜。

喝酒间双方作了介绍。卖马者姓杜，小溪乡人。原来，他家中还有几匹马，也想卖给他们，难得遇上谢金华这样出手大方的大主顾。谢金华一听很高兴，本来这次出来就打算多买几匹马回去的。他问了马匹的情况，对方说与今日成交的这两匹不相上下。

"杜老板，你说的可是真的？"陈有福怕他是喝了酒说大话。

杜老板大咧咧道："你看我这个样子是说假话的人吗？不信，跟我回家去看？"

谢小亚插话道："杜先生家是养马的？哪来那么多经历过实战的马匹？刚才买的两匹马，你是这么说的。"

这句话问得对方怔住了。谢金华也心存疑虑，他双目炯炯盯着杜老板问："你不会是从骑兵部队弄出来的马吧？"

这一说惹恼了对方，他把手上的酒碗丢在桌上，酒洒了一桌面，怒吼道："你把我当什么人了？我是江洋大盗吗？敢去部队偷战马？"

陈有福见他生气了要走，立即站起来拉住了他："开玩笑啦！杜老板莫生气……不过，做生意嘛，问个明明白白没错。当下这个时局，想要买到好马，确也需多长个心眼是不是？"

谢小亚找了块抹布把桌面擦干，说道："口说无凭，眼见为实。哥，我们就上杜老板家去玩玩，也就几十里地，不远。"

杜老板一听转怒为喜，一副巴结的样子朝谢金华说："我喝了酒，要是说错了话您莫怪，就当放屁！我这人就想结交朋友，多个朋友多条路对吧？请您赏光到我们小山沟里逛逛如何？"

谢金华略想了一下，答道："既然杜老板真诚相邀，我们就去一趟小溪乡。遛马观风景，放松一下心情也好。"

陈有福一听非常高兴地说："是该走动走动。跟'少东家'您出来，都是年轻人，就指望玩得开心点。这大半年，窝在一个地方太久了……"

"好吧。时间不早了，干脆叫店家上中午饭，吃完再走。"谢金华道。他起身下楼去，交代掌柜弄饭菜。又到大门外茅厕里去方便了，趁无旁人把腰上的手枪掏出，压满一弹夹子弹。从茅房出来，又让酒店伙计给坪上两匹马加了草料，然后返回楼上。

　　一会儿，四个人出了酒馆，两人乘一匹马，一前一后向圩外奔去。

　　杜老板和陈有福同乘一匹马在前带路，谢金华与谢小亚的坐骑紧随其后，纵马驰骋，心情舒畅。烈日当空，晒得脸上火辣辣的，好在坐在马上阵风拂面，并不觉得炙烤难受。一路上山清水秀风景怡人，经过之处引得路人惊羡注目。

　　转眼间奔跑了几十里路，来到一座巍峨大山前。杜老板勒紧马头，向后招呼了一声，朝一条羊肠小道上山去。山路弯曲迂回，两旁岭冈草木繁郁，鸟声啼啭。爬完一段斜坡，马无法载人上山了，一行四人下马步行。约攀了半小时入凿石径，再翻过一座陡峭山梁后，进入了一片横坡冈。这里，老杜说海拔高度约达九百米。森林渐渐不见了，树木越来越稀疏，太阳重新炙烤在头上。杜老板鼓劲地大声说："看见前面的山垭了吗？还有十几分钟就到了。"大家朝前望，穿过脚下这片山坳，就是延绵山峦峰巅相连的山垭坳口。

　　陈有福对杜老板的家在这山顶上产生疑虑，他放慢脚步等谢金华上前来，悄悄对他说："注意，多个心眼！"谢金华点了下头，也给妹妹谢小亚交换了眼神。

　　终于，一行人登上坳口。呈现在他们眼前的竟是一片广袤的高山草地，青油油的宽敞草场一岭连接一岭，坡度缓小，一片翠色汪洋，一直伸向巍峨远山的深处。这种壮阔的碧天翠色景象让他们都惊呆了！谢小亚"啊哟"一声惊叹，情不自禁喊出一声"高山草原！"

　　杜老板见他们惊奇的表情，带他们向草场深处走去，两匹带上山的马放了长绳吊在矮小的胡枝子野茎上吃草。他告诉同伴，这座高山名曰屏山，属于武夷山脉的余脉，它的主峰与盘古山龙王峰牵手相接。多年前，有位地质学家领着法国和意大利的两位洋人专家登屏山，来到这里考察过，他们见到这片高岭草场非常惊喜，说这里是难得的"南国万亩高山牧场"，牧草丰茂优质，环境广袤纯净，可建成一个绝好的高山奶牛养殖基地。可惜，后来没了音讯。

　　越往前走，翠绿草甸越深，间或有彩缎般的一块块霞锦披盖沟谷，开满各色艳丽花朵。谢小亚在上中学时就偏爱植物地理课程，对花花草草情有独钟。她兴奋地给同伴介绍自己能叫上名来的草木。她说这里大片繁茂的长茎叶草名叫羊草，是马牛羊等钟爱的牧草。她一路指点唠叨不休，介绍了一连串的名字：苜蓿草、狼尾草、薰衣草、金盏菊、燕麦、象草、鼠尾草、马鞭草和三色堇等。走近一处谷洼，一股汩汩清泉奔涌，蓬草如盖流向不明。谢小亚发现泉水边还有低处丘陵农田路旁才生长的猪屎豆、牵牛花、银合欢以及紫穗槐和鸡矢藤。

一行人说说笑笑登上一处高坡，这地方有间木板房，杜老板说是他去年建的，里面有一张竹床和做饭灶锅，若干家什用具。他端了一把长木凳和一张竹椅在门口，让大家坐下休息，舀了一木勺清水让大家轮流喝。坐在木屋门前，视野更广阔了，茫茫高山草场横亘云端之上，目光所及绿原与蓝天相融，无边无际，让人心旷神怡。谢金华看见西边远处草岭上，有一群牛羊和几匹马在悠闲吃草，兴奋地喊一声："看，那里有什么？"谢小亚望见了羊群，惊喜地嚷道："真正的云端牧场！一幅绝美油画。"陈有福感慨地说："没料到赣南之地有这等美景胜地，不枉来一次。"他忽然朝屋内喊一声："杜老板，那里的几匹马就是准备卖给我们的？"

杜老板答道："是的。"他接过木勺也喝了几口水，请大家继续朝前走。一行人向那处羊群岭坡走去。

到了牛羊聚集的那方岭坡处，他们惊呆了：这里竟牧放着一支庞大畜群，少说也有几百只白绵羊，在莽丛中低头嚼着鲜嫩青草。畜群当中有几十头肥壮的黄牛，几匹骁逸高骏的马悠悠地甩着长尾巴，完全是一幅只有北方大草原才见的绝美画卷。

"这是您放的牧群？"谢金华惊愕地问杜老板。

老杜笑了笑，抬起双手合掌放嘴上吹了一声口哨："哔——"。转眼间，前方约二尺高的草丛中突然站起七八个人，他们的手上都端着猎枪或鸟铳，向他们包抄过来。

这一幕吓坏了谢金华仨人，他们在惊愕中本能地靠近一起。须臾，陈有福几乎和谢金华同时从衣下腰间拔出了手枪。

"别……"老杜赶忙举双手摆动，急切地喊："别误会！他们是放牧的村民。"他赶紧叫那些人站住，把猎枪丢在地上。

谢金华抬起的手臂放了下来。他朝杜老板吼叫道："到底怎回事？"

老杜说道："这些牛羊不是我的，是他们的，我的就是那几匹马。"他介绍说，这片草场是附近村民共有的。近几年，有部分村民联合起来放牧，轮流上山看护羊牛。眼前这群羊有五百多只，十几户村民每家十几或几十只羊不等，牛也赶到一块，长年在山上放养。老杜家里有几匹马也加入了其中。因为山上偶尔有豺狼出没，所以守牧人都配了枪铳。夜晚或下雨天，牧群赶到不远处的一个大溶洞里憩息。

虚惊一场。谢金华三人跟老杜去看那几匹马。走近前去，可能是马认识老杜的缘故，有的抬抬头，有的喷鼻哈气，有的摇尾继续啃草，显得很绅士。

谢小亚点点数，共有七匹马，匹匹体格高大，膘壮顾长，毛鬃油光，非常喜爱。她靠近一匹纯白色骏马，用手摸摸它的背又摸摸头，那马不但不欺生，竟侧头瞪着大眼望着她，十分温驯。"哥，我特喜欢这纯色白驹，你一定要买下给我！"她大声嚷道。

杜老板上前诙谐说："小姐真有眼力。这马没点杂色，我们叫它'千里雪驹'。你们看它腿壮脚粗，四个蹄子特大，是百里挑一的良种名驹。因为是公的，所以看见美女它就瞪大眼睛发愣了……"

大家哈哈大笑起来。接着，老杜向谢金华他们介绍了另外六匹马，两匹黑色，三匹枣红色，一匹毛色灰杂。这批骏马匹匹威风凛凛，同他们上午买的两匹一样惹人心动。

当场，谢金华表态："按照上午的价钱，七匹马全收了！"杜老板听后，眼珠转了转，嬉笑着嚅嗫了几句想要加价，陈有福一听拉着谢金华就走。他不高兴地斥道："大家知道，市场的买卖规矩，买得越多越便宜。你正好相反，每匹马还要加价，哪有这种道理！我都怪我家'少东家'出价太快了……"

老杜赶忙上前，歉意道："好说好说，就照你们说的。我也是干脆的人，说过的话算数。"他指了指站在不远的几位村民，道："你们可以问问他们，这批马确实来之不易……"

谢金华一听，心生疑虑接口问："难道不是你饲养大的马？是贩来的吗？"

老杜猛然觉得自己说漏了嘴，只好再请他们近前去看马匹。他说："看清楚了，每匹马的四肢都已钉上了厚厚的铁掌。这可不是民间的普通马掌垫子，骑兵专用的，内侧有印记。"

一位村民见状上前，对谢金华说了实话。他说几个月前，老杜同他的两位弟弟去罗家渡下游的江口镇办事，回家路上遇上了部队打仗，枪声密切，把他们吓坏了，躲到了山沟里。等仗打完了安静下来已近傍晚，他们急忙赶路。翻过一个山坳，看见山窝里很多尸体，还有好些马匹在吃草。兄弟仨见此情形，一商量，壮着胆每人牵了几匹马回家……

老杜感慨地接话道："发了一回战争横财！开始，还怕会有人追究。后来过了很长时间没事了，这不就想卖掉它们了。"

谢金华几个人听后，商量了一下，认为买这些马在当下混乱的战争年代，没什么不妥。

最后一抹晚霞如幅淡墨水彩停留天际时，谢金华一行赶着一群马离开屏山草场下山。山脚下一小溪环抱的村落，村口一株苍劲古樟的旁边，有间四扇三间木瓦房连着一排茅草棚，就是杜老板的家。

马被牵入棚房。老杜吆喝一声，家人从屋里出来热情迎接客人，一阵寒暄后入内。陈有福认真端详了这一家六口，三兄弟一位妹子，两位老者无疑是他们的父母了。细看面相和言谈举止，再普通不过的山区人家，他放下了猜疑，与这家人无拘束地说笑，尽显出他原本圆滑诙谐的天分，使屋内气氛十分融洽。

晚饭以后，当着一家子的面，谢金华在饭桌上付了新买下的七匹马的款项：两根黄灿灿的金条外加一封银圆。老杜拿起金条咬了一下，满意地点点头，却把银圆推回到谢金华面前。他说："谈好的就两黄条，这个就不能收了！"谢金华见此有些意外，对方山上谈价时想多一点，但说定后就认了，感到老杜原来也是个本分人，是自己多心了。他站了起来，把封银塞到老杜父亲手上，道："就给两位老人家添身新衣裳。"

见谢金华如此，谢小亚这才认真瞧了瞧坐在上席的两位老者。他们衣着破旧，上面打了五颜六色的补丁。老人开始不肯收这份额外的钱，小亚灵机一动，插话说："公公，婆婆，就算是我们兄妹孝敬你们的。我们出门在外，得到你们一家的关照，今夜还要睡在这里呢。明天，还得烦请各位大哥帮忙带上马送一程，这点小意思应该的。"经她这么一说，老人不再推让了，立即嘱咐三个儿子，明天一早起床备好鞍镫，一同骑马套驹送客人到家。儿子们应诺。老两口又出门到畜棚去添马料了。

夏夜闷热，户外月朗星稀，谢金华同被他们叫作"老板"的杜家老大在屋前小溪边纳凉散步。从对方的聊天中谢金华了解到，其实这家人很贫穷，就靠两亩山脚薄田生活，三兄弟偶尔在周边圩场贩卖点山货，收入低微，没一个娶了媳妇。

谢金华感叹道："我们这代人生逢乱世，都活得很难。三个大男子窝在家中，按理说还是要有人走出去才好。可话又说回来了，而今的天下，能去哪儿呢？"

老杜手上摇着把棕叶编织的扇子，不时朝身边扇几下拒赶蚊子。他突然问："您说说，我想去当兵，好不好？"他解释说，几个月前有红军进村来了，还上过户动员男子去参加红军，不知该不该去。他家三兄弟，父亲似乎有意思去一个，问他拿主意看决定谁去好。

"你兄弟仨，谁想去呢？"谢金华问。

"我和老三都想去。可是，妈都坚决不点头，每次说这事都哭……"老杜长长地叹了一口气。

此时，陈有福来了，也说屋里闷，出来纳凉。不一会儿，谢小亚也找来了，说蚊子多睡不着，想看一看大山深处静美的夜色。

半夜，月傍西山了，没料到老杜的父亲也未睡觉，拄支拐棍前来。此刻，小河边掠过一阵凉风，他声音低沉地说："夜深露凉，都该回房睡觉了！"大伙方才起身返回屋内。

或是闷热，或是蚊虫，或是金条，或是马群，总之这一夜注定每个人无法睡个囫囵觉。

一支马队从小溪口驰骋进入鲤门乡已是上午十点多钟，在去岩背山的路上被横倒在道路中间的几棵树拦了下来。谢金华下马一看，树是被人刚砍倒的，他正要去搬移，路旁林中冲出一伙人围了上来。他认出来了，是谢八月的赤卫队员，手上拿着长枪和梭镖。

"金华，是你呀！这些马是哪里来的？一长溜真威武雄壮。"谢八月惊奇地问。

谢金华感到怪了，他们怎么知道有马队经过并在这儿拦截呢？他问道：

"本家大队长，您是奉了谁的命令在这里堵我们的路啊？"

"哦，老弟你别误会了。是这样的：我们乡赤卫大队接到外乡打来的举报电话，说有一队骑兵朝鲤门方向急驰而来，我们一听怕是白匪或土匪武装，就紧急在多个路口布置了拦截兵力。没想到，在这里拦下了老弟你！"谢八月解释道。

"噢，是这样！"谢金华想，看来自己买几匹马也逃不过一些人的眼睛，在这红白割据的地盘上，说不准什么时候就弄出个事吃了官司。还好是本乡的赤卫队拦下的，如外乡别土就惹下麻烦了。他问谢八月："本家大队长，不会信不过小弟我吧？我买这些马就是为了放养繁殖。您知道的，岩背山草木茂盛，想养马弄点钱花，整天待在山里烦闷死了，无事可做。"

谢八月一听笑了："亏你想得出来。战争时期养马发财的确是条路子，有点意思。"他思索片刻后，突然问起谢英的情况，小声道："你妈妈知道买马的事情吗？"谢金华点点头。

"你回去代我问大姑好！我就不打扰你们了！"谢八月手一挥，让他的手下把拦在路上的树搬开。可见，在他心中对谢英的崇敬一直未变。

临别时，谢金华也请对方代转问候"王叔好"。谢八月一听，明白是指老王乡长，心中感到这位堂弟经过这一年的历练，确实成熟了许多。他爽快答应了。

马队重新上路，转眼工夫就抵达了岩背山。谢英闻讯，同大伙从油茶林中奔出来，看见一匹匹高大骏马，非常高兴，竟上前将儿子一把搂在胸前，掏出手帕给谢金华额头擦汗。她这个平时少有的举动，说明了儿子在她心中的分量。谢小亚见此上前大喊了一声"大姑"，也撒娇地要姑姑给自己擦把脸上的汗，弄得谢英和大伙儿笑起来。

谢英见到了几个新面孔，正要发问，陈有福抢着把老杜三兄弟一路帮忙送马群回来的事讲了。她十分欣慰，连声夸他们是"好后生"，立即安排人去准备午饭，要求多做几个好菜招待客人。

午饭时，杯盏交错，从不喝酒的谢英破例喝了一盅。

二十八

一个月后，岩背山岭脚的小河边新建了一排马厩房，建筑材料是就地取材的杉木，房顶用杉木皮压稻草秸秆铺成，鹅卵石砌的食槽还抹了洋灰。竣工这天，饭堂门外的大坪上专门扎了彩门，挂着红布长幅，上书谢英亲自挥毫的"岩背巡护队成立仪式"九个大字。老王接到通知，专门从鲤门村进山来了，翻了历书择了吉时。

上午九时二刻，老王点燃一挂长爆竹，仪式在"噼噼啪啪"声中开始。谢英站在彩门正中，大喝一声"马队入列！"谢金华率领一溜战马从房后树林中冲了出来，站到了谢英面前。雄赳赳的高头战马每匹戴着大红花，年轻的骑手们左手执绳，右手高举白晃晃的马刀，一齐高喊"刻苦训练、保卫家园"，让人为之一振。可惜，如此壮观的场面，观众席上只有老王一个人。此刻主持仪式的谢英，何尝事先没有意识到"太冷清了"呢，可是她还是坚持要搞一个成立仪式，哪怕极简单，有仪式感才能让人心中留下可记忆的东西。那日马刚买回来时，她见匹匹都是骠骁战骑，十分高兴，很长时间来心底构想的"组建支武装巡护队"的愿望可以实施了。近一个月，她亲自带着十一位年轻人学习马术和训练战术，并且专门派人外出统一购买了骑兵挥舞的马刀，统一定制了训练制服，还统一配备了枪支。此时此刻，站立在她面前的已不是普通的山林巡护马队，而是一支名副其实的武装骑兵队，尽管它不隶属任何组织派别。

"立正！"谢英开始简短地训话，"战士们——我们一开始，就是按照部队的要求来组织训练的，所以这一刻，我称呼大家战士！"

"稍息！"她轻轻咳了一声，接着讲了成立岩背巡护队的意义和作用。她说："岩背山是一处普通岭冈，尽管有千亩油茶林，似乎也没有必要组建专门的武装力量保卫。但是，现在狼烟四起，各路武装称霸一方，匪盗猖獗，百姓日夜提心吊胆生活，甚至生命堪忧，所以不得不防。如今，这处偏隅之地就是我们赖以过日子的基地，只要有能力，就要像战斗堡垒一样建设好它，绝不能荒废丢失。今天是个好日子，岩背巡护队正式成立了！我们每个人都为此付出了很多心血和汗水，希望诸位珍惜再珍惜。我们巡护队对外宣称是看护油茶林的，对内大家心里明白：是一支名副其实的准军事战斗力量。山之外，风云变幻诡谲，我们要尽早形成战斗力，才有可能生存并发展壮大起来。"

接着，她宣布了两项任命："现在我宣布，任命谢金华为岩背巡护队队长，任命陈有福为岩背巡护队副队长。"宣布完毕，她大喝一声："立正！解散。"

谢金华队长的坐骑是匹泛黑油光泽的炭驹，他从排头跳下马来，后面的人跟着下马。谢小亚是队伍中的唯一女性，站位在队列中间，骑的是名唤"千里雪驹"那匹全身无半点杂色的白骏马。

老王见仪式完毕，又点燃了爆竹，还接连放了十二响冲天炮。

谢小亚丢下马跑到谢英跟前，大声说："大姑，您还没有宣布对我的任命呢！"

谢英笑了，问道："你想任什么职务？"

谢小亚答："得您说了算。不然，就多任命一位副队长，负责后勤事务的……"

"我就怕太累了你受不了。"谢英道。

"我不怕，我一定卖力为金华哥提供后勤保障。"小亚回答。

谢英手一伸，把她揽在胸前。

山如黛，月似钩。晚饭后，谢金华坐在马厩前的一块巨石上与人聊天，这人就是与他一起经历过闽西逃亡的战友，名叫黄长生。巡护队的成立，作为队长的谢金华第一次真正感到了肩上担子的沉重，他想：这是母亲的心愿，甚至是她最后的理想了，他绝不能让她失望。所谓乱世出枭雄，他不敢去想也没能耐担当大任，但小事情上总该有所作为，才配做谢英的儿子。

"长生，马厩这些马匹得有专人照料才行，我想来想去，还是要请你来做这件事才放心。你愿意不？"谢金华对黄长生说。

"只要你信任，我会尽力去做。讲起来我这条命是你妈救回来的，在我心中她也是我的妈妈。她是了不起的女英雄，当初从永定突围出来后我就决定跟定她了。"黄长生回答。他个头不高，身体敦实，说话不多。他是赣县人，同谢金华一样也是被人抓了壮丁去当兵的。去年冬从永定回到岩背山时，谢英让他回家去看看，回去后才知道老母亲在他走后病逝了，妹妹也被迫嫁了人，这是他唯一惦记的两位亲人啊……从此，他就把这儿当成了自己的家，不再奢求什么。

俩人一起探讨了巡护队的训练问题。谢金华原来怕对方不愿当马倌，干又累又脏的活，没料想他爽快答应了。他跟黄长生说："你管好这十几匹马会很辛苦的，可以不参加日常的军事训练。"谁知他不同意，回答道："我要参加训练。早上和傍晚放牧，夜晚打扫马厩和添草料，能够完成好任务。"听他这么说，谢金华感动道："兄弟，夜晚扫马粪加草料我同你一起干！"

哥俩越聊越投机，一直谈到深夜。进马厩加完草才返回住处睡觉。

谢金华一人住在食堂隔壁的仓库房里，老王进山时他就上榨油坊睡。他进屋后划了根火柴吓了一跳，有个人坐在床旁的一张竹椅上斜着身子睡着了。近前点亮油灯一瞧，竟是妹子谢小亚。

"醒醒！"他低下头小声地叫了几遍，才把她唤醒。

"你——去哪儿了？我找了几个地方都不见你。"谢小亚睁开眼问。

"马厩。去添马料。"谢金华答。

"难怪，去山脚小河边了。我可提醒你，偶尔有野畜出没，带上枪，千万小心点。"谢小亚说。

"你找我有事吗？"谢金华问。

小亚一听不高兴了，努着嘴巴道："没事就不能找你？是不是当上队长就摆架子了？"

"看你说的！我是这种人吗？你，你可是我心中的……"他没说下去。

她在等他的话，没料到说半截断了。"说完呀，想吊我的胃口？一点都不干脆，没劲。"小亚生气地站了起来要出门去。

谢金华突然跨前一步，把她往怀中一搂，强吻了她一口。

小亚猛挣了一下脱离了他，返身又要出门去，被谢金华从身后一扑一掀，把她的身子举空，侧身抛在了床上。

灯光昏暗，意识、朦胧，欲火点燃，渴望撕裂。谢小亚第一次被男人抛到床上，吓得全身紧绷，腿脚抖颤。尽管这男士是自己心仪之人，她仍双手遮住眼睛，本能地翻转身子伏卧床上。这一刻，对她来说是唐突的，猝不及防；然而，那腾空一抱让她惊悚的同时，又似乎自己的心胸被喜兔相撞蹦跳不止，长时间的某种期许得到了瞬间释放。她呼吸急促，双耳竖听，在害怕又企盼中等待一幕惊魂的相扑相爱来临。可是，寂静的时光陡然凝固了，等待中的暴风骤雨并没有如期而至，甚至隔山闷雷也未听见响一个……

她坐了起来，见谢金华呆呆立在床边，愣神望着自己两只嫩白的脚。她把脚像竹笋一般交叠一起。"傻啦？"她吼了一句。

谢金华从痴幻状态中醒过来，"嘿嘿"地傻笑一声，猛然转身把半开着的房间门关了并闩上。

"哥，你想干吗？"谢小亚见他闩门跳下床来，穿一双木屐要出去。

谢金华伸手拉住了她："再坐会儿，我有话对你说。"

俩人挨着肩并排伫立。小亚上身穿件白衬衣，胸脯高耸，从领口可望见滚圆的乳盘，白皙的颈脖上挂着珍珠项链，鸡心型金坠子在乳沟中晃悠，着实让谢金华痴迷。他哈了口粗气，忽然转过身双手落在小亚肩上，直勾勾地盯着她的双眸。

小亚已强烈感受到了眼前这位男人传递出的信息，全身陡然间燥热发晕，软绵难支。她向后退了两步，一屁股重重坐在床沿上。

谢金华随她移步上前，挨她坐下，双手没离开对方肩膀。他见小亚眯起了双眼，双唇喷出阵阵袭人而短促的香气，已经无法把持自己了，便一只手游移进了白衬衣里摸索，在她发烫滑嫩的乳房上停留下来……

小亚近乎窒息了。她的上衣已被脱去，从未有过的被异性抚慰的快感让她处于迷迷糊糊的状态中，全身筛米似的颤动。

当对方的手要占领她最后一片净土时，她大脑的万千神经中竟然有一根还保持警觉，向主人发出了危险信号。谢小亚突然推开了对方……

谢金华蓦地被拒绝，就像烧红的铁钳遭人浇了勺冷水，吱吱冒一阵白烟后熄灭了。他木然不知所措了。

谢小亚慌忙穿衣，整理如瀑似的蓬乱头发。看着她慢悠悠地用手指抚弄发丝，谢金华把一把梳子递到她手上。她接过后朝对方狠瞪了一眼，忽然怪异地笑了笑。

谢金华从暖瓶中倒了盅热水给她，说："很晚了！喝口水送你回屋睡觉，别惊动了妈。"

"太热了，你给我吹凉再喝。"小亚把瓷茶盅给回他。

谢小亚的房间在这排平房的南头，相隔几丈的距离。谢金华送她回房到门口后，又抱住她亲吻了一阵。临走，对她耳语道："明晚，还到我房里聊天，我准备好点心。"

"想得美。"谢小亚用食指在他额上弹了一下。

自从购买了战马后，凌晨出操就换成了骑马技能训练。这日五点三刻钟，谢英像往常一样站在榨油坊前的大草坪上。住在油寮房中的人员也已经陆续起床了，向山下河边的马厩跑去牵马上山。按照谢英制定的夏季作息时间，所有巡护队员六点整必须带坐骑在草坪集中，参加与马技有关的队列和战术早训，至八点钟收队用餐。上午九点至十一点，大家参加油茶林和菜地的生产劳动。下午三至六点，继续全员武装军训，重点是越野训练。

"集合！"谢英站在草坪正中发出一声口令。

片刻，一支笔直的马队站在她面前，匹匹昂扬着头，一片肃静。

"稍息。"谢英审视着这支自己孤注一掷决心打造的"骑兵队"，目光炯炯盯看每个人，约一分钟后才开始训话："我们这支骑兵队，充其量就是正规骑兵部队的一个加强班，力量是有限的，甚至是微不足道的。但是，我们千万不要妄自菲薄。只要我们加倍训练，每一个个体战斗力彪悍，我们这个马队就足以抵一个骑兵排，我们就应朝着这个目标练。我们练兵是为了防御，保卫自己，假如哪一天我们的亲人邻里遇到了生死之难，我们也会毫不犹豫参与保卫之战，这就是大义。我今天之所以这么说，就是要让大家明白一个道理：我们地处山沟，但绝不是落草为寇的山寨土匪。国家、民族处于战乱时期，我等无奈且惶恐，但心中不能糊涂，在机会来临的时候，我们当然应该融入为生存、为正义、为民主、为和平而战斗的洪流大潮中去，这就是我们每个战士应有的觉悟。切记！"

谢英换了口气，接着说道："我宣布两件事：一是安全问题。现在，我们已经有战马有刀枪，就必须十分重视安全。我决定从今夜开始，应设专门的流动岗哨。人手不够可以上半夜一人、下半夜一人轮流持枪值勤。流动哨巡逻范围下至马厩房上至榨油坊，当然包括山腰我们住的那排平房。所有人都参加轮流站岗。队长和副队长负责查岗。具体如何安排人员由队里去定，交接班一定要衔接好，我会随时抽查。二是作息的遵守问题。现在我们做个规定，夜晚不值班的，任何人都必须在十点后熄灯休息，才能保持充沛的精力。"她说完后，分别瞪了谢金华和谢小亚一眼。他们一见，心知肚明是批评两人昨夜玩得太晚了。

接下来，巡护队由队长组织训练。谢金华去年被抓丁当兵就是马倌，后来也学了一些骑兵战斗的技能，因此能勉强胜任。此时，训练的项目是马上单手出枪，要求身往前倾，双腿夹紧，脚掌蹬紧。出枪要快，瞄准射击要稳准狠。这套动作的技术要求较高，训练难度大。谢英看了会儿战士们带枪支不断地上马下马训练，离开了操场，向下方的食堂走去。

穿过油茶林时，她看头上的果实累累，颗颗滚圆泛黄，已接近成熟，需要做好采摘前的准备了。她想到了木果晒场的整修及榨油设备的检查修复或更换。已有近十年没榨油了，现有的榨油机具配件是否能用，她心里没底。她想，必须找到一个懂榨油的师傅来看看。

到了食堂，她见轮班做饭的队员正在厨房烧火蒸饭，没进去就返身回到自己房间去了。

她进房后插上门闩，走进里面一间内室。这里光线暗淡，靠墙有两顶层橱，一顶用来放衣物，另一顶是空的。她把空橱移开，可见后墙上有个洞。她点了盏灯进洞去，下几级台阶就入了屋底一处地下室。室里放置着几只木箱，她用钥匙开了其中的一只箱，里面是一封封用红纸包的银圆，整齐地装满大半箱。

她拿了四封出来，准备支付榨油坊开榨的费用。

谢英请来师傅，用了近一个月时间把榨油坊重新修建了起来，总算赶到了茶油果开榨的时间。再过几天就是白露节气，木果正式开采下树。她让人通知老王，请他从鲤门村招募一批采摘的民工进山。

这天上午，老王带着二十多名村妇，长途跋涉进山来了。吃过午饭后，每人挑一担簸箩进入油茶林采果，岩背巡护队员也全部加入采摘。老王安排好工作，随谢英登上高处的榨油作坊。门前的大晒场已经重新用石灰砂浆铺垫并夯实打磨，平整光洁。

"晒场比原来扩大了不少，也非常平整。采下的油果直接挑上山，在这里翻晒，不须分开晒，应该容纳得下。"老王对谢英说。他俩都知道，以前会把部分木果分放在山腰草坪晒，那里必须垫上竹篾卷席，晒收都很费人工。

"我正是这么考虑的。所以，把晒场三面都增建扩大了，面积差不多翻了倍。"谢英道。

他们一起察看榨油坊。这处百年老房子，这次花重金进行了全面翻修。屋顶部分木梁青瓦换了新的，室内墙壁用灰泥浆粉刷一新，一角堆放着几十个存叠一起的宽口窄底篾箩，一看就是新购买。榨油用的各种用具配件已准备妥当。压碎木籽仁的大碾盘修葺一新，占了内厅一半地方。碾盘的动力来自房屋背后的一个水冲装置。巨大的竹笕把泉水导入，通过直流而下水的落差冲击力，推动屋内碾盘的碾带转动。倒入圆形大碾盘巷道的木籽仁，经过一个接一个铁铸轮子不停地在槽内碾压，慢慢破碎成细渣。碾盘一侧是个新做的巨型蒸甑，木籽渣倒入甑里蒸熟后，方可进到油槽沟榨油。

老王看见大油槽树已清洗干净，发着黑油油的亮光。长长的木杖是用来撞击楔尖的，擦拭尘垢后像根乌铁棒靠在油槽树上。一旁放置着高高堆起的扁环铁箍，都是崭新的，榨油时铁箍垫上稻草秆卷圈，用来包压枯饼。"没想到，大姑您把这里弄得如此妥帖。"他发自内心赞叹道。

谢英答道："没办法，这么多年没榨油了，东西锈蚀破烂，必须花大价钱修建。"

老王汇报说："我请了十天假，将在山里一起收晒木籽，还需干什么事您就吩咐。"

谢英从没把老王当外人看待，就是红军来后老王当了乡长，她也一如既往待他如亲人，十分地信任他。她对老王说道："一切工作上的安排就由你来分配，你比我懂。你回来我就放心了，所有的人包括巡护队员，你都可以直接安排他们做事。"

老王回答："大姑放心，有这么多人手，误不了事。"他忽然记起了一件事，从口袋里掏出一封信给谢英："大姑，这是王种田给我写的一封信，他向您请安了，您看看。"

谢英一听非常高兴，接过信看了起来，看完后夸赞道："这孩子真懂事，有出息。现在给师长当警卫员了，前程不可限量。"

两人高兴地回忆起王种田在身边的种种往事来。

转眼到了农历十月初一，早起深感凉意浸身，谢英找了件披风外套穿上。她进了隔壁的厨房，点燃一对红烛、三品线香，恭敬地插在灶台的香案上。灶神是家神，她从小耳濡目染父母的做法，如今自己成了家中长者后，每月的初一和十五也要给灶神作个揖，祈求一份心灵的安定及全家顺遂。其实，过了不惑之年很多事都看清了，神与佛在她心底也就是一种善待世事的乞愿而已。

她向山上的榨油作坊走去。山野树林中飘着热榨茶油浓郁的香味。近两个月来，压榨山茶油的不息烟火，让整座大山喷了香水一般醒神怡人，就是远处的山谷也能闻到阵阵沁人心脾的油香。她知道，今天是最后一批木籽入槽了，榨油这项繁重劳累的工作即将完成，她心里轻松了不少。她盘算着进一趟县城去，带些新榨的茶油给幺妹一家尝尝鲜，同时找大哥商量一下，卖掉一部分油。

榨油坊热气腾腾。谢英见几个小伙子光着膀子一起挥动粗圆的冲击木，口中低吼着"嘿碰嘿碰"的号子，一次次撞击油槽树上的楔子，个个大汗淋淋，光亮的肩背上像撒了一层闪烁油珠。一排木楔被强势挤压打入槽沟，珀琥色的热油汩汩流淌……她向师傅们点头打了招呼，站了片刻后走进一旁的贮油库里。这里，百平方米的空间整齐地放置一排排齐肩高的大油桶，都是老樟木做的巨型圆罐，桶身铁箍密扎，每桶装了约三百斤油。她粗略点了桶数，算一下有一万多斤油了。

"这可不是小数目！"她心里想着，随意掀开几只油桶的木盖，瞧见里面都盛满了香气扑鼻的茶油，心里甜滋滋的。她忽然想起了少年时同父母在这儿榨油的情景：那时请了几十名邻里乡亲帮忙，碾料的，打油的，烧火的，包枯饼的，还有接油的，过滤的，贮存油的，做饭的，供茶水的，热闹非凡。榨油期吃得最多的就是油煎米粿。过去这么久了，那场景还常在她梦中相见。眼前，同样的榨油坊同样的热气蒸腾，但缺少那份暖心的人声鼎沸和嘻嘻哈哈的愉悦感了。现在这几位榨油师傅是外村请来的，每人按天数付工薪。

吃过早饭，巡护队员进行跨越障碍训练，谢英让谢小亚和黄长生留了下来。她量了一斗多大米和五升黄豆，放水桶里浸泡。然后，带着小亚俩人来到住屋后面的小磨坊。原来，她突然想吃新鲜茶油炸的豆浆米粿了。

"石磨已有年头没用过了，好好洗干净，我们今天磨米浆。"她对谢小亚俩人说。磨坊里还有一座谷砻。

小亚听说炸米粿吃，高兴坏了，戏谑说："大姑早说呀，早知我刚才就不吃早饭了。"

黄长生把浸泡豆子和大米的水桶提到了磨房，还拿了木勺和两张凳子，一张放水桶一张给谢英坐。接着把窀勾套上吊绳，推起石磨来。

谢英用勺子把水中的米和豆搅了搅，一勺勺均匀舀进磨孔。一会儿，白花花的米豆浆四溢而出……

中午饭时，饭堂里两张大桌上，各放着一簸箕金黄热烫的豆浆米粿。每块米粿饭碗大小，圆泡隆起，爽口香绵。

"哇……"谢金华和他的巡护队员进门一见，惊喜不已，蜂拥而上抢米粿，一阵狼吞虎咽，把隔壁一桌也吃了个簸箕底朝天。

谢英见了乐坏了，她说："不要紧的，锅里还在煎呢。说明我的厨艺不错对不对？"

等山上榨油的师傅们下来，刚出锅的豆浆米粿热乎乎地又端上了桌。

二十九

两匹快马出了岩背山向外奔走，一栗一白。骑手是两个女人，一前一后。

从这里通往山外鲤门渡口有几十里山道，路面还算宽敞，但少有遇到路人。山上厚实蓊郁的植被透着几分阴森几许狰狞，让大多数通行者都选择屏息快行。

此刻，骑马出山的谢英和谢小亚就是如此，她们弓着背勒紧缰绳挥鞭驰骋。说起来谢英自从去年冬从福建回家后，已近一年没出山，早就想外出活动一下筋骨了。这次她让小亚陪同去趟县城，让谢金华留下看家，无疑有多方面的考虑，更多的还是人性化安排——让小亚父女团聚一下。另外，也该让女孩子进城买几件新衣裳和粉黛妆饰等零星物品，长期与一群大男孩混一块，都要被异性同化了。对谢小亚来说，与姑姑同行逛县城，是求之不得的事。

"嘚嘚"的马蹄声一阵风般掠过山岭沟谷，没多久就抵达了鲤门村口。谢英放慢了速度，等小亚上前后说道："我想了想，我们还是不直接渡河进城，回家去一下吧。"

"回村里老房子？王叔不一定在家呢。"小亚道。

谢英说出了她的想法："我们本来就是鲤门坝上的人，进城就是抬脚过渡的事，哪见过俩女人骑高头大马进城去？所以，把马留下好。"小亚没再说什么，跟在姑的后面回家去。

她们骑马在村道上一走，马上吸引了众乡亲的目光，回到家里门前坪场下马时，已围上不少人来，稀罕地欣赏两匹骏马，特别是小亚那匹雪白无染的坐骑。

"大姑，回来啦，好久没见您了。"几位相识的村妇热情地向谢英打招呼，互相寒暄。

姑侄俩吊好马后，把马背上驮着的两只铜制油壶卸下，每只装了二十斤新鲜茶油。

突然，一条黑犬不知从哪跑了过来，上前朝她们狂吠。有人大喝一声："大黑！你别瞎了眼，这是你自家人回来了。"谢英一听明白了，这狗就是老王养的那条猎犬。她认得骂狗的人，是隔壁的老邻居，就问他："您知道老王去哪了？"邻居摇摇头。忽然，他朝黑犬大声说："大黑，你快去，把老王叫回来！"怪了，这狗似乎听明白了邻居的话，转头朝村西屋场跑去。

谢英同乡邻闲聊了一会儿，黑狗果然领着老王急匆匆赶了过来，让人暗暗称奇！

"大姑回来了！"老王老远就喊了一声。谢小亚迎上去礼貌地叫了句："王叔！"

进屋落座后，谢英说自己和侄女进趟城，把马留家里。她高兴地告诉老王山里榨油的事完成了，榨得近两万斤茶油。"今天，我带了两壶油进城去，让幺妹一家尝个鲜。另外看看小亚她爸，与他商量一下卖油的事。"谢英说道。

老王听到"近两万斤茶油"这个丰收消息非常欢喜，他忽然提出："大姑，要不我跟你们一起进城，同小亚她爸协商一下，把油卖给红军吧？价钱照市面价格给。这段时间，乡政府正在给部队筹措粮油，准备应对白军可能发起的对苏区的'围剿'。"

谢英一听可能有战事发生，急切问道："消息可靠？"

老王说是听丁胜山党代表讲的，老蒋发动的中原大战已经结束，有情报显示准备要调兵"围剿"赣南红军了。

谢英面色凝重起来。她沉思片刻道："行，你和我们一起过河去。"接着，又说："老王，有空进山去一趟，带些油出来食用。这次，我们没捎带。你一人守在这个家，不能太苦了自己。"

老王应声答道："好的。我还想，眼看要入冬了，我们家要不种几亩油菜？土地荒废可惜。可是，如果战争又起，什么事也干不成。"

"唉——"谢英叹口气，道，"看看形势再说吧。"

从屋里出来，老王把马牵进棚厩添了草料。他用扁担挑着两壶油同谢英俩一起，向渡口走去。

上午十点多钟，谢英一行三人到了苍生号药店。药店门口的街市是一条狭长的沙土和卵石铺成的路，两边的骑楼下有卖布、卖菜和卖杂货的摊位，打铁、补缸、弹棉被的，随处可见。店内坐满了抓药看病的人，坐堂医师见到谢英叫了声"大姑"，问她咳嗽的毛病好了没有，她回答不咳。医师一听惊讶了，看她脸色润白身体健康，对找他切脉的病人说："她多年咳嗽，是个顽疾，吃了我开的药方好了。"谢英一听笑了笑，顺口夸赞了医师几句。

三人从后堂上楼，进了幺妹的家。幺妹见到谢英深感意外，像孩子般高兴上前接着，摇着大姐的手问这问那，把谢小亚冷落了。小亚嘟囔道："小姑，渴了，弄杯水喝吧。"她这一说，幺妹赶紧让老王放下肩上担着的油壶，去沏茶。

谢英沉沉地半躺在厅里那张弹簧沙发上，半眯着双眼，那样子分明是到了自己温馨的家中，可以放心地歇憩会儿了。老王知道这对姐妹的感情，父母不在了，在幺妹心中"长姐如母"，谢英是当之无愧的。喝了杯热茶后，老王提出自己到学校去接谢茂下班来这里,谢英同意了。幺妹加上一句:"叫大哥过来吃午饭。"

零阳中学自从复课教学后,环境修整一新。老王进了大门,有保安主动引领他找到了校长办公室。谢茂见老王前来甚是高兴,亲自倒水泡茶,看不出一点"主仆"关系,反而弄得老王尴尬了。

"你告诉食堂一下,午饭我有客人,多弄两个荤菜。"谢茂对保安说。他吃住在学校,幺妹曾让他三餐回家里吃饭,他没同意,其实是不愿意麻烦妹子。

老王赶紧对谢茂说自己不在这里吃饭。他说:"东家,大姑进城来了,在幺妹那里。我就是来叫您回幺妹家吃午饭的。"

谢茂闻听大妹来了有些意外,立即收拾了一下跟老王出了学校。

走在街上,老王告诉他岩背山榨茶油的工作已圆满完成,谢英这次是专程来找他商量卖油的事。

"东家,我给大姑说当下红军正在收贮油粮,干脆把油按照市价卖给红军。她说要与您商议一下再定。"老王说道。

谢茂想了想回答:"价钱一样卖给谁应该不是问题。你当乡长应该清楚,红军政府不会打白条吧?"

老王被这句话问住了。他虽是乡长,但也决定不了万斤食油买卖一次性付款的事,因为这不是小数目,乡政府更是囊中羞涩。

"怎么,不说话了?"谢茂问。

"东家,我知道红军经费紧张,不知道有多少钱购买大宗食油。我的意思是,政府这边能付给多少钱我们就卖多少油。这样行吗?"老王回答。

"这样子做买卖当然是可以的。我对红军是有好感的,他们为了一种理想奋斗,不惜生命,令人崇敬。跟红军做生意,价格上让一点我无话可说,就是不能打白条。"谢茂坦诚地说道。

老王深知东家的为人,他书生意气十足,办事总是丁是丁卯是卯,眼中掺不得沙子。他答道:"您放心,我也不同意打白条。"

俩人说着话,一会儿就到了苍生号药店。

一桌丰盛的午餐在谢茂赶到苍生号后正式开席。幺妹让哥首席入座后,把藏了多年的樟树千年古窖珍品"四特红"开了瓶，顿时满屋醇香扑鼻。她为每人斟满酒，举杯道："我与哥、姐一同聚餐的时间太少了。今天相聚，又逢家中茶油丰收，非常高兴，我们好好干一杯！"

"干！"大家齐声举杯。谢英不胜酒力，呡了一小口就喝汤了。饭桌上，三兄妹讨论了卖茶油的事，谢英一锤定音"先满足红军的需求"。她说道："老王这个乡长担子很重，我们都要全力支持他的工作。红军是大批量地进货，价格当然应比市场价低点。我的意见是留足自己一年的食用油，剩余全部卖掉，先满足红军的需求。"谢茂听了妹子的话，就向老王提了一句"希望现金交易"，没再多说什么。

饭后，老王回对岸鲤门村去了，他说要向红军的军需官商量一下买油的事，再向东家汇报。谢小亚已很久没进城，丢下饭碗就去找同学玩了。

这个下午，谢茂和谢英、幺妹坐一起叙家务聊掌故。他们时而笑声谑语，时而长吁短叹，时而抽泣抹泪，时而愤愤不平……兄妹仨人尽管都生活在雩都河岸，但平时极少坐下来一起闲谈聊天。他们这一代人，从小到大生活在社会大动荡的环境中，国家政局风雨飘摇，经济民不聊生，每一个家庭的遭遇和个人的成长历程就是一部沉甸甸的悲悯苦难史。先辈和后来者，没有比他们更真切地感受到一个古老民族战乱造成的伤痛有多重。内忧外患，山河破碎，人狗不分，煎熬度日，这黎明前的黑暗已经太久太长了，尚苟且活着的人们何时能见到一束曙光之后的那轮旭日喷薄而出？没有谁能回答，谢茂等知识分子无法知晓，谢英等曾经的热血青年及民族斗士也深陷迷茫。漫漫长夜中的踟蹰是如此的苦闷无助，风雨如磐的袤野何处才能寻得一席栖身之处？便是谢英和她的兄妹此刻的心境。

闲聊中，谈到了谢英一手创建的岩背巡护马队。幺妹道："巡护队这几匹马，平时看家护园是够了，一旦战争发生时遇上军队的侵扰，我们这点人马还是无济于事。因此，巡护队作为私人武装，一定不要参与到国共纷争的战事中去，才能生存下去。"

谢茂说道："现在的雩都河两岸，是处于有政府又无政府的状态。所谓有政府是多数地方红军当下执政；无政府是民众仍在观望，对这种现状能够维系多久没底，只能过一天算一天，抱着'到什么山上唱什么歌'的态度。

有一点是肯定的，蒋政府不可能让红军割据一方而不管，最终红白对决还是靠战争解决，鹿死谁手很难预料。因此，我认同幺妹说的，我们的骑兵队不要掺和真正的军队战事。就这点家底，可能一仗下来就玩完了。"

谢英听了他们的议论，许久没说话，似乎陷入了沉思。幺妹见此，关切地问："姐，您没午睡，要不要到床上眯一会儿，吃晚饭时我叫您？"

"不用。"谢英伸腰坐正了一下身子，喝了一口茶，说道："天要刮风，树枝摇晃，不用担心。活在当下，就不要惧怕战争，怕也没用。而活着，还是活得明白才好，行尸走肉不如别活。我的想法和你们一样，巡护队不参与政治。但是，事物的发展，总是超出人的想象范畴。有果就有因，必要的时候，我们手上的枪，马上的刀，还是要为正义而挥舞……"

谢英的几句话，让兄妹的聊天闲谈戛然而止。

夜十点，谢小亚从同学家回来，一进门就被父亲劈头盖脸训斥了一顿："在外疯了一天，吃晚饭也不晓得回来，让一家人都为你担心！你已经不小了，命好的话都当母亲的人了，还像个小孩子……"

几句话把小亚吓得落泪了。从小父亲对她疼爱有加，极少骂她，没料到今天惹得他大发脾气。她见两位姑姑也坐在厅里等她，便挨着谢英坐下抽泣了几声。大姑拿出手帕，给她眼角抹了抹说："你很久没在城里待了，治安情况也不明，天黑了就应该早点回家。爸爸看你这么久不回，会担心的，知道吗？"小亚"嗯"了一声停了哭泣，从口袋里掏出一张报纸给姑姑。

谢英一看，报眼位置有个醒目标题《鲁涤平奉蒋命令部署十万大军围剿赣南》引起她极大关注。她详细读了该条新闻，原来蒋冯阎中原大战已结束，老蒋大胜后腾出手来要对付红军了。她把报纸递给谢茂，转头对幺妹低低说了一句："要打大仗了！"

谢英问小亚："这张报纸是同学家拿的？"

"是。同学的父亲是商人，刚从广州回来。"小亚说，她同学一家准备迁往广州越秀，可能是为了躲避即将要发生的"围剿"红军的战争。

谢英对谢茂道："哥，小亚带回的消息太重要了。我们要早做筹划才行。"

谢茂把报纸给了幺妹看，神情凝重地对谢英说："你是经历过大风大浪的人，岩背山如何自保你比我有办法，你定吧。一说到打仗，我就头皮发麻……"

谢小亚问谢英"大姑,这件事红军知道了吗?要不要告诉王伯伯他们?"

谢英道:"红军应该有自己的消息渠道。报纸公开登载的新闻,就没有多少机密可言了。我们管好自己的事,看好自家的门,做到不给红军添乱就可以了。"

幺妹看完报纸新闻,非常紧张地对谢英说道:"姐,'围剿'赣南,吉安、樟树这一块也要受牵连吧?"

谢英马上反应过来,问:"妹夫还在樟树购买药材对吗?"

"是的。"幺妹答。

谢茂接话道:"你到邮局发个电报,还是让他快回吧。"

几兄妹围绕报纸上这条"围剿"赣南的消息,议论到深夜才上床睡觉。

第二天吃过早饭,天气晴朗,谢英和小亚乘渡船返回对岸鲤门村。本来,这次进城计划多住几天的,还想逛逛商店添些日常用品,得此战争信息,谢英没心情在城里玩了。

回到鲤门村家中,老王正在禾坪上翻晒辣椒干、茄子干、豆角干和黄豆、蚕豆、红豆等干货,晒完最后一次就要装缸入仓过冬了。谢英带着小亚上前帮忙,并向老王解释了不再留在县城的原因。老王一听,赶忙弄完活儿,三人一同进屋去。

老王认不得几个字,让谢英两人在家等他一会儿,拿了那张报纸就去找丁胜山。

约三刻钟后,老王返回家里,把那张报纸带回给谢英,他告知谢英,红军已掌握了这方面的消息。他声音低低地说:"丁党代表让我转告您,战事紧急时红军会及时向您通报情况。"

此刻,一条黑狗溜进屋里来,老王一见突然喝一声:"大黑过来!"那黑犬闻声扑到老王身上。

"大黑听着,她们是家人。"老王指着谢英和小亚说。他又道:"大黑,你跟她们进山去住段时间……"大黑瞪大眼望望谢英俩,又看看老王,似懂非懂。

老王对谢英道:"大黑是猎犬,通人性,甚至能听懂一些人说的话,让它跟在您身边，能顶半个警卫。不知大姑可同意？"

谢英试着喊了一声"大黑"，那狗轻摇尾巴慢悠悠地走近她身旁。谢英弯下腰伸出手抚摸了一下它的头，黑犬嘴里发出"哼哼"的声音，没有拒绝。

午后，谢英同侄女骑马返回岩背山时，她执缰绳的手中多了一根套狗的绳子，马在前面跑，那黑犬被长绳索牵着跟在马屁股后追赶，让骑马紧随其后的谢小亚觉得特好玩，笑个不停。没料到这条狗如此乖巧，让小亚感到太神奇了，分明那畜牲是听懂了主人交代的话，才没有任何反抗的举动。

过了一周时间，大黑就跟谢英形影不离了。

战争说来就来。谢英获知鲤门湾红军的正规部队突然整体转移不见了，或全部调往外线作战，去反"围剿"了……当前维持社会治安的是赤卫队队员。她觉得是时候了，让她的巡山马队走远点强化训练，进入战备状态，随时准备应对不测事件。

晚上她独自一人去查岗，大黑跟在后面。在山下小河边的马厩房前，她见到了值守的黄长生，他背靠墙壁坐在一木墩上，抱着支长枪。

"大姑！"黄长生打了声招呼。一直以来，岩背山所有外来人员都以"大姑"称呼谢英，应是跟着谢小亚叫习惯了。谢英是谢金华的母亲，按理说其他人也可叫她"阿姨"，可是大家还是觉得"大姑"喊得亲切，特别是在这个家庭中，谢英兄妹都是东家，而女的被称呼"大姑"，一家人的关系就一目了然了。

黄长生陪同谢英进马厩内检查，给几匹马添了些草料。谢英道："长生，最近山外的形势很紧张，站岗要保持高度警惕。这些马匹，是我们守山护家的战斗力支撑，绝不能有什么闪失。如果遇到紧急情况，这里离宿舍较远，你可以鸣枪告急……"

黄长生回答："好的！"他告诉谢英说，前天下午他们训练回来的路上，遇到一群逃难的人向雩都河下游去。我问了一位老人从哪里过来的，那人说是广昌县。看来，那边正在打大仗呢。

谢英道："这事谢金华给我说了。现在，老蒋正'围剿'红军根据地，他人多势众，红军只能避其锋芒跟他捉迷藏打游击。我们岩背山这十几个人就更渺小了，没人会把我们当回事，所以只要我们不惹他们，暂时是安全的。但是我们也应想到，这里属于苏区，属于蒋军要进攻'围剿'之地域，不管你作何打算，都无法置身事外。正是这一点，所以我们必须做好战斗准备。"

黄长生点点头。这时，身旁的黑犬突然"汪汪"大叫蹿向前方树林，俩人一惊跟了过去。他们看见不远处有幽幽的两点绿光，分明有一条野兽。此刻，黑犬止步与野兽对峙，仍大声吠叫不停。

天黑看不清那野兽是什么动物，谢英和黄长生都同时握住了枪。须臾，或许这条叫大黑的猎犬已看清了对方，猛然扑过去与野兽厮打起来……

一阵嘶叫过后，大黑用嘴拖着猎物回到了马厩前。黄长生摘下挂在檐上的马灯一照，原来是只豺狗！

谢英感慨不已。她自言自语道："这豺狗看上去不比我们的大黑弱小哇，怎么就被咬死了？看来，狗仗人势一点不假。因为大黑知道，身后站着它的主人呢……"

"对！"黄长生表示认同，伸手要摸大黑的头，大黑头一甩不理他，转身一头钻到谢英的胯下去了……

"大姑，明天可加个餐了。我来做，几块生姜一把朝天椒，红炖野狗肉，味道美极了。"黄长生把豺狗拖进房里去。

豺狗在马厩徘徊这件事，让谢英回宿舍后睡不安稳了。她想，这类野兽其实是很凶残的，今晚如果不是遇到了猎犬大黑，一般的狗恐怕就应付不了。而且豺狗更多时候，都是三五成群集体觅食，对马匹有很大威胁。想到这里，她决定要设法多弄几条猎犬进山，那样一来不论遇上什么野兽也能从容应对了。

翌日早饭后，她同谢小亚一起乘马向鲤门村去。大黑是相邻的石鼓村一猎户送给老王的，她要找老王一起去趟石鼓山庄。

还好老王在家，一说就骑上家中那匹老马带路前往。石鼓地处鲤门与梓山乡的交界处，一路植被繁茂山岭陡峭，虽然仅有二十余里路程，几人足足走了近一个小时。进入村口，大片梯田和几处民居错落有致，石鼓峰赫然矗立眼前。

"停一下！"谢英忽然朝前面的老王喊了一声。

老王拉转马头停下来。谢英上前道："大白天的，村子里怎么不见一个人呀？"

听她这么一说，老王也觉得奇怪。猛然他想起一件事，说："大姑，跟我走。"他回转马身钻进一旁的山林中。

"我们不能贸然前走了，得探明情况再走。"老王从马上跳下来，让谢英和谢小亚下马休息片刻，待自己从森林中迂回前去看看。他告诉她们说，前几天乡政府收到上面的通报，说红军主力在汀州、南城和宁都等地区消灭了进犯根据地的大量白军，基本粉碎了敌人大的"围剿"。但是，局部战斗仍在进行，特别指出一些被打散的敌军残部可能流窜到各根据地，要我们高度警惕……

"大姑，这里的状况很反常，我前去探个虚实，你们等我回来。"老王道。

老王走后，谢英姑侄俩就地坐等消息。约莫过了一刻钟，突然村中传来几声枪响，吓了她们一跳，谢小亚拔出别在腰间的手枪要前去看个究竟，被谢英拉住了。

"小亚，我给你个任务，立即骑马回鲤门村去。你哥今天带马队在乡道上训练骑射，带他们火速赶过来！快马加鞭用不了多少时间能打个来回！"谢英瞬间感到了问题的严重性，一口气连珠炮似的向侄女下达了命令。

谢小亚第一次接受大姑如此毋庸置疑的命令，让她陡然间找到了女战士的感觉。她挺直身板，严肃地回答了一声"是！"转身跃上马背，向刚刚走过的那条路急驰而去。目送那匹一尘不染的雪白神驹闪电般飘移，谢英心中涌起一股暖流。

此时，老王从山林中穿插到了村中袁氏祠堂后面的山坡竹林中，看见几十名穿国军军装的兵士围在祠堂四周，屋前禾坪上站着很多妇幼老少，啼啼哭哭。他听见一位军官模样的人举着手枪喊道："我们在前方剿匪卖命，要你们捐点粮食不但不给，还把我们的弟兄打伤了……谁是赤卫队员？给我指认出来。他们躲藏在哪了？不说出来，我可要开杀戒了！"

沉默。军官来回走了几步，突然"砰"地朝人群开了一枪，一名妇女中弹倒地了！顿时村民吓得四散奔跑，兵士赶忙围堵。那军官拿过一兵士手上的机枪朝天"突突突……"扫了一阵，人群被震慑不动了。

"想跑？再动统统剿灭你们！"军官恶狠狠地大声吼道。又说："老子干不过红军，正没处出气呢！你们一群山民赤佬，也敢抗命？"

一位老人颤巍巍地走向军官，乞求道："长官，我家还有一袋米，我回去拿来。行不？"军官盯着老人问："你不是想逃走吧？"老人指指身后的小男孩答："他是我的孙子，留下。你放心了吧？"

军官派一名兵士跟老人回家去拿粮食。不一会儿，老人扛一袋米来了。几个当兵的立马在祠堂里开锅煮饭。看他们精神萎靡的样子，好像几餐没吃饭了。

老王看到这里，认为暂时没大事了，返回村口树林中向谢英报告情况。

"小亚呢？"他见谢英一人坐在树下，惊了一下。谢英告诉他小亚回鲤门搬救兵了。

"大姑，村里祠堂坪上一群国军官兵迫着村民交粮，可能从战场上下来逃窜到这里的，饿坏了狗急跳墙。"老王详细说了所见所闻经过。

听了老王陈述，谢英判断这些兵或是从战场夺围出来的流寇，饥寒交迫想找个偏僻处休整一下，却遇到了村赤卫队和村民的抵抗……也许，他们吃饱饭后还会找赤卫队泄愤的，必须有所防备，不然百姓还会遭殃。但是，他们如果不再动刀枪了呢……

"到底有多少人？"谢英问。

"四十个左右。"老王答道。

"我记得你说过，村里赤卫队长是那位送你大黑狗的年轻猎户，你刚才见到他没有？"谢英问道。

"没看见。可能躲起来了。凭他那几杆鸟枪和一群狗，他清楚是无法取胜的。我猜，他也没闲着，一定在等待时机出击。"

谢英站了起来，举头朝前方山峦眺望了片刻。陡然间，又想起了自己年轻时的戎马岁月……她突然转头对老王说："逃窜到村里那些兵士，只要他们接下来不祸害村民，就让道放行吧？"

老王一听怔住了，不解地问道："放行？他们可是敌军！"

"战场上两军交战是敌人，如果对方放弃敌对立场，就不一定非得你死我活。人非草木，那是一群鲜活的生命……真打起来，双方都会有死伤的。"

谢英回答。

老王听她这么说，知道她菩萨性情的一面又上来了。就像那次兵匪偷袭岩背山，后来她把俘虏全放了……这种侠女柔肠的品格，正是他打心底崇拜她的缘由。

"大姑，我听您的。"老王说。又问道："假如那些当兵的硬要继续伤害村民呢？"

谢英断然回答："就消灭他们！"

他俩正说着话，没注意一条狗朝他们奔了过来，吓了一跳。细看是大黑，让他们喜出望外。

"大黑，你怎么来了？"俩人几乎同时说。大黑"呜呜"叫着，在两人身边欢跳不已。谢英早晨出山时没打算带上它一起走，无疑它是靠了自己灵敏的嗅觉找到了这里。

大黑的到来让谢英有了个新的想法。大黑原本就出生在这个村，是去年猎户把它送给了老王，让大黑去找到袁姓猎户并带到这里来是有可能的。她把这一想法给老王说了。老王表示可以试一试。

于是，谢英写了一纸条，拧了根细草绳将条儿绑在大黑颈脖上，还让老王煞有其事地嘱咐了狗几句。大黑眨巴了几下眼睛，看似听懂了的样子，昂头向天"汪汪"叫了两声，一溜烟往村里跑去。

不曾预料，所有的设想都是徒劳的。就在那黑犬刚刚离开时，村中祠堂那边又响起了枪声，而且是密集的排子枪的弹药爆裂声，噼噼叭叭伴着一阵阵哭喊……

支援马队尚未到来，怎么办？这个石鼓村也隶属鲤门乡，作为乡长的老王此刻已无法冷静等候了，他要骑马前往看个究竟。

"老王，你别冲动。我去！"谢英拦住了他。可老王说什么也不让她去冒险。谢英厉声道："别争了！骑马枪战你能行？你想去送死吗？我的胜算比你大，你留下等小亚！"她冷漠绝断的口气，老王第一次领教。他眼巴巴见她从腰间拔枪上膛，跃上马背冲出树林。

那匹栗色战马似飘移的云彩，转眼间在田垄黄禾绿蔬中消逝，当它再次出现时已到了袁氏祠堂一侧的樟树林中。谢英勒住马头向外观望，大吃一惊：

祠堂前草坪上已横七竖八地躺着十几具遭枪杀的村民尸体。一群兵士成战斗队形举着枪，对付一群悲伤哭啼的百姓老少。只听一军官模样的人在声嘶力竭地吼叫："谁是赤卫队员？说不说……既然我开了杀戒，杀十个也是杀，二十个也是杀！我看你们拿什么跟国军作对……再给一分钟，不说就统统枪毙……"

情况万分紧急。谢英本来只想制止一场屠杀，没料到等她赶到时，局面已经无可挽回。如此灭绝人性的针对乡民的杀戮让人无法容忍了！她突然双腿一夹，纵马斜冲出树林，挥手一枪击毙了可恶至极的那个军官。

在众人惊魂的瞬息之间，马至弹飞，又有几个兵痞中枪倒地。这恍如天兵神降的一幕，吓傻了那些当兵的，个个惊吓得"啊哟……"四散后逃。

就在这当口，忽然一群狗从另一侧山林中冲了出来，一片吠叫声大震，直扑兵士。紧随狂犬之后，是几十名拿土铳、大刀和梭镖的精壮赤卫队员……顷刻间，喊杀声、狗叫声以及枪声震耳欲聋，大有风卷残云之势。一些兵士被狼犬撕咬得哇哇惨叫，但仍有些兵从惊骇中回过神来举枪射击。转眼间，有几名赤卫队员伤亡倒地。

嗟乎！似乎只是一愣神的工夫，那匹骁勇的栗鬃战马如入无人之地，驾驭它的女主人身子紧贴着马肚一侧驰骋，只见她不停射出的密切枪弹留下了一串旋飞的硝烟，滞留在这片小空间上。

剩余的国军兵士已成无头苍蝇乱窜。然而，有几个老兵躲到了一土堆后，其中一位举枪瞄准了那匹栗颜奔马。"砰！"子弹击中了战马……只听一声揪心嘶鸣后，马轰然倒在地上，谢英也从马背上重重摔落下来。

就在这万分危急时刻，一条壮硕的黑毛犬直冲谢英而去。眨眼间它扑在了谢英身上，而此时射来的两发飞弹，也击中了黑毛犬。

这条犬就是大黑。它为护主当场牺牲！这以前，它离开谢英和老王，在山林中找到了它的老主人袁姓猎户。当谢英一马飞出杀敌时，它与伙伴在袁猎户指挥下也冲出了林子。它目睹了女主人神枪挥洒毙敌的英姿，当她落马摔在地上那一刻，大黑或是一种本能使然，义无反顾冲了上去……

战场诡谲，险象环生。在此关键时分，老王领着岩背山马队赶到了。这支新建的骑巡队锐气正盛，他们接到指令后一路奔跑，这时狂飙一般冲杀过来。骑士们挥舞战刀，对负隅顽抗的残兵像劈草切西瓜一样一顿砍杀，让敌人魂飞魄散……战斗很快结束了，有三名负伤投降者被押。后来众人得知，这伙流窜兵士是从宁都战场突围出来的，逃亡沿途干了多起打劫钱粮、枪杀百姓的事，早已血债累累。

谢英摔成了重伤，右腿疼痛难忍，无法着地站立。

谢小亚见状哭了。谢英拍了拍衣上的泥土，坚毅地对侄女道："你也算是玩刀弄枪的女战士了，别哭呀。战场上就是生死较量。我幸运了，还活着。多亏了大黑，为我挡了夺命的子弹……"她坐在地上，双手抚摸着大黑油光的毛发，潸然泪下。她的身旁还躺着那匹已僵硬的栗色爱驹。她吩咐老王和袁猎户，给大黑和栗马单独安葬了，并立块碑。狗的碑文写"神犬大黑"，马的碑文书"骁勇栗驹"。

众人一听肃然点头。谢英对近前的老表们说："我这条狗和马，是为救村民牺牲的，望大家别忘了这一点……它们不愧是真正有血性的英雄！"

谢金华上前去，蹲下身子把妈妈抱进祠堂屋内。袁猎户请了一位老中医来瞧伤，医师诊断她的右小腿有一处粉碎性骨折。

三十

傍晚，谢英和马队一行回到岩背山。她的腿伤严重，袁猎户要求留在石鼓村治疗，被她谢绝了，老中医为她做了清洗消毒并敷了草药，用纱布打了石膏绷带。她清楚，这次兵祸事件给村里造成了严重人员伤亡，要处理的事太多，她不便留下让他们分心。老王是乡长，善后诸事都必须立即处理，他暂时无法离开。

疼痛让谢英一夜未眠，早起又突然连续咳嗽起来。她咳的毛病已很久没出现了，这回一出事又旧疾复发，让她心里焦躁难受。还好上午十时左右，大哥谢茂和幺妹进山来了，妹子还带了多种药物和营养品。幺妹是今日一早听进城卖菜的人讲石鼓村遭遇兵匪抢劫杀人屠村的大事，传闻是邻村的一位奇女子率一队武装骑士救了多数民众，她本人也负了重伤……幺妹猜测极可能是岩背山的马队，便叫上大哥匆忙赶回家。

见到半躺在床上的谢英一脸憔悴的样子，幺妹落泪了。她埋怨地说："姐呀，才分开几日，您一下子老了许多……就不知爱惜自己一点！"也不知怎么了，突然见哥和妹从城里渡河进山来，听到这句平常的话，谢英竟无法控制地哽咽了……

谢茂罕见大妹抽泣，心中一惊掀开她身上盖着的被子，见一截腿上打着厚厚的石膏固定，硬邦邦无法动弹了。他关切地询问了创伤消毒和救治的一些细节，和幺妹一起安慰她静心疗伤养病。其实，为何重伤后在亲人面前会变得脆弱，谁也说不清。

幺妹把带来的咳嗽药丸先让姐服用了。谢茂坐在床沿上长吁短叹，他当着在场的女儿小亚、侄子金华以及几名巡护队员说道："英妹呀，哥是懂你的。可处于当下乱世，烧杀抢掠的事经常发生，仅靠一腔热血能管得了许多事吗？再者，我们的巡护马队是看家护院的，为外面的事去冲冲杀杀，损失是自己的，没人埋单……唉！想想这次就让人后背发凉，不幸中的万幸……"

谢英挪挪屁股坐正了一下身子，用手巾在脸上抹了抹，回话道："哥，我理解你的担心。其实，我并非那种'英雄一吼跳悬崖'的人，扪心自问我做不到。但是，性情使然面对邪恶就难以容忍，这或就是我大半生孤零失意的原因之一……昨天，我原本是去石鼓村买猎狗的，没料到遇上一伙流窜逃兵为非歹。当时听到枪声觉得苗头不对，出于防卫和练兵考虑，我让小亚把巡防队拉过来，因为正在训练的骑士们需要接近实战的锻炼……"她接过小亚递上的茶盅喝了口水，嘴唇抖擞激动地说："当我真实地看见那些兵，对手无寸铁的百姓杀戮并企图进一步屠村时，我忍无可忍了！因为它已不是正义与邪恶对决这么简单，你面前是一群吃人的禽兽……"说着，她又咳嗽了，幺妹在她后背轻拍了几下。

缓了一口气，她继续道："昨夜，伤痛睡不着，我想了许多事。近二十年风起云涌的革命，死亡者千万计。就我认识的许多人中，慷慨之士何止百千，他们为了心中那份信仰，舍弃了头颅和身躯！可是死者无咎，生者惶恐，茫茫大地依然不见烽烟熄灭，芸芸百姓的生存权仍无丝毫保障。我曾经为此奋斗之主义在哪呀……"说到这里，她突然泪如泉涌。她太委屈了，救了一村老小，大哥却不十分理解她。

"妈，您怎啦？别哭呀……"谢金华还是去年在闽西的那个山洞见母亲哭过一次，这回说着话泪流满面让他吃惊了。

幺妹搭话道："你妈的心思，你还不懂。"她让金华去打盆热水来，让其他人都散去。房内只剩下姐妹俩时，她们互相紧紧拥抱着低声啜泣……

热水端来后，幺妹闩上房门给大姐洗脸擦身。她告诉谢英，准备在岩背山住上一段时间，直到姐的腿伤有明显好转后再回城。

谢英不同意。她说："妹夫常在外，家里一摊子事都靠你，怎么走得开？住两天就与哥一同回城去。我的护理，有小亚呢。"

幺妹道："您别总考虑别的。真正来说，您才是这一大家子的主心骨。伤早愈才好。"

初冬的岩背山地上已结了一层薄霜，山麓的色彩变换快，岭坡森林褪绿泛黄，涧谷流瀑旁株株巨大的红枫，不负时节尽力张显靓丽的芳姿。巡护队员早训后走进食堂，桌上摆着一铝锅热腾腾的红薯和砂钵粥。大家落座后都未动箸，在等谢茂一起用早餐。幺妹从厨房出来用只条盘端上几样小菜：炸花生米、酱豆干、辣炒小鱼干和酸豆角。

"小姑！"大伙热情给幺妹打招呼。这几天都是幺妹主动为大家做饭，小伙子们暂不用轮流下厨了很高兴。她让大家别等，趁热先吃。稍后谢茂来了，说等会儿他就回城去了，幺妹会再住些日子。他希望大家依旧要坚持文化学习。

"是战争，是乱世，让大家走到一起，相聚在这山沟里。能走到一起就是莫大的缘分，要珍惜……近一年相处大家彼此了解，团结和睦，十分难得……现在我大妹负了伤，你们更应尽心尽力把菜蔬生产搞好，把油茶基地守好，别辜负了她……"谢茂边吃饭边说话，不时用手帕拭一下眼角，让年轻人动容。

饭后，谢金华牵马正要送谢茂出山，老王带着一干人风风火火进山来了。谢茂等迎了上去。

老王一一做了介绍。来人是鲤门驻守红军的党代表丁胜山和一位副营长及警卫人员，还有乡赤卫大队队长谢八月以及石鼓村的赤卫队长袁猎户。在场的巡护队员接过客人手上的缰绳，把马牵到一侧树林中吊好。

"谢老先生，我们认识。这次进山，是来看看受伤的谢英大姐的！"丁胜山道。他把袁猎户叫前来，说："他是石鼓村的猎户，也是赤卫队长。专门送来了三条猎犬。"他这一说，谢茂才发现前面路上有几条狗游荡。袁猎户一声口哨，它们奔跑了过来。他把系在腰上的几根绳索解下，把三条狗套上送到老王手中。前几日，老王在石鼓村就住在袁猎户家中，那些犬都认识他了。

谢茂握住袁猎户的手说："久闻你的大名。烦劳你亲自送来，太谢谢了！"他问三条狗一共多少钱，袁猎户摇着手说不要钱。"谢先生，不要再说钱的事了。谢英大姑救了村里百十条人命，自己负了重伤，是真正的大英雄，我们都无以回报……"

可是谢茂是个固执的人，他说一码归一码，收了东西就该给钱。老王见状对谢茂说："东家，这三条狗一公二母，就算老袁寄放在岩背山养的。等生了崽后，到时还他三条狗如何？"

丁胜山一听，说："老王这个办法好！"谢茂见此，无话说了。他交代女儿小亚泡壶茶拿瓶酒到大姑房间去，领着一干人去看卧病在床的谢英。

谢英腿骨折损被医生固定后不宜动，只能静心卧床。她见红军首长来看望，心中还是抑制不住激动，在幺妹帮助下坐起身子同来人握了手。老王端来几把椅子让大家坐下聊。

丁胜山深情地说："谢英大姐，您受苦了，我代表红军官兵真挚地向您致敬！"他和身旁几位军人同时站起，向谢英敬了一个军礼。

"大姐，虽然以前我们没见过面，但您的大名我已久闻，在我们面前，您是真正的革命前辈。您信仰坚定，胸怀大义，胆识过人，疾恶如仇，是红军最可信赖的朋友和同志！您也许不知，去年冬天您的闽西之行，已在闽赣接壤地区广为流传，一位伟大母亲历尽艰险寻儿的故事被人排成戏在民间演出，题目就叫《千里寻儿记》。前些时候我到永定县根据地考察学习，看到了这个戏，非常精彩……"丁胜山呷了一口茶，继续说道："谢大姐，我还要向您通报一下最近红军的反'围剿'情况。红军这两个月跳到外线作战，已彻底粉碎了蒋军的'围剿'，毙伤敌人万余，取得了空前的胜利。根据地面积扩大了两倍多……"

听到这个消息，在场的人都很振奋。谢英主动伸出双手，紧紧握住党代表的手致以祝贺。丁胜山高兴地对谢英说："大姐呀，您知道吗？这一次石鼓村事件，惊动红军总部了！毛泽东总政委在《情况通报》上批字，要求各根据地一定要尊重、保护好您这样的民主人士！"

听到毛泽东这个名字，谢英激动地说："我早年在广州时曾见过毛润之先生，他是个志向高远的革命者。风云变幻，谁曾料想国共两党成了水火不容的敌人……唉，我现在是一介乡民，本想远离政治纷争，可是想躲都躲不了，灾难会自己找上门来……老蒋的独裁，让天下人士寒心，他管的部队号称国军，可是视民众如草芥，为所欲为无恶不作。像我儿金华的遭遇和前些天石鼓村民的被枪杀，稍有点良知的人，遇上了都无法容忍！所以，我是做了应该做的事，竟惊动了你们特意进山来看我，十分感谢！"

双方说了一会儿话，袁猎户拿出一包药丸给谢英。他说是祖传的跌打骨伤药，用蜂蜜焙制而成，每日早、晚饭后各一丸。幺妹把药接了过去，说过些时候再吃，先吃完她从药店带来的汤药。

丁胜山从身旁副营长手中拿过一挎包，从包里拿出十封银圆放在床头柜上，说道："大姐，这里是一百块银圆。一是弥补大姐您在石鼓村战斗中那匹坐骑的损失，二是给您买点补品。"

谢英一听断不肯收，说："损失和负伤都是我的个人行为，哪有让红军弥补的道理！"她要把银圆退回，丁胜山握住她的手诚恳地说："大姐，我们这是代表红军官兵来慰问伤员，哪里有把慰问品带回去的道理？就算小弟们的一点心意，讨个吉利好吗？"

谢英听到"讨个吉利"的话，不再坚持了。她懂当地风俗，看望伤病者的东西一定不能往回带。

老王看出了谢英的顾忌，赶忙拿过来一瓶红酒，给在场各位倒上半杯酒，大家一饮而尽。谢英对兄长谢茂道："哥，党代表他们第一次来岩背山，你带他们各处走走吧。"

于是，谢茂陪丁胜山等人去各处景点参观了。谢英吩咐幺妹中午饭弄丰盛点，宰杀几只放养的鸡鸭。

午饭后，丁胜山、袁猎户一行离开了岩背，谢茂同他们一起出山进城去。

老王留下来调养那三条刚送来的猎犬。他在住房后面搭建了一间狗舍，并与谢英商量让谢小亚一起参与狗的驯养，帮助犬们早点熟悉人和环境。开始小亚不愿意，怎么让她一个姑娘家玩猎狗。谢英说是暂时的，等她伤好后自己负责狗的看护训练。

谢小亚一早一晚遛狗，山上山下、林间水边游玩和奔跑，狗狗们与新的主人和环境很快熟悉了起来。一周以后，所有人都能够跟它们玩耍了。

这天老王走进森林深处，寻得一段铁梨木的枝丫，把它做成根拐杖送给了谢英。谢英在幺妹帮助下试着走了几步，觉得好用就留下了。此后，她每天都下床撑拐杖走上几步，以求加快腿的康复。

自负伤后谢英整天躺床上，心情不免沉闷。红军党代表把她称作"朋友和同志"那句话，她时时琢磨，心底泛起阵阵涟漪。很久没有听到这个称呼了，多少依稀往事涌上心头。至今，轰轰烈烈的革命还在继续，只是调了个头，矛锋之刃对向了当年革命的国民党军阀。现在的红军英勇善战并得到普通民众拥护，让人想起当年气贯长虹的北伐军……岁月流逝青春不再，然而那份"家国一体"的情怀依旧在梦中激荡，让她常常整宿无法入眠。她甚至在不断考问自己一个哲学问题：党派之争重要还是人的良心重要？麻木的跟随与服从良知的背叛谁是谁非？但有一点是肯定的，那些为排除异己、不惜天下生灵涂炭的军阀，最终必被天下人唾弃！蝼蚁尚且偷生，人若欺我辱我犯我，我必犯人，这是生存的基本原则，无有其他选择的余地。这，或就是人与人不同的所谓命吧……

夜深睡不着，她与小妹躺床上漫谈。她人生中唯一一次恋爱故事也讲述给了幺妹听。她曾与黄埔军校的一名教官谈恋爱，此人广东籍富家子弟，是位激进的共产党员。相好多年后，就在他们计划五一国际劳动节办结婚的前夕，发生了国民党全面清洗、屠杀共产党人的重大事件，她心爱的人突然在人间蒸发了，从此再未相见。她曾到处打听寻找，后来听一位好友说，她寻找的人已被秘密处决了……她遭此打击后，无法在广州待下去了，突然返回了赣南老家。她曾愤慨地说："于公于私，蒋某人就不是什么好人。他背叛了孙中山，什么坏事都干得出，我还能拥戴他为领袖？"

其实，幺妹对政治类的话题不感兴趣，但说到姐的婚姻大事却非常上心。她劝谢英道："姐呀，你的心态需要调整了，都多少年了，不能总生活在以前的阴影中。你已是一名乡野普通妇女，天下纷争的事那就是天上飘的云，飞到头顶上下雨了，就避一下。风要把云吹向何处，后面又会飘来啥云，都是白费心思，伸长竹竿也够不着它呀。你现今四十多岁一点不老，难道就这么孤单过一生了？"

谢英听到妹子说这个话题，不再吭声。

半夜下起雨来，风雨拍打着窗棂，几声狗的"汪汪"吠叫格外扰人。幺妹知道姐也没睡着，又小声说话道："姐，我们这个家曾经那么人丁兴旺，一二十年下来就没落了……老二他，也没有再找个伴的意思。现在，就指望小亚跟金华早点完婚……我们山区地方的人，一辈子不就盼个儿孙绕膝，老来有个依靠？这才是正经的生活……"

谢英听着妹子絮絮叨叨地说个不停，心里也不好受，干脆叫她点了灯坐起来，端过床头柜上的茶盅喝了口水。她忽然长长地叹了口气，说："妹呀，我其实是挺羡慕你的！我如果当年不跟着大哥外出闯世界，恐怕早就是几个孩子的妈了。如此一来，我甚至会很满足，认为自己是幸福的女人。可是，我走了另一条路，我已无法去追求贤妻良母这样的角色。我是个危机感和使命感都强的人，尽管现实中并没有谁要求我做什么。我见不得恃强凌弱的事，我无法忍受邪恶与欺辱的淫笑！在当下战火纷飞的年代，我真不敢去奢望别的幸福生活……"

三十一

第三次反"围剿"战役胜利后，中华苏维埃共和国临时中央政府在瑞金成立，赣闽接壤的广大根据地沉浸在红色政权进一步巩固的喜悦中。一段时间，各种社会团体和组织涌现，如共青团、少先队、农商协、锄奸队、妇救会等，人们的革命热情空前高涨。与此同时，扩红参军活动如火如荼展开。

一天，老王接到了出席县苏维埃工农兵代表大会的通知，他把这消息告诉了女东家，谢英专门找了一身谢茂放在家中的衣服给他穿。大会上，老王荣幸地被选举为副主席。这一消息传回鲤门后，人们奔走相告。他从县城回村那天，渡口河岸聚集了很多相迎的乡亲，到家时还有人燃放起了爆竹，非常热闹。老王这个大半生给人当长工的老实巴交的农民当上"副县长"了，的确是件了不起的大事情，这不仅是他个人的荣耀，也让很多贫苦人觉得脸上放光。

谢英听到这个消息很高兴。在她心中，老王的出息就是家中的大喜事，她把全体人员集中起来宣布了这个喜讯，并郑重地交代大家今后见到老王要多些尊重，切实维护他的权威。她这么做就是要让老王减少关于出身的自卑心理，放开手脚干事。"县苏维埃政府副主席不是一种荣誉，而是一种权力，一个官职和一份责任。今后我们要多支持他。"她说。接着她又宣布了一件事，她希望所有的年轻人都要上进，有人想到外面去发展的或要去参加红军的，她一律支持。

出乎意料，大家对她的提议叽哩呱啦议论一阵后，就有三名年轻人提出要去参加红军。这仁人是去年底跟着陈有福一起到岩背山的闽西青年。

几天后，谢英支着根拐杖亲自送人去参加红军。谢小亚骑马带着谢英走在前面，谢金华、陈有福和黄长生各骑一匹马带一个人跟在后面，一起向鲤门村驻军军营去。谢英受伤的腿已近痊愈，下了石膏绷带，但走路还有点跛。临出发时，她给三位应征青年用红纸剪了一朵大红花戴在胸前。

到了红军营区门口，谢英说明来意，岗哨让他们把马留在门外，报告去了。一会儿，党代表丁胜山带着几名官兵到门口迎接。

"欢迎欢迎！谢大姐，您亲自送青年加入红军队伍，是对我们当前的扩红工作最有力的支持。"丁胜山非常高兴地领他们进了营区，在部队一间接待室落座上茶。

"我们岩背山充其量只是个小林场，青年人长期待在那里没什么前途可言，只是暂时有个吃饭落脚的地方。我也不能太自私了，耽误了他们的人生前程。这仨人有意投身红军革命队伍，我没理由不支持。希望他们在部队这个大熔炉里得到锻炼，改变命运。"谢英说道。

丁胜山道："您亲自组建的岩背山巡护马队现在可出名了，队员个个骑术精枪法好。也巧了，最近上面有指令，要求各团筹建发展一支骑兵队，正好您就送人来了。他们仨我们要重用的，不会辜负了您的一片诚意。我担心的是，他们的离开对岩背巡护队会有影响？"

谢英坦诚道："短时会受点影响。我建巡护队的初衷也就是看家护园，如果天下混乱的局面好转了，人员多几个少几个不是问题。我们岩背山与红军比，是家与国的关系，无法可比，更无须多虑。"

这几句话让在场的人深受感动。

丁胜山忽然想起一件事，他说："大姐，前些日子说的部队购买茶油一事，后勤部门资金已筹措到位了，计划购进一万斤。过几天就派人进山交易，您看如何？价格随市。"

谢英回答："没问题。我会以最优惠的价给红军。"

这天上午，双方交谈甚欢。丁胜山执意留下谢英一行在部队吃午饭。饭后，谢英回村里家中，没见到老王便回山了。

1932年阳春的赣南山区气温比往年低了几度，冷雨寒风连绵不断，本该浸种落泥的谷物和豆类种子搁在仓库未动，许多农民整旬蛰居家中打纸牌，焦急地等待老天爷放晴回暖好下地播种。

岩背山终日笼罩在云雾中，山上的年轻人除了轮流站岗和给马匹添草料，淫雨霏霏做不了其他事情，谢英便组织文化学习。她心里明白，这些人不可能总待在山里，就像那三名主动报名参加红军的青年一样，她能做的就是帮助他们多长点本事。

自从腿负伤后，她的身体消瘦了不少。每天早晨，她领着几只猎犬在周围山路上走一圈锻炼身体，有时还到森林中打猎，弄几只野兔回来。下雨她也打把伞外出走一走。山上其他的事情，她尽量让儿子谢金华去安排。

这天傍晚，老王冒着细雨骑马进山来了，后面还跟着一匹马，马背上载了两个人。

进屋脱下雨衣一看，一同来的俩人是邱润年和芹花。"你们……"谢英惊了一下。她听说了俩人的关系和后来失踪的事。

老王向谢英讲述了情况：前几天，他公干到赣州，在街上遇到了邱润年蹲在地上给人擦皮鞋。城里也没几个穿皮鞋的人，当然也赚不了几文钱。邱润年见到老王很高兴，把他带到住的地方，是一处垃圾场旁边的一间约十五平方米的毡房。芹花在门口帮人洗衣服，一只大脚盆放着一堆衣被。俩人住的房里除一张床、两条木凳外，就剩下门角一做饭用的铁皮炉和一口水缸……芹花见到老王后一阵大哭，说他们刚到赣州时租了店做陶瓷生意，后来遭人暗算，财物被抢劫一空。芹花乞求老王帮忙，把他俩带回鲤门村。可是，邱润年出逃的案子还挂着，怎么回得了家？想来想去，老王就决定带他俩到岩背山暂住，再想别的办法。

谢英听完介绍心中很是同情，同意他们先住下来。她把谢金华和小亚叫来，嘱咐他们不能说出去。其他人不认识邱润年和芹花，就统一口径说是外乡亲戚来投。

安顿下来后，谢英和老王在饭堂里烤火聊天到半夜。老王告诉谢英，蒋介石调动几十万大军又开始"围剿"苏区了。

"反'围剿'的动员令下了。周边县都已开始部署坚壁清野工作。我们雩都县处于苏区腹地，支前的任务很重，县苏维埃政府分工我负责筹粮筹款这一块。明天，我就出山去。"老王说。

谢英望着老王那张黑瘦的脸，穿一件对襟粗布衣还打了几个补丁，心想这样子哪有一点县官的模样，共产党的官确实不一样！她问道："你现在是在县城办公吗？也没配一个勤务人员？"

老王回答："县城有办公室，但我坐得很少。组织上还让我兼着鲤门乡政府的乡长，我大多时间还在乡里，就是在我们村的谢家祠办公，因为驻守我县红军的领导机关在鲤门乡。政府给我配了一名勤务兵，我很少带出来，让他在家值守帮助收发文件，做些上传下达的事。我一个人的生活也简单，没啥讲究。"

"唉——还是劳累的命。"谢英长叹一声。此刻，她心里突然想到另一件事：老王要是有个老婆在身旁该多好。她站起身说："你在这等一下。"

她出门进了自己房间，从衣橱里找出一身男装，洋布材质的崭新春秋装。这是她上回进城时给谢茂选购的，留在家中备用。

她把这套新衣服递到老王手中，道："老王，试试这身衣服。"老王看了一眼不肯要，说："大姑，东家这身新裳我不能要，也穿不习惯。上一次您把他的一身衣服给了我，重要的场所穿一下，都还新着呢。"

谢英不高兴了，道："你现在身份不同了，工作需要也应穿着体面一些，不能被别人轻看了。古话说'人靠衣装马靠鞍'，你也要学会改变自己的生活习惯，适应新的工作和环境的变化。一身衣裳值不了多少钱，下回进城我记得给你买几套替换衣服。"

老王听了这几句话心里热乎乎的，接过衣服道："好！我听大姑的。明天就穿。"

第二天早晨起来，雨歇日出，老王在门前草坪上放牧他那匹老马。他身穿一身浅灰色的光鲜衣服，笔挺的直筒裤有点长，把脚上的鞋面都遮住了，让他总觉得浑身不自在。谢英其实比他起床早，已带三条犬山下山上遛了一圈。回到半山那一排居住的平房前，她一见老王的样子，上前笑着说："老王焕然一新了！这一打扮至少年轻了十岁。"

老王竟有几分害羞地回答："大姑定要我穿上！我还是认为旧衣裳穿在身上洒脱，无拘无束。"

"你呀，吃惯咸菜了总感到吃肉太油腻，其实是心理问题，心怕别人说自己，便觉得别扭。"谢英道。她的那几只狗认得老王，轻吠着围在老王身边嗅来嗅去。

谢英突然对老王说："你跟我来！"她转身向自己居住的房间走去。老王跟着，在门口站住了。谢英从房里拿出一面长方形玻璃镜，让他照一照。老王接过镜子端详了一番自个儿的形象，忽然咧嘴笑了。

"怎样？是不是帅气了？有了几分官场人物的样子？"谢英眯着双眼问。

老王"嘿嘿"一笑，回答："我从没有认真用玻璃镜照过，这一瞧，自己对自己都有几分陌生了。这个样子，哪还像个农民？我……总感到不妥。"

"你的意思是说，农民就不能穿一身像样的好衣服？你这是什么奇怪想法。世上所有人都希望吃好穿好一点，红军闹革命的目的，不就是为了民众都过上好日子？亏你还是县苏维埃副主席。"谢英不客气地讲了他几句。

老王答不上话了，愣了片刻却狡黠地翻了下眼皮，又用镜子照了照，说道："大姑，穿这身衣裳看上去是更显精神。就是，脚上这双鞋不配……"

谢英一听哈哈大笑起来。她说："你看你，好孬还是分辨得出来嘛！"她让老王跟自己进了房间，从一五斗桌抽屉里拿了三块大洋给老王，让他自己去买鞋和衣服。她说："花自己的钱没必要顾忌什么。鞋，至少要买两双。衣服也是。都先试穿一下，才知合不合适。我也不知什么时间进城去，有机会我再给你挑选几样。要记住，环境变了要懂得适应，学会改变。不要太信宿命了。树上的鸟都一样，站的枝头高低不同，它俯冲的姿态就不一样。"

老王没有再客气，把银洋放进了口袋里。眼前这位女东家，一直在他心中就是活菩萨，对她敬畏又崇爱。贴心的话语说得他暖烘烘的，近乎母亲与内人的关心叮咛，他切实感受到了，尽管实际上自己的年龄比她大。世上有很多相似的人情关爱，而一位长工的幸运往往源于自身的忠诚和不懈付出。

早饭时间，大伙走进饭堂，都有礼貌地叫老王的官职，并夸他的衣服很般配。他恳求小伙子们还是叫"王叔"，亲切。此时，邱润年和芹花走了进来，谢英给大家做了介绍，让几位青年人叫邱润年"表叔"，叫芹花"阿姨"。因他俩不能算真夫妻，芹花不能称表婶。

谢英把邱润年俩叫到一旁，小声与他们商量了一阵，然后郑重其事地向大家宣布："今后，这位阿姨就在厨房做饭，大家暂时不用轮流下厨了。表叔除了帮厨以外，负责照看马厩的草料。其他的人，专心生产训练，由谢金华具体做好安排。"

邱润年双手抱拳道："今后，请大家多多关照！"

老王把邱润年和芹花拉到自己身旁坐下，给每人舀了一碗粥，说："吃饭吧。在这里就像自己家一样，不用客气。我吃完饭就走了，有什么事找大姑。"

谢英拿起碟子给他俩每人夹了块糯米煎饼，说："去年山茶油丰收，早餐常煎米粿吃。你们来了，可以多弄些品种花样出来，让大伙换换口味。"

芹花细声道："大姑，我会尽力的。就是厨下功夫差些，饭菜做得不一定合大家的口味。"

谢英道："芹花妹子，慢慢来。你来了我很高兴，我们姐妹俩可以有伴聊天了。你看这里，除了小亚，就是一帮愣头青，说句体己话的都没有，嘴都沤臭了。"

邱润年和芹花的到来，让谢英心中总觉得不踏实。虽然是老王亲眼见到他们的生存状况后，在他们乞求之下出于同情带进山来的，她不好拒绝，但是两人毕竟不是真正的夫妻。当然她也明白，他们并未犯下什么大案，不敢回到鲤门村还是怕遭受批斗。她有些担心因这件事影响到了老王。

这日天气晴朗，早饭后她带芹花到饭堂后面的菜地摘蔬菜。几畦菜长得绿油油，有白菜、苋菜、韭菜、莴笋等，还有刚栽种的茄子、辣椒、豆角、苦瓜、空心菜。

"这些菜都是金华和小亚带人空余时间栽种的。"谢英介绍说。

芹花夸赞道："大姑您就是有文化本事大，连小辈们都调教得这么听话能干。鲤门村，找不出第二个您这样的能人了……"

谢英听了笑起来，说："你嘴甜，真会说话。"她明知对方是恭维自己，也欣然接受，因为她已经很久未听到这些入耳的俗套话了。她对芹花并不很了解。红军没有来时，在村中遇见也只是点个头。那时芹花这个小地主婆很少与人搭讪和交往。

"大姑，以后这菜园的事，种菜浇水拔草这些活，就我和润年包了。您放心，我争取每餐有不重复的新鲜菜肴。"芹花摘着菜，大声嚷道。

这时邱润年来了，也上前帮忙。芹花不客气地对他说："这块菜园，以后我们就要管好了！我可是给大姑打了保证的。"

"好。"邱润年满口承允。他为了芹花罢官出走，当时似乎"一怒为红颜"很爽，不久就后悔了，可为时已晚。这确是一条无法回头的路，他索性什么也不争了，一切就听芹花的指派，仅剩的几块大洋也放在了女人身上。这也是芹花求老王帮忙回鲤门湾时，他没表示反对的原因。其实，在赣州时他就猜到老王会带他俩进这岩背山来，有吃有住还有一位清高好客又不计得失的女东家。

提着满篮的菜，谢英又带他们到下方树林中的畜禽棚观看。里面养了两头小猪和十几只鸡鸭。

谢英介绍道："原来有头大猪，过大年那天宰杀了。这小猪上月买的。

鸡鸭养得不多，缺人手。这家禽家畜，可解决每天剩饭剩菜的去处，也就不浪费了。"

芹花是个明白人，接口道："大姑，既然您安排我管厨房，养猪养鸭的事也归我了。您放心，我正犯愁，除了做饭如何打发其他的时间呢。这里山林大，虫蚁多，可以多放养一些鸡。"

谢英听了很高兴。她提醒道："去年夏天，曾放养了一大群麻鸡，但损失了不少。主要是这山中有豺狗和黄鼠狼，晚上偷鸡吃。所以，后来就留了十几只圈养。不过，如今添了三条猎狗，夜间它们在这一块活动，野畜不太敢靠近了。"

谢英给小猪投了一把青菜叶，在棚角鸡窝里捡拾到几个蛋。"好了，洗菜去。"她领着芹花俩朝山脚的小溪走去。

溪水湍急纯净见底，偶有鱼儿畅游。邱润年见此高兴说："这下好了，无事时可在这里钓钓鱼，还可改善生活呢。"芹花揶揄道："指望你改善生活恐怕要饿死了。"

他们一起洗菜，有说有笑，让谢英感到少有的开心。

洗好菜谢英和芹花回家去，邱润年去不远的马厩房添草料。几只狗突然从厩后林中跑出来，朝他"汪汪"吠叫几声。谢英听到后从衣袋里拿出一把竹哨子吹了两声，狗们朝她这边奔了过来。

她对芹花说："你们要有意识地跟这几条狗多接触。它们灵性高，知道你真心待它好，慢慢就听你的了。"

芹花点点头。她说："这山里草深林茂的，晚上是有点怕。有只狗在身边就能壮壮胆。"她伸出手，摸了摸近前一条狗的头，那狗躲到了谢英身后。

三十二

四月已进入雨水充沛季，雩都河的水充盈拍岸，宽阔的河面中白帆点点，逆水而上的一艘艘货船在纤夫们低沉的号子声中缓慢前行。

鲤门渡口横渡的船只来往频繁。老王在红军团部机关开完会后来到渡口，准备进城到药店定购一批创伤止血药品，与他同行的还有县赤卫总队队长谢八月。一艘渡船刚靠岸，候渡者蜂拥而上，谢八月登上船头看到船已满载，赶忙执竹篙一点离岸，还有几人未登船只能等下一班了。执舵的船老大招呼乘客道："今日水大，大家坐好站稳了，别晃悠！"

船行至江心，一阵"轰轰"的响声自远而近越来越大，有人惊叫一声："天上有飞机来了！"大家扬头仰望，有一架飞机从西往东沿河而来。很多人从没见过真飞机，更不知是什么类型的飞机了，个个好奇眺望。飞机很快抵临头顶，突然几个黑疙瘩呼啸而下，"轰隆隆"炸在离船不远的江面上，击起几丈高的巨浪。

"丢炸弹了！"这一声大喊让所有人吓了魂魄，一时间惊叫四起，船摇晃得厉害，面临倾覆之险。舵位上的船老大高喊："都不要动。再摇，船要翻了！"谢八月也没遇过如此险情，他喝道："都蹲下别动！"他拼尽力气执篙撑住了快速下行的船头，老王也从船篷顶上抽出根竹篙，站船沿边一起苦撑，终于稳住了摇摆的船体。还好，那架飞机投了几枚弹后直飞走了，没返回再来一次。

船靠岸后，一船人终于松了口气，大有拣回一条命的高兴。有对年轻恋人忘乎所以地拥抱一起哭了，听人说他俩今天进城是挑选婚衣布料，马上要成婚了……

这次的飞机掷炸弹事件迅速传遍沿河两岸，弄得人心惶惶，许多人担心什么时候又有飞机来轰炸。苏区政府的干部上街入户做工作，安定民众情绪，说这是上前线去的轰炸机误扔了炸弹。其实，这架飞机到底为何闯入苏区腹地并投弹零都河中，谁也说不清。但有一点许多人心中明白，白军对苏区新的"围剿"又开始了。

县城衙背街刘家祠是苏维埃工农兵政府的办公场所，老王和谢八月同在一间办公室。老王采购到一批药材，要送往离反"围剿"前线更近的银坑乡竹篙寨，正与谢八月协商送货事宜。竹篙寨是红四军的一处货物储备库，1931年6月，红、白两军在此交锋，经过七个多小时的激战，红军取得了保卫战的胜利。此处虽然山不高，但周围悬崖陡峭，只一条入寨的小道。山体中间是石灰岩溶洞，里面十分宽敞，恒温清凉。这批物资部队等着补充，老王决定亲自押送，要求谢八月派一个排的赤卫队员同行，既当挑夫又充当保镖。谢八月算了算行程时间，一天挑担走三四十里路，须三天才能到竹篙寨。而且一路上并不太平，常有土匪和流寇打劫，就怕作战部队等不了。

"王副主席，要有马车就好了，一天可到。"谢八月道。

老王说："哪里去找马车？每次运送物资也是靠自己的两条腿和一双铁肩膀。"

谢八月忽然小声地问："请你的老东家帮忙，没准行。"

老王一听就明白了，让他请岩背山的巡护马队。他觉得不妥。那几匹马几杆枪是私人供养的护山武装，如今战事吃紧，万一有什么闪失他怎么面对东家。他是开不了这个口的。

"我去趟学校，找谢茂校长问问？"谢八月见老王为难的样子，说道。

老王摇着手，说："找他不会有结果。这事只有女东家说了算。但是，她会为难的……"老王突然问："上回听丁党代表说组建骑兵连，怎么样了？"

"哪有这么容易。好像说要派人到外省去买一批马回来。"谢八月道。他又说："上回开会都说了，以后对丁胜山同志不叫党代表了，叫团政委。"

"是的。我叫惯了，一下子没改过来。要不，送货去竹篙寨的事，我们去找下丁政委，听听他有什么好主意。"老王说道。

谢八月点头同意。一会儿，俩人一同出了刘家祠，向渡口走去。红军团机关驻扎鲤门村，自从苏维埃政府成立后，他们几乎每天往返零都河南北两岸。

丁胜山政委对向竹篙寨送军用物资一事，支持老王的想法，不要去惊动岩背山巡护队。他说："军事行动这一类事情，不是万不得已，不得擅自做主求外援……岩背山的谢大姐对红军好，我们更不能随意就求人家帮忙。战争以及与之相关的事，都充满危险性，尽可能不要让军人以外的人员去冒险。"他最后决定，从团、营首长的坐骑中调出几匹马供驮运物资用，赤卫队派一个排随行保护，老王担任指挥，坐自家那匹老马前行。

"我团是刚成立的单位，后勤部门正在筹措成立骡马运输队，慢慢就会好起来的。现在的县苏维埃政府基本上是围着打仗转，经费少任务重，辛苦你们了！"丁胜山安慰道。他从办公桌抽屉里拿出一把左轮手枪，亲自装满子弹，和枪套一起交到老王手中。他对老王说："这是把好枪，学会保护自己。你原来的枪上缴，给赤卫大队吧。"

从军营出来，老王拉着谢八月回家去，说要炒两个好菜请他喝两盅。谢八月心里明白，他是有事相求。果然，喝过酒后，老王让他教左轮手枪的使用。

翌日天蒙蒙亮，老王带领送物资的马队出发了。前后是荷枪的赤卫队员，驮重前行的七匹马夹在中间，老王是这支队伍中唯一骑马前行的人。他胯下这匹老马有十几岁了，可以说就像与他相濡以沫的兄弟和战友一样亲密。老王的一个眼神这匹马都能看懂，尽管它不会说话。

一行人马默默行走了约两个小时，路道旁的石碑显示已进入岭背乡的禾溪埠地界，老王命令在此吃早饭，人马在一旁小树林歇息。他叫上一人同自己到圩场去，买了几袋煎饼和蒸红薯回来，大伙就着山泉水吃饱后重新上路。可是，再出发时一点人数少了一个。

这下可急坏了老王。他让大家周围寻找，不见踪影。怎么办？他决定不找了，队伍开拔前行。没多久，那离队的人追了上来。

赤卫队带队的排长一见火冒三丈，用枪指着那人吼道："你敢当逃兵，我枪毙你！"老王一见大喝一声："你别乱来！"他跳下马，上前把擅自离队的人叫到一边问："你到底去哪里了？"

那人其实还是个孩子，不满十七岁。原来，他就是禾溪埠人，家里很穷，有弟妹六个。早饭时看见大家吃完后还剩下一些煎饼红薯，趁众人都到一眼石井中喝泉水的空隙，卷起所剩食物跑回家去了。放下食物回来，不见了队伍他就赶上来……

老王听后在他头上拍了一下，说："回来了就好。你现在是赤卫队员，参加了革命，是有组织的人了，有事离队一定要请示。这次就算了，记住今后不能再犯了。"

"记住了。"他向老王敬个礼，转身归队去。

马队加快步伐向前走。中午在一个叫仙霞观的大庄吃午饭，休息片刻后继续上路，至傍晚时分终于到了银坑乡的平安村。竹篙寨就在这片村落的地界上。老王去年到过一次竹篙寨，他明白要想登寨，还须行走十几里羊肠山路。带着负重牲口夜行，道险坑深容易出事。他让马队再前行了一段路后，天完全黑了下来。他们找了块较平整的林坡地停下过夜。

莽野阴森，山风湿凉。老王把中午买的魔芋蒸糕分发给大家当晚餐，要求饭后每四人一组聚大树底下眯上一觉。他在周围派了岗哨，自己和赤卫队排长分工上、下半夜轮流查岗。

下半夜三点左右，竹篙寨方向忽然传来密集的枪声，刚入睡的老王被人推醒。排长把所有人都集合起来，等待老王做出决断。情况不明，老王与排长商量后认为还是先派俩人前往查明情况为妥，再伺机而动。

过了近一个小时，派去的两人回来了一个。他气喘吁吁地报告说："有一伙白匪在攻打竹篙寨，可能有几十人。山顶的枪声密切，应该是守卫竹篙寨的人员在抵抗。"老王问他同去的人呢？他说留在了山门外林中观察敌情。

老王知道竹篙寨的分量，一旦被敌人毁了损失巨大。他没有犹豫，立即决定火速支援竹篙寨。

为保障这批物资安全，他们找了一处低洼处把马背上的货物卸下堆在一起，留下俩人值守，让他们砍树枝把物资掩盖好。然后，把三十余人分成两个梯队，挑出会骑马的人骑上七匹马先行，每匹马上另搭载了一人。其余人员在后跑步跟进。老王骑马先走，赤卫队排长率后众前往。

时值黎明，西天一轮弯月的余晖照在地上，小径依稀可辨。老王一行疾速向前，一会儿就抵达山脚下的第一重山门，与留下的那名赤卫队员会合。前面已是陡峭石阶无法策马前往，一众下马步行。该寨有三重门，往上看，敌人已攻下了两重山门。

老王留下一人等后续人员，掏出腰间手枪带头冲入山门。这是他第一次指挥作战，其实内心十分忐忑不安。但事已至此他顾不了那么多了，横下一条心，要坚决支援留守山寨的红军官兵，把红四军的物资贮存仓库守住。

十几个人一鼓作气登了近百级石阶后，进入一片林木中。老王向后招招手，大家聚拢到一块。他凭借记忆低声嘱咐道："都跟着我走，沿中间山坡脊梁往上行。天黑，不要走偏了，山梁两侧多溶坑悬崖，千万小心！"

还好，这片林子敌人没留下暗哨，可能是把全部力量投入战斗攻坚了。

老王率众向上直奔，到了第二重山门前。他让大伙隐蔽起来，自己一人猫着腰摸进门去。前面的路又是几十级石阶。他伸手摸了一块石头向上扔，"叮咚"的响声传来，石头滚落石阶上便无声息了。他屏住气息待了片刻，只听见山上的枪声响。于是，他退回山门外，手一挥带领众人继续向上冲去。

攀越过这段陡峭石径，他们进到一片稀疏林中。老王领大家弯腰弓背前行，到了一块巨型悬石下停了下来。他挨着巨石向上望了会儿，前面是一条类似一线天的向高处延伸的沟涧，约有七八十米长。深涧尽头，是块开阔草坡，也就是第三重山门处了。此时，敌人就聚在草坡地以乱石和土垛作掩体往上射击。高处山门口的守护战士凭据高临下的有利位置在拼死抵抗。

他们小心翼翼地进了巷道般的深涧。万幸涧中也未设哨位，这让老王内心一阵窃喜。种种迹象表明，这股敌人人数不多但胆子大，尽管不清楚他们从哪里来的。一小股力量不顾一切向上攻，或说明敌人已骑虎难下没有退路了，因为如果后撤，守卫的红军战士凭借位处上方和对地势的熟悉优势，他们是无法全身而退的。因此，只有拿下最后一道关卡，才是唯一生存的希望了。

冲出涧口，老王把力量分成左右两个战斗小组，成八字形接近敌人。他命令大家守住两侧留开中间，给一条敌人后撤下山的路。他心中明白，只要敌方掉头下山，后面步行赶来的赤卫队员就能截住他们。一旦形成上下夹击，敌人就玩完了。

或是天黑，或是急于向上进攻，老王他们已到了近火距离，敌人竟毫无察觉。

"打！"一声令下，十几杆枪出其不意同时开火，第一波射击就毙伤敌人一片。接着又一波子弹犹如天降神兵，吓蒙了白匪军，敌人顿时乱作一团。黑暗中根本无法看清对方多少人枪，不可能组织有效的抵抗，只听"妈呀"的叫声一片，掉头向后奔命狂逃。正如老王预测的一样，敌人朝中间留出的路仓皇下山。

上面山门处坚守的红军见此情形，相信是增援部队上来了，为了不误伤自己人便停止了射击。

此刻，抢道而逃是这股白军唯一的选择，谁也顾不上谁。老王见溃败之敌全进了深涧，带领大伙追击。他一马当先冲在最前面，一边挥枪射击。突然，他的左臂一阵酸痛，用手一摸，湿液黏手指，他意识到中弹了，心里"咯噔"一下。他没有停下，继续追击逃敌……

这个紧要关头，赤卫队排长带领的二十多人已赶到了第一重山门外。他听了在此等候的人员报告情况后，从山上传来的叫喊声中判断出敌人溃逃下山了。他立即让赤卫队员一字排开，匍匐在门口几米开外的地方，用火力封锁住大门。

不多时，白军三三两两冲下石阶窜出山门，守株待兔的赤卫队员像训练打靶一般瞄准射击，一批又一批刚奔出山门的敌人就这么魂归西天了。其实，逃命者一时间分不清枪声来自何处，一直以为是身后追兵在射击呢。所以从陡石级上俯冲而下，朝山门外狂奔不止……

风卷残云般的追歼让老王和他率领的勇士们神情激奋，个个似下山猛虎锐不可当。山上山下两支赤卫队胜利会师时，老王因失血过多忽然晕倒在地上，胜利的喜悦这一刻凝固了。

竹篙寨这次遭遇战几乎以全歼偷袭之敌的胜利结束，缴获几十杆枪和一部电台，惊动了红四军军部。据受伤俘虏交代，他们是"围剿"苏区的中央军某师的一个三十八人先遣分队，执行穿插侦察任务，进入了雩都县。在银坑乡平安村，他们发现了红军的一个军需仓库，经电台请示，上峰命令他们设法毁掉它。于是，他们趁黑夜摸上山去。两重山门的岗哨被他们解决了，最后一重门遇到了顽强地抵抗……守卫山寨仓库的红军仅有一个十七人的加强班，这晚的战斗有八人牺牲。如果不是遇到老王率赤卫队紧急支援，竹篙寨就很可能失守了。

老王晕倒后，排长为他做了创口止血处理，派人骑快马送到附近圩场一家诊所紧急就医。此时，天已亮了。当天，他又被送到了县城医院。

三十三

一个礼拜后，老王回到岩背山疗伤。他左上臂被枪弹重伤，医生为他清创取出弹头时，发现有小块骨碎，需两个月静养或可长成新骨痊愈。因那晚的战斗他流血过多，整个人消瘦了下来，肤色苍白。

谢英的腿伤已好了，刚丢掉拐杖又遇上老王回家疗伤，她心中有种说不出的难受，有意无意间抬头朝天长叹一声，默念上苍保佑一家人平平安安就无所求了。她终于明白了，早年父母在时非常虔诚地敬神祈福，这实在是一家之主殷殷之情的宣泄，是一种无奈心愿的表达方式，与所谓的迷信无关。

这天晚饭后，她依旧吆喝上几条犬一起散步，同时把老王和邱润年、芹花叫上，朝出山的那条路慢行。她说："以往老王忙，来去匆匆。这一回，要在山里住上些日子了，我就想把好久都想办的一件事办了。"仨人听她这么讲互相看看，都不知她说的是什么事。

她说道："我要说的事，就是想把金华和小亚的婚事办了。你们都知道的，他们不是亲兄妹，无血缘关系。这俩孩子亲得不得了，看得出互相有这个想法，就是不好意思开口。"

大家一听都说好。谢英继续道："操办婚事千头万绪马虎不得。老王你负责主事，润年和芹花是老邻居又都有经验，配合你一起来把这件事办好。正好有你们仨在这岩背山上，我就放心了。"

邱润年高兴地说："我办这事可有经验，以前村里哪一家办嫁娶喜事少得了我？不是吹牛，老王有些礼道下数还不一定有我懂呢。"他这么一嚷大家笑了，都一起恭维他，听他咧着嘴吹嘘了一通。

芹花自进山来对谢英毕恭毕敬，十分感念她收留自己。谢英不嫌她，要她参与办婚事，她一听非常高兴，说："大姑您放心，小亚新娘的梳妆打扮这些事我包了，我定会把她装扮得花一样美丽。"谢英笑笑道："我相信你。"其实，她何尝不知道当地风俗，负责新娘子出嫁事宜的妇女要命好的人，芹花可算不上命好。然而她没别的选择，再说也不太在意这些讲究。

老王心里想到的是另一件事。他十分了解谢英，这几个月来她和自己相继出事，而且都是差点要了命的枪战，她或觉得家运不遂，想办一场喜事冲冲晦气。当然，他没有把这话说出来，况且东家兄妹俩也曾几次说过为孩子完婚的事。"大姑，近日就办这件大事，东家和幺妹都知道了吗？"老王问道。

"明天就让金华和小亚一起进城去。一是选购新衣和首饰，并到照相馆拍张新婚照片；二是把我哥和幺妹请回来定事。只要两个年轻人没意见就成。我与哥早就想让金华和小亚完婚了。"谢英回答。

一行人边说边走，到了山口那两株古枫下停了下来。此时天已渐渐黑下来，只有西边苍穹还留下一抹玫瑰色的粉晕。头顶之上，掠过一行说不上名的鸟，正赶着归巢。

回屋后，老王一条胳膊绑着固定的绷带，他用一只手简单地用毛巾洗抹了一下身子，便早早上床休息了。

山里的夜晚没有鸟鸣，未闻狼嚎，显得格外静谧。他直挺挺躺在床上，因伤口还不时隐隐作痛，难以安然入睡，偶尔屋外一阵微风吹过，树枝"沙沙"作响，他听得清清楚楚。他想起谢英傍晚说的话，总觉得她如此突然地要给谢金华和谢小亚办喜事，竟然谢茂也是临时请他回来定事，应该还另有原因。他猜不出也不便多问。

谢英在他心中就是一尊女神，他从不怀疑这位一直以"大姑"相称的中年女子做出的任何一个决定。同在一屋檐下生活，相处这些年两人未曾发生过一星半点不愉快的事，这在外人看来是难以置信的。因为处于绝经期年龄而且长期单身的女人，大多都性情孤僻，甚至刁钻古怪，可她却是少有的豁达，一直温如文火静如潭水，不论对家人还是外人，总是彬彬有礼，绝少发脾气。作为男人，他自知自己与她的种种巨大差异，从不敢有非分之想。现在，外人看来自己当了苏维埃政府的"县官"，好像身份变了，他却没觉得有什么高贵，一丝一毫不改对女东家的崇敬之心。在他看来，人与人两个个体之间非集团关系，不是以阶级分的，不是以身份分的，不是以金钱分的，是以相知互爱、坦诚相待、良善怜人与否而分的。

老王的思绪漫无天际驰骋荡漾，人与人、情与殇、昔与今无数生活的片断掠过脑际，其实很多事他也是困惑的。这时候他习惯把头摇一摇就过去了，并不自寻烦恼深究下去。懂得自我解脱是他能够在纷繁复杂的社会中平安生活的法宝，他认为有限的满足才是人生唯一正确的目标。他鄙视"悬天挂网"式的一味追求。对他来说虽然一贫如洗，但坚持做人底线，不作非分之想，更不为非作歹。比如本村首富刘洪元一贯以来贪得无厌，用尽手段苛刻盘剥百姓，他认为就该严惩；而刘洪元的小老婆芹花连带受苦，他却愿意帮助她。爱憎分明和知恩图报似两条平行线贯穿于他几十年的人生轨迹。如今，红军来了，穷人翻了身，他决不忘本，既尽心尽职为红军做事，亦对自己的好东家敬重有加，不离不弃。

　　此刻他不知道，其实谢英也正在想他的事情呢。在相隔他几个房间的一间卧室中，谢英坐在一张藤椅上，望着桌面的一盏松油灯发呆。老王猜得不错，谢英突然决定为儿子办婚事是有原因的。因为谢金华前天给她提出也要去参加红军，说自己不能窝在山村中一辈子。她无法拒绝儿子，但也不能让谢家断了后嗣，所以想让他马上结婚。另外，她想了很久，想给老王说一门亲事，不愿看着他打一辈子光棍。最近她把这个想法给芹花说了，芹花答应帮忙物色一个女人。今天，老王因受伤突然回到岩背山，更坚定了她尽早把这两件事落实好的决心。

　　漫漫长夜，面对灰暗的松油灯那长长的火花，她心中泛起阵阵莫名涟漪，那是一种深深的忧虑在叩击心肺。这户在鲤门湾曾经荣耀和风光百年的人家，转眼轮落到靠她一个不懂洗浆补缝的女人苦撑着！她的二哥太过单纯，甚至近乎迂腐，大小的事情都等着她拿主意。她自知身体并不好，特别是那次单枪匹马去闽西寻儿后，身体过度透支一直未完全恢复，至今间或出现神情恍惚、力不从心的状况。近两年多她是依靠坚忍的意志在苦撑，精神之弦一直紧绷，若哪一天弦断了会怎样？号称鲤门大谢屋的人家或从此就真的湮灭了……她时常觉得，曾经为儿女们操心一辈子的父母在天上一直看着自己呢。

　　她没一丝睡意，起身打开房门往外走。几只在走廊游荡的猎狗跑前来，围着她高兴地吠叫几声。几声狗叫惊动了老王和同在这栋平房住的邱润年和芹花，几个人都披衣开门出来了。

　　"没事没事，都回房睡吧。"她说。芹花近前问："大姑，您睡不着呀？"

　　谢英看大家的样子都尚未入睡，就说："要不，我们一起到这边饭堂里坐坐，聊聊天？"几个人都说好。

　　于是，众人进去围着张饭桌闲聊起来。芹花从壁橱里拿出几只碗给每人倒上开水。谢英突然起身，回自己房中拿了瓶雩山白酒出来，给两位男人各斟了一杯。

　　雩都河沿岸"围剿"与反"围剿"的硝烟一直没有真正停歇过，大大小小的战斗十分频繁，失败与胜利的消息相互交织，弄得人心惶惶。岩背山的一场婚礼就在这样的背景下如期举行。

喜气洋洋的氛围仍然营造到位。路边的树、房中的梁都挂着火红灯笼。山腰那排平房和山上榨油坊的门窗上，贴着红彤彤的吉祥图案剪纸。饭堂正中一个巨大的双喜字闪闪发光，用金箔纸作了镶边处理。新郎谢金华一袭大红唐装，黑漆皮鞋，一丝不乱的大分头彰显一副大公子派头。新娘谢小亚被芹花从闺房扶出来时，丝质霓彩的衣饰难掩婀娜身姿，她款款地移步厅堂，红头巾把羞涩和激动盖得严严实实。

因为新婚男女本就一家住着，这场婚事无须车马接亲与吹打出嫁那些繁文缛节，省去了许多程序性的环节和麻烦，直接就可以拜完堂送入洞房了。也是由于战争僻居一隅的缘故，谢家兄妹一致同意简办婚事，不张扬不请客。但是，厅堂中也坐着几位请来的贵宾，他们是谢茂兄妹母舅家的老表以及小亚的娘舅至亲。

老王今天穿一身崭新的衣服担任司仪。为了不伤大雅他忍着不适，暂时把左臂绑的绷带下了。谢英和哥哥坐在厅堂正中位置上，接受了新郎新娘的跪拜礼。此时，谢英的心情是复杂的，自己本未婚却以高堂之位接受儿子儿媳的大礼，而且身边坐的是自己的兄长。但邱润年事先解释清楚了："孩子结了婚后，小亚可以改叫谢英妈，金华也可随媳妇叫谢茂爸了，这是亲上加亲、好上加好的关系，无妨。"

既无妨就无须再纠结，走完流程就好。所有在场的人便欢欢喜喜地祝福一对新人，见证这一刻新郎牵着新娘子的手入了洞房。

鞭炮齐鸣，山岳回响，撒糖猜拳，喝酒吃肉，也是热热闹闹地喧哗了一日。陈有福几个光棍还在新房里闹洞房耍到半夜方休。

谢茂少有喝醉酒的时候，但今天没喝多少就醉了，晚上早早地关了房门躺在床上。老王去找他时，见床前呕吐了一地秽物，赶紧拿拖把清除干净。由于自己伤臂不方便，又叫来邱润年帮忙，把东家扶起靠在床背上，为他揩洗了一番，让他喝了一海碗的茶水。

床边，仨大男人坐一起你看我、我瞧你不用多说话，个个心里明镜似的。他们都是老鳏夫，所谓妻子都已经是很久以前的记忆了，单身一人无人管的生活早已习惯。邱润年尽管与芹花走到了一起但并非夫妻，外人看他俩就是暂时各取所需罢了，根本谈不上拥有一个完整家庭的幸福。对于一个父亲，嫁女儿就是实实在在割了他身上的一块肉，从稚儿到长大成婚，一直捧在手心的宝贝从此后就完全属于另一个男人了，这一份难舍让人产生剜心离殇之痛，绝非女儿大婚之喜悦！何况，谢茂在女儿牙牙学语时妻子就离开了他们，他既当爸又当妈养育女儿，带她哄她爱她宠她十几年，奔走在雩都河南北两岸，在家与工作单位之间两点一线往返穿梭。而从今日之后，嫁鸡随鸡，唯一的女儿终归夫唱妇随，走出大山离他渐行渐远……

"东家，好些了吗？"老王问道。

谢茂点点头，有气无力道："麻烦你们了。"他挪挪屁股坐正一下，对着邱润年说："润年兄，芹花你要对她好，你们算患难之交了，要珍惜这份感情。男人和女人，其实就那么回事。夫子曰'饮食男女，人之大欲存焉'，说的就是人的一生，离不开吃饭和婚恋这两件事，一个属民生生活，一个是婚姻家庭。我和老王，现在就是残缺人生之人，家中没内人如同缺胳膊少腿，无奈得很。你，已有女人在身边了，争取早点成为内人。日子是自己过的，该低头时就低个头，只要有个完整的家比什么都强呀。"

邱润年回答："东家说得对，或在这件事上我比你俩命好。老天把人分成了男女，有时我们真就缺不了那一半。时间或能解决一切，等到合适的时候我就把芹花明媒正娶了。"

老王又倒了半碗茶水给谢茂。他说："我还是相信命，该有的自会有，不该有的强求不到。我们都是一大把年岁的人了，凡事还是多往好处想，顺其自然就免除了许多烦恼。特别是当下战火纷飞，今夜不知明日事，静心等待时局好转吧。东家，我说得对吗？"

谢茂回道："要是战争无休无止下去呢？润年兄和芹花妹子就这么干等着？"

三个老男人你看着我，我看着你，不说话了。突然，一起哈哈大笑起来。

儿子结了婚，谢英也算去了个心结，一早起来感觉全身轻松了许多。

吃早饭的时候，大伙聚厅堂门口等迟迟未起床的新郎新娘，说说笑笑少有的热闹。谢英拉着谢茂到自己房里，说："哥，按理婚后第二天，是女儿和新女婿回娘家行拜谢礼，但你我就一家住着也无须多礼了。等会儿他俩给我们打招呼时，我们还是要给每人发一个红包的。你准备了吗？"

谢茂道："还是你想得周到，礼数不能少！我这就去准备。"他转身就要走，谢英叫住他说："我已经给你包好了。"她从衣袋里掏出两个大红包，递了过去。谢茂在手上掂一掂沉沉的，笑着问妹子："一个是多少？"谢英用手比划一下"六块银圆"。谢茂释然，道："咱中国人就喜欢六，六六大顺，早抱儿孙！一切为了传宗接代。可惜了，我们年轻时不重视这个，不然也不是今天这个样子。"谢英一听二哥又要书生气地发感慨了，赶忙拽他一起出了房门。

新郎新娘在小姑幺妹的催促下匆匆洗漱完毕，在厅堂门口有礼貌地一一向大家行礼打招呼。在谢茂面前，谢金华跟着小亚叫了声"爸"并鞠了躬，谢茂笑吟吟地给俩人递上红包。小亚也跟金华一样叫了谢英一声"妈"，谢英"嗯"了一声，给一对新人红包后忽然双臂一展，把两人揽在胸前久久紧抱一起。在场的人看见，这位坚强的母亲突然流淌了两行热泪……老王心中明白，她定是又想起了千里寻儿的那些事了。

"来来，进去吃饭了。"谢茂非常理解妹子突然无法控制的情感宣泄，为了儿子她实在付出太多了！他忙招呼客人入席开饭。邱润年把几位至亲贵客安坐在了首席位置上。

早饭以后，谢茂兄妹听说母舅家的表兄弟等几位亲戚要回家去了，挽留多住几日未成，便送上大包小包的礼物让几位巡护队员骑马送他们到山外。

谢金华和小亚燕尔新婚提出要到外面去度蜜月，谢英因战争原因不同意。最后决定两人进县城玩几日，吃住在小姑家。于是，幺妹和谢茂也都一起离山回城去了。转瞬间，热闹的岩背山恢复了往昔的寂静。

一天下午，巡护队的小伙子们在油茶林中给挂果的树进行整枝，谢英叫上芹花也到林中走走。入夏的油茶树结满了累累果实，每一颗都有蒜头大了，丰收在望。但是大片林子是许多年的老树，枝枝丫丫太多，蓬厚如盖。如此严实密匝既影响养分供给，也不利光照和通风。因此，须劈去残枯树干和剪除多余弱枝，让整片林子看上去疏密有致，通透清爽。芹花未曾进过这片高大的油茶林，甚为新奇高兴，话也多了起来，说可能一棵树的油就可供一家人一年的食用吧？谢英开玩笑说："送你两棵，你就可以天天炸米粿吃了。"俩人哈哈大笑起来。

旁边在修剪树枝的小伙子是陈有福，听到她们的说话后对谢英喊道："大姑呀，我们有些日子没煎米粿吃了。明天，我去磨米浆好吗？"

谢英爽快应道："行！只要你不懒，磨多少浆就炸多少米粿或油饼。"

其他几位年轻人听见了，"轰"地大叫："吃油饼了！大姑万岁……"

芹花被小伙子们的情绪感染了，她突然说："我给你们唱支歌吧。"大伙齐声叫"好！"谢英望着芹花红扑扑的脸，鼓励她说："其实你同他们，差不多属同代人。放开喉咙唱吧！"

"嗯哼"一声，芹花清了清嗓子，张口高声唱起来。这是一支古老的情歌，客家茶篮灯曲调：

> 哥呀，我找了你很久，没想到你躲在这山林中
> 哥呀，我找了你很久，没想到你躲在这湖水中
> 哥呀，我找了你很久，没想到你躲在这云天中
> 哥呀，我找了你很久，没想到你躲在这梦境中
> 哥呀，我找了你很久，没想到你就躲在这泪水中
> 我的哥呀，我的天呀，我的男人呀，我的夫君呀
> 苦楝树开花结白籽，没有了哥，我咽不下这苦楝子……

芹花委婉深情的歌声打动了所有人，小伙子们大声呼叫"好听！"要芹花再来一首。谢英也没料到她的歌喉这般清纯优美，唱的歌如此情深感人，伸手向她祝贺。可是，却见芹花眼帘上竟挂了泪花……

"芹花，到那边看看。"谢英在她肩上拍了一下，拉着她的手继续向高处走去，转头对小伙子们说了一句"下次再唱吧"。

谢英想，芹花的苦，藏在心底，或只有她自己能体会得了。

人的内心情感是最难说清楚的。芹花因为唱支歌突然引发心底情殇波澜，往事如洪涛之水涌上心头，竟无法控制地潸然泪下。这几年，在经历了山呼

海啸般的冲击后，一切已物是人非，作为一个尚未生育一男半女的弱女子，她死的心都有。可是至今，她还浑浑噩噩苟且活着，是"蚂蚁尚且偷生"的缘故吗？她唱的那支歌，是故乡戏班子的一首保留曲目，自小她就会哼唱了，可今天唱起来仿佛就像在呼唤她那被砍头的丈夫，怎么会是这样呢？她难受极了。

有时，感情的闸门开启了便一时半刻无法关上，她连续两日闷闷不乐。这天，她用清水泡了米和少许黄豆，把前一天的剩饭与之搅拌一起磨成浆，高油炸了满满一簸箕金黄的米粿。午饭时米粿端到桌上，让巡护队的年轻人高兴坏了，有人大饱口福后干脆肉麻地叫她"大姐姐"了，让谢英笑他们"嘴贱"。

午饭后，芹花记得磨了浆的磨盘未冲洗，便提了半桶水去磨坊清洗石磨，听见房后林中有巡护队员在闲坐说话，她停步听了一耳。不曾料想，他们正在说着自己："……这个女人虽漂亮但不祥。克死了老公，又葬送了情夫的前程，惹不得的……"她犹遭旱雷，彻底蒙了。

第二天，芹花就不见了，大家山上山下找遍了也不见踪影。后来，邱润年在她房间桌面上的一盏油灯下，发现了一小纸片，写着"我回娘家了，别来找我"这几个字。

芹花是外乡嫁到鲤门村的，娘家离此处有近百里地。谢英安慰邱润年道："知道她的去向就好了，我还担心遇上野兽了。她不给你和我说，有她的考虑，遂她去吧。"

邱润年少见地哭了。他是很在意芹花的，为了她才落到如今的地步，躲进这深山沟里。可她呢，屁股一扭就走了，还特别说别找她了，根本不在乎他的感受。是什么刺激了她忽然改变主意弃他而去？他想不明白。

"很多时候，人与人的关系说不清道不明，特别是男女之间，或是一件小事一个念想，解不开、想不透时都会发生大问题。就是家庭成员之间也一样，所以才有'清官难断家务事'这一说。或者，过些时间芹花又回来了也说不准。"谢英对邱润年道。其实，谢英对芹花的离开也颇感意外，她十分诚心地待这位落魄的女人，也未得到一声道别。

芹花就这么无声息地离开了岩背山。很久以后，人们在雩都与安远交界的饭甑山见到了她，在山顶一佛庵念经吃斋了。

人性的诡异并非一点无章可循。那日在油茶林给小伙子们唱歌，"哥呀哥呀"地一喊，她动真情了，"哥"的形象在头脑中挥之不去，晚上低声哭了半夜。她钻牛角尖地认为，自己与同龄人比命太苦了。第一位男人家财万贯，娶了她后身首异处；第二个男人当着官，与她好后罢官出逃，接着生意赔钱，现在寄人篱下有家难回！她的八字注定太硬了，是不该拥有男人的命……

邱润年和谢英并不知她的这些想法，没及时帮她从极端异想中解脱出来。这件事对邱润年的打击太大了。在某种特定的情况下，男人伤心到了极点是会发疯的。邱润年自此以后，行为就有些失常了。他不论天晴下雨，每天傍晚时分会一个人往出山的路口走，站在那两株古枫下眺望许久，直到天已漆黑才返回。夜晚，他到山下小河边给马添草料，几次睡在马厩一角的稻草堆里。

谢英和老王都担心他了，尽量与他多次交流，可又看不出有什么特别的不同，也只好任他去。邱润年曾想过找芹花，但他并不知道她娘家的具体地址，而且作为情夫去找她别人不认可，只好作罢。在他的想法中，还是认为芹花不用多久就会回到这里来找他，他设想着他们再次见面的种种情景。有天早上，他高兴地对老王说："昨晚上做了个梦，芹花回来了。这是好征兆，恐怕就这几天她就进山来了。"一天天过去，梦境没有出现，令他沮丧到了极点。

最终他还是出事了。谢小亚结婚半年后怀孕了，闻此喜讯谢英非常高兴，中餐让大伙喝了几杯酒，邱润年无节制地喝醉了。饭后，他突然独自到马厩牵了一匹马出来，骑马飞驰向山外奔跑，嘴上嚷嚷着"芹花从娘家回来了，我去接她……"有位巡防队员遇见了他歪着身子在马上，想拦下他没拦住。后来几人骑马去追，没跑多久就追上了，他却没在马背上，而是躺在地上昏迷了过去。无疑他是从马背上跌落下来了，到底伤到哪里受伤多重不知道。

谢英怕他有性命之虞，让谢金华带着人把他送到县城一家医院检查。医院诊断结果是严重脑震荡，须住院治疗。谢金华给他办了住院手续，缴了费用，留下了黄长生在医院陪护。

邱润年在医院住了两个礼拜，病情已好转。一日，他趁人不注意擅自出院走了，从此再没人见到他。

三十四

1933 年秋，蒋介石调集约百万大军对赣南、闽西中央苏区展开规模空前的第五次"围剿"，苏区军民进行反"围剿"的战斗异常激烈。雩都河流域作为苏区腹地，征兵扩红、征粮募资的工作再次推向高潮。

老王的臂伤已痊愈。上次竹篙寨保卫战中，他组织指挥有方并奋勇杀敌，苏区予以通令嘉奖，还获得红四军特别为他颁发的一级军功章，受到红一军团首长的接见。

一天下午，他带着十几人的工作队从梓山乡返回县城，在鲤门渡口听到有人说谢茂家添丁了，便向工作队一位负责人交代了几句，带着一名勤务兵骑马往岩背山去。在路上的一家小卖铺，他买了五斤红糖。

岩背山这几日沉浸在少有的喜悦中，谢茂和幺妹都进山来了，大家围着刚出生的婴儿团团转。老王一下马进屋，谢英第一个抱起小孙子给他看，高兴地说："是个胖小子，你看像谁？"老王瞧瞧道："方形脸像金华，双眼有点突，像小亚。"幺妹上前笑嘻嘻地对孩子说："宝宝，这是你家当官的王公公。快点长大，叫王公公给买糖吃。"她这一说，一屋子的人"轰"地大笑了。

谢茂进屋来，老王忙抱拳给他道喜："恭喜东家！"谢茂回礼："同喜同喜！"老王把一包红糖拿给幺妹手上，近前问候了一声还在卧床的谢小亚后，随东家谢茂出屋聊天了。

"晚上就在家住了吧？"谢茂问老王。"住一夜，明早就回城去。目前，前线仗越打越大，我们后方的支前工作任务重呀。"老王回答。

谢茂叹了一声，道："这老蒋没完没了，看来非同红军争出个高低才肯罢休的。嘿，其实这三年下来，我看共产党一点不差于老蒋那个国民党。当官的没架子，处处严于律己，遇事真格能为民作主。就说学校的教育，还当真实现了孔圣人的'有教无类'理想。从前，贫苦人家的子女有几个读得起书的？如果能让共产党这样治理下去，或许真能够开创一番百年新气象。"

老王听谢茂这么说很高兴，感慨道："东家您，是位正直的先生。说话明事理，先众后家，不计较个人小利。说起来我算幸运，遇到您这么好的东家。"

"我是看着你升职的。实话说，从你身上我受影响很深。谁能让一个大半生的作田佬提拔当上副县长？也只有共产党了。这足以说明这帮人才是以天下为公的。我虽然有时迂腐，但没糊涂到是非不分。现在，我既然当了苏区的校长，就会尽力把分内之事做好。"

谢英走上前来，说："你们进饭厅去聊吧，跟老王来的小伙子也好坐下来喝杯茶。"谢茂赶紧道："是，进屋去。我都只顾说话了。"老王把站在廊下的勤务员叫进屋内。

吃晚饭时，谢英端着一大钵煮熟的红蛋出来，每人前面放了两对。她说："小亚是前天生的孩子，今日就是'三朝'，乡俗是应吃红蛋的。正巧老王你们赶上了，这是吉兆。一家人平常也少有聚在一起，今晚就好好喝几杯酒。"她让谢金华给各位倒酒。

谢茂以家长身份端起酒杯，激动地说道："我谢家终于有了新一代传承人，祖宗保佑！这第一杯酒让我敬先辈。"说完，他恭敬地走到厅堂上方正中的神台前，把酒洒在地上。回到饭桌让金华再倒满酒，说："来，所有人都全心全意，干！"大家碰杯后一饮而尽，谢英也破例喝了杯酒，用手挡住嘴咳了几声。

幺妹道："大家都在，宝宝还没起名字呢，哥想好没有？说来听听。"

谢茂回答："我都琢磨两天了，拟了好几个，还是定不了。容我再想想。"

谢英接话说："孩子可以起个大名再起个小名。大名哥好好琢磨，我给起个小名，就叫'岩松'好不好？孩子在岩背山出生的，这里最多的是松树。就让他成为一棵四季常青的普通松树，只求健健康康、平平常常就好了。"

大家一听，都说岩松这名字好。谢茂亦称赞道："松柏常绿本延年，百年岩松留仙鹤。这名字大气吉祥，还可追溯起名动因，就当大名用了。"

夜里，偶尔几声婴儿的啼哭，清亮无邪，让处于崇林深谷的岩背山第一次有了普通乡村人家的那种特有温馨，闻之让人心中泛起一阵异样情愫。老王作为这户人家几十年的一分子，对于谢家添丁，和东家兄妹一样欣慰。

此时他躺在床上久未入睡，想起了老东家垂暮之年那种忧虑企盼的眼神，不管怎么说这个大家族总算后继有人了。他又联想到了自己的儿子王种田。他 1930 年参加红军，整三年了，只给家里来过两封信。前些日子听丁胜山政委说，儿子仍给一位首长做警卫工作，其他情况不明。据说，他一直就在瑞金县，离家路程并不远，可是频繁的战事让他无法离开岗位，哪怕短暂的几天时间。睡梦恍惚中他儿子骑着高头大马回来了，站在面前的还有一位娇美的姑娘，儿子介绍说是自己的媳妇……他把儿子和媳妇带去见谢英，谢英大姑高兴得不得了，伸开双臂把一对年轻人搂紧在怀中说："老王，他们俩归我了！你走吧……"他急了，说："大姑，我知道你爱种田，但他是我的儿子呀，我怎么没份了？要不，我们四个人一起过吧……"谢英怒了，说："你想得美……"忽然，谢英带着儿子儿媳飞了起来，腾云驾雾走了。他在后面拼命追赶，大声喊着种田的名字……

"王副主席……"他被同睡一间房的勤务员推醒了。"您大声喊叫，是做什么噩梦了？"勤务员问道。老王坐了起来，大口喘气，说："是迷梦了！"他下床端起桌上的茶盅喝了口水，让勤务员继续睡觉，披了件衣服出门去。

夜已深，屋廊上月影婆娑，他抬头望西天峰峦，一轮冷月正坠巅隐去。忽然两声狗吠，一只犬朝他过来，到跟前摇起了尾巴。

他在房前草坪上散步，回想刚才的梦境。听人说梦是反的，如果这样王种田暂时还不会回家来，他也没有找到女朋友，谢英也不会对我发脾气……

"嘿！我这是怎么了？"他哑然一笑，觉得自己真的老了变得婆婆妈妈了。

此时，"咿呀"一声开门响，东头房间走出一个人来。朦胧月色中那人朝他走过来，未到跟前他已认出是谢英。

"大姑，怎么起来了？"他上前几步先问候一声。

"我睡不沉。仿佛感觉到屋外有些动静，就干脆起来看看。"谢英道。"怎么睡不安稳，是小孩哭吵的？"她问。

"不是。是做了个梦，醒后就睡不着了。"老王回答。

谢英好奇地问："是什么梦？说来听听。"

老王迟疑了一下，干脆把梦境说给她听了。谢英听完笑了，说："你想儿子，把我也搭上了，我还成仙了会腾云驾雾……"

"梦不可信。大姑别当真。"老王随口回答。谢英听他这么说更乐了，说道："你呀，把我当三岁孩童了，我会当真你说的梦？"

老王赶紧纠正:"是我讲错了……我,怕迷梦,奇奇怪怪,乱七八糟……"他忽然感到自己的心在怦怦跳,或是夜深人静与一名女子单独在一起的原因?他生怕对方再说些什么话,自己更语无伦次起来,于是对谢英道:"大姑,我去睡觉了。"

谢英看他转身回房间去,感到老王有点怪怪的,是不是有什么事不好对自己说?她隐约觉得,老王一定有心事,只是不便讲出来。她独自在坪上走了走,突然感到身上有点凉,想到黎明前正是露水生成的时间,便返回房中睡觉去。

她无法睡着,又回想了一遍老王说的梦境。"要不,我们四人一起过吧……"这句话出现心头,她终于明白了!尽管这是个梦,但从老王口中说出来,多少反映出日有所思之意。她早已不是青春少女了,发现一个男人对一个女人心底藏着一份爱慕之意并不觉得丢人,更不会大惊小怪。异性之间产生的倾慕无过错之言,更没有身份差别,只要不做出违背对方意愿的行为就行。就像天下许多男人把某公主某女影星视为梦中情人一样无可指摘。

谢英想着心事,伸手摸摸自己的脸颊,感到有点发烫。她竟然发现了还有男人在暗恋自己,这让她似乎沉眠已久的女人特有的那种羞涩与忐忑浮出水面,内心多少添了几分澎湃。她可是名副其实的老处女,以前的一场恋爱似一阵风刮过就再不见了踪影,那个男人让她饱受了相思之苦,对于别人再无萌动过春心。可是,今夜忽然而至发现的事,多少让她猝不及防,思绪绵绵。

天亮后,谢英起床进了厨房。她见幺妹已在灶下烧火准备早饭,便说:"老王俩人有公事,起床后就走,先给他俩弄点吃的吧。"幺妹回答:"好。还有现成的油饼热一下,再煮几个酒酿蛋。行不?"谢英点点头。

三十五

老王离开岩背山回到县城,刚在办公室坐下就接到电话,让他立即去县城北门街何屋见一位中央来的领导同志。北门街离县苏维埃政府办公地不远,他立即前往。

何屋是一幢宽敞的民居，青砖黛瓦，前后有小庭院。走进厅堂他立即感到气氛不一样，在场十几个人不苟言笑，都是地方和驻军的主要负责人。一张长桌的首席位置上，站着位陌生的领导人，他一头长发，瘦高个子。驻军政委丁胜山和县委书记挨近他身旁。

众人落座后，老王找了个临门的位置静静坐下。丁胜山首先给大家介绍了坐在首席的领导："同志们，我非常荣幸地给大家介绍，这位领导同志就是中华苏维埃共和国临时中央政府主席毛泽东。"大家一听是毛泽东主席，"轰"地站起身使劲鼓掌。"是毛主席……"老王激动地自言自语。

"毛主席在百忙之中来到雩都考察，是对雩都苏区工作的肯定和最大支持，让我们以热烈的掌声欢迎毛主席讲话。"县委书记说。大伙掌声雷动，经久不息。

毛泽东挥了挥手，讲话带着浓重的湖南口音。首先他说了雩都这个地名。他学识渊博，引经据典娓娓道来，听得大家入神。他说，雩都以城北有高耸雩山得名，是我国南方先人祈拜上苍降雨的一方圣土，蕴含天神播霖之都的深意。《论语》曰"风乎舞雩，咏而归"，讲的是一群春游的人在舞雩台上吹吹风，唱着歌回家去。"舞雩"二字，就是祭雨的仪式。汉字中，以雩字为山地名的没有第二。古代天旱祈雨是项重大社会活动，可见两千年前雩都这方水土在华夏社会的特殊地位。乞云龙于雩山之巅，撒甘霖于赣粤闽湘，犹如当下的中央苏区，星火燎原已燃遍大江南北，目的就是泽被庶民万众，让天下苍生过上好日子。

接着，他说了当前苏区的反"围剿"形势，对雩都的苏维埃政权建设、土改政策的落实、社会团体的组织与活动、扩红筹款等工作，进行了点评和再部署。他说赣南腹地的雩都是中央苏区第一人口大县，是红军财政的钱袋子，亦是兵源的主要输送地之一，各级党组织和领导干部要以百分之百的精力和干劲，完成好组织民众、巩固苏维埃政权、夺取反"围剿"胜利等任务。他说，革命的道路是波澜起伏的，越是困难的时候越要坚定信仰。失败胜利、再失败再胜利，只要我们充分发动和依靠最广大的民众，我们的正义事业终将取得最后的胜利。

散会后，丁胜山找到老王，告诉他有一支五千人的红军部队进入了梓山、黄龙地域，他们刚从广昌县反"围剿"前线下来，到这边休整一段时间。县委要求他带人去慰问部队，先到梓山乡山峰坝村，那里是该部队的指挥机关驻扎地。希望慰问组充分征求部队意见，了解清楚部队急需什么物资补充。

下午，他紧急召集政府各部门人员开会，安排做好慰问活动的各项准备工作。翌日上午，十几辆马车装满粮油蔬菜等物资向山峰坝进发。

老王坐在第一辆马车上。他想，五千人的部队或是红军一个师的建制，如果在这里驻扎半个月，军需供给也是个巨大的量级。苏维埃政府必须广泛发动附近乡村的干部和民众，全力做好援军保障工作，丝毫不能怠慢。

到了山峰坝村，村口有赤卫队员站岗盘问，当得知是县里组织的慰问组，就去报告了。一会儿来了几名军人，其中一位年轻军官忽然跑步过来，到了第一辆马车前大喊一声"爸！"老王惊了一下，才看清楚竟是儿子王种田站在他面前。

"种田，是你们的部队过来了！"老王高兴地跳下车迎上去。父子俩久别重逢，手拉着手久久盯着对方看，笑得合不拢嘴。

同来的几位军人见他们父子相会，上前亲切地打招呼，齐叫老王"叔叔好！"慰问队其他人围上前来，稀罕地看老王的帅气儿子。

慰问马车浩浩荡荡进入部队营区，在一间库房前停了下来。物资入库时不少红军战士主动前来帮忙搬运，军民关系异常融洽。老王与部队的军需官交接好物品后，就被王种田拉着去见他的首长了。

"他是多大的官？"老王好奇地问儿子。

王种田神秘地回答："您见了就知道了。"他带着父亲进了一间独立的两层楼房，门口有双人岗哨。

"报告！"进入厅堂内，王种田报告了一声。一位军人正在伏桌写什么，听到报告声抬起了头。老王见此人方脸浓眉，看上去约五十岁。

"首长，这是我父亲，随县慰问组来的。"王种田介绍道。他小声对父亲说："他是我们师长。"

"欢迎欢迎！"师长快步上前握住了老王的手。老王没料到师长这么大的官待人如此热情，连忙应了几声："首长好，首长好……"

双方坐下聊天，王种田给父亲倒了一杯热水。师长用广东口音夸赞道：

"老哥，你教育有方，孩子蛮有出息。王种田给我当了两年警卫员，表现很好，进步也快。现在，他是师机关警卫连的连长了。"

"是首长培养得好，谢谢您了！"老王站起抱双拳作了个揖。师长举手向下一挥，示意老王坐下。两人无拘束地说话，相谈甚欢。老王见师长像慈父般关心儿子的成长，内心十分地高兴，邀请他到家里串个门，自己要好好敬杯酒。

师长爽快地答应了。他说："我们昨日刚到这里，有些事要马上安排，过几天一定去。王种田离家已有三年多了，今天就可以同你一起回家去，与亲人聚几天，好不好？"

"好。谢谢首长关心！"老王非常兴奋，又道："首长，过几日我和种田再回来，请您到家里去。"

老王一干人在部队吃了午饭后，同王种田一起别过师长，返回县城。

当日太阳落山时，王种田在父亲陪伴下骑战马回到阔别几年的岩背山，给寂静的深山带来少有的热闹。

谢英拉着王种田的手左看右瞧，欣喜不已，说他"长高了、壮实了、帅气了"。最近，山里请了奶妈和一位厨娘，见王种田回来了，她非要亲自下厨炒菜给他接风洗尘。

晚饭桌上，一伙年轻人个个喝得醉醺醺的。饭后谢金华、陈有福、黄长生等拉着王种田去了榨油坊的住处，听他讲红军部队的战斗故事。大家高谈阔论，感慨人生，嗟叹命运，直到深夜迷迷糊糊睡去。

谢金华自小和王种田一起长大，亲如兄弟，见他如今已是红军的军官，自惭形秽。这天上午他们哥俩进入油茶林漫步聊天，谢金华向王种田说了自己的苦闷，表示不甘心就在这山林里蹉跎岁月，也想去参加红军。

"金华哥，你跟我不一样，可要想清楚了。"王种田说，"你现在可是有老婆孩子的人，又是谢家这份大家业的继承人，茂叔和英姑这一关你就通不过去。"

谢金华答道："这件事我早就给他们通过气了，他们已有思想准备。你知道我为什么那么快就结婚吗？就是大人们催得急，他们担心我当兵去，怕将来谢家无后……现在好了，小亚生了个儿子，总算有香火传承人了，三代同堂皆大欢喜，我到外面去闯荡就有可能了。"

"你呀……当兵可不是好玩的事情，脑壳别在裤腰带上，随时可能就没命了。你可以不管别人怎么想，但也要为小亚考虑，她年纪轻轻带着个孩子，你不在身边她负担得多重。当兵比不得干别的事，去了就是能够活着回来，也不知道是多少年的事了。"王种田想尽可能说服对方留在家中，因为这个家其实也是自己唯一的家，他的父亲不可能离开这个家独居的。他真心希望，一家老少能够平平安安地度过这段烽火连天的苦难日子。

兄弟俩穿过油茶林往下走，到了谷底的小河边。谢金华给王种田说了巡护队的事，一起到马厩看马并加了草料，然后坐在河边一截浑圆枯木上继续聊。

王种田说了他在战场上几次差点丧命的故事。一次在福建武平县反"围剿"战斗中，部队围点打援三昼夜最终惨胜，在打扫战场时他奉命带人寻找一位团长的遗体。在翻看了无数尸体后，他们终于找到了那位团长，用担架抬着下山。路上，一位战士踩到一具尸体的一只手，听到一声痛苦的呻吟，他们放下担架把那人翻了个身，见是位敌军尉官，嘴唇还在动。有个战士举起枪托要砸他，被王种田制止了，他说"是死是活，随他去"。他们抬起担架继续走。可是，没走多远身后响起了枪声，大家回头看时，身旁的王种田竟突然倒了下去。战士们一惊，发现他右后背中弹了，鲜血如注……

故事没有再讲述下去。谢金华好奇地问结果，王种田叹声道："那个敌军军官，被愤怒的战士砸成了肉酱……"

兄弟俩回到半山腰住房前坪上时，大伙在等他们吃午饭了。王种田见谢小亚抱着孩子也站在门口，走上前逗了逗小家伙，见孩子朝他笑了，高兴地说："小岩松，下次叔叔回来，一定记得买一大包糖给你吃，好不好？"

谢小亚应着："宝贝，你说好哇。种田叔叔现在当军官了，下次回来带一把枪给你打兔子，好吗？"

她这一说，大伙哄然大笑。陈有福上前道："小岩松，叫种田叔叔扛机关枪回来，打只大野猪给大家加餐。猪尾巴就归你好不好？"

谢英也被他逗笑了，上前抱过小孙子道："小宝贝，听到了吗？有福叔叔把猪头留给自己了。吃尾巴生尾巴，吃猪头长猪头，对不对？"

　　"对——"大伙大笑着起哄。几位小伙子指着陈有福喊"猪头！猪头！"弄得他哭笑不得，他大叫"吃饭去了"跑进大厅里。谢英见此，吆喝一声"开饭了"，众人乐呵呵跟着进了饭堂。

　　饭桌上，老王提了个建议。他说："小亚生了孩子后营养跟不上，大人小孩都瘦了。其他人呢，因为油茶林锄草培肥任务重，都很辛苦了。要不，下午组织一次后山打猎活动，弄点野味回来改善一下生活。大姑看行不行？"

　　谢英听后满口应允。她说："是好久没碰野味了。如果能弄只鹿或獐子回来，是很补体的。但老王你一定要组织好，不能出事。"

　　傍晚，几条一同参加围猎的狗欢叫着跑回来了，后面跟着收获满满的打猎队员，他们每人枪头都挂着猎物，有雉鸡、竹鸡、鹧鸪、野兔、果子狸、山雕等。也有大的猎物，谢金华和黄长生抬着头一百多斤的野猪，王种田一人扛着只獐子。陈有福的手上提着一包野鸡蛋，用衣服包裹着有几十枚。大家把战利品摆在厅堂地下，兴奋不已。

　　老王叫厨娘烧了一大锅水把野猪烫了毛，剖肚清内脏，当晚晚餐就吃上了肉。饭后众人一起动手，用热水将猎物进行了褪毛、剖腹、去杂、清洗等处理，然后用一只巨型陶瓷盛装，一层肉一层盐摆放腌制，忙到深夜，待后慢慢食用。

　　这晚岩背山月朗风清，秋蝉蟋蟀的鸣叫在人声喧哗退去后格外清晰悦耳，露珠不知不觉已沾润草木，像是虫蚁在自然放歌中，感悟难得静谧留下的激情泪珠，晶莹剔透。谢英在大家收工回房后，最后一个关了厅堂大门，没一丝睡意，独自漫步草坪上，裤脚被露水打湿了。最近几天，她内心总有种不安之感，山外面"围剿"与反"围剿"的战火越激烈，特别是有关红军战争失利、退却的传言越多，她越发难以安然入眠。她意识到，岩背山寂静祥和的日子不会太长了，这帮年轻人终归是要散去的。经验告诉她，世上没有一个人可以独处于社会滚滚洪流之外，众人的每一回片刻欢聚可能就是最后一次，这让她十分的沮丧。

　　假如，战争最终的结果是红军不得不突围，退出赣南远走天涯怎么办？她重新燃起的信念之光将要再次熄灭了？天下芸芸众生的生存轨道，转了个大弯后又回到原点？她的命运从此不再有变化，而只能在这深山忧郁而终？

她心底无法面对这样的局面，这也就是她没有反对唯一的儿子想去参加红军的根本原因。她希望看到，有一天红军壮大，所向披靡取得天下，因为无论如何，这是让多数老百姓享有平等权益和自由空间的理想夙愿！

这夜，月光婆娑中她默默下了决心：只要不违背个人的意愿，她将让巡护队的人员和马匹、枪支整体加入红军队伍。尽管这支骑巡队费去了她很多的心血，耗尽了家中几代人积蓄的财力，她也要孤注一掷赌一回。原因很简单，她既无能力给每个队员娶妻成家，也不能给他们铺就别的前程之路，是到了分合聚散的转折点了。从这个小家出发，独子谢金华去参军有一千个反对的理由，但同样也有一千个理由该去，因为当今只有当兵一条路或可成就他不一样的未来人生。这，就是她固执己见的地方。

几声婴儿的哭声传来，谢英看见儿子的房间亮起了灯，她朝前走去。

"笃笃"的敲门声响起，谢金华掀开窗帘见是母亲来了，赶紧开了门。

"宝宝怎么了？"她见儿媳小亚抱着孩子在摇晃，像是在哄宝宝睡觉，问道。

"没事。每日快天亮时，宝宝就要哭闹几声，非要人下床抱着摇一摇，才肯再睡。妈，您回去睡吧。"谢小亚道。

"带孩子就是这样，劳心，少睡觉。来，让我抱抱。"谢英把孙儿抱过来，双臂相交在怀中晃荡着，嘴中轻哼了几句童谣——

蝉子蝉子不睡觉，咿呀咿呀爱哭闹。

妈妈说你嗓音亮，邻居嫌你好烦躁。

一只知了单调叫，十只知了比赛叫。

一棵树上一个调，一片林子不成调。

谢英哼哼叽叽中哄睡了孙儿，把他轻轻放回小摇篮床上。她对疲惫的小亚说："你回床上睡觉吧。孩子在一岁断奶前，当妈妈的要学会见缝插针休息，不然身体受不了。"

"知道了。"小亚回答，她和衣躺倒床上睡去。

谢英对儿子挥了下手，意思是到门外去说几句话，谢金华随她出去。

"金华，你王叔给我说，过两天有位贵客来访，是红军的一位师长。你要不要同王叔一起去接他一下？"谢英问道。

"听妈的。"

"那就一起去，毕竟是你种田兄弟最亲近的首长。我们谢家的待客之道，还是那句老话：'有朋自远方来，不亦乐乎。'你已是当了爸爸的人了，要学会与人交往。"谢英说道。

三十六

几天后，老王驾一辆四轮马车同王种田、谢金华一起到部队接首长进岩背山，一起进山的还有首长的贴身警卫。一行人在鲤门渡口登岸后，老王看见陈有福率领的武装马队已等候在岸上了。老王给首长简要做了介绍，这位红军将领十分惊奇，一支深山的山林巡护队，竟有如此整齐的膘肥战马和装备齐全的武装骑手。他听过王种田说过家里的事，是位女人在当家，一见这阵势他料想这女子一定十分的了得。

"老王，走吧。"师长不动声色地道。

过了鲤门村，前面是丛林草深的山路，一支特殊马队逶迤前行。这位戎马征战多年的将军观察一起同行的巡护队，六骑分成前二后四，把马车警护在中间，就明白这是标准的战斗警戒队形，说明训练他们的人有军人背景，或在军营浸染过。这让他暗自兴奋，如果此行能遇见一位军事素养高的能人，招为红军所用，也是一份意外惊喜了。他一路察看，峰峦叠嶂树木葱郁，看似是赣南的一处普通山谷，但此地似乎仅有这一条弯弯曲曲的沙土路，幽暗延伸至深远，马车队伍行走了许久尚不闻鸡鸣狗吠，不见炊烟人家，确是少有的一方躲避战乱的僻静处所。

一行人马爬上一个长坡后停住了脚步，路旁兀然耸立两株高大峥嵘的古枫树。"首长，到了！"王种田对坐在身旁的师长说。

师长下了车，站在枫树底下朝前望去，脚下这条路的终点就是百丈外山腰的那排长长的平房，屋后大山巍峨，呈现一片茫茫原始森林状貌。

"好地方！这里可藏下十万大军。"他自言自语道。

老王请他上车，他摇了下手回答："不坐了，我走走。"他朝前走去，王种田和警卫跟在后面。

谢英听闻客人到了，吩咐人放了一挂鞭炮，看见大路上几位军人步行而来，踌躇了一下，径直上前去迎接。谢小亚见后也跟在她身后。

王种田看见大姑上前来接了，告诉自己的首长来者就是这儿的当家人，管事的东家。师长加快脚步迎上前去。可是，就在相差几步距离时，他停住了，而与此同时谢英也停步了。双方都突然止步不前，惊讶地望着对方。只见他们四目相对，惊愕不已。

"是你？谢英……"

"你还活着……"谢英嗫嚅道。

太意外了！这位红军的师长，竟是谢英的初恋。造化弄人，这些年来她一直以为对方不在人世了，心心念念将那份纯挚爱情留在脑际深处。因为他，她心灰意冷离开了广州；因为他，她蹉跎岁月沦为一介山野村姑；因为他，她完全封闭自己不再谈婚论嫁；因为他，她捡了个流浪少年悉心培育为后嗣……可是，现在他还活着！她，蓦然惊呆了，觉得这一切太不可思议……

"当年老蒋清党，你不是被抓遇害了吗？"

"说来，还是命不该死。执刑队里有我的一位铁杆好友，把我救了……后来，我参加了南昌起义……"师长当着众人，简要讲了自己死里逃生的事。

老王终于弄明白了这俩人的关系，太令人唏嘘感动了！他高兴地对谢英喊道："大姑，大喜事呀。别站在这里了，请客人回家吧！"

此时的谢英好像没听到老王的话，傻愣愣地瞅着与她对话的人。事情来得太突然，让人一点思想准备都没有。事隔许多年以后，眼前这个男人，还是当年那位热情单纯的青年吗？

站在身旁的谢小亚扯了一下谢英的衣角，小声提醒道："妈，带人回家呀！"

谢英猛然醒悟，上前一步做了个手势说："请！到寒舍坐坐。"那口气中依然透着不卑不亢。

众人进屋。谢英嘱咐厨娘照原计划准备好饭菜，让老王父子在厅堂沏茶招待客人，然后一头扎进自己的房间，闩了门大哭起来……

或是，某种情绪憋得太久了，她必须宣泄一下才可能平静下来。

王种田弄清了自己的首长跟谢英的特殊关系后，与别人不同，他根本高兴不起来。谢英大姑尚未结婚，而他的师长早已成家了，两人如此意外地重逢不一定是好事，弄不好会加深彼此的误解，造成精神伤害。想来想去觉得自己首先要做的，就是让谢英知道对方已经成了家，而且有了小孩，这样她就好把握住感情的缰绳了。

午饭时，谢英从房间出来，洗了把脸陪客人吃饭。同桌用餐的除了师长和他的警卫，还有老王父子和谢金华。互相敬酒交谈中，宾主尽饮气氛融洽，双方好像有默契一般都没有谈有关私情的话题，而是说些天下纷争的形势及当下反"围剿"的残酷战事。王种田察言观色，觉得自己的首长有意高谈阔论，在回避个人及家庭问题。然而，他明白这正是师长与别人不同的地方，任何情况下都能够做到不动声色，审时度势。其实，这位戎马将军何尝不懂男女恋情，何尝没有对初恋之失长夜追悔，只是当年形势他已无暇顾全，无法脱身去寻找心中那份属于伊人的深爱了。在经历了七八年战场浴血拼杀后蓦然回首，见到灯火阑珊处那位伫立之人时，就只剩下"红酥手，黄縢酒"那种款款惜别之情涌上心头！他，已结婚成家，一切已成过去，风去云逝，无法再追。"恨只恨无道秦把生灵涂炭，只害得众百姓困苦颠连……"此刻将军的心里或可以用京戏《霸王别姬》的一句唱词来表达，深怨老蒋当初举屠刀杀共产党，造成了不该发生的这一切。

谢英虽经磨砺无数，但对于此等情感煎熬大考还是表现出了几分怯场迷惘。她与许久以来一直日思夜想的情郎对面而坐，手中那双竹筷时不时傻傻举着，不知投箸何处，双眉紧蹙地盯着对方。她有太多的话要对他说了，有太多肝肠寸断的柔情深埋心底要向他传递表达，有太多分别后遭遇的无可名状的困惑与危机要向他倾诉……可是，他还能静静听她讲述吗？她隐约感到眼前这个人似乎改变了许多，说话的言辞和口吻透着股霸气，少了当年那位清秀书生的儒雅温和了。她早已不是青春少女，她无奢望他表现出惜香怜玉姿态，她只期盼他能够像从前一样和自己心灵相通，视彼此为知己，"高山流水遇知音，千山万壑情不绝"就够了。轰轰烈烈的北伐后大浪淘沙，她就是那一粒被滔天巨浪淘汰的流沙，而对方却始终追波逐浪于潮头，生死不离当初选择的那艘舢舨，如今已是率士近万的将领，依然在赤色革命的惊天洪澜中搏击，这才是她由衷钦佩的地方。

"谢英，你我是老战友，这次能来到你的家中，太意外太高兴了！我们单独喝一杯——为了我们的后代不再颠沛流离！"师长见谢英似乎神情恍惚的样子，站起身走到谢英身旁，举杯道。

谢英侧身站起，听他说为了后代的话内心为之一震，顺嘴试探他的底细，反问道："你的……孩子多大了？"

这轻声的一问，让师长愣了一下，原本不打算此时说的话只得如实讲了："已有一个男孩了。"

俩人对视片刻喝了杯中酒，各自不再说话了。

席中的王种田原来想饭后单独给大姑说师长已有家室这件事，现在事已挑明，他心里忐忑不安起来，心怕闹出什么不愉快，毕竟师长是自己请回家来的。他给全桌人杯中添满酒，说道："我这次回家，发现家中变化挺大的。过去杂草没膝的油茶林整修得干净整齐，房前屋后还开垦出了那么多土地，种了许多果蔬，特别是还拥有了一支山林巡防马队，太让我惊喜了。"他是有意要把话题转移，避免他最敬重的两个人陷入尴尬。

知子莫如父。老王接上话茬道："你这几年在队伍上，不了解你大姑费了多少心血重新创建这份家业。如果不是战火不断，天下混乱，凭她的本事何止做这些事。"接着他脖子一仰，自个儿喝了一杯酒，带着几分酒劲说出这样一番话："哎，人的命运是自己无法掌握的，再能干的人由于环境和命运的耍弄，总是难遂心愿。比如天上的月亮，今日和明日都不同，无法真正驻留圆满……这些年，你大姑在这山沟里受了多少苦，我们都清清楚楚。她，就像一只落难的凤凰，时运不济命途多舛，无可奈何生活在这片小山林中……人生在世有些事吊诡得很，看着顺风顺水或水到渠成的事，转眼间就变了，烟消云散。人与人的缘分也一样，缘分尽了，怎么寻找也回不到从前了。"

老王的这番话好像是说给儿子听的，其实桌上的人都听明白了，主要是说给女东家谢英听的。他所以会如此说，是因为他见不得她委屈伤心。而其实，这样的道理谢英又怎么会不明白呢，但此时此刻，她却愿意听到另一个人安慰的话。

上席的师长有些坐不住了，对于这个女人他确实欠她一个说法，可是他又能怎样解释得清呢？当年革命大潮跌落谷底，早晚人头不保，他的确未曾抽空去寻找过她，更不知道她竟蛰居在赣南老家，而且至今未婚。腥风血雨这些年下来，她在自己心中的位置渐渐远了……他不知道如何向她表达深深的歉意，因为在这件无可挽回的事上，他自己能做的就是把"曾经拥有过"珍惜心底了。

谢英毕竟不是普通女子，尽管心乱如麻但未失宾主分寸。她在与对面那个男人不时的对视中，看出对方已有几分坐立不安，于是作为礼数，也端起酒杯走到上席敬酒。

"您，如今是将军了，今天能够光临寒舍我们全家深为感动。作为你曾经的战友，我为你骄傲。你我分别多年音讯全无，各奔东西，世事难料结局迥异，也是正常的，我们的战友情谊还在，这就足够了。你我都已是四十多岁的人了，结婚生子无可挑剔……说句实话，我都以为你早不在人世了呢，能够见到你已是上苍垂怜了，从此了结了我的一个心结……来吧，为了这意外重逢，干一杯！"谢英说完，仰头一饮而尽。

家人都知道她不会喝酒，看她如此一口闷地喝尽一杯吃惊了。师长二话没说饮了杯中酒，见对方眼角噙满泪水，内心十分难过，接着听到谢英一阵猛咳，忙伸手在后背拍了几下。谢金华赶紧上前，说道："妈，您从没这样喝过酒，回房休息吧。"

王种田也走了过去，俩人一左一右搀扶谢英回房间休息去。

下午，师长决定返回部队，临别时走进谢英房里道别，见她醉酒睡着了没叫醒她。他把自己的佩枪从腰间解下放在了床头，告诉谢金华这支枪留给她做个纪念。王种田也一起离开了岩背山，从此再没回过这里。

谢英下午三点多醒来，知道客人走了有点后悔，难得见一次面却没能多说上几句话，其实她心里还是蛮想找个知根知底的人叙叙旧的。不管怎么说，那人也是从枪林弹雨中一同闯过来的生死战友。唉，这该死的男女之情有这么重要吗，怎么就放不下呢？

她把玩那人留下的手枪，黯然神伤。这款手枪精致小巧，枪身大部分是白银制造的，握把上有块象牙，美感十足，是德国造的。这种品牌的枪她从前见过，当年孙大总统的侍卫长用的就是这款鲁格短枪，可见这个礼物是弥足珍贵了。

往事依稀浑似梦，历历青春袭心头。谢英沉浸在昔日风华时光中，犹如置身一处金色海滩，光怪陆离的各色海螺贝壳让她眼花缭乱，她沐浴在朝霞中如痴如醉捡拾，终于拾得一颗最上心的珍贝。可是，转身之间汹涌的潮水扑面而来，惊恐之中回头什么也不见了，只剩下茫茫的无垠沧海……有一种痛是噬骨蚀心的，这就是失而复得的珍爱又丢了，再也无望回来。

初恋对于一个中年女人竟有如此近乎不能自拔的纠缠迷离之力，让完全酒醒后的谢英自己都感到几分害怕。她用冷水洗了个脸，突然觉得肚子饿了，便把那支鲁格手枪连同枪套一起用块丝巾包好放入壁橱内，出门去饭堂想吃点东西。

饭堂里只有厨娘和老王坐在那儿等谢英用膳，见她来了从厨房端出热着的饭菜放在桌上。

"老王，你没去送王种田他们呀？"谢英问。她有意没说自己在意的那位将军。

"金华带着人去送了，师长的安全没问题的。你中午没吃一口饭，快吃吧。"老王道。

厨娘去伙房了，老王一人坐在桌旁看着谢英吃饭，无意间端详女东家，发现她面容憔悴，额头已有几道明显皱纹，岁月恍惚似乎突然显得老矣。人生无常花开花谢，曾经是鲤门村人见人羡的娇美女子，现变得与普通村妇差别无几了。他想如果老东家在世，见到宝贝女儿当下的模样，一定会长叹伤心的。

谢英默默吃着饭，能感觉到老王对自己的注视。这个男人几十年来就没离开过谢家，自始至终操持着家中里里外外的事情，就像厅堂墙壁的那座挂钟，时光流年都记载着他的点滴存在，近乎是依赖着它的声响悠悠生活，壶中日月没有缺失。她想，如果有一天他离开了，一定会像日常生活中闻不到钟声、弄不清寒暑一样让人难受。特别是最近几年来，他与自己胜似亲人，一直像大哥般对她关爱有加，他的那份真心真诚岂是主仆关系能够比拟的！此时此刻，她偶然瞥视独自坐在木板凳上的老王，心里泛起丝丝暖意。

"老王，你的工作那么忙，别管我了，有事自己忙去吧。"谢英说。

"不急。等你吃过饭后，我想陪你走走，丁胜山政委有事让我转告你。"

谢英一听，有啥事不能此处说的？心想一定十分要紧了，就放下碗筷起身道："饱了，走吧。"

俩人出门向山下走，顺便到小河边的马厩瞧瞧马匹。

"还记得我们巡防队去参加红军的那几个人吗？"老王问。

"当然记得。怎么，出事了？"

"不，都很好。一个当了骑兵队副队长，两人担任了排长。由于战斗需要，丁政委讲他们部队马上要扩建一个骑兵队，需要征召好的人才和选购马匹。他说您曾给他透露过谢金华想参军的事，让我问问你，现在他还愿意参加红军吗？如果他愿意去，部队将不拘一格用人才，任命他为副队长，负责组建骑兵队。"

"这……"谢英想起了那回送几位巡防队员去当兵时，确与丁政委聊到儿子金华也想加入红军的事。"这件事容我再想想，先别同其他人说。"谢英道。

"晓得。其实，我的看法金华还是应留在家中，走了老婆孩子怎办？还有您，也需要他留在身边跑前跑后呀……"

"现实情况是这样的。可是，金华不一定这么理性地选择。他不走家里好，他想走或个人好，不会一辈子窝在山沟里。他这个脾气和秉性跟我年轻时一样，不愿困守偏僻一隅，一定要去闯一闯想象中的那份属于自己的前程，有什么办法呢。记得当年我一个女孩执意要跟大哥上北京去时，天下时局混乱也没比现在好，把父母亲都气哭了……"谢英回忆道。

"我记得的。嗨，二十余年过去了，老百姓的生活几乎没变，战争烽火未见止息。说句心里话，我真盼望红军能够最终强盛起来夺得政权，带给天下人一片不一样的天空。"

"不一样的天空？就是朗朗乾坤！说得好，这也是我深深的心结。当年革命党人的初心未尝不是如此，现在的红军又让人重新燃起了希望。所以金华想去参加红军，尽管我和家人觉得为难，但不想也不会力阻他，一切看他自己的决断。"谢英把心底的想法都说了出来。

老王听她这么说后，心里便有底了。他们到了小河边，见巡防队员黄长生在河滩上牧马，上前去。

"长生，今日是你值勤？"谢英问。

"是的，大姑。有事吗？"黄长生回答。

"没事，我们散散步。"谢英对这群马有着特殊的感情，上前这匹瞧瞧那匹摸摸，似乎是在用眼神和手掌与它们交流。河滩水草丰沛加上早晚按时添饲料，匹匹马膘肥体壮，毛色油光，甚是惹人喜爱。她看看天色尚早，突然对老王道："有些日子没骑马了。老王，我们活动一下？"

老王见她想骑马散心，高兴答道："好呀！"快步走近前面的一匹黑马。

须臾，两人一前一后朝山外驰骋远去。谢英骑的枣红马一路领先，后面的黑马紧追不舍，身后扬起一片泥尘。

枣红马翻过一处长坡后拐弯进入一条幽深小道。这条小路很少有人走，路上如盖的藤草缠脚，马只能放慢速度前行。约走了三刻钟，看见一座浑圆黑黝石山包，近前观看一处崖洞赫然出现，洞口呈人字形可双人并肩直立而入。路，也到此为止了。

"穿心岩。"老王自语道。

谢英下马，站洞口处望了望，说："一点没变。早年我跟父亲挖草药到这里玩过一次，一直记得。这几年我住在岩背山，想过抽空来寻找这山洞，一直没来。你呢？"

老王回答："也很久没来过了。最近一次好像是和谢茂东家打猎，进过这山洞。洞名还是听他说的。既来了，我们进去看看吧。"

两人吊好马走进洞去。

这处洞穴是丹霞地貌发育而成的一处溶洞。洞深百余米，里面宽敞的地方可容几百人，洞的中间部分穹顶约有丈余高，最难得的是有光线射入无需火把照明。因为前后洞口是对穿的，所以叫穿心岩。洞里十分寂静，但间隙有"叮"的滴水声传来，可能是某处石壁有渗水。

突然，一群蝙蝠从上方壁窟"呦呦"尖叫飞过头顶，向山洞后门逃逸。

谢英吓了一跳,她一只手不由自主地攥住了身旁老王的手臂。老王也惊了一下,被她一拉因脚下潮湿打滑,两人一起滑倒在地。

"唉哟",双方重重摔落地上,谢英的半个身子压着老王的胸脯。老王大惊失色,赶紧要爬起来。谢英双脚本能地蹬了一下,因地面湿滑没用上力未能起身。忽然,她双目紧闭不动了,老王用手轻轻推她没有反应,他吓坏了,以为对方昏厥了。他手肘用力一撑要翻身起来,没料想谢英突然双臂交叉把他的脖子搂住了。

这是老王无论如何都没料到的事情,太不可思议了。他望了一眼趴在胸前的女东家,她依然闭着双目,但那张平时白皙的脸庞红彤彤的,与自己胸口紧贴一起的那对乳房微颤着,透过薄薄的衣服能感到暖暖温烫。但此刻,他还是惊吓不已,不仅没感到幸福的来临,还产生亵渎神女的负罪感。他一动不动等待对方的裁罚。

然而,双方就这么不动弹地默默躺了许久,再没发生任何进一步的事情。当他俩走出山洞骑马回家时,天已黑了。

三十七

自从在穿心岩洞里与女东家发生意外的肌体触电事情后,老王几天都心神不定:她会不会是因为同那位红军军官的不期而遇受了刺激,才懵懵懂懂放纵了一回? 如果是这样她可能会后悔的,我绝不能乘人之危。男女之事最讲究门当户对,我俩一直是主仆关系,无论如何也凑不到一张床上。他决意把这件事搁在心底不再想它。

新年仲春的一个星期日,县城雩阳中学操场上举行了盛大的新兵入伍仪式,三千多青年披红戴花加入红军,其中包括谢八月率领的千名赤卫队员正式入伍。第五次反"围剿"战斗开始后,近十万中央红军与蒋介石调集的五十万兵力生死决战,未能打破封锁,战争被动地困在苏区根据地区域进行,形势空前紧张。各地的赤卫大队以及民兵连成建制编入正规部队,谢八月成了丁胜山政委所在部队的一名营长。老王作为苏区地方政府的领导出席了欢送新兵的活动，他与谢八月话别时，双方紧紧拥抱一起。

"祝贺你成为真正的红军战士！"老王道。

"其实，我早就是了。只是一直缺一个仪式，今天补上了！"谢八月回答。

"你一入伍就当了营长，好好干，也许下次见面又官升几级了。我们鲤门村如果以后出了个将军，非你莫属。"老王鼓励道。

谢八月摇手说道："不一定，你别忘了自己的儿子。这次我见到他，变化大了，机灵得很，或许把老蒋赶下台那一天，他就是将军了。"

"托你吉言。我还要告诉你，谢金华也可能会参加红军，那也是棵好苗子。若干年以后，老天爷保佑你们个个平安归来，到时鲤门村就成将军村了……"老王说完哈哈笑起来。

"你真会用话激励人，将军村都说出来了！有你这番好心美意，我在部队不努力都不行了。"谢八月笑着应道。

此时，谢八月的妹子谢九秀上前来了。她是鲤门村的妇女主任，带着村民来给村里应征入伍的青年送行。她给每人送上了一双千层底的新布鞋。

"哥，去了部队安心干，别惦记我。凡事要多留心，照顾好自己……"谢九秀说了两句话忍不住哽咽了。

谢八月在妹子肩上拍了拍，说道："秀，你不用替我担心。哥这几年什么阵势没经历过？放心吧。倒是你，哥一走就你一人在家了，晚上少出门，早上床。遇到事情，及时向组织反映。"

站在一旁的老王接口说："你走后，九秀就是红军家属，我们会照顾好的。"

谢八月忽然很正规地双腿并拢，抬起右臂严肃地向老王敬了个军礼："王副主席，拜托您了！"

老王见他如此郑重其事，感动地跨前一步紧紧握住对方的手道："放心吧，只要我还在，绝不让九秀受委屈。"

突然，锣鼓声爆竹声响起来了，几声高亢明亮的唢呐声响彻天空。一队队新兵开始离开操场，奔赴各自分配的部队，有的就直接到一线战场去。无论如何，亲人分别是悲伤的事，谢九秀和送行的人群一起默默跟在后面，长蛇似的人流中已有女人伤感哭泣的声音传来。唢呐悠长，随着音调变幻成《送别曲》，闻之令人肃穆，似在倾诉一桩大事发生。队伍渐行渐远了，出征唢呐变得呜咽深沉了许多……

零阳中学校园内归于沉静。老王很长时间没到这里来了，送走新兵后他转身去找校长谢茂，正遇见谢茂带着十几名教师从教室出来，拿着扫帚拖把等工具到操场打扫卫生。

中午，谢茂留老王在学校食堂吃饭，俩人在饭厅靠里的一张桌上坐，边吃边聊。谢茂问起了前线打仗的事情。

"你在县苏维埃政府任职，照过去说法，是在衙门管事，你应该比较了解反'围剿'的战况。听人说，这次红军仗打得不顺，到底怎样啦？"

"我是做地方工作的，部队上的事也是知道得很少。据说这次老蒋的兵比红军多了五倍，反'围剿'的仗比前几次打得更艰苦。打仗嘛总是有输有赢，还是要看最后的结果。东家您，不必担忧太多了，安心教书吧。"老王回答。他心里清楚，有关战事的消息不能多讲，关系到社会稳定。

"我们是一家人，所以给你说几句心里的话。真要是红军打不赢了，他们肯定要远走别处去，我们这些跟红军走得近的人怎么办？到时候国民党回来，还不找我们的麻烦？"

老王一时语塞，不知如何回答他。他扒了几口饭后回话道："就拿我们这代人来说，自出生懂事起，就没过几天的太平日子。清朝皇帝被赶下台，前前后后天下混战几十年了，百姓苦呀，可日子再难熬不还得过下去。现在国共两家在争天下，谁能赢到最后，哪个算命先生算得出来？既然这样，还不如不去想它，免得烦恼。"

"唉——也是。今天看见我同宗的老侄八月，他也正式参军了，就忍不住问你一下。"谢茂说。他起身到厨房窗口盛了一大碗咸菜汤回来放桌上，自己舀了一勺喝了两口。又道："就我个人的看法，红军这支队伍虽然深受老百姓欢迎，但与老蒋的国军比毕竟太弱了，要想真正夺得天下还有很长的路要走啊。眼下苏区这块地盘，丢失的可能性还是很大的……"

老王见谢茂吃饱了，把剩菜都倒碗里吃干净了。他放下筷子道："东家，您的忧虑也没什么错。不过，我这一辈子跟定红军了！"

立夏前一天，是谢茂的女儿谢小亚的生日。每年谢茂都要给女儿买件生日礼物，一家人弄点好吃的庆祝一下。如今女儿已为人母，他依旧记着这件事。

这日一早，谢茂安排了一下学校的事就上街去了。他在早点摊上喝了碗豆浆吃了油条，然后到珠宝店选了只红玛瑙手镯，还上菜市场砍了几斤猪肉提在手上，高兴回家去。在城墙下的南门口码头候船时，已是上午九点多钟，遇见一位进城卖青菜的熟人也在等船，互相闲聊了一阵。他把手上提着的肉放在了熟人挑着的空菜篓内。

船来了。满满一船进城的人登岸后，到河对面去的陆续上船。又等了约半小时，船夫收齐过渡费后把舵挥篙，船离岸而去。

初夏的赣南雨水丰沛，充盈的河面波涌浩荡，船离岸片刻后，因水深竹篙已无法撑行，船夫只得摇橹前进。欸乃摇橹声，荡波浪花尖，坐在船沿或站立舱内的人都不再说话了，跟着船晃悠，心里多少有几分担心，好在天空风和日丽。

船已过了江心。忽然，天空有"呜嗡"声传来，声音越来越响，船上的人纷纷抬头眺望。"有飞机飞来了！"眼尖的人看见西边天空有两个闪光点朝这边来了。谢茂也朝那方向望去，确实见到了闪烁白光的飞行器。他心里一惊，是从赣州方向溯河而上飞过来的飞机。转眼工夫，飞机已临近头顶。一直以来，民众很少见过飞机在雩都河流域飞行，所以多数人只是好奇并不慌张。

"都别动！"船夫见人员骚动船体摇晃得厉害，吼了一声。

可是船夫的话音刚落，从头上呼啸而过的飞机向河中投掷了数枚铁弹，几声"轰隆"巨响炸在渡船旁边，掀起了丈余高冲天大浪。几波巨浪劈头盖脸袭来，满载二十多人的船在人们的惊吓尖叫声中倾翻了……

此时，河两岸不少人见到了这突然发生的惊魂一幕。"不得了，翻船了！"有人大声呼喊……飞机已飞离人们的视线，有一些船只急忙驶向河中救人。鲤门村渡口有位水性好的青年见状，跳入河中游向出事船只……

倾覆的渡船漂流而下，周围有落水者在波涛中奋力挣扎。有人抓了根竹篙，有人抱了块木板，有人攥住了船舵在滔滔河水中等待救援。转眼间，多数乘渡者已被无情河水吞没，茫茫河面只有寥寥几个人头在上下沉浮漂动……

呜呼！谢茂就这样毫无征兆地离开了深爱的家人和他学校的师生们，再也回不来了。他满怀喜悦地回家给女儿庆生日，那件精心选购的礼物永远也送不到爱女手上了……

后来，县政府核实了这次灾难的遇害人数为二十一人，七人被救。至于飞机为什么朝渡船投弹无从知晓。这两架战斗机是蒋军派往"围剿"前线的确定无疑。

噩耗传到岩背山时，已是下午三点多钟。是老王骑马飞报的。上午他听到翻船的消息，立即带着人赶到了河边，以政府名义征集几条船沿江而下，寻找落水者。当时，他并不知谢茂在船上。下午有人找到他，说看见谢茂上了那条船，他听闻后马上到了雩阳中学，证实他是离校回家了。于是他又骑上马一路狂奔进了山，一问家人并不见他回来……

"二哥——"最先听到这个消息的是谢英，她顿时吓蒙了，突然大喊一声，不知所措，泪如泉涌。闻讯的谢小亚手里抱着孩子奔到厅堂门口，一听是父亲出事了，双腿发软瘫倒地上，悲恸地大喊了一声"爸爸……"近乎昏了过去，手上的小孩被上前来的厨娘抱走。痛哭声惊动了所有人，整个岩背山沉浸在无比揪心的悲痛气氛中。

谢英抽泣一阵后，霍地站起身对面前的谢金华喊道："你，立刻带上骑巡队员到河边去，沿着河岸往下寻找！说不定，他被冲到岸边被树杈或其他东西拦住了，正奄奄一息等待救援呢……"

谢金华二话没说，手一挥朝马厩房快步奔去，身后跟着陈有福、黄长生等几位年轻后生。一忽儿，一队嘶鸣的战马向山外疾驰远去。

这个晚上，是谢家进岩背山几年来最黑暗的一夜。没人吃晚饭，没人睡觉，没人走动和话聊。只闻得阵阵哭泣声随风传来，时高时低哀怨凄厉无比……

谢金华带着人沿河岸寻找，天黑了在一农家借宿了一晚。翌日一早起来接着向下游寻去，一直找至百里外的赣县茅店河段，无果而终。

连日来，县城有许多民众自发参加了雩阳中学组织的游行活动。学生们高举"讨伐蒋军，严惩凶手"等横幅在大街上集会，口号声此起彼伏，沉痛悼念校长谢茂。

翻船事件发生后，县政府征集了几条船沿河两岸顺流而下找寻了几天，仅捞到一具尸体。一些遇难者家属聚在政府门口，要求为他们申冤报仇。可是，政府无法缉拿到凶手，最后只能给每户十块大洋以示抚慰。

几日以后，红军驻鲤门湾部队的政委丁胜山来到岩背山悼念谢茂，县教育局和雩阳中学的负责人以及县、乡、村的各级代表一同参加了悼念活动。两天前，谢英安排人员在饭厅内布置了灵堂，青缎白花的森冷与黄幡飘曳的肃穆让人窒息，正中墙壁挂了黑纱环绕的逝者肖像。谢金华和谢小亚穿戴重孝服饰，陪侍宾客进行祭礼进香。

袅袅檀烟，凄凄烛泪，灼灼纸燃，呜呜唢呐，与撕心裂肺的哀号啜泣声浑然交织一起，呈现出了人间最悲恸的一幕场景……

谢小亚是谢茂唯一的亲生女儿，父亲的突然离世对她打击太大了，几天来她未进一粒米饭，哭干了眼泪，一下子瘦得不成人形了。参加悼念活动的人出了房门站在草坪上，她忽然上前跪倒在了丁胜山面前，声音嘶哑地恳求道："长官，我要报仇！您让我参加红军吧……我一定要杀掉投弹炸船的那个王八蛋……"

她的这个举动出乎所有人的意料。丁胜山赶紧弯腰把她拉起来，激动说道："真是谢校长的好女儿！妮子呀，你的心情我能理解，事情出了你要节哀，仇一定要报的。可是你想，那丧尽天良的混蛋是蒋军的飞行员，我们暂时上哪去找他报仇？"他从口袋里掏出手帕给小亚揩干眼泪，继续道："这不仅是你一家的仇，也是二十一户乡亲的深仇大恨，我们怎么能够容忍！苏维埃政府已通过有关新闻渠道，向世人公布了蒋军这起针对平民犯下的滔天罪行，揭露反动派的丑恶嘴脸。古话说，君子报仇十年不晚，我们要把这仇恨记在心底，一定会有找他们清算的时候。"

谢金华见状走上前去，后面跟着几名巡防队的小伙子。他一身白衣双目通红，大声对丁胜山道："丁长官，这血海深仇我一定要报！几年前我们就认识了，收下我吧。我要参加红军，杀尽那些披人皮、吃人肉的魔鬼……"

丁胜山记得他。红军刚到鲤门村那年，因土改分地的事谢金华就找过自己理论，当时就觉得这小青年有胆识，后来还听了不少有关他率领岩背山巡防队歼匪除恶的故事。前些时间，他曾给老王说过想征招他当骑兵的事，没料到今天他主动提出来了。他伸出双手握住对方，欣然应允道："你骑马弄枪样样在行，又有文化，是难得的好苗子。只要你妈妈同意，我收下你！"

一旁的谢英听丁胜山这么说，毅然上前去。她一脸憔悴，眼眶肿黑，伸出手在谢金华脸颊上摸了摸，口吻坚定地说："去吧！家里有我在，放心。"接着，她侧转身突然把小亚一把揽入怀中。她未曾想到小亚如此刚烈，也要参加红军当一名女战士。虽说她这举动有父亲蒙难的原因，但骨子里像年轻时的自己。老王说过，王种田去参军那回她就急着也想去，是个很有主见的姑娘。她平时虽大咧咧的样子，但爱学习，枪法准，也敢骑马驰骋挥刀杀敌，让她带孩子安老山林或许真可惜了。想到这里，谢英在小亚耳边轻声问了一句："你给妈说实话，真想当红军？"

"真想！就是孩子……"谢小亚略犹豫了一下没说完，谢英接口回答："你既然真想，就去，谢家没孬种，别瞻前顾后。有妈在孩子在！"

谢英转过身对丁胜山说道："丁政委，小亚既是我的侄女也是儿媳，她立志从军，希望你收下她。想当年，我跟大哥到北京求学闹革命时，父母亲百般阻拦，我还是走了，至今无怨无悔。我的想法与上辈不同，只要年轻人有志向去闯天下，就要支持，让他们走自己的路，创造出属于他们这代人想要的新天地来。无论男女，命运都是要靠自己去奋斗才能改变的。当前中国之命运，如此不堪，飞机的炸弹都可以毫无顾忌地扔到乘满百姓的渡船上，这种惨绝人寰的事都做得出来，我们还能指望他们什么？我们生活的故土还有哪里是安全的？没有。我们只有一条路可走，就是要让千千万万有血性的青年男女，加入红军拿起刀枪，投身推翻这个罪孽深重的专制政权的战斗中去！洪流滚滚来，英雄辈出时。我希望我的儿子儿媳，不负这个时代……"

谢英这番话振聋发聩，在场的人无不为之动容。丁胜山跨前一步，庄重地举臂向她敬了个军礼。然后，紧紧握住对方的手道："您说得太好了！您的儿子儿媳双双参加红军，我们十分欢迎呀。您义薄云天，胸怀天下，我十分钦佩。从今以后，您就是红军妈妈了！"

"红军妈妈——红军妈妈！"此时，伫立在谢金华身后的陈有福、黄长生等巡防队员跟着齐声喊起来。

　　谢英听后内心感动，走前去问他们："你们是不是也想参加红军去？"大家点点头。陈有福说道："我们早就跟金华队长说好了，他如果当红军，我们一起跟着去。您虽然是金华的妈，但这些年您待我们和金华、小亚没两样，我们口中叫您大姑，其实心里早把您当妈了。您去帮我们给丁政委说一下，我们一同参加红军，兄弟们以后也有个照应不是？"

　　这些话丁胜山听到了，他未等谢英开口，回答说："小伙子们，你们都走了，红军妈妈谁来照顾呢？不行的，总得有人留下。"

　　谢英一听，接话茬道："不用管我，我还没有老到要人照顾。八年十年直到带大我的孙子，没事的。好男儿就应志在四方，我在家里等待你们立功授勋的喜报！"她停顿了一下，表情沉郁地仰头朝天空深深望了一眼，一字一顿对丁胜山说："红军，就是我的希望。丁政委，这七个年轻人——我都交给你了！"

　　现场一片肃然。丁胜山严肃答道："大姐，我决不辜负您这位红军妈妈的一片赤诚之心！今日，我终于明白了，贡水流域这片红壤赤土，就是红军走向胜利的家园根基。"

　　青山郁凝，涧流不止。置身于苍莽群岭峰峦之中，人显得何等渺小。

　　谢英站在岩背山南坡上，面对新垒的一座坟冢默然神伤。这是给谢茂建的墓茔，由于没找到尸身，只能把他曾穿过的几件衣裳放置穴内，并刻了块银牌一起掩埋了。她想，二哥在天之灵如果有知，就不用做孤魂野鬼，总算有个栖息之所了。呜呼，此刻她再也说不出话来，甚至再没有一粒泪洒在这个新土堆上。她太累了，渡船事件后她就没安稳睡过一觉，海啸一般的悲伤愁绪已近干涸，犹退潮后的沙滩白茫茫一片，大脑空空诸事早已听人摆布了。这时候，与风水师傅一起上完最后一炷香，她无法再滞留下去，随众转身下山。

　　七七四十九天过后，谢金华和妻子谢小亚脱掉孝服及相关饰物，毅然率领巡护队加入了红军的队伍。他们全副武装，骑走了各自的战马和带走了配备的武器。那日离开时谢英恋恋不舍，伸出手依次在每匹马的头上摸了摸，没更多叮嘱的话。这支精悍的武装是她一手缔造的，从购置马匹和武器装备，到长期军事化训练，几乎花光了她家中的积蓄。有人提出不用带马和武器去参军，她坚持全带上，说"人马不分离，刀枪不换主"。她站在厅堂门口的草坪上，平静地望着年轻的骑士们毅然出征远去，最终消逝在模糊视野中。她的身旁，站着抱孩子的保姆，那孩儿名唤岩松，正举起小手向爸妈告别呢……小孩幼稚，长得胖乎乎的，他怎知或从此后再也见不到父母了？

热闹了几年的岩背山就像上演一场剧情纷繁的大戏，终于沉寂下来要落幕了。

这天傍晚下了一场大雨。雨歇时，老王和他的勤务员骑马进山来了。他们各自的马上另外带了一名壮年男子，是鲤门村人，老王出面请他们到岩背山帮衬一段时间。

"大姑，金华他们一走，这里冷清了许多。唉，男人都去打仗了，仅有做饭带小孩的婆姨守在山里，让人不放心哇。所以我找了他俩来帮忙，是村贫协的熟人，先干一段时间。下一步，是否回到鲤门村里去住，看看形势发展您再定吧。"老王对女东家说。

谢英木然点了点头，未知可否。看她的样子并没有马上搬家的打算。她与新来的帮工本来就认识，互相寒暄几句，也没什么拘束了。谢英知道这几人还没吃晚饭，吩咐厨娘做饭去，多加两个菜。

一会儿饭桌上，她对新来的帮工道："我家金华和小亚你们认识，他们这次是骑着马去参加红军的。这里，以前也有三名青年去参军了，他们没骑马去。现在，马厩里还有三匹马，一匹黑色，一匹栗色，一匹灰白色。你们来了，饲养马匹的事很重要，明天就要接手做。还有种蔬菜和养家禽诸多事情，一天也不能没人管，就让老王给你们分下工吧。"老王应了下来，说明天一早带俩人各处走走熟悉环境。

这晚，或是因有新人到来，大家坐在饭厅里聊了很久，一直到半夜才各自回房歇息。山里的巡护队没了，老王真担心出什么安全问题，他见几只高大的猎狗不时进进出出，喜欢在谢英身旁耍宠逗留，放心了许多。他对厨娘说每日别忘了给犬投食，它们现在是山里最可靠的安全卫士了。

老王在县苏维埃机关公务繁忙，每回进山都来去匆匆，没更多时间陪伴家人，对于女东家谢英也不知说什么话宽慰她，只想尽可能为她排忧解难。第二天离开岩背山时他与谢英商量，说石鼓村的袁猎户现在接替谢八月担任了鲤门乡的赤卫大队长，大部分时间住在鲤门村。他家中还有二十多条猎犬，如果让他把犬转移到岩背山来养，既方便他就近照料，也给这里增添了一份安全屏障。谢英一听，满口答应了。她说："小袁是个不错的青年，我们现在这三只狗还是他的呢。记得那次还说了，养大了送回两条狗给他……如果小袁真能经常来挺好的，我跟他学习打猎，以后就有事做有肉吃了……"谢英诙谐的话让在场人都笑了。

过了几日，袁猎户真的把那群凶悍的猎犬带进了岩背山。山中原来的狗一见，龇牙咧嘴狂叫，可转眼工夫又摇头摆尾起来了。无疑，它们终于认清是自己的兄弟姐妹到了……它们围着袁猎户蹦跳不已，让人啧啧称奇。山谷又喧闹了起来。

三十八

寒露凝白霜，瑟缩秋风凉。一九三四年仲秋的雩都河岸落英纷飞，黄叶覆地，满目肃杀残红过早地渲染了一江碧水，河水从裸露的点点沙包间湍急地向西奔流。

一支从闽西进入赣南的红军部队从瑞金方向顺流而下进驻雩都县城，在西门外古塔下补充休整。这支队伍去年冬从永定县出来参加反"围剿"战斗，已历经大小战斗百余次，近七千人的一个师减员超过半数。这日，部队首长来到雩都县苏维埃政府，要求当地政府接受一批重伤员在此养伤，负责此事的老王没说二话接受下来。他安排人把伤员分散到农家养伤，其中十六名亲自驾一辆马车送进了岩背山。

谢英接到这批伤员后把他们安置在榨油坊附属房住下。在与伤员交谈中，得知这些战士多数是闽西永定县子弟，他们的师长叫林子民。

"林子民？他是不是湖坑乡红夏村人？"谢英惊讶问道。

一位伤员回答："我们师长就是红夏村人。大姐认识他吗？"

闻此消息，谢英异常高兴。她说几年前她到过红夏村，和林子民夫妇有过一段难忘的交情。她想起那次去闽西寻找儿子谢金华的艰辛往事，内心无比感慨，决定出山去见恩人林子民一面。她把自己的想法给老王说了，老王十分理解她的心情，建议她以慰问一线战斗部队的名义去。于是，她利用老王运送伤兵的马车装了几千斤茶油和粮食，骑马随老王等人一道来到县城西门外闽西驻军的营地。

林子民对谢英的到来既惊喜又意外，久久握住对方的双手不放。他激动地说道："谢大姐，一别四年感觉太久了！几年来，我和内人常说到您。没料想此刻在您的家门口相见，真是太好了……"

"我安顿好伤员后，一听是您带部队来到了零都，甫提多高兴了。这不，就跟着老王前来，一定要请您到敝舍喝杯酒才好。"谢英高兴说。她见对方高大的身躯消瘦了不少，又关心地说了一句："带兵打仗辛苦，千万保重身体才是。"

林子民哈哈一笑道："大姐放心，我这身子硬着呢。"他让人卸下马车上的东西，请谢英和老王到他住的屋里坐。进屋后，警卫人员用口盅给每人倒了水。林子民吩咐警卫员守在门外别让人进来，他要给谢英说件重要的事情。

"大姐，这次我就不去您家里了，现在是特殊时期，不能离开部队。"林子民严肃地说。他站起来对着墙上挂的一幅地图说："中央苏区根据地近一年来越来越小了，五次反'围剿'打得不顺利，红军伤亡很大。汀州、瑞金、零都、兴国、会昌等根据地的核心区恐怕都保不住了。当前，各地的红军部队正在向零都河岸集结，下一步红军主力可能放弃赣南和闽西，实施战略大转移，跳到外省去。当然，现在我还没有接到正式命令，这是我个人的想法。我把自己的猜想说给王主席和谢大姐您听，是因为我师的一百多名重伤员已交给了你们，希望今后不论发生了什么事，你们都能善待我的那些子弟兵，帮助他们早日养好伤。如果我没来接他们归队，就尽力帮助他们回闽西老家去……"

林子民说完，转过头去，不易察觉地抬臂用袖口拭了一下眼角。

谢英听了他这番饱含悲伤的话十分震惊，才知道目前红军的形势已十分的严峻了。她印象中的林子民是位侠肝义胆的铮铮硬汉，没料到也对当下的时局如此忧心忡忡，可见情况比预料的要糟糕。

老王站了起来，决毅地表态道："林师长请放心，只要苏维埃政府还有一个人在，就绝不会丢下伤员不管的！"

谢英没那么悲观，她说："老林，你放心好了，我将把分给我家的伤员个个养得胖胖的，等着你回来接他们。当年你为了我儿子带着村民上战场拼死相救，这个人情我一辈子也还不清。你的战士就是我的儿子，岩背山的林海就是他们的家。"

离开营区时，林子民的后勤部长走上前来，对谢英送来的一车粮油表示感谢，并要把钱给她，说不能违犯部队的规定。谢英回绝道："我的儿子儿媳都在你们的队伍中，一家人的账，等他们回来了再算吧。"说完跨上马挥鞭而去。

林子民看着谢英渐渐远去的背影，动情地对他的部下说："你看过《千里寻儿记》那出戏吗？她就是那位伟大的母亲……"

谢英与林子民分别后直接到了县城苍生号药店，向幺妹讲了一批红军伤员在岩背山养伤的事，让她挑选了一大包创伤类消炎生肌药物带回岩背山去。傍晚她骑马回到家时，在饭堂门口玩耍的小孙子岩松一见，"呀呀"叫着蹒跚地奔前来，她缰绳一丢，抱起孙儿亲个不停。

晚饭时，谢英同厨娘一起把饭菜送到山上伤员住处，等他们用完餐后，接着给各位的伤口用酒精消炎和换药。这些伤残战士已得知她是红军战士的母亲，伤口换完药后个个客气地道一声："谢谢妈妈！"这让谢英非常感动，她深情地对大家说："你们离开家人出来参加革命，出生入死，就是为了让普通百姓过上有尊严的生活。你们好样的，个个都是英雄，天下的妈妈都会疼爱你们的……"说到这里，她忽然鼻子一酸，喉头哽住说不下去了。

这个夜晚，谢英躺在床上难以入眠，三更时分披衣起床，带着一群猎犬山上山下遛了一圈。她想，原山林巡防队的年轻人走了，现在来了一批伤残青年，冥冥之中似有上天眷顾岩背山，让这茂林深谷不至于寂寞孤独。她想起白天林子民私下给她和老王说的话，红军此次要打破白军"围剿"恐怕很难了，极可能突围逃亡远走他乡，甚至千里万里征战图存。如果这样，接下来赣南会有一段血雨腥风的白色恐怖出现，她的岩背山也难躲过这一大劫，必须有所防备。她仰头北望，寒秋的夜空北斗七星像一把永不褪色的金勺依然明亮闪烁，让她联想到二十余年来自己满腔热血投身革命的磨难，有多少个深夜她在茫然彷徨中眺望星空，北斗星的指引让她领悟到的是始终如一的那份初衷，不论风雨如何肆虐也最终无法阻挡住星光重现，北斗依旧高挂，夜行人依然执着。在她的头脑中，青年时立下的志向仿如初恋一般刻骨铭心，不管以后发生了什么，一想到"革命尚未成功，同志仍须努力"这句话，她烦闷的心就安静了许多。

是的，当下这种状况让她为儿子儿媳等刚加入红军队伍的亲人们担忧。可是如不参加红军，蒋军卷土重来他们的结果如何，同样不可预测。这就是以身家性命相搏的"革命"，跨出了这一步，注定是一场无比艰难的存亡赌局。只要在战场冲杀，就会有牺牲，她如果不敢去面对，就不会让亲人去参战。

很多时候，对多数人来说，真正的恐惧和焦虑往往在事情发生以后，但一切已为时已晚。此刻，谢英并未对当初的选择产生丝毫动摇。她来到山下小河边的马厩房，察看了马匹并往食槽加了些草料，返身出来在河边那块大石头上落座。不知出于何种感慨，口中轻轻吟起了几句古诗："大风起兮云飞扬，威加海内兮归故乡，安得猛士兮守四方……"她很喜欢这几句大气豪迈的诗句，虽然一个女子的胸襟无法跟大汉天子相比，但诗句透露出的那份拥抱天下的英雄情怀中蕴含丝丝抑郁之伤，吟来让人有荡气回肠之感，浮想联翩。中国几千年的文明进步都是伴着纷飞战火一路走来，而今大风又起，乱云飞渡，猛士何在？苦苦征战的勇士将会远走何方？

她决定明天去趟在鲤门村驻扎的红军营地。

清晨六点，她盥洗完毕，给早起做饭的厨娘招呼了一声，带了几双新布鞋放进挎包，骑马向山外奔去。一早冰冷的霜风刮在脸上凛冽生疼，她奔跑了一段路停下来，从挎包里掏出一条软绵的红围巾把头包上继续前行。这方旧围巾一直是她出行必带的标配，早些年她咳嗽时常用，后一直未舍得丢弃换新，她骨子里仍保留着农家女子节俭朴素的美德。

到鲤门村后她径直来到西头的一座红军军营前。下了马，她向岗亭哨兵说要找一位叫谢金华的战士。对方说不认识，问她是哪个连队的，可是她答不上来。后来，她想了想就说找他们的政委丁胜山。战士还是摇头，后来叫了位军官出来。这位军官告诉她，丁政委所部一个月前调防走了，他们是另一支部队。

"走了？！上前线了？"她喃喃自语，失望地转身离开了。她没再骑上马驰骋，像普通村妇一样在田野牧马，走几步停下，让牲畜啃几口青草。那若有所思的样子又似满腹惆怅，朝不远处的河岸去。

此时，正是渡口繁忙的时段，熙熙攘攘进城去的人中，有认得的给她打声招呼。她已经有几年没住在村里了，偶尔进城经过也是来去匆匆，现在逗留河岸静心看看，这处河湾古村炊烟袅袅、稻菽熟黄，如一幅油画，其实是十分美丽的，只是平时没端详留意而已。回头望，枯水期脚下的河床仍有大半边清流如银蛇呼啸浪拍堤岸，不息生命以看似蜿蜒的身姿坚忍执着地冲向大海。她心里感慨，家乡这方自然纯朴之地要是没有战争多好。

她望着一条从城里过来的渡船靠岸。登岸的人中，发现一穿蓝布长衫、戴黄色帽的人像位熟人，她朝前走了过去。没错，是去年离开岩背山的芹花。

"芹花，是你吗？"

"哎哟，是英姑呀，您进城去？"那人停下答话。

谢英拉她一把往旁边去。两人相互问候，谈了分别后的情况。原来，芹花离开岩背山想出家当尼姑，没当成就往返滞留于几家寺庙间帮忙，最近她回到本村罗田岩寺当了居士。看上去，她生活得不顺心，精神萎靡不振，脸色蜡黄，皱纹多了。

"你走后不久，邱润年也走了，你知道吗？"

"我在饭甑山时，有一天他找来了，我铁心回绝了他以后，他就下山了。他给我分别时说可能再下赣州去。我猜，现今应该在涌金门那片街上做小贩买卖。"芹花说。

"你还想他吗？"谢英问。

"不想了。我与他就是做了一场梦。噩梦说不上，好梦也不是，命中注定有始无终。现在，我在佛门清灯下也是想为自己赎回前生的罪孽，因为算命的说我前世是只狐狸害过人……"

谢英一听笑了，说："芹花呀，这你也信？狐狸是怕人的，怎伤了人呢？"她开玩笑道："会不会是前世做狐狸偷鸡吃太多了，那些鸡们要报复你了？……"

两人笑了起来。芹花的情绪好转了些，突然提出想跟她回岩背山看看。

她说："罗田岩离您那里就隔一座山，不远，以后可以常走动。"

谢英一听非常高兴，道："最近我也很烦闷，正想找人聊聊心里话呢。现在，我们就走好不好？"

芹花点点头。

于是谢英牵过马，把芹花先扶上马背，后跃身坐到鞍上，"驾"的一声两人穿过村子向远处山谷奔驰而去。

接连几日秋雨连绵，气温骤然下降，人们换上了厚衣，寒风淫雨留住芹花在岩背山住了下来。谢英待芹花亲姐妹一般，晚上也同居一室天南地北聊至深夜。芹花自己未曾生育儿女，到岩背山后对白净净胖乎乎的小岩松尤为喜爱，不时抱着牵着逗玩亲热，让保姆和谢英清闲了不少。她还十分勤快，菜园和厨下的事积极帮忙，一家上下都对芹花十分友好，这一来也打消了她急于回寺的念头。

三十九

时局急速变化出乎许多人的意料，身为县苏维埃副主席的老王忙得焦头烂额。近十多天来，一支又一支红军队伍从前线后撤，集结在雩都县城北岸区域，各级政府工作人员为配合部队后勤供给，应接不暇。这日傍晚，有部队开始在县城东门和城西的渡口江面上搭建浮桥，一些民众主动参与运送板材物件和提供舟舸木筏。夜晚下起了蒙蒙细雨，宽一里多的河面上有几条火龙游动，似还有部队在加固桥面和巡查。

老王想到了谢金华夫妻俩，夜里抽空来到十字街苍生号药店。幺妹对老王夜访颇为意外，以为家里又发生什么事了。

"家里没事，是红军有大事了！"老王神情凝重地说。他问幺妹有没有到河边去看看，说红军在江面架起了几座浮桥，聚集在城外的各路大军可能马上要远走别乡。他担心红军这次大转移离开苏区后不回了。这一来，谢英东家何时能再见到儿子儿媳就难讲了。他因为工作缠身无法离开县城，想让幺妹明天进山去告知谢英，让她这几日进城来住到幺妹家中，每天傍晚到渡口去，或能再见谢金华和谢小亚一面。

　　幺妹答应明日一早进山去接姐出来。她忍不住嘟囔了几句："姐也真是要强，就这一个儿子也让他夫妇俩去当兵……其实，我也听说了，这回红军打不过老蒋，不逃亡怎活？唉，这也就是命了，天天打仗，不死也要脱几层皮的！这一走，三年五年，千里万里，谁知道呢？能活下来就阿弥陀佛了……"说着，她一声长叹扭过头去，撩起衣角揩了一下双眼。

　　夜幕降临，古老的县城陡然间热闹异常，十里城墙内外到处是人，市民们走上街头观看渡河的军队或寻找自己的亲人。城东、城西两个渡口有成建制红军大部队从浮桥上过河去。平日繁忙的南门渡口因往来两岸的百姓多，没有被停渡，有队伍从此处乘着一艘艘大小船只过河。

　　对于这座西汉初年垒建的古邑山城来说，悠悠两千余年来，这次或是最多数量的军队屯集于此了。城下这条绕着城墙过、随着岁月流淌了万年的宽阔雩都河，毫无疑问，也是头一回不间断地承载近十万大军井然有序涉水而去。英雄的勇士们冒着萧瑟寒冷的秋风告别苏区父老乡亲，从雩都河八大渡口悄然渡河，河岸飞舞的红叶见证了手持火把的队伍从浮桥或乘渡船登岸远去。几天几夜，前不见头后不见尾的铁流滚滚过后，这条因红军与白军在其流域生死决战多年被人寓意"赤白河"的江流，终将被后人称颂她不朽的传奇。

　　谢英在幺妹陪伴下，在东门渡口河岸观望守候，很幸运等到了从此处过江的谢金华。让她欣慰的是，原巡防队的多数小伙子都在这支骑兵部队，他们还是跨着原来的战马，手执曾经用熟了的战刀。他们见到谢英后纷纷跳下马，亲切地叫喊着"妈妈"围拢前来。

　　此刻相逢分外激动。然而，高兴的表情里人人透露别样的忧伤，分别远行的泪水多数人还是无法抑止地夺眶而出。谢英嘱咐了大家几句话，忽然问："小亚怎不见了？"谢金华愣了一下，回答说她不同一个分队。她一脸狐疑，急切追问："不会是牺牲了吧？"几个人一起证实，谢小亚刚入伍时就分到师机关去了，谢英才放下心来。她惆怅地向下游的渡口望了望，看样子是想去别的渡口看能否遇见她的亲侄女，儿子提醒她说"我们同一个师，她应该也从这里过河"。她一听不走了，决定就在此守候。

　　与儿子分别时，谢英递过一大包食品，让他分给兄弟们。她深情地说：

"你一定要记得，不论走多远，家在雩都；不论多少年，莫忘岩松。妈妈不老，一直等你回来……"

谢金华应声道："妈，您一点也不老！待到来年霜叶红时，我一定回来……"突然，他跨前一步朝母亲跪下了，声泪俱下道："妈妈，好妈妈，您一定要保重呀！您在，家就在……我一定会回来的……帮我带好岩松……"这些话，让在场的人无不动容。

谢金华站起上马，一阵风似的追赶部队去了……

傍晚的雩都河碧波粼粼，河水湍急，河面间或有一堆堆黝黑的小沙丘。除了县城端的东门、西门、南门有部队渡河外，上游的山峰坝、渔翁埠和下游的孟口、鲤鱼、石尾渡口等，都有战士渡河，这些谢英当然不知道。为见到儿媳，谢英和幺妹在渡口又待了两天。眼前牵线似的队伍没完没了，让她心里反而安定了许多，她想红军的力量依然还是强大的。有些部队像蚂蚁搬家，枪炮等辎重或生活家什很多，在浮桥上行走缓慢，她几次上前帮忙。她前后见到了丁胜山、谢八月等熟人从这里经过，看见了石鼓村的袁猎户和小溪乡卖马的杜氏兄弟，他们也加入红军随队伍出发了。袁猎户给谢英打了个招呼，说他那些猎犬留在岩背山就放心了。

长时间站立渡口，姐妹俩感到腿脚又酸又累，在水边一株榕树根盘上坐下来。谁也不清楚从这里走过了多少的部队和将士。最终队伍过后，桥被拆了，还是没见到谢小亚。

那夜回到幺妹家，俩人再也控制不住，在房间里相拥哭泣一场。她们心中的痛只有自己明白：谢小亚是哥谢茂的唯一后人，也是谢家直系血亲中的嫡传者。她，会去哪儿了？到此刻，谢英有些后悔同意小亚去参军了。

红军走了，对外界而言走得不动声色，也就走得不慌不忙。谁也猜不到红军哪天回来，所以县城在红军离开后一周左右时间，景观平静依旧，未见什么异动。

秋意渐深，早晚的寒风吹在脸上已让人感觉冰冷打战。红军走后，老王在鲤门村家中住了几宿，这日早晨从木箱里翻出一件老棉袄和一顶旧瓜皮帽穿戴身上，生火煮几只番薯吃了出门去。他骑着那匹有点跛脚的老马，绕村子转了一圈后向岩背山去了。识途老马载着他慢悠悠行走，他有点神情恍惚地眯起了双眼。

此刻旷野霜叶烂漫，他无心情欣赏。红军已经走远了，他被党组织留下来坚守，一切活动转入地下。中共赣南省委领导找他谈话时明确了两点："一是长期潜伏隐蔽起来，停止一切组织活动；二是尽可能疏散留在乡亲家中的红军伤病员，等待时局变化，帮他们回自己老家去……"因为红军走得匆忙，很多该衔接的工作没做，连老王多年的老上级丁胜山离开雩都时，两人都未见上一面。老王也没见到自己的儿子王种田。

"唉。革命何其难，战事急亲人忘，无情未必真好汉！……"老王心里突然冒出几个句子，记得是丁胜山给他的一本书上的话。他坐在马上，琢磨如何应对当前的危机。他清楚从此后县城是去不得了，鲤门村的家暂时也不能再住，只有到岩背山的密林深谷中藏起来了。不过他并不恐惧，觉得就是白狗子想抓他，因他分量不够、价值有限，不可能派大队人马去搜山的。在自己的地盘上跟敌人周旋，他有足够自信。

到岩背山后，他立即和谢英商量了一些事。为安全起见，把十几名红军伤病员转移到了对面原始山岭那个叫穿心岩的崖洞中。老王也与伤病员住在一起，负责他们的生活和重伤员必要的护理。这个山洞只有老猎户知道，偏僻隐蔽，洞里储存了几个月的粮食。在对穿的崖洞里做饭选用好的干柴，燃烧时火旺烟少，远处没人发现得了。

老王带了一条猎犬在身边，本想多带几只，但怕狗群闹腾暴露目标。他腰间别着手枪，肩上还挂着一把双管猎枪，那是谢茂东家留下来的。其实，这个崖洞的战斗力不弱，伤员人人都有枪支，个个都是从战火中九死一生熬过来的勇士。老王对此心明如镜，对每个人都非常好，尽心尽力做好服务。他心中有个愿望，希望这些伤员早日康复，或许可以把他们留在山里，像从前那支山林巡防队一样，让岩背山茶油林场重现昔日辉煌。

这段时间，谢英不再去想别的事，就担心重掌政权的国民政府会派兵扫荡岩背山。她把该收拾的东西归拢藏好，并告诫每个人，如遇到外人进山来，尽可能少搭话。她特别强调："坚决否认有红军伤病员这档事；绝不透露县苏维埃副主席王三发在岩背山！"她认为只要这方面不出事，自己虽跟红军有过一些往来，也应该无大的麻烦。

一天，县保安团新组建的"铲共"清剿队果然进山来了。三十多名武装人员乘两辆马车突然而至，下车后就气势汹汹把房屋围住，不打招呼先破门而入搜查了十几个房间和厅堂。然后，把所有人集中到门口草坪上，用枪逼着一个个自报姓名并回答提问。

"谢英，是英雄的'英'，对吗？大名鼎鼎。很久不见了，你认识我吗？"一名戴着大墨镜的军官耸了下肩走上前问，右手握着一把左轮手枪。

"你是……"谢英没认出来。

"我以前虽然没来过这山沟里，但对这座油茶山早有耳闻。对了，应该还有个榨油坊，在哪呀？"军官问道。

谢英转头朝山上指了一下说："看见了吗？那里有几间黑屋子，就是榨油坊。"

军官朝上看去，山坡茶树林中确有几间黑房屋，立即派了一个班前去搜查。他鄙视地对谢英道："看你的样子确实老了，没有传闻中的民国女侠风采了。不过，你这几年与红军勾勾搭搭的事，还是要清算的。尽管你没有完全投共，一家子搬到这几十里外的深山居住也是为躲红军，但你的管家却当了共党的县苏维埃副主席，你是无法撇清关系的。当然，你如果交出王三发来，我可保你无事。你考虑清楚了！"

谢英听这人讲话的声音耳熟，但还是认不出他是谁。对方的话中没提及红军伤病员，让她的心安定了许多。或是他们并不知有伤员在此疗伤这件事，就是为抓老王来的呢？她干咳了几声，回答道："长官，既然你知道我，我也没啥可隐瞒的。说起来我至今还是国民党员，可这能说明什么呢？现在的国民党早已不是孙先生时候的党了。我闲居山区这么多年，早已不问政治。如今这天下政局眼花缭乱，一会儿'白'一会儿'红'，我才懒得掺和呢。平时，有人上门来了只要没有恶意，客家人的礼仪还得讲不？一杯清茶交朋友，下回相逢好见面，有什么不妥？至于我家的管家老王，其实就是个老实人，根本不懂什么政治。他也就是为了给百姓办点实事，傻愣愣地没为自己捞一点什么好处。嗨，说起他我也生气，实话告诉你，我都有几个月没见过他了。前些天红军撤走时，有人看见他随红军队伍走了。我相信他走了，总不会傻到等你们回来抓他吧？但是，我还是他的东家，要走了也该说一声不是？"

军官推推眼镜，来回踱了几步，几分揶揄地道："说得滴水不漏，佩服谢女侠。好，既然你说'一杯清茶交朋友'，那就沏壶茶给弟兄们喝吧。跑了几十里山路来你家，都渴死了。"

"好的，是我怠慢了。"谢英吩咐厨娘去沏茶，招呼大家进饭厅里坐。军官安排了门口岗哨，让一伙兵进屋歇会儿，自己却未进屋，在坪上等待去榨油坊搜查的兵回来。

结果，榨油坊也是查无所获。一名兵士悄悄对军官说榨油坊有个仓库，里面贮存了很多食油。军官一听窃喜，把谢英叫到一旁威胁道："你真行，赤匪祸乱一方，你却躲在这里发财，真有两下子！我终于明白了，共党分了你家的地，你反而跟他们打得火热，暗度陈仓嘛。既然让我发现了，你也得出点血。现在，我给你个选择，要么交出王三发，要么我把油带走。你别以为我会相信你说的话，这深山密林里随便躲藏一个人，就是派一个团来找也找不着。"

谢英轻蔑地说："你假公肥私，不怕我告你？"

"那你把人给我带走呀，你去顶罪也行。想吓唬我，别来这一套。给你说句实话，上面叫我进山来抓人，我就知道是大海捞针。可是，我还是来了，不就是冲你是个有油水的主？你以为我是傻子，提着脑袋去抓政治犯？再给你说明白点，如果是抓谢八月那个王八蛋，他跟我有杀父之仇，用什么东西也别想换。王三发与我没家仇，所以可以破财消灾。"军官两手摊开，露出一副无赖相。

谢英听他说这话，心里一惊，想这人难道是鲤门村的？她跨前一步，做出要对他耳语说悄悄话的样子，突然伸手把对方那副墨镜摘了。

"你——是刘雨！"谢英大吃一惊，万没料到会是他。刘家和谢家是鲤门村的大户，过去互相之间常有往来。

"你什么时间参加保安团了？几年都没见你了……"谢英好奇地问。

露出真容的军官，当着熟悉的村邻也不好过分发火，道："赤匪来了这些年，我受了多少苦你们是知道的。现在，他们逃跑了，也该我出口气了。我参加保安团，还当上了'铲共'队副队长，轮到我过几天好日子了。你如果照我的话做，我还可以像从前一样叫你大姑，不然的话就别怪我无情了。"

"话都说到这个份上了，你到底希望我怎样做？"谢英道。

刘雨忽然拉谢英一把，让她到远处一棵大树下单独说话。两人在树下谈了约一刻钟，最终说定榨油坊的油送给他一半，他带着人马回城去，以后不进岩背山来了。

两辆马车拉了二十桶茶油出山，谢英一直目送人马出了山坳才松了口气。

她转过身向山下小河边的马厩房走去，因为有一个人去那里添草料一直不见回来，这人就是芹花。刚才见到刘雨时她就想把芹花叫来，她是刘雨的三妈，但转念一想又感到不妥。刘雨的真实目的是想弄点钱花，如果让他太失望，他可能在"通匪"事情上与自己较真，麻烦更大了。为此，她还是决定遂了刘雨心愿。

芹花告诉谢英，她看见那么多的官兵来了故意躲了起来，说如所有的人都被抓走了，连个报信的人都没有了。

"你看清来的人是谁吗？"谢英问。

"离得远，看不清。"芹花回答。

"你想都想不到，为头的是保安团'铲共'队负责人，名叫刘雨。"

"啥？刘雨，跟我小儿子同名的？这么巧。"

"不巧，就是你家刘雨，红军一走就投保安团当上官了！我已跟他交谈过。"谢英把刘雨索要茶油的事也说给她听了。

"这个失势鬼，您的东西也敢强要，真是瞎眼了！我到县城去找他要回来……"芹花气得脸都发青了。

谢英安慰她道："话又得说回来，这次好在是刘雨来的，如换了别人，没抓到人怕是不肯罢休的，所以他还是念了乡邻旧情。他原来过惯了富家公子哥的生活，最近几年确是受苦了，心里不平想擅权弥补可以理解，我如能够帮助他一点，也算做了件好事不是？你不用放在心上。我还拿不准的是，他会不会再来。"

芹花一听，怒吼道："他还敢再来，我打断他的腿！"又说："大姑，只要您不嫌弃，我就在这里长住下来，看着他。"

"有你给我做伴，我求之不得。"谢英道。

这后较长一段时间，刘雨没回岩背山。芹花在山里住惯了，去罗田岩寺也少了。谢英让她负责打理各项家务，俨然成了谢府的管家。

四十

转眼进入腊月，快过年了。往年这个时候人们忙着准备年货，各个圩场街市上人头攒动，可眼下这个年关却异常冷清肃落。

红军走后这两个多月，雩都河岸的广大区域风声鹤唳，许多留守苏区的红军干部以及红军亲属被国民党返乡团一批批搜捕杀害，白色恐怖弥漫在赣南每个角落。地处深山莽林中的穿心岩，万幸地躲过了劫难，一批红军伤病员保存了下来。

这天，蛰伏山洞已久的老王决定进趟县城，买些药品和年货回来过年。他做了简单的化装，上身穿件破烂棉袄，头戴一顶双耳耷落的灰色旧帽，脚穿草鞋步行出山去。他不敢骑马，怕太招摇，紧一阵慢一阵赶了几十里路。他来到鲤门渡口上方一个叫黄金潭的河岸，叫了一条渔家的乌篷船把自己送过河去。船家是一对年轻夫妇，男的上嘴唇有一抹油黑胡须，女的头上裹条花纱巾，把脸遮了一大半。

"老大，两个时辰后还在这里等我，价钱加倍。"船靠对岸，老王对船家说。船家老大满口答应了。

老王进城去农贸市场买了些年货，还到十字街苍生号药店购了几样药品，便匆匆往回走。他没找幺妹，出店门时忽然看见幺妹的丈夫从外面回家，他赶紧回避没上前打声招呼。

他肩背一帆布袋，低着头径直朝预定的方向去。

此值正午时分，天空阴沉的云层裂开条缝隙，一束阳光照在河中荡漾的水面上，老王远远见到了一艘渔船泊靠河岸，加快脚步朝前去。可是，就在他沿一条小径走下河堤时，身后突然有两个人朝他奔来，看情形似乎要阻止他登船过河。他发现了异常情况心中一惊，朝后望了一眼，加速向水边奔跑。船夫见此情形，站立船头举起了竹篙，看他的样子是等老王一登船就立即撑开船只渡河去。然而晚了，老王上船后船头刚离岸，后面追上来的两名年轻人也纵身一跃上了船。

"撑回去！"一位年轻人拔出手枪指着船夫。此刻，撑开的船只因江流原因已离岸丈余。另一位青年用枪对着老王。

突发情况让船夫吓蒙了，慌乱中他竟把船头搁着的锚丢下江去了。船停在了江中打转。

"哼，王副主席，躲得了初一躲不过十五，总算逮住你了！"举枪对着老王的青年冷笑一声说。此时老王才看清对方，竟是同村的刘雨。

"我告诉你，我不相信你跟赤匪走了。这些日子，我天天找你，你还是憋不住进城来了……抓住了你，我又要高升了，县保安团清剿大队副大队长就可以转正了！"刘雨一副得意忘形的样子。在刘雨心里，红军的杀父之仇总要找个有分量的人才能泄恨，尽管老王并非真正的仇家。近段时间他到处抓人，魔头般的快感让他几近疯狂。

船夫在刘雨喝令下向站在船尾舵位上的妻子递了个眼色，弯腰佯装拉锚。蓦地，他双腿猛一用力，船体陡然摇晃起来，须臾间左右摇摆十分厉害。就在刘雨等人惊叫之际，船头船尾两支举起的竹篙分别向两名清剿队员身上捅了过去，只听"扑通"声响，那两人已掉下河去。落水者显然水性不好，在江中拼命挣扎，冒头举手呼喊"救命"，已被江水卷走远离船只……

此时此刻，突然"砰砰"传来两声枪响。枪声过后，江面上已不见了人的影子，泛起一层殷红的血色。

船上的人惊呆了！老王朝岸上望去，见河岸站着一位身穿长衫头戴礼帽的男子。那人朝渔船这边望了望，转身沿河岸下游走去。老王怀疑是那人开的枪。虽然看不清脸面，从他的身材和穿着的样子，他猛然想起一小时前在苍生号药店门口见到的一个人，就是幺妹的丈夫，也是一身长衫。陡然间，他内心一阵惊喜：难道他一路跟着自己来了，他或是长期潜伏的地下党？

他转头四顾，未见到别的身影，这条船上没人打枪，断定就是那人把清剿队员开枪打死了，而且枪法奇准。尽管这是猜测，但他马上意识到事情的严重性，不敢把自己的想法说出来。残酷的现实斗争告诫他，往后也不能对任何人提起这事。

小渔船快速离开了出事地点，喘气的工夫停靠在了对岸。此时，一阵凛冽的大风刮起，沿河枯黄的一丛丛芦苇在寒风中摇曳，寂寥弥漫的岸堤上杨柳枝飞舞，发出阵阵凄厉声响。在这个冰风肆虐的午后，雩都河上的诡异枪声犹如一瓢水泼落江中，消逝得无影无踪。

老王登岸时拿出一块银圆递给船夫，双方似有默契般再没提刚刚发生的事。但船夫读懂了对方疑虑的眼神，因为毕竟是自己把人弄下河去的。

望着老王远去的身影，船夫眼中噙满了泪水。他把船锚好后走进船舱内，船尾的人已坐在里面了。其实，这两人并非渔家夫妇，他们一个是谢小亚，一个是谢九秀。红军撤离中央苏区时谢小亚被留了下来打游击，组织上因为她的家在雩都河岸，自小对县城两岸熟悉，安排她在河上建了一个秘密交通站。在地下组织帮助下，她找到已离开鲤门村的谢九秀，买了一条小渔船装扮成夫妻在河里打鱼为生，为来往两岸的"特殊客人"提供帮助。由此，这两位年轻女子望着河岸上近在咫尺的家，念想着家中的亲人，常常泪流满面……

三年后，抗日战争全面爆发，国内时局发生了重大变化，国共合作抗日，谢小亚终于回到了岩背山，见到了离别已久的妈妈谢英和已快满五岁的儿子岩松。这一天婆媳俩见面，俩人久久拥抱着放声大哭，哭得昏天暗地，似乎多少个日日夜夜累积的思念都化作了泪水，陡然间如瀑奔泻而下，让所有在场的人感动得潸然泪下。一向刚毅的谢英仿佛换了一个人，还抱起宝贝孙子抽泣了好一阵，吓得孩子哇哇大叫。

当晚老王弄来爆竹燃放了半夜。他的兴奋不亚于东家谢英，像猫头鹰一般躲藏在山洞几年终于自由了。而且还有一件喜事让他高兴不已，他儿子王种田从陕西来信了，信上还说已有了女朋友。这件大好事他暂时未对谢英说，因为她的儿子谢金华自从离开雩都后至今未来信……他负责照料的那批红军伤病员康复走了，有三名残疾者自愿留在了岩背山。

日月轮回。郁郁葱葱岩背山，走的已经走了，留的住了下来。一场惨烈战争后，认识和不认识的人走到一起，又组成了一个新家。

奔腾的雩都河，河湾的鲤门村，村口的繁忙渡口，多少年后人们在逢年过节时，常常见到河岸站立着两位苍霜老人，男的称女的叫东家，双双眺望着西北方，在默默地等待亲人归来。女东家脖子上扎条红纱巾，在河风中飘动……

后 记

　　于都*河之南叫水南，县城对面的水南村是我的出生成长地。自小站在家门口望见的是古老县城那堵矗立水边的黝黑城墙，从小西门到南门口至东门，延绵漫长。南门口是南北渡河的主要码头，后来在它的上方不远处又修建了一个叫"和平码头"的渡口，几十级石阶全是粉红色的油光麻石条，煞是好看。后来才知道，这几个渡口都曾经是当年红军长征出发过雩都河的地方，是二万五千里长征的集结出发地。在县城工作后，我无数次地往返河的两岸，每年秋冬季河水清澈见底，站立船头常可以见到水面上殷红的霜叶漂流，有时连成一线伴船而行。这一刻我会情不自禁地抬头远眺，沿江两岸的山峦艳红如朵朵蒸霞笼罩，长满阔叶林的河堤早已是落叶纷纷。有一次，我突然联想起了红军，想到那个"十月里来秋风凉，中央红军长征忙"的特殊时刻，不知处于"走出绝境"的红军将士在傍晚渡河时，有没有人注意到江中那一片片无言相送的漂泊红叶？这便是我萌生写这篇小说的初念。

　　贡江流域的于都县自古富庶一方，苏区时期作为人口众多的全红县，对红军筹款筹粮输送兵员贡献巨大。随着时间远去，红军时期当地普通百姓的真实生存状况到底如何，众说纷纭。无疑，分得土地的贫苦农民踊跃加入红军队伍保卫红色政权，另一部分生活较殷实的乡民又如何？带着这个疑虑，我翻看了一些资料，访问过一些古稀老人，得到的答案是正面的，认为绝大多数跟着潮流走，社会各界人士对苏区革命、红军队伍发展功不可没。在于

---

　　*"雩都"自 1957 年 6 月 1 日起，改名为"于都"。凡于 1957 年 6 月 1 日后之县名，本书均称"于都"。

都这块烈士鲜血浸染的土地上，各种苏区革命的传闻故事甚多，如"头次红、二次红"，"一边红、一边白"，"儿子红、老子白"，等等，红色文学如此渊富的矿床激起我文学创作的冲动。经过较长时间的酝酿，我利用工作之余创作了长篇小说《枫叶飘过雩都河》。

这部作品说的是在二十世纪三十年代初的贡水流域，中央苏区如火如荼的红色革命运动伴随着五次反"围剿"战争的进行，对这片土地上民众的生产生活产生了重大深远的影响。

一场红军与白军惨烈的对决之战尽管最后以红军退出赣南暂时结束，可从这里千锤百炼幸存走出来的那批勇士们，日后以百倍的不屈不挠和英勇奋斗，带给世人一个崭新的中国，这是何等的气魄！初心不改，矢志不渝，是我们最终走向胜利之魂。

值此《枫叶飘过雩都河》出版之际，我真挚地感谢袁尚贵先生、谢芸华女士、许九洲先生、陈显平先生、刘文魁先生等人的支持和帮助，谢谢领导和朋友们！

搁笔已是子时，踱步阳台，望见夜半的于都河在两岸路灯的陪伴下依然波光粼粼，想起八十多年前那个寒秋红军夜渡雩都河的壮举，我的脑中陡然涌出几行短句：

霜叶红了

河水凉了

浮桥上

悄然远征的红军出发了

妈妈别哭

或是一年半载

儿就转来

……

于都河夫

2021 年夏夜写于怡和嘉园